古典文獻研究輯刊

七 編

曾 永 義 主編

第 6 冊

明清家庭小說的時間研究——
以《金瓶梅》、《醒世姻緣傳》、《林蘭香》、《紅樓夢》爲對象(下)

林 偉 淑 著

國家圖書館出版品預行編目資料

明清家庭小說的時間研究——以《金瓶梅》、《醒世姻緣傳》、
《林蘭香》、《紅樓夢》為對象（下）／林偉淑 著 — 初版 — 新
北市：花木蘭文化出版社，2013〔民102〕
目 4+226 面；19×26 公分
（古典文學研究輯刊 七編；第6冊）
ISBN：978-986-322-095-4（精裝）
1. 明清小說 2. 文學評論
820.8   102001627

ISBN-978-986-322-095-4

9 789863 220954

古典文學研究輯刊
七 編 第 六 冊
ISBN：978-986-322-095-4

明清家庭小說的時間研究——
以《金瓶梅》、《醒世姻緣傳》、《林蘭香》、《紅樓夢》為對象（下）

作　　者　林偉淑
主　　編　曾永義
總 編 輯　杜潔祥
出　　版　花木蘭文化出版社
發 行 所　花木蘭文化出版社
發 行 人　高小娟
聯絡地址　新北市永和區中正路五九五號七樓
　　　　　電話：02-2923-1455／傳真：02-2923-1452
網　　址　http://www.huamulan.tw 信箱 sut81518@gmail.com
印　　刷　普羅文化出版廣告事業
初　　版　2013 年 3 月
定　　價　七編 16 冊（精裝）新台幣 26,000 元

明清家庭小說的時間研究——
以《金瓶梅》、《醒世姻緣傳》、《林蘭香》、《紅樓夢》為對象（下）

林偉淑　著

目次

第四章　明清家庭小說時間刻度的敘事意義

　　工業技術的進展，便得時間得以被測量、被統一地計算，所有的人都有一個節奏一致規律相同的鐘錶時間，鐘錶時間是等速進行。然而時間眞如鐘錶時間的刻度可測量且均速客觀的嗎？時間從來就不可能是客觀的存有，絕對時間並不存在於我們的感知中，我們對於時間的感知，因人物、事件的不同，時間成爲主觀、心理且個人的感受。能被我們感知的時間，從來就不是等速、均勻進行的時間，我們所感受的時間快慢、長短是沒有標準的，因爲這是心理時間的描寫。在回憶中，時間以高速的方式向我們飛掠而來，處於煎熬的時刻，時間則是分分秒秒計較地過著。

　　所謂的時間刻度，是通過測量得到的鐘錶時間或日月年紀，是人們對於時間流程的標誌，越是清晰的時間刻度越是意味著人與世界密切的聯繫，同時也表現出強烈的現實感。〔註1〕在日復一日的的家庭生活中，特別的時間刻度帶來的不同的感受，例如婚喪喜慶、生日、節慶或紀念日。中國古典文學中常用的時間刻度是「生日」和「節慶」。明清家庭小說大量書寫「生日」及「歲時節慶」具有特殊意義的時間刻度，前者圍繞著人物開展出去，後者則是展示了環境。〔註2〕「生日」所代表的是具有個人時間周期性的紀念日，表現出個人特質或強調個人社會地位、並由此延伸出去的人情往來，同時也在時間過往之後，看到人物生命歷程的變化。「生日」展現個人的人際網絡，祝

〔註 1〕徐岱，《小說敘事學》，北京：中國社會科學出版社，1992 年 9 月一版，頁 254。
〔註 2〕楊義，《中國敘事學》，頁 174。

福的方式因人而異，因此充滿了流動性及變異性，並展現出俚俗各異的家庭文化及趣味。

「歲時節慶」則是群體所共同面對，源自於人們對於歷史人物的崇拜祭奠、或者是約定俗成的社會風俗活動，表現出年復一年循環往復的時間，也透過不同年歲裡相同的節慶時間，看到家庭的興衰起落，與個人時間刻度相呼應，同時展示整個時代、家族及環境長時間的文化積累，是具有社會象徵意義的時間刻度，更是帶有深厚的文化沈積意涵。

生日／節慶本身是一個事件、一個場景，是家庭生活中的一個活動。若將生日／節慶放回家庭小說中觀照，人們面對的則是「永遠不會再重來」的「循環時間」。 生命的流逝呈現的直線時間和生日／節慶所指稱的循環時間，使得人們在面對家庭生活中無可避免的時間刻度時，興發對於時間的感歎。

第一節　個人時間刻度「生日」的敘事意義

一、情節意義

生日，提供明清家庭小說在寫作上不同於其他類型小說的書寫角度，生日的時間敘事關係到情節鋪陳、人物性格及身份表現等並進一步對於存在有所討論。有時也作為後文事件的開端，對於情節有伏寫的作用；在存在意義上，生日與死亡往往有了連結，在慶生祝賀的同時，隱然有死亡的陰影，「生」、「死」其實是在時間的同一條線上，生日這個時間刻度意味著人情往來的各種可能性，是家庭人物之間以及家庭人際網絡的重要聯結時間點。

明清家庭小說中是《金瓶梅》提到的生日──如果我們把小孩出生、滿月的儀式，也視為某一種形式的「生日會」，那麼在《金瓶梅》中，小至西門慶兒子的出生、滿月、週歲，上至西門慶、妻妾、鄰里、西門慶的粉頭等相關人物的生日，以及權貴的壽誕的描寫，大概佔了全文的三分之一，「生日」這個時間刻度在《金瓶梅》裡可說是最重要的時間刻度。

（一）作為小說情節敘事的伏筆

生日的敘述是圍繞著個人，並由此展開事件及情節。明清家庭小說裡，時間記錄著家庭、家族人物的成長，也記錄了家庭兒女們瑣碎事件，日復一日，年復一年。在《金瓶梅》裡，角色人物的生日出現的次數極為頻繁，有

時是作為後文情節敘事的伏筆。〔註3〕

　　例如《金瓶梅》自第六十二回開始，寫著李瓶兒的死亡及喪禮，從頭七、二七、三七一路寫下來，寫西門慶在喪禮期間仍不改淫心，日夜穿梭於女人僕婦之間，記時記事瑣碎。到了第六十七回，寫西門慶答謝前來致哀者完畢後，回到月娘房裡吃飯，月娘叨念著：「這出月初一日，是喬親家長姐生日，咱也還買分禮兒送了去，常言先親後不改，莫非咱家孩兒沒了，就斷禮不送了。」（第六十七回）西門慶接話說：「怎的不送」，「於是吩咐來興買四盒禮，又是一套粧花段子衣、兩方銷金汗巾、一盒花翠。寫帖兒，叫王經送了去。」喬親家長姐兒是和官哥兒「炕上聯姻」的女娃，行文至此，李瓶兒及官哥兒都已經死去，但西門慶仍出手闊綽地為官哥兒曾定下親事的長姐兒送上生日禮，因為李瓶兒母子雖已去世，親戚身份雖已中止，但西門慶家和喬大戶官商的關係／利益仍結合在一起。

　　這裡提到「這出月初一日」，在日期的表現意義上不只是記錄了一個時間，同時是藉著喬大姐的生日，將讀者的記憶喚回過往，再次提醒讀者，曾有一個備受寵愛的娃兒官哥兒中道夭折，死去的官哥兒仍停留在過去，但是喬家長姐兒將繼續與年月增壽。而西門家與喬家的關係透過長姐兒的生日也將繼續延續著；相反的，喬大姐的存在，也一直提醒讀者官哥兒已不存在。

　　接著在第七十九回：西門慶在自家和吳大舅、應伯爵、謝希大、常峙節等人聽戲飲酒，西門慶趁空和來爵老婆戲耍一回，滿足了性欲，又回到席上和應伯爵等人飲酒。只見應伯爵問西門慶：「明日花大哥生日，你送了禮去不曾？」西門慶回答，早晨已送過去了。然後下文緊接著其他的情節發展，花大哥的生日雖是一語帶過，成為日常生活的細節之一，但仍表示這是西門慶家庭送往迎來的日子其中的一日。回過頭來看，連李瓶兒都死了，「花大哥」在小說裡應是無足輕重，提不提這段話，完全不影響故事的鋪演，那麼存在於此的目的、用意或效果究竟為何？是以此生日的描述記錄了日常時間，書寫家庭生活裡的片斷，同時正寫出西門慶家庭人情往來的細節。

　　《金瓶梅》中兩度提到李嬌兒的生日，都只在記錄時間，如同家庭中尋常的生活，至於李嬌兒的生日是如何過，文中並不曾描寫，似乎也不重要，因為重點都在於當日接下來發生的事，生日因而成為情節後文敘述的伏筆，重點並不是在於壽星李嬌兒：「一日，也是合當有事。四月十八日，李嬌兒生

日，院中李媽媽並李桂姐，都來與他做生日。」（第二十六回）這裡的「合當有事」，表明敘述的重點在於接下來的情節發展。原來，因為潘金蓮從中挑撥離間，使得宋蕙蓮和孫雪娥在李嬌兒生日這天大吵並打了起來，最後宋蕙蓮因氣憤不過，含羞自縊，亡年二十五歲。李嬌兒的生日，是作為引發後文情節的時間點。

另外一次是提到李嬌兒的生日，重點也不在李嬌兒及她的生日上，倒藉著她的生日描寫了西門慶的情欲演出。當然，我們也可以理解到李嬌兒在西門慶妻妾中的地位並不高，她出身青樓，本非良家婦女，也不曾像孟玉樓及李瓶兒一樣，嫁入西門家時為西門慶帶來大筆財富，更不像潘金蓮在情欲上費盡心思滿足西門慶。李嬌兒在西門慶妾室中的地位，僅優於孫雪娥，李嬌兒的生日也表現出她在西門家無足輕重的地位，因此對於她的生日西門慶是較為淡漠的。她的生日和前文提到花大哥生日有相似的作用，是引發後文情節敘述的時間點，只是家庭日常生活裡記錄時間的一個細節。

另外在第六十八回，提及應伯爵領著黃四家人，備帖於初七日在院中鄭愛月家置酒席宴請西門慶，西門慶看了帖子笑著說：「我初七日不得閒，張西村家吃生日酒。倒是明日空閒。」張西村家在小說裡是不曾出現的人家，出現「張西村家吃生日酒」，重點當然不是張西村這戶人家，只是為了提及「初七日」這個西門慶「不得閒」的時間，同時也表現家庭小說中人物必然有的送往迎來、人際關係等生活細節。

至於西門慶的正室吳月娘的生日，理應風光盛大不同凡響，但是作者卻也只是淡寫幾筆月娘的生日宴客，並描述月娘是在聽佛經宣講度過生日的情景：「光陰似箭，日月如梭，不覺八月十五日，月娘生辰來到，請堂客擺酒。留下吳妗子、潘姥姥、楊姑娘並兩個姑子住兩日，晚夕唱佛曲兒，常坐到二三更才歇。」（第三十三回）提到月娘生日，生日似乎只是作為時間的過場，好令讀者察覺「光陰似箭」的時光匆匆。是夜，西門慶也並未與壽星歡度，反而是和潘金蓮共度春宵。作者在此也藉機表現月娘喜佛之心，因為她的生日都在佛經講唱中度過，是低調安份的在佛法修行中度過，伏寫了月娘在小說文末得到善終的果報緣由。

作為西門慶正室的吳月娘，對於她的生日描述在《金瓶梅》只出現過二回，但卻有不同的伏寫情節效果。第一次提及月娘生日那天：「留下吳大妗子、潘姥姥、楊姑娘并兩個姑子住兩日，晚夕宣唱佛曲兒，常坐到二三更才歇。」

（第三十三回）第二次仍寫月娘潛心聽佛：「一日，八月十五日，月娘生日。有吳大妗、二妗子並三個姑子，都來與月娘做生日，在後邊堂屋裡吃酒。晚夕，都在孟玉樓住的廂房內聽宣講佛經，到了二更時分，中秋兒便在後邊竈上看茶，絲著月娘叫，都不應。月娘親自走到上房裡，只見玳安兒正按著小玉，在炕上行事。看見月娘推開門進來，慌得湊手腳不迭。月娘便一點聲兒也沒有言語，只說得一句：「賊臭肉，不在後邊看茶去，且在這裡做甚麼哩！」（第九十五回）這樣的描述在於穿針引線，引出後文的幾個事件。趁著主子生日，小廝及丫頭也忙不迭地在滿足自己的欲望。因為月娘的體諒，便替玳安做了鋪蓋、新衣服、新帽、新靴襪，又送予了金銀首飾、絹衣服等等，擇日就將小玉配給了玳安做媳婦，倒也成全了兩個欲望兒女，顯示月娘的寬厚及體恤下人的性格。在月娘撞見小玉和玳安有私情，不久月娘就將小玉許配與玳安做了媳婦。最後在官哥兒出家後，月娘收了玳安為義子，並將玳安改姓西門，西門玳安夫婦服侍月娘至終老。然而，月娘成全了玳安與小玉的情事，卻也因此引起家庭內廝僕間的風波，引發後文事端。

回到玳安與小玉成親後，另一個小廝平安兒，因見玳安衣著勝過別人，又有家室，但自己長玳安二歲，月娘卻未給予他妻室，這令平安兒感到不平，於是平安兒起了貪念，偷走了當鋪裡的金頭面和鍍金鈎子後逃走，沒料到卻被吳典恩巡簡捉拿住。吳典恩自作主張，認定是玳安與月娘有奸情才會把丫頭配給他，並逼著平安兒作假口供，加上典當物品的人急欲要領回，讓月娘陷入困局。

這個困局又牽連上西門慶裡另一個丫頭春梅，但此時春梅已嫁予周守備，成為周守備的寵妾。月娘陷入困局，卻讓春梅在月娘眼前的地位，從此有了極大的不同，原來吳月娘叫來薛嫂，請春梅在周守備前說幾句話，幫著解決這個問題。事後月娘宰了一口鮮豬、治酒及紵絲尺頭致謝了春梅。春梅道：「到家多頂上妳奶奶，多謝了重禮。待要請妳奶奶來坐坐，你周爺早晚又出巡去。我到過年正月裡，哥兒生日，我往家裡來走走。」（第九十五回）春梅利用月娘孩兒孝哥兒生日的理由，名正言順返回主人家，「生日」化解了原本是尊卑身份不同的尷尬，使春梅終於能以守備夫人的身份與月娘平起平坐。時間流逝，人物身份也已變異，原來的主僕變成平起平坐的兩位夫人，「時間」對於人事作了嘲弄，也看到時間所蘊含的「變化的可能性」。

終於春梅風光回到西門家，這裡細細鋪寫春梅著大妝：「戴著滿頭珠翠金

鳳頭面釵梳，胡珠環子。身穿大紅通由四獸朝麒麟袍兒，翠藍十樣錦百花裙，玉玎璫禁步，束著金帶。坐著四人大轎，青段銷金轎衣。軍牢執藤棍喝道，家人伴當跟隨，擡著衣匣。後邊兩頂家人媳婦小轎兒，緊緊跟隨。」（第九十六回）春梅在家人前後簇擁下回到她曾任婢女的西門家，對比過去主子家的豪奢氣派，西門家如今只剩滿園蕭索，無比的淒涼。月娘和春梅以姐妹相稱，這樣風光的回到主子家，似乎回應了吳神仙對龐春梅的相命：「必得貴夫而生子，兩額朝拱，主早年必戴珠冠。行步若飛仙，聲響神清，必益夫而得祿，三九定然封贈。」（第二十九回）雖然當時月娘極爲不以爲然地說：「相春梅後來也生貴子，或者你用了他，各人子孫也看不見。我只不信，說他後來戴珠冠，有夫人之分，端的咱家又沒官，那討珠冠來？就有珠冠，也輪不到他頭上。」春梅對著西門慶倒是說了：「各人裙帶上衣食，怎麼料得定？莫不長遠只在你家做奴才罷。」對比前塵往事，這回春梅風光重返西門家，重遊舊家池館，但見西門家院荒蕪，不再是西門大官人在時所擁有的花園宅院，也道盡人世興衰莫測。

這從月娘的生日時一個看似無意的動作，發現了玳安與小玉的幽情，卻鋪寫了後半部的情節：月娘叫丫頭看茶，丫頭無答應──於是月娘往後邊尋丫頭小玉──撞見小玉和玳安之情事──月娘寬厚使二人完婚，卻引起小廝平安兒不滿盜走家私──巡佐誣賴月娘清白──透過春梅請周守備結決官司──春梅遊舊家回應當年面相之言──玳安終成了西門玳安侍俸月娘終老。月娘生日的描寫，其意義在於月娘的「生日」這一天發生了什麼事件又引發了何事，以及事件所串聯成跌宕起伏的情節，並且決定了小說人物的命運。

提到《金瓶梅》中串起家庭命運人物的生日描寫，也只有月娘。同時月娘喜佛，好聽佛經宣講，與貪欲弄權的西門慶恰恰成對比，月娘又是西門慶的正室，是在西門慶死後留下來扶持家庭的女人。在文末，月娘捨子讓孝哥兒出家，使得轉世爲孝哥兒的西門慶得以在此生有個善終，也讓妾室們離開再嫁，收養玳安並改名爲西門玳安，亦使西門家的家業有人可以繼承，這些似乎都隱喻了月娘藉佛法度化了西門慶，同時也影響了其他人物的命運。

孟玉樓的生日在《金瓶梅》中出現過四次，有二次是以玉樓生日作爲楔子，引出後文。如第二十二回言孟玉樓生日，目的卻是爲了帶出宋蕙蓮和西門慶之情事：「話次日，有吳大妗子、楊姑娘、潘姥姥眾堂客，因來與孟玉樓做生日，女娘都留在後廳飲酒，**其中惹出一件事來**。」（第二十二回）原來，

賣棺材宋仁的女兒名喚金蓮，先賣在蔡通判家房裡使喚，但後來壞了事，嫁給廚役蔣聰為妻，這蔣聰常在西門慶家答應作事，爾後來旺刮搭上金蓮。一日蔣聰酒醉被其他廚役打死，月娘答應了來旺，將金蓮後改名蕙蓮，嫁給來旺。二十四歲的蕙蓮生得白淨，聰明靈巧，腳兒比潘金蓮還小，這點令西門慶著迷不已。

在孟玉樓生日那天，「西門慶安心早晚要調戲也這老婆，不期到此正值孟玉樓生日，月娘和眾堂客在後廳吃酒。」（第二十二回）西門慶為了能沾惹宋蕙蓮，以替蔡太師製造慶賀生辰繡蟒衣，以及準備家中穿的四季衣服為理由，把來旺打發前往杭州，因為這一個路程，往返也有半年時間。在玉樓生日這一天，西門慶找到機會，因為他看到蕙蓮身上穿著紅紬對衿襖、紫絹裙子，怪模怪樣，於是叫玉簫對月娘說，給蕙蓮另一條別的顏色的裙子搭配著穿，足見西門慶這一天的心思在都花在蕙蓮身上，只是苦無調情的機會。接著敘述玉樓生日過後的某一日，月娘往對門大戶家吃酒去。西門慶與蕙蓮正巧撞個滿懷，西門慶要著玉簫送「一疋翠藍兼四季團花喜相逢段子」（第二十二回）給蕙蓮作裙子。玉簫成為西門慶和蕙蓮的中間傳話者以及把風者，好讓他們在藏春塢山子洞裡私通，恰巧又叫潘金蓮撞見，埋下了日後金蓮教唆西門慶陷害來旺之因。潘金蓮獻計西門慶，設計讓來旺兒拿走三百銀兩誣賴來旺作賊，西門慶並利用官府之便，將來旺遞解徐州。潘金蓮進而調唆，引起宋蕙蓮與孫雪娥口角衝突，最後逼得宋蕙蓮含羞自殺。

孟玉樓的生日成為往後事件發展的引線，引出下文的事端，在生日中一個動作引發後文的連環效應，生日的敘寫除了展示家庭時間的過往，同時也成為小說情節前因後果的重要意義，孟玉樓的生日不只是家庭聚會的活動，在這個時間點上包含著更多男女情欲的流動。

《醒世姻緣傳》關於生日的描寫，〔註4〕在第二世裡提到狄希陳和童家寄姐的相處，情投意合十分相好，寄姐性格也不差，卻只是對丫頭珍珠像是世仇一般，雖然不至虐待，但在衣穿飲食上絕不照管她，狄希陳倒是惜玉憐香。〔註5〕這得回到前一世來看，因為在前世裡狄希陳是晁源，小珍珠是晁源的愛

〔註4〕參見附錄十七。
〔註5〕小說情節的敘述裡說明著，狄希陳惟恐小珍珠食不得飽，衣不得暖，飢寒憂鬱，成了疾病。到了十月將盡，天氣變得寒冷，小珍珠連個夾襖也沒有，連童奶奶也看不過去了，但寄姐不答應誰也沒辦法為小珍珠添衣加襖。狄希陳想出個法子，找來小珍珠的母親予她些錢要她為小珍珠作衣，只說是她自己

妾小珍哥，寄姐則是晁源前世元配計氏轉世。

　　一日，相棟宇生日，狄希陳赴約賀壽，寄姐找到這個機會試驗狄希陳，也因此引發了寄姐的醋意進而造成小珍珠後來的死亡。起因於寄姐和小珍珠二人前世的冤仇，使得寄姐沒法善待珍珠，但因爲寄姐「怕見動手」，總不致於打罵，但心裡猜疑著狄希陳和小珍珠，小珍珠便這樣不死不活地生活在寄姐的威怒下。直到相棟宇生日狄希陳赴約，寄姐因心裡猜疑，於是假扮成小珍珠的模樣等狄希陳返家。相棟宇生日是狄希陳赴會不在家的理由，同時也有了合理的遲歸藉口，使得寄姐有機會測試狄希陳的忠誠度，沒想到狄希陳果然見四下無人輕薄了小珍珠，這使得小珍珠的處境更爲艱難。

　　原來，寄姐料想狄希陳不會早歸，待起更後大家入睡時，寄姐特意依照小珍珠的模樣梳了一個髮髻，換了一件毛青布衫，背著月亮，低著頭坐在門檻打盹。沒想到狄希陳一回來，只當是小珍珠，悄悄蹲了下去摸了她的胸部又往褲腰裡伸下手去，問她：「娘睡了不曾？」（第七十九回）這下可好了，寄姐怎麼會輕饒狄希陳與小珍珠，於是寄姐把小珍珠關鎖在空房內，此時正巧寄姐有孕，便暫時不理會她。

　　十個月後寄姐生下白胖小娃，滿月出房，見童奶奶竟放了小珍珠，更是與小珍珠爲仇敵。一日，小珍珠端著一盆水，不巧，倒在寄姐身上，更是唬得小娃兒吐了奶半日哭不出來，氣得寄姐大吼大叫，又把珍珠鎖在後邊空房裡不給飯吃，幾日之後，童奶奶欲偷偷送硬麵食給小珍珠吃，沒想到小珍珠已在門背後上吊而死。相棟宇的生日，成爲小珍珠生命的轉折點，小珍珠是被動地捲入狄希陳和童寄姐的夫妻爭端之中，因此還喪了命，文中的描寫這是還了前世的果報惡業，在文末冥司王者發放魂魄的輪迴時，小珍珠說被童寄姐凌虐，要寄姐償命，王者說了：「你前世以妾欺妻，妻因你死；他今生以

要送女兒的。然而寄姐那裡是叫人哄騙得了的，一下便視破，要把小珍珠的衣服剝脫下來。此後寄姐對小珍珠更是沒事罵三場，雖不致打她，但半饑半餓，不與飽飯，並時時防著狄希陳和小珍珠在一塊。

這一切起源於小珍珠和寄姐前世的冤仇，小珍珠在前世原是珍哥，寄姐即是晁源的原配計氏，前世裡珍哥欺負了計氏，到了此生，與人合氣的寄姐則是百般不容小珍珠，如同寄姐和調羹閒話時所言：「這事真也古怪！我那一日見了他，其實他又沒有甚麼不是，我不知怎麼，見了他，我那氣不知從那裡來，通像合我有幾世的冤仇一般。聽見說給他衣裳穿，給他飯喫，我就生氣；見他凍餓著，我纔喜歡。幾遭家發了恨待要打他，到了跟前，只是怕見動手。我想來，必定世裡合他有什麼仇隙。」（第八十回）仍舊著墨於因果輪迴。

主虐婢，婢爲主亡。適得相報之平。」「這是冤冤相報，無可償還。」（第一百回）也就是說，今生的縊死只是償還前世之債，互相扯平了，寄姐的來世不需再爲此而償債。

接著因小珍珠吊死，狄希陳想私自埋葬小珍珠以了事，沒想到惹出更大的官司事端，因爲鄰人劉振白抓住狄希陳怕事怕見官的心理，趁機訛詐狄希陳，但最後還是弄到官府衙門，又掀起另一個波瀾，更寫出了賄賂、訛詐、衙門種種的社會風情畫。在此回中相棟宇的生日如何度過並不重要也無描寫，重點在於相棟宇的生日是引發事件的時間點，藉此時間刻度，轉寫出下文引出後文事端，製造情節的高潮跌宕，使得小說情節的安排上更爲合理。

《林蘭香》關於生日的敘述並不多，內容都十分簡單。〔註6〕其中有一回，是藉由男主人耿朗的生日，寫出家庭裡妻妾之間的人事紛擾，並描述妻妾之間的相處關係；耿朗生日是家中大事，妻妾五人依序稱賀，將著是家僕們的叩賀：「男自眾允以下，都在儀門下，女自和氏以下，都在儀門內，依次叩拜。次是枝兒等五個人行禮，耿朗在筵間各賞些萸酒花糕。末了是葉兒等叩首，二十三個人我挨你，你擠我。及至拜畢起身，又這個踏著那個裙帶，那個踏著這個項帕，紛擾多時，方才散出。」（第三十回）此回是藉著耿朗生日的描述，引出家中事端，使讀者看到耿朗家妻妾相處、主僕相待、甚至僕婦的生活細節。

原來在耿朗生日這一天，家人奴僕們齊爲耿朗賀壽，人多紛雜，女僕李寡婦遺落一物，正巧被耿朗所見，那是寡婦閨房自慰之物，遺落在大庭廣眾面前，耿朗震怒，妻妾們也都覺得不成體統，十分不堪，耿朗怒道：「雖說一個婢不足重輕，然使五房少女，盡皆效尤，成何體統？向來誤聽人言，壞卻許多家法。今日須行己見，整立一切規模！」（第三十回）燕夢卿擔心李寡婦一時情急會混行攀扯，牽連無辜，使事件擴大。因此燕夢卿想要告訴正室林雲屏，希望今日暫勿議處李寡婦，誰知耿朗早受任香兒的讒言，才會如此說道，夢卿明白了耿朗所言是衝著她來的，因此，當耿朗問任香兒：「紅雨既爲所誘，卿當何以處之？」說完又看著燕夢卿時，夢卿完全明白，只能置若未聞左右顧盼，才不落任香兒及耿朗的口實。

另一方面李寡婦一生未受折磨，受了家法數板，俱已實供不諱，供出紅雨。接著耿朗又對著雲屏說道：「卿主持一家，寧得碌碌無長，因人成事乎？」

（第三十回）只見雲屏氣憤激動，痛責李寡婦，並重責紅雨，立即將她逐出。耿朗的生日會除了描寫男主人生日的隆重，更是透過生日帶出其後更大的家庭事端，也就是耿朗受到四妾任香兒的讒言，對於原本敬重的二房燕夢卿變得疏離，甚至藉此公開表示對於燕夢卿忠言逆耳的不滿，四房任香兒的地位卻因此又進了一層，忠貞又多慮的夢卿從此抑鬱寡歡，不敢多言，夫妻之情轉爲淡薄，甚至使耿朗對她更加不信任、不喜愛，燕夢卿終於抱憾而終。

從《金瓶梅》、《醒世姻緣傳》到《林蘭香》三部家庭小說中，家庭人物的生日，不只是個人年復一年面對時間流逝，同時在個人重要的時間刻度裡又引發了後文的情節發展，一個人的生日，或可能牽動另一個人一生的際遇，如《金瓶梅》裡月娘撞見玳安和小玉的燕好，成全了玳安和小玉，卻引來另一小廝平安兒的不滿，使得月娘得面對官司，最後只好請出守備愛妾春梅，也使得春梅得以以守備愛妾的身份風光返回西門家；或潘金蓮教唆西門慶棒打鴛鴦宋蕙蓮和她的丈夫來旺，同時宋蕙蓮也因此付出了生命的代價，上吊而亡；或者因《醒世姻緣傳》中相棟宇生日，使狄希陳有機會對小珍珠表明心中的愛憐，沒想到，童寄姐早想利用這天探測丈夫和小珍珠之間，因此賠上小珍珠青春的生命；又如《林蘭香》中，在耿朗生日會上，僕婦掉落的閨房用品引起了家庭風波，更使得任香兒對耿朗所進燕夢卿的讒言得逞，耿朗和燕夢卿的情感更爲疏離，香兒更爲得勢，夢卿因爲和耿朗情漸疏而終至鬱抑以終。

生日，不只是個人的時間，而是家庭人物共同面對的時間，有時也改寫了家庭或個人的命運。

（二）充滿食、色的情節發展

明清家庭小說描寫家庭生活及事件，食色欲望是其中重要的環節，特別是原本難以越界的男女分際，在生日成爲合理又正當的藉口，使欲望男女得以突破禮教大防。因此，生日的描述時便充滿聲色宴飲的描寫，特別是在《金瓶梅》中生日的描寫，多以備酒、設席、唱戲等連結食、色欲望的鋪陳。這在明清其他三部家庭小說中的表現是較少的。

《金瓶梅》小說第八回，由於潘金蓮不得見西門慶，日夜思量，想出了利用西門慶生日時，在賀禮上加工以誘惑西門慶的方法，她費盡心思，目的就是要與西門慶共度春宵。且說西門慶自從六月初二娶了孟玉樓在家，新婚燕爾，如膠似漆，遂把潘金蓮拋在腦後，接著六月十二日陳經濟要娶西門慶

女兒西門大姐過門，西門家上下一片忙亂，三朝九日，足足亂了一個多月。七月將盡，到了西門慶的生辰，潘金蓮拜託王婆，總算把西門慶給請來，潘金蓮藉機獻上充滿性暗示的生日賀禮：

> 向箱中取出上壽的物事，用盤盛著，擺在面前，與西門慶觀看。卻是一雙玄色段子鞋；一雙挑線香草邊闌，松竹梅花歲寒三友醬色段子護膝；一條紗綠潞綢、水光絹裡兒紫線帶兒，裡面裝著排草玫瑰花兜肚；一根並頭蓮瓣簪兒。簪兒上鈒著五言四句詩一首：奴有並頭蓮，贈與君關髮。凡事同頭上，切勿輕相棄。（第八回）

這裡的肚兜、髮簪、手絹、小腳繡花鞋都是暗喻女體，充滿挑逗意味的禮物，西門慶看到這些東西當然喜不自勝，遂與潘金蓮共度雲雨：「到了晚夕，二人儘力盤桓，淫欲無度。」這是潘金蓮欲將西門慶從新婚的孟玉樓身旁，拉回自己的身邊的情色手腕，這是潘金蓮尚未成為西門慶小妾時所使用的手段，當她成為西門慶第五妾後，更是不斷以性來維持西門慶的愛寵。文中也多次因為西門慶晚夕不入她的房，使她妒嫉萬分，因而掀起家庭波瀾，最後也因為她無邊的欲望而使西門慶喪命。

另外有一回，西門慶同應伯爵等人，一時興起，踏著落雪來到妓院，找西門慶每月花二十銀子包養的李桂姐，然而卻不見桂姐在院裡，西門慶問起虔婆，虔婆說道：「桂姐連日在家伺候姐夫，不見姐夫來。今日是他五姨媽生日，拿轎子接了與他五姨媽做生日去了。」（第二十回）一個不知名姓的「五姨媽」生日，這當然是虔婆的藉口。西門慶對於自己包養的妓女桂姐，自然是不能忍受她與其他男人擁有關係，然而桂姐有自己的打算，她另闢生計，桂姐為了避開西門慶的盤問，「親人的生日」成為不在場極為合理的藉口。

原來桂姐是瞞著西門慶，接了杭州販絲商人為恩客。也是合該有事，一日席間，西門慶往後邊更衣去，親眼撞見桂姐的好事。氣得西門慶把吃酒的桌子掀翻，碟兒盞兒打得滿地粉碎，著實大鬧一場，氣得離開妓院。桂姐對於包養自己的男人不再理會自己自然是焦急萬分，但得等待合適的時機及場合才能使這件事有個善終。一直等到孟玉樓生日時，桂姐才利用前來慶賀祝壽的藉口，向西門慶陪罪，「只見李桂姐門首下轎，保兒挑四盒禮物……一盒果餡壽糕、一盒玫瑰糖糕、兩隻燒鴨、一副豕蹄。只見桂姐從房內出來，滿頭珠翠，穿著大紅對衿襖兒，藍段裙子，望著西門慶磕了四個頭。」（第七十四回）豔麗不已的李桂姐名義上是為孟玉樓祝壽，實則以此為藉口，極為盛

重地以父女之禮向西門慶磕了四個頭，作為謝罪，好讓事件落幕。〔註7〕生日在此成為維持關係、或改善彼此關係的重要時刻，同時也都連接著男女的情色欲望。

食物與欲望在《金瓶梅》中，是一種互動的關係，食物不但常常是欲望的媒介，在交歡的全部過程中也常有佳餚美酒貫穿其中。飲食與性交兩種行為，儼然為小說創造出「交歡」的快樂和激情。換句話說，食物和性愛不但是構成這部小說的基本原料，在整部小說裡兩者甚至互為糾纏。飲食和性愛經歷一直不停地在進行交互作用。〔註8〕

食色糾纏寫成了《金瓶梅》一書，生日則是可讓西門慶的種種欲望、以及食色情欲有了合理的藉口。生日因此也成為曖昧、欲拒還迎的男女戲碼彼此勾引的極佳藉口。如李瓶兒和西門慶不斷計算著如何勾搭在一起，弄得李瓶兒的丈夫花子虛大為動怒，加上又害了傷寒，以致於氣絕身亡，然而這更成全了李瓶兒與西門慶的情色欲望。在李瓶兒生日那天，西門慶讓家僕玳安拿了壽禮送給瓶兒祝壽：

> 話說光陰迅速，又早到正月十五日。西門慶先一日差玳安送了四盤羹菜、一罈酒、一盤壽桃、一盤壽麵，一套織金重絹衣，寫吳月娘名字，送與李瓶兒做生日。（第十五回）

這個看似平常的生日賀禮，還以正室月娘的名字為帖，然而，其中包藏的是更多的欲望。收到賀禮的李瓶兒自然是要回禮的，在一來一往中但見男女關係的曖昧。李瓶兒要奶媽老馮拿著五個柬帖，請吳月娘、李嬌兒、孟玉樓、孫雪娥及潘金蓮十五日時一同歡慶，更重要的是李瓶兒對於西門慶私下的生日邀約，因為她「又捎了一個帖兒，暗暗請西門慶那日晚夕赴席。」（第十五回）生日的禮尚往來成為鋪陳欲望的方法，暗藏食色男女的情欲流動。

第四十九回描寫西門慶的第二房李嬌兒的生日，李嬌兒的生日及描寫似

〔註7〕在《金瓶梅》裡不只一次出現向人磕四個頭，其用意是認乾爹之大禮。例如在第五十五回，西門慶第二度向蔡太師獻上生日賀禮時：「西門慶先又朝上拜了四拜，這四拜是認乾爺。」又如第七十二回，王三官的母親林太太與西門慶淫樂之後，林太太「教西門慶轉上，王三官把盞，受其四拜之禮。」「自此以後，王三見著西門慶以父稱之。」這樣的情節，在第三十二回，李桂姐見西門慶作了提刑官，與虔婆鋪謀定計，買了四色禮，做了一雙女鞋，來拜月娘作乾娘，進來（桂姐）先向月娘笑嘻嘻拜了四雙八拜，然後才與他姑娘和西門慶磕頭，把月娘哄得滿心歡喜。

〔註8〕胡衍南，《飲食情色金瓶梅》，台北：里仁書局，2004年4月初版，頁323。

乎並不重要，因為當日也是西門慶的姘頭王六兒的生日，王六兒遣了個小廝
到西門慶家，告訴西門慶：「今日是她生日，請爹好歹過去坐坐。」（第四十
九回）正得到胡僧藥，一心想和婦人試試藥效的西門慶，得了這好時機，正
中下懷。西門慶便使琴童「先送一罈酒去」，接著兩人見面，話題自是以生日
為由展開，西門慶說道：「我忘了你生日。今日往門外送行去，纔來家。」同
時向袖中取出一根簪兒，遞與王六兒作為賀禮，並道：「今日與你上壽。」婦
人接過來觀看，是一對金壽字的簪兒，說道：「倒好樣兒」。（第五十回）接著
自然是二人喝酒吃肉，看牌玩耍，兩人關係是一步步接近，然後，西門慶果
然與王六兒試了胡僧藥，幾度雲雨方罷休。生日給予原本沒有理由獨處的男
女，有了成全欲望的合理藉口。

　　除此之外，當西門慶看上昭宣府王三官娘林太太，找來媒婆文嫂合計，
文嫂表明林太太的確是「幹這營生的」，同時與她同住在深宅大院裡的兒子又
總是在外眠花宿柳，把花樣般的媳婦丟在家裡，一切都合乎西門慶的算計。
文嫂對林太太說：「（西門慶）昨日聞知太太貴誕在邇，又四海納賢，也一
心要來與太太拜壽。」（第六十九回）於是隔了幾天的午間，西門慶「戴著白
忠靖巾，便同應伯爵騎馬往謝希大家吃生日酒。」（第六十九回）然後晚間約
掌燈時分離席出來，前去會見林太太。說話之間兩人眉目顧盼留情，兩人卻
又假意先寒暄應酬一番。作為媒人婆的文嫂當然深知此意，於是在傍插口說
話，遂以生日為由給二人下一次的幽會有了充份的理由，說道：「老爹且不消
遞太太酒。這十一月十五日是太太生日，那日送禮來與太太祝壽就是了。西
門慶說道：「啊呀！早時你說，今日是初九，差六日。我在下已定來與太太登
堂拜壽。林氏笑道：豈敢動勞大人！須臾，大盤大碗，是十六碗美味佳餚，
傍邊絳燭高燒，下邊金爐添火，交杯一盞，行令猜枚，笑兩嘲雲。」（第六十
九回）接著描寫兩人酒為色膽，芳情已動。文嫂於是退出席間，讓兩人交歡
雲雨，待西門慶告辭起身時已是更深夜靜。

　　這裡描寫西門慶因應伯爵生日的理由得以流連於外，卻又藉機逃席，到
了新歡林太太家。他們倆初次見面時，文嫂便以林太太生日在即，幫西門慶
找到下次登門拜訪的好理由。在這裡以生日開啟話題，男女並各自心領神會
地約定下次見面的時間，「生日」成為一種時間的籌碼，得以進行男女欲望的
交易。

　　到了林太太生日那天，西門慶因升任正千戶掌刑而遠赴東京，錯過林太

太生日，西門慶一回到家立刻要玳安補送豕蹄、鮮魚、燒鴨、南酒等禮物，作爲林太太補過生日之禮。同時，西門慶親自備了「一套遍地金時樣衣服」前往獻壽，當然這些事細節的前提是兩人得以進行男女歡愛，接著在美酒佳餚之餘，林太太還讓兒子王三官拜西門慶爲乾爹，這一日兩人行酒並聽小優彈唱，形式上與實質上的關係都又進了一層，西門慶成爲王三官乾爹，那麼與林太太的交往則名正言順，林太太與西門慶原本是難以搭上關係的男女，卻在「生日」這個人際關係的重要節日裡，得以見面並獨處，「生日」交錯成男歡女愛的合理藉口。

關於「欲望」的鋪陳自然是《金瓶梅》一文的重點，同時在《金瓶梅》中，「欲望」往往連接「食物」的饗宴，而生日更爲豐富的宴飲，所連接的更是情色的欲望。〔註9〕在後來的明清家庭小説中，《醒世姻緣傳》中生日的飲食提到的並不多，只有在兩回裡有所描寫：「四月初七日是珍哥的生日，晁大舍外面抬了兩罈酒，蒸了兩石麥的饅饅，做了許多嘎飯，運到監中，要大犒那合監的囚犯，兼請那些禁子喫酒。」（第十四回）這裡描寫小珍哥生日；另一回是小鴉兒的姐姐過生日，小鴉兒去看姐姐帶上禮物，提到：「那日是他姐姐的生日，小鴉兒買了四個鰲魚，兩大枝藕，一瓶燒酒，起了個黎明，去與他姐姐做生日。」（第十九回）但卻又兼程從姐趕回來。但在本文中生都只寫出尋常食物，並非如《金瓶梅》有豐富的食物饗宴。

至於《林蘭香》關於生日的描寫，只有輕描淡寫幾筆帶過，並無壽宴的描述。《紅樓夢》中對於食物有細緻且精彩無比的描繪，有趣的是，《紅樓夢》幾乎無關於生日壽宴的描寫，這裡不描寫壽宴的精彩豐富，而是著重在描寫宴上的遊戲探訪。《紅樓夢》描寫生日多半是與死亡作了連結，這將在後文中作說明。

二、人物刻劃

（一）寫出人物的性格

由於「生日」是日常生活中具有獨特紀念意義的，屬於個人的節日，是一個作爲人情往來的日子，甚至可以是攀附權貴的合理時機。「生日」在《金

〔註9〕 參見胡衍南，《飲食情色金瓶梅》，是書對於「飲食與性交的互動」、「最美的食物：肉體」，到西門慶所呼應的晚明商人的享樂與放縱，都有精彩深刻的描寫。

瓶梅》出現十分頻繁，「生日」在這裡的目的之一是記錄日期，同時表現人情往來，進一步作為後文情節的伏筆。生日，更是一個展現自己和旁人關係的重要機會，作者更利用這個時間刻度表現出人物的個性、描寫人物的際遇和命運。例如第十四回明寫潘金蓮生日，李瓶兒來祝壽，更重要的是側寫李瓶兒的大方和善於作人。李瓶兒更是利用潘金蓮生日這個機會，討好西門慶的妻妾，好使自己能成為西門家的一員：

> 一日，正值正月初九，李瓶兒打聽是潘金蓮生日，未曾過子虛五七，李瓶兒就買禮物坐轎子，穿白綾襖兒，藍織金裙，白紵布髻，珠子箍兒，來與金蓮做生日。進門先與月娘磕了四個頭，看了月娘，又請李嬌兒、孟玉樓拜見。」「又要向潘金蓮磕頭，潘金蓮那裡肯受，相讓了半日，兩個還平磕了頭。（第十四回）

李瓶兒她很清楚西門家妻妾的地位，因此，她帶著綾襖裙髻向潘金蓮賀壽。雖是潘金蓮的生日，但她一進門先向正室吳月娘磕頭敘禮，又不忘向二房、三房拜禮致意，這樣作小伏低的姿態，是因為她心裡希望能嫁入西門家，所以西門慶的妻妾都是她極欲攏絡的對象。

　　不久，孫雪娥走過來，李瓶兒見她粧次少於眾人，仍起身詢問，足見瓶兒的敏銳及善於觀察。瓶兒就要行禮，月娘方才對李瓶兒說：「只是平拜拜兒罷」，不要李瓶兒盛禮相待。這裡寫出孫雪娥雖也為西門慶的妾室，但在西門家的地位只等同於婢女，甚至地位比潘金蓮的丫頭春梅還低，但李瓶兒仍以她的敏感度，注意到孫雪娥和其他僕婦的不同。後來月娘注意到李瓶兒鬢上的金壽字簪兒，因為樣式好看，問起在那裡打造想要每人照樣配一對兒戴。李瓶兒見狀立刻大方獻禮：「大娘既要，奴還有幾對，明日每位娘都補奉上一對兒。此是過世公公御前帶出來的，外邊那裡有這樣的範！」（第十四回）

　　瓶兒立刻私下對著僕婦馮媽附耳低言：「教大丫頭迎春，拿鑰匙開我床房裡一個箱子，小描金頭面匣兒裡，拿四對金壽字簪兒。你明日早送來，我要送四位娘娘。」當晚李瓶兒在潘金蓮屋內歇息。次日一早，臨鏡梳妝，春梅伏侍瓶兒，瓶兒見她靈變機巧，知道她是西門慶收用過的丫頭，因此也想攏絡她，便贈她一副金飾，春梅和金蓮因此都稱謝不迭。等到馮嬤嬤來到之後，李瓶兒先是奉上了一對金簪兒給月娘，然後李嬌兒、孟玉樓、孫雪娥每人也得到一對金簪。月娘客氣推辭，瓶兒毫不在意地笑說：「好大娘，什麼稀罕之物，胡亂與娘們賞人便了。」李瓶兒將眾人都打點妥貼，連潘金蓮的丫頭春

梅及在西門家沒有地位的孫雪娥仍一一送禮。李瓶兒善於作人、攏絡西門慶身旁妻妾及貼身丫頭的用心可見一般。

正如鄉里卜龜兒卦兒的老婆子，爲李瓶兒相命卜的靈龜卦辭所言：「爲人心地有仁義，金銀財帛不計較，人吃了轉的，他喜歡，不吃他，不轉他，倒惱。」（第四十六回）李瓶兒先打探潘金蓮的生日，接著李瓶兒更是一一打理西門慶家妻妾侍女，在在展現出李瓶兒圓融的個性及行事手腕。瓶兒的大方不計較，在她成爲西門慶的第五小妾時，更是大大得到西門慶的寵愛，但相對的，李瓶兒不斷壓低姿態的作法，使她成爲西門慶愛妾，受到潘金蓮極大的妒嫉及威脅。

李瓶兒的性格在小說中是有明顯的改變，她對丈夫花子虛表現出來的是精明幹練甚至顯得有些狠毒，以及對第二個丈夫蔣竹山的態度是果斷近乎刻薄，但當她意欲成爲西門慶的小妾時，成了既謙恭又溫婉的好，成爲西門妾的小妾時，更是成爲忍讓溫柔的好妻子、大方對待其他妾室及丫頭僕人，連潘金蓮的母親她也都照顧及攏絡，表現出寧人負我，我也不負人的態度。這裡也描寫了李瓶兒在與潘金蓮有意無意的爭寵競賽中失去自主性、甚至失去兒子的性命及自己的生命。「生日」，在《金瓶梅》中，不僅伏寫情節進展，同時展現人物性格，以及家庭成員地位的高下。

至於潘金蓮，作者用旁人的生日或潘金蓮的生日描摹她的性格，把她爭強、善妒及尖酸薄的個性都勾勒出來。第三十九回寫潘金蓮生日，「且說那日是潘金蓮生日，有吳大妗子、潘姥姥、楊姑娘、有郁大姐，都在月娘上房坐的。見廟裡送了齋禮來，又是許多羹菓插卓禮物，擺了四張卓子，還擺不下。」（第三十九回）廟裡送來了齋禮，同時也送來了官哥兒的名字，且說道士給李瓶兒的兒子官哥兒取名爲「吳應元」，潘金蓮驚怪地道著，怎麼給孩子改了姓！潘金蓮又見紅紙上寫著西門慶及吳月娘的姓氏，旁邊只有李氏再沒有別人，看完後潘金蓮心中有幾分不忿，還拿給眾人瞧，一邊抱怨著說何以只有李瓶兒的名氏刻在榜上，她說：「你說賊三等兒九格的強人！你說他偏心不偏心，這上頭只寫著生孩子的，把俺每每都是不在數的，都打到贅字號裡去了。」月娘出面緩頰的說，若（西門慶的妻妾們）都名列在上，西門家的妻妾得列出長長一個隊伍，不叫人看笑話了。金蓮還是強要說嘴：「俺每都是劉湛兒鬼兒麼？比那個不出材的，那個不是十個月養的哩！」潘金蓮潑辣爭強的性格，處處顯示出她計較的性格，也不斷地要與李瓶兒比較的心理。在此虛寫潘金

蓮生日，實寫官哥兒（以及李瓶兒）備受西門慶呵護，以及潘金蓮的妒意及刻薄言語等種種行為及個性。

潘金蓮的尖酸刻薄及精明計較，下人們最是清楚。原來賁四老婆先與玳安先有姦情，後來賁四老婆又和西門慶有染，這晚賁四娘子同玳安睡，擔心西門慶的妻妾們會說話：「我一時依了爹，只怕隔壁韓嫂兒傳嚷的後邊知道，也似韓夥計娘子，一時被你娘說上幾句，羞人答答的，怎好相見？」（第七十八回）玳安獻策，並表示，月娘及李瓶兒心地較寬厚，其他的妾沒什麼地位，倒是潘金蓮雖有地位但是言語苛刻：「如今家中，除了俺大娘和五娘不言語，別的不打緊。俺大娘倒也罷了，只是五娘快出尖兒。你依我，節間買些甚麼兒，進去孝順俺大娘。別的不希罕。他平昔好吃蒸酥，你買一錢銀子菓餡蒸酥，一盒好大壯瓜子送進去。這初九是俺五娘生日，送些禮去，梯己再送一盒瓜子與俺五娘，管情就掩住許多口嘴。」王代安獻計，要她趁著潘金蓮生日時送個禮，好叫她少些語言。

透過玳安的口及眼，看到在西門慶家裡，唯有潘金蓮是需要特別打點的人，說她「快出尖兒」，是指她嘴快心尖扎得人疼，不得不獻禮攏絡，不過精明厲害的潘金蓮豈是不明白下人的心呢。到了潘金蓮生日那天，西門慶吩咐小廝攢出燈，收拾乾淨，各處張掛，又叫來興買來鮮菓，叫來小優，晚夕擺酒上壽。就在扎燈時金蓮數落著琴童、玳安等小廝，說賁四何以放下老婆往東京去，肯定是知道老婆和西門慶的奸情，她又說了：「說的是也不是？敢說我知道，嗔道賊淫婦買禮來。與我也罷了，又送蒸酥與他大娘，另外又送一大盒瓜子與我，要買住我的嘴頭子。他是會養漢兒。我猜沒別人，就知道是玳安兒這賊囚根子替他鋪謀定計。」金蓮心思之精明，看得出來下人或旁人對她獻殷勤是別有用心的，也明白西門慶處處沾染女人的個性，同時她的言語之苛刻也由此可見，連生日時別人送禮也都不饒人。

另外在孟玉樓生日時，連潘金蓮的母親潘姥姥都與玉樓作壽，在此就可以看得出來潘金蓮、孟玉樓的個性截然不同。話說這一晚，楊姑娘與吳大妗子、潘姥姥坐轎子先來了，然後薛姑子、大師父、王姑子，並兩個小姑子妙趣、妙鳳，並郁大姐，都買了盒兒來，與玉樓做生日，月娘在上房擺茶，眾姐妹都在一處陪待。須兒吃了茶，各人取便坐了。（第七十三回）然而在這一天，潘金蓮想要為西門慶做白綾帶兒，預備晚夕要與西門慶雲雨之歡，處處表現她強烈的欲望需求。

　　然而西門慶卻在席間想起去年此時，宴席上還有李瓶兒，今年此刻「玉人何處啊」？於是要求伶人唱了一回「憶吹簫，玉人何處也」，當伶人唱到「她爲我褪湘裙杜鵑花上血」，西門慶忍不住淚潸潸。潘金蓮見唱此詞，知道是西門慶思念李瓶兒，心裡妒意難平，甚至在宴席上說出不堪入耳的話：「一個後婚老婆，又不是女兒，那裡討杜鵑花上血來？好個沒羞的行貨子。」同時又和西門慶就在席上拌起嘴來，甚至下了席還要搶白：「俺們便不是上數的，可不你那心罷了。一個大姐姐這般當家立紀，也扶持不過你來，可可兒只是他好。」惹得月娘只得出來調停，要潘金蓮少說些話，月娘說道：「好六姐……你我本等是遲貨，應不上他的心，隨他說去罷了。」金蓮仍舊惱著，說了更尖酸刻薄的話：「他就惱，我也不怕他，看不那三等兒九做的。正景姐姐分付的曲兒不教唱，且東溝犁，西溝犁，唱他的心事。就是今日孟三姐的好日子，也不該唱這離別之詞。人也不知死到那裡去了，偏有那些伴慈假孝順，我是看不上。」反倒是壽星孟玉樓顯得落落大方，一點也不在意，還要潘金蓮算了，她說：「好奶奶，若是我每，誰嗔他唱！俺這六姐姐平昔曉的曲子裡滋味，見那個誇死了的李大姐，比古人那個不如他，又怎的兩個相交情厚，又怎麼山盟海誓，你爲我，我爲你。這個牢成的又不服氣，只顧拿言言搶白他，整厮亂了這半日。」（第七十三回）這裡正呼應了鄉里卜龜兒卦兒的老婆子，爲孟玉樓的個性及際遇所卜的卦詞：

　　　　爲人溫柔和氣，好個性兒。你惱那個人也不知，喜歡那個人也不知，
　　　顯不出來。一生上人見喜下欽敬，爲夫主寵愛。（第四十六回）

另外，在西門慶死後，陳敬濟和潘金蓮三番兩次獨處燕好，秋菊也三番兩次向月娘告狀，這回月娘終於撞見陳敬濟和潘金蓮二人的好事，自此陳敬濟只得躲在前邊，無事不敢到後邊去，春梅也被領出去賣了。陳敬濟不得到金蓮處去，月娘又凡事不理他。直到十一月七日孟玉樓生日，短短幾句話，寫出月娘的耿直和玉樓的寬厚，「玉樓安排了幾碟酒菜點心，好意教春鴻拿出前邊舖子，教敬濟陪傅夥計吃。月娘便攔他說：他不是材料，休要理他，要與傅夥計，只與傅夥計自家吃就是了，不消叫他。」（第八十六回）但玉樓不肯，還是備了酒菜點心要春鴻拿出來給大家吃。這裡寫孟玉樓生日，同時側寫孟玉樓作人厚道與大度。

　　透過孟玉樓生日的吃茶聽戲，作者讓我們看見潘金蓮的妒忌惡毒，也看

見孟玉樓的大度。好妒縱欲的潘金蓮自然是沒有好下場，為了西門慶不斷忍
讓的瓶兒，終究賠上了一切，而而冷眼旁觀的孟玉樓最終倒有了好去處。《金
瓶梅》作者利用「生日」家庭聚會，一面描寫出人物性格，同時也伏寫了她
們的命運，這裡也隱約有著因果報應的意旨，但更多的著墨則是舊式大家庭
裡妻妾爭寵、主僕相處的種種家庭生活細節。生日寫出小說人物的性格，在
明清四部家庭小說中，以《金瓶梅》最為顯著。

（二）用以鋪陳權勢或地位

祝壽過生日是人際關係中一種重要的往來藝術，顯示祝福者與被祝福者
的此刻關係的深淺，也決定祝壽者與壽星日後的關係發展。在明清家庭小說
中，以生日來表現人物權勢欲望、書寫人物的身份地位，並展現對外的人際
關係往來，在《金瓶梅》、《醒世姻緣傳》及《紅樓夢》〔註10〕中都有描寫。《林
蘭香》一書的內容及份量都不及《金瓶梅》、《醒世姻緣傳》、《紅樓夢》三書，
同時，在「生日」此一時間刻度的描述也相對較少。

《金瓶梅》中，生日則有較多展現西門家財力權勢的機會，在生日慶賀
場上有綾羅稠緞，有歌有酒，有美人，以及細緻佳餚和重金厚禮打造的場景，
彰顯西門慶的交遊宴飲、應酬排場。「生日」在這裡的重點，並不是「誰」在
過生日？也不是「何時」過生日？重點是他們「如何」過生日？或者「過壽
慶生背後的意圖」是什麼？這裡可以看到市井人家西門慶是如何努力結交權
貴，從一介土豪爬升到五品大夫的官職，同時也可以看到西門慶躍升為權貴
的奢華排場。

在《金瓶梅》中，透過京城蔡太師的生日，將西門慶官商勾結及攀附權
貴的面貌表現得淋漓盡緻。首先，西門慶教來旺押了五百兩銀子，往杭州替
蔡太師製造慶賀生辰用的錦繡蟒衣，以及家中所穿用的四季衣服。在此細細
描述西門慶如何準備，精緻的蟒衣、五彩的布匹、金銀打造的賀禮，令享盡
榮華富貴的蔡太師也能心神蕩漾的禮物：

> 西門慶打點三百兩金銀，交顧銀率領許多銀匠，在家中捲棚內打造
> 蔡太師上壽的四陽捧壽的銀人，每一座高尺有餘。又打了兩把金壽
> 字壺。尋了兩副玉桃盃、兩套杭州織造的大紅五彩羅段紵絲蟒衣，
> 只少兩足玄色焦布和大紅紗蟒，一地裡拿銀子也尋不出來。李瓶兒

〔註10〕參見附錄十九。

　　道：「我那邊樓上還有幾件沒裁的蟒，等我瞧去。」西門慶隨即與他
　　同往樓上去尋，揀出四件來：兩件大紅紗，兩件玄色焦布，俱是織
　　金邊五彩蟒衣，比織來的花樣身份更強幾倍。（第二十七回）

這裡細寫籌措賀禮的細節，以及生日賀禮的內容。接著是來保等人帶著生日
賀禮來到蔡太師府，首先打理守門的官吏，接著又拜見蔡太師府的翟管家，
並送上一份大禮給翟管家：「來保先遞上一封揭帖，腳下人捧著一對南京尺
頭，三十兩白金。」（第二十七回）終於在翟管家的安排下來保等人見到蔡太
師，來保等人攢獻給蔡太師的生日賀禮是：

　　但見：黃烘烘金壺玉盞，白晃晃減仙人，錦繡蟒衣，五彩奪目，南
　　京紵段，金碧交輝。湯羊美酒，盡貼封皮，異菓時新，高堆盤盒。（第
　　三十回）

從門房到管家，再到主角上場，成爲表現達官貴人生日的一種「儀式」。所謂
的儀式，即是指欲攀附權貴者，準備了得以和受贈者身份地位相稱，甚至獻
上了遠遠超越其身份地位的奇珍異品，但在此同時，還必須先打點權貴身邊
的管家、執事，使他們願意爲來者傳遞消息。通過層層人物的贈禮賂饋，顯
示出權貴之人地位的不易高攀，情節達至最高潮處，便是在面見當權者獻上
厚禮時，當權者欲拒還迎卻又喜不自勝的容貌，最後權貴之人不著痕跡地回
饋攀附權貴者，他所期待的權力地位。

　　這幾乎是中國古代官場的一景，只是依附在「生日」這個名目之下，所
有官場裡權力結構，或官商勾結交疊攏絡的黑暗面便被合理地掩蓋。透過蔡
太師的生日獻禮的「儀式」，我們看到的是官商勾結的表現。而這生日豐厚又
貴重的賀禮描寫，也逐步揭示西門慶的欲望與手段，讓西門慶能從一個「鄉
民」成了「山東提刑所理刑副千戶」，官居「五品大夫之職」（第三十回）。連
駄運送交生辰禮物者——吳月娘的哥哥吳典恩，都被安了個「山東清河縣的
驛丞」的職位，來保的名字也被填寫在山東鄆王府做了「王府校尉」，真所謂
一人得道雞犬升天的寫照。

　　《金瓶梅》二度寫出蔡太師的生日，把官商勾結的醜態作了更深刻的描
寫。第五十五回再度描寫蔡太師的生日，這次是西門慶親自將生日賀禮到蔡
太師家，在翟管家的安排下見了蔡太師。此時的西門慶不僅富上加貴，還希
望擁有更多的權勢關係。西門慶一上堂便向著蔡太師「朝上拜四拜」，蔡太
師並不答禮，因爲這四拜是認乾爺的跪拜禮，蔡太師接受了西門慶的拜儀，

西門慶又以父子稱道，說道：「孩兒沒恁孝順爺爺，今日華誕，特備的幾件菲儀，聊表千里鵝毛之意。願老爺壽比南山。」接著西門慶送上二十箱賀禮，賀禮中不乏「龍袍」、「蟒衣」以及黃金及奇珍異彩，「須臾，二十扛禮物擺列在地下。揭開了涼箱蓋，呈上一個禮目。」「蔡太師看了禮目，又瞧見檯上二十來扛，心下十分懽喜。」因為獻上的奇珍異品，使得西門慶因此特別受到蔡太師的青睞，也將西門慶的地位向上推了一層，因為蔡太師獨獨設宴款待了他：

> 蔡太師那日滿朝文武官員來慶賀的，各各請酒，分做三停：第一日是皇親內相，第二日是尚書顯要、衙門官員，第三日是內外大小等職、只有西門慶，一來遠客，二來送了許多禮物，蔡太師倒十分歡喜，因此就是正日獨獨請他一個。（第五十五回）

這裡強調，因為西門慶的厚禮，使得皇親內相、衙門官員的款待都不及西門慶，因為蔡太師「獨獨」請了西門慶一人，就在宴席上西門慶以子自稱，兩個人「說笑唔唔，真似父子一般」。西門慶稱道：「孩兒戴天履地，金賴爺爺洪福，些小敬意，何足掛懷。」西門慶進一步祝賀蔡太師：「願爺爺千歲」，蔡太師也歡喜回道：「孩兒起來」，二人互稱乾爹義子，使得二人的關係更緊密地糾結在一起。

　　「生日」這個時間成為多重意義的表現，一則展現西門慶的財富，同時又能攀龍附鳳，富上加貴，得到「山東提刑所的正千戶」的官位。蔡太師的生日在《金瓶梅》裡出現了兩次，兩度生日西門慶都竭盡能力的獻上珍奇異寶，並攏絡管家，這在《金瓶梅》裡甚至其他的明清家庭小說中倒是不多見的例子。權貴之家的生日果然是充滿意義的符碼。〔註11〕

〔註11〕這裡將西門慶二次為蔡太師祝壽作了一個簡表：

	西門慶與翟管家的互動	西門慶獻給蔡太師的賀禮	西門慶得到的好處
蔡太師第一次生日（第三十回）	獻上一對南京尺頭，三十兩白金	兩把金壽字壺、兩副玉桃盃、兩套杭州織造大紅五彩羅段紵絲蟒衣，黃烘烘金壺玉盞，白晃晃減仙人、湯羊美酒、異菓時新，高堆盤盒。	山東提刑所的理刑副千戶（第三十回）

如果把嬰兒的滿月作爲人出生以來的第一個被慶賀的「生日」，那麼這個滿月／生日，同時是家庭的重要日子。又若是這個嬰兒恰巧是權貴人家喜獲的第一個麟兒，在滿月慶祝上將更顯示出這個家庭人際／權貴關係的強度。

西門慶第六個娘子李瓶兒添了個男娃，人人皆來送禮慶賀，有誰不來趨附新興的權貴呢，如文中所言：「時來誰不來，時不來誰來」？（第三十回）這裡充分表現出趨炎附勢的官場文化。至於如何才能趨吉避凶，平時便要儲備人脈資源，「生日」則是極佳的時機。例如，西門慶因爲女婿陳經濟的父親陳洪被參問罪，門下親族用事人等，照例都要發派邊境充軍，這時官商關係得以派上用場。西門慶立即派家僕來保、高安拿著揭帖寫著厚禮「白米五百石」（第十八回），見了蔡京的兒子蔡攸，蔡攸正是當時皇帝的寵臣。透過蔡攸又引見了當朝右相、資政殿大學士兼禮部尚書李邦彥，來保並獻上寫著「五百兩金銀」的揭帖給李尚書（第十八回）。

在禮物、金錢、人情利益關係的綿密纏繞下，西門慶家得以逃過一劫，保全了生命家業，也因此在後來蔡太師的生日，西門慶要親自獻上厚禮慶賀。事實上，把生日作爲交際藉口的在《金瓶梅》裡著實不少，例如西門慶對月娘說，夏提刑再三央求西門慶早晚看顧他家裡，所以要月娘找一天買份禮走走去，月娘答道：「他娘子出月初二日生日，就一事兒去罷。」（第七十二回）夏提刑妻子的生日正好作爲送禮致意的極佳藉口。

《金瓶梅》中透過李瓶兒之子官哥兒的滿月時，西門慶正好升官，這裡描寫了西門家的富裕以及和「皇宮內相」的應酬往來：

> 不覺李瓶兒坐褥一月將滿。吳妗子、二妗子、楊姑娘、潘姥姥、吳大姨、喬大戶娘子，許多親鄰堂客女眷，都送禮來，與官哥兒做月。院中李桂姐、吳銀兒見西門慶做了提刑所千戶，家中又生了子，亦送大禮，坐轎子來慶賀。西門慶那日在前邊大廳上擺設筵席，請堂

| 蔡太師第二次生日（第五十五回） | 雖未描寫西門慶給翟管家的獻禮，卻描寫翟管家盛待西門慶，擺上珍饈美味，只差龍肝鳳髓罷了，其餘什麼都有。 | 大紅蟒袍一套、官祿龍袍一套、漢錦二十疋、蜀錦二十疋、火浣布二十疋、西洋布二十疋，其餘花素尺頭共四十疋、獅蠻玉帶一圍、金鑲奇南香帶一圍、玉杯犀杯各十對、赤金攢花爵杯八隻、明珠十顆，又另外黃金二百兩。 | 蔡太師獨獨設宴款待了他。宴席上，西門慶以子自稱，兩個人說笑，真似父子一般。（第五十五回）後來得到「山東提刑所的正千戶」 |

客飲酒。春梅、迎春、玉簫、蘭香都打扮起來，在席前斟酒執壺。（第
三十一回）

薛太監差了家人，送了一罈內酒、一牽羊、兩疋金段、一盤壽桃、
一盤壽麵、四樣嘉餚，一者祝壽，二者來賀。（第三十一回）

來賀者除了西門慶女眷的親戚之外，薛太監與皇莊管磚廠劉公公二位公公送
來厚禮是一等大事，文章中西門慶因劉公公、薛太監送來賀禮，因此發束請
客以回禮，並仔細描寫劉公公的來訪：

話說中間，忽報劉公公、薛公公來了。慌的西門慶穿上衣，儀門迎
接。二位內相坐四人轎，穿過肩蟒，纓鎗排隊，喝道而至。西門慶
先讓至大廳上拜見，敘禮接茶。落後周守備、荊都監、夏提刑等眾
武官都是錦綉服，藤棍大扇，軍牢喝道。須臾到了門首，黑壓壓的
許多伺候。裡面鼓樂喧天，笙歌迭奏。西門慶迎入，與劉、薛內相
相見。（第三十一回）

這一日的筵席是說不盡的奇珍異品，時新菓品。酒過五巡，湯陳三獻之後，
還讓教坊司俳官簇擁一段笑樂院本，以及小優彈唱，最後劉、薛二人離去時
「一派鼓樂喧天，兩邊燈火燦爛，前遮後擁，喝道而去。」這裡清楚寫出，
西門慶的發跡是靠著攏絡皇宮裡的太監而得到的地位，藉著西門慶兒子的滿
月寫官商之間緊密的結合，也寫出同時也首出明代太監「位高權重」的荒謬
景象，西門慶是山東土豪、是攀附權貴的明代商人、是借內相權勢作威作福
的官商，而給予西門慶權勢則是皇室裡欺壓百姓的太監。透過官哥兒的滿月，
《金瓶梅》描繪的是一幅腐敗的社會寫真。

李瓶兒的生日描述更是能彰顯西門家權力排場的重要日子。例如李瓶兒
生日前一天，喬親家送來了禮物：

一疋尺頭、兩罈南酒、一盤壽桃、一盤壽麵、四樣下飯。又是哥兒
送節的兩盤元宵、四盤蜜食、四盤細菓、兩掛珠子吊燈、兩座羊皮
屏風燈、兩疋大紅官段、一頂金八吉祥帽兒、兩雙男鞋、六雙女鞋。
（第四十一回）

這裡細寫喬親家送給李瓶兒的生日禮物，喬大戶家同時又送禮給官哥兒，作
爲官哥兒與長姐兒結親的賀儀。描寫西門家與富貴人家往來、送禮的繁複，
寫出富貴人家以及錦上添花的官場景況，這裡也寫出當時的送禮文化，給官
哥兒送的禮則有食物、美酒、綢緞、鞋襪、傢飾等琳瑯滿目，叫人目不暇給，

至於給母親李瓶兒的生日賀禮則多是食物。其中一個可能的理由，我們可以想像的是因為瓶兒只是西門慶的一個小妾，官哥兒則是西門家的長子將來得以繼承西門家業，因此官哥兒的滿月禮較之李瓶兒的生日更為重要。至於官哥兒所結親的長姐兒家所送來的禮是形同下結親的應聘之禮，收到賀禮的西門家自然是要回禮，西門慶於是和月娘商定：

> 一面吩咐來興兒、銀子早定下蒸酥點心並羹菓食物。又是兩套遍地錦羅段衣服、一件大紅小袍兒、一頂金絲緝紗冠兒、兩盞雲南羊角珠燈、一盒衣翠、一對小金手鐲、四個金寶石戒指兒。十四日早裝盒擔，教女婿陳經濟和賁四穿青衣服押送過去。喬大戶那邊，酒筵管待，重加答賀，回盒中，又回了許多生活鞋腳，俱不必細說。（第四十二回）

因此西門慶讓女婿陳經濟隨同僕人裝盒押擔，將衣著首飾慎重其事的回禮，送至喬家，喬家也以酒筵相待又回了許多禮物。

喜獲麟兒的瓶兒《金瓶梅》中的生日描寫則是艷冠群芳，因為在此同時西門慶升官，因此當李瓶兒的生日，不僅達官貴人來祝壽：「十五日請喬老親家母、喬五太太并尚舉人娘子、朱序班娘子、崔親家母、段大姐、鄭三姐來赴席，與李瓶兒做生日，并吃燈酒。」（第四十二回）甚至連娼妓伶人都來送帕送鞋、認爹拜乾娘，儼然形成一場生日嘉年華會：「且說那日院中吳銀兒先送了四盒禮來，又是兩方銷金汗巾，一雙女鞋，送與李瓶兒上壽，就拜乾女兒。」妓女吳銀兒拜李瓶兒為乾娘，藉此討好李瓶兒及西門慶，也暗諷西門慶拜蔡太師為乾爹（官／奸商），吳銀兒拜李瓶兒為乾娘（妓／商人之妾），西門家的人際往來充滿了權力與欲望，也演繹了特殊的人情關係。生日，不僅是家庭內成員的慶賀儀式，同時也成為展現家庭人際關係表現的場域。

《醒世姻緣傳》中，除了晁家兩世故事，為了講述人物關係，還加入許多當時人們的故事，因此牽連的人物極多；為了突顯因果報應的思想，由晁家向外輻射的社會面向頗為廣闊，以寫出了社會景象，如吏治腐敗、世風澆薄的人情冷暖。〔註12〕例如寫到司禮監太監王振，原來是任職文安縣儒學訓導，三年考滿卻無功，於是被永樂爺閹割為太監，進內官教習宮女。開始有了權勢地位，到了正統爺時，王振做到了司禮監秉筆太監，此時「權勢也就

〔註12〕袁世碩，〈引言〉，《醒世姻緣傳》，台北：三民書局，2000 年 2 月初版，頁 7 ～8。

如正統爺差不多了」。文中描述大學士入閣時遞門帖參見他的情形是「六部九卿見了都行跪禮。他出去巡邊，那總制巡撫，都披執了道旁迎送。住歇去處，巡撫總督都換了褻衣，混在廚房內監灶。」（第五回）描述了這麼許多，只為了說出王振有兩個相熟的戲子，因為王振得了勢，戲子也致了官，成為梨園子弟的太師，後來也都官拜錦衣衛都指揮的官銜。這兩個人一個是胡旦（胡無翳）的外公，一個是梁生（梁片雲）的娘舅。

　　話說得勢的王振，他的生日景況又如何呢：「到了十三日，王振的生日，蘇、劉二錦衣各備了幾件希奇古怪的物件，約齊了同去上壽。只見門上人海人山的擁擠不透，都是三閣下、六部五府、大小九卿、內府二十四監官員，伺候拜壽。」這裡誇張描繪出王振位高權重的生日景象。先是梁生、胡旦獻上的珍奇禮物及卑躬屈膝：「蘇、劉二人就在臥房裡跪下，一連磕了八個頭，口稱：『願祖爺爺九千歲！每年四季平安！』」（第五回）起來之後，也沒敢作揖，跑到前面將祝壽的禮物端到王振跟前。王振不過是個太監，卻因得勢幾乎與一人之下萬人之上的宰相地位相當，同時，人們也爭相獻上珍奇寶物，底下的人在祝壽時，賀他為「九千歲」，好與皇帝這個「萬歲爺」有別，逢迎諂媚近乎荒謬可笑：

> 蘇錦衣的一個羊脂玉盆，盆內一株蒼古十數朵花，樹上開著十數朵花，通似鮮花無異，細看卻是映紅寶石妝的。劉錦衣的也是一樣的玉盆，卻是一株梅樹，開的梅花卻是指頂大胡珠妝的。王振看了甚是歡喜，說道：「你兩個可也能！那裡鑽鑽的這門物來孝順我哩！」隨分付近侍道：「好生收著，拿罩兒罩住，休要暴上土。不久就是萬歲爺的聖誕，進了萬歲爺罷。」（第五回）

在王振的生日上，祝壽的人山人海，俱是朝廷要卿，各自獻上了珍品，文官武將還依次祝壽入席，張燈結綵，好不威風：「蘇、劉二人走到自己班房，脫了衣服，換上小帽、兩截子，看著人掃廳房，掛畫掛燈，鋪毡結綵，遮幃屏，搭布棚，抬銅鑼鼓架子，擺桌調椅，拴桌幃，鋪坐褥，真個是一了百當。王振進了早膳，陞了堂，文武眾官依次序上過壽，接連著赴了席。」（第五回）文武眾官依次賀壽，在如此這般的描寫下隱然可見，權勢直逼萬歲爺。由此暗示著王振公公平日必然作威作福才能有這樣的威儀。

　　另外還有一個達官權貴，管東廠的陳公公，因陳公公掌管了執掌詔命的特務機構，位居要津，因此在陳公公母親的壽日，沒人不來慶賀。雖然對於

陳公公母親的生日，文中只是淡淡地描寫了一段話，但著實勾勒出這些如山似海的賀壽者，其中或有人希望能藉此攀附權貴，或有人是因爲害怕陳公公特務首腦的地位，爲了自保不得不隨著眾人獻禮稱諾：「九月十六日是陳公公的母親的壽日，陳公公新管了東廠，好不聲勢來與陳太太做生日的如山似海。這本司兩院的娼婦，齊齊的出來，沒有一個不來慶賀。」（第七十回）透過「權勢也就如正統爺差不多了」的王振、和管東廠的陳公公母親「沒有一個不來慶賀」的生日會，我們看到宦官在明代的特殊地位，在《金瓶梅》裡有劉公公、薛公公，在《醒世姻緣傳》裡則有王公公及陳公公，可以瞭解不論是朝廷要臣或是平凡百姓，對於當權者生日時的表情達意，則似乎是不得不然的社會風情畫。

《醒世姻緣傳》中提到晁夫人生日的回數不少，因爲晁夫人在晁家是爲精神領袖，也是掌權者。甚至包括晁夫人成仙日，亦有鋪陳描寫，雖然多半是淡淡描寫幾筆帶過，卻表現出晁夫人身份地位及行善作爲。例如「十月初一日，晁夫人生日。這班人挑了箱，喚到衙內，扮戲上壽。見了晁知縣，千恩萬謝不盡。」（第五回）這裡是一筆帶過晁夫人的生日。到了第九十回再寫晁夫人生日時，這回重點放在寫晁夫人的慈悲心腸，原來，成化十四年連日大雨，使得「夏麥不收，秋禾絕望，富者十室九空，貧者挨門忍飢，典當衣裳，出賣兒女。看得成了個奇荒極欺的年歲。」（第九十回）晁夫人與晁梁因此決定替窮民償還積欠的一千三百石官糧，縣官著實感謝因此商議在晁夫人的壽辰日爲晁夫人掛「菩薩後身」及「孝義純儒」門匾。

晁夫人樂善好施，不僅代民完納漕米，平日也糶糧濟民、捨草藥療醫疾病，不但使百姓感念，甚至使「本等不是循良」的縣官也得以「深悔」。百姓們莫不祈求晁夫人能活到一百二十歲，「這武城縣各里的里老收頭，排年什季，感激晁夫人母子的恩德，攢了分資，成群打夥散在各廟裡，請了僧尼道士，都與晁夫人做壽生道場，保護她務必活到一百二十歲。晁夫人又將城中的米穀發出來平糶濟民，又叫各莊上將漕米碾下的細糠運住城來，捨與那糴不起米的貧戶。」（第九十回）成化爺因此給晁夫人三品誥命，當地知縣要晁夫人在一百零四歲壽旦當日迎接誥命：「卻說晁夫人一百零四歲的壽辰，興旺人家，那個不來趨奉？又恭逢這般盛典，不要說有整席酒席款待，就是空來看看，也是平生罕見的奇逢。於是沾親帶故，平日受過賑濟平糶過米糧，城裡城外的士民百姓，十分中倒來了九分九厘。」（第九十回）皇帝封誥加上百

來歲的壽宴，錦上添花的盛典，成了鄉里盛事。在《醒世姻緣傳》中透過晁夫人的二次的生日時的描寫，寫出晁夫人的身份地位，當然也再一次強調善惡果報的思想。

權貴者和欲攀附權貴並藉此達到某些目的者，權貴與攀附權貴者，利用生日時人情往來的理由，各取所需，這在充斥著官商勾結文化的《金瓶梅》裡俯拾可得，在諷喻現實以為世勸的《醒世姻緣傳》中，也不斷表現出這是當朝的文化，這是官商勾結，或者百姓懼怕位居高官者，不得不在當權者生日時，極盡所能獻上奇珍異果，好確保自己原來的生活得以延續。

三、生日對於存在的反省

（一）生日與死亡作了連結

活著的人對於死者的回憶，在場者的歡樂勾起對於缺席者的懷念，這是過去、現在、未來的流動混合。時間是流動的，是綿延不絕地延續著，無法區分出現在、過去未來的片斷，但是記憶裡的影像，卻切斷了時間的連續性，時間因此可以被切割成某些片段的描述。某個瞬間被想起，記憶便停留在過去的那個時刻，那便是永恆的時間，記憶裡的人事物，透過回憶顯得遙遠而美麗，不在場的人成為在場者的當下及永恆，透過回憶，生與死作了連結。家庭小說則會在歡樂的生日宴席上回憶亡者，生日因而與死亡有了連結。

明清家庭小說在撰寫生日的背後，或者與死亡作了聯繫，這種生與死、歡樂與悲哀的對比與連結，敘寫慶生的同時暗示死亡的來到，這樣生死的連結在《醒世姻緣傳》、《林蘭香》、《紅樓夢》三本家庭小說中都有出色的表現。

《林蘭香》一書只有二處提及生日，其中一處是寫耿朗正室林雲屏的生日，淡淡幾筆的敘述，約略寫出耿朗家與親族的人情往來的熱鬧，卻使耿朗因此思念起死去的愛妾任香兒：「已過送窮，又逢迎富，乃雲屏生辰，早間供過太陽糕，親眷都送壽禮來。鬧鬧熱熱，至晚方息。耿朗獨不見有香兒娘家的人，對景思人，不免在暗地落淚。到得三月清明，家家拜掃，上過了祖先的正祭，獨自一人，又出城來。」（第五十一回）」這樣的筆法頗似《金瓶梅》中寫孟玉樓生日，雖寫玉樓生日宴會，卻更著墨在男主人西門慶對於死去愛妾李瓶兒的思念。

生日本來便是極為熱鬧的家庭紀念日，在家人歡樂的同時，突顯死去家庭成員的「缺席」與「不在場」的凄涼。《林蘭香》此回寫的雖是林雲屏生日，

重點卻是在人來人往的親眷祝壽中，但見耿朗對死去愛妾香兒的無盡思念，生日使得生死有了連結。

《醒世姻緣傳》第十九回，小鴉兒的姐姐過生日，原本小鴉兒帶著禮物出門時說好當日不得回來，隔日才要返家，但是已有些疑心的小鴉兒，卻在當日提早回來，讀者此時已預知將有事件發生，果然，撞見了老婆唐氏和晁源的好事：

> 小鴉兒那日與姐姐做了生日，到了日落的時候，要辭他姐姐起身，姐夫與外甥女再三留他不住。拿了一根悶棍，放開腳一直回來，看到大門緊緊的關著，站住了腳…小鴉兒跳下牆來，走到自己房前，摸了摸兒，門是鎖的。小鴉兒曉得是往晁源後邊去了……小鴉兒從腰裡取出皮刀……把唐氏的頭割在床上……晁源叫了一聲『救人！』小鴉已將他的頭來切下。（第十九回）

小鴉兒藉著姐姐過生日的理由出門，這是喜悅與歡愉，然而提早返家的決定，使得唐氏無防備，讓小鴉兒捉姦在床，並且手刃了姦夫淫婦。在敘寫生日的同時，也描寫死亡的情節。

《醒世姻緣傳》中晁夫人是貫穿全文的大家長，她的生日在文中描述較多。有一回晁夫人因為丈夫過世，因此雖然生日，卻不收親眷們的賀禮，只擺了一桌素宴，款待了她一向善待的二位僧人胡無翳及梁片雲：

> 到了初一日，二人早到廳上，送了幾樣禮，要與晁夫人拜壽。晁夫人又出去見了，晁夫人因有重孝，都不曾收親眷們的禮，這人單擺了一桌素筵款待片雲、無翳。次日兩個就要辭了起身，晁夫人又留他住了兩日，每人替他做了一領油綠紬夾道袍，一頂瓢帽，一雙僧鞋，一隻羢襪；各十兩銀子；又擺齋送了行。（第二十一回）

這裡寫晁夫人生日，然而晁夫人不僅不收禮，還擺素桌款待二位僧人，並贈二人衣帽鞋襪及銀兩。僧人梁片雲極為感念晁夫人的菩薩心腸，他認為晁老及晁源都已死去，單單只剩晁夫人，因此梁片雲決定托生為晁老先生妾室春鶯之子，以報答晁夫人的恩情。兩位僧人朝起晚住一路議論，胡無翳說道：「晁大舍刻薄異常，晁老爺又不長厚，這懷孕的斷不是個兒子。」梁片雲接著說道：「依我的見識，晁老爺和大舍雖然刻薄，已是死去了，單單剩下了夫人。這夫人卻是千百中一個的女菩薩。既然留他在世，怎麼不生個兒子侍養他？所以這孕婦必然生兒子，不是女兒。我看老人家的相貌也還有福有壽哩。我

們受了他這樣好處，怎得我來托生與他做了兒子，報他的恩德才好。」後來梁片雲果然坐化圓寂，投胎成了晁梁，連「模樣，就合梁片雲一人個相似」（第二十二回）。為了說明果報之事確然有據，還說晁梁才三個月大，便「著實醒得人事」，看見胡無翳，直撲著要胡僧抱，顯示晁梁（梁片雲的投胎）對胡無翳「著實有個顧戀的光景。」（第二十二回）

生死在此並不在時間的兩端，而是交錯成一種知遇的情感，為了感念這種知遇之情，梁片雲捨身成為晁家後代，以便將來侍奉並報答晁夫人，生日會為了梁僧選死亡的決定之日，生日與死亡之間隱隱然有了聯繫。

《紅樓夢》中對於重要人物生日的描述，往往使用一到二回的篇幅，也總是在描寫生日的當時，或生日過後，插入有關死亡的敘述，作為死亡的預告或伏筆。《紅樓夢》作者費盡筆墨描寫人物生日者，有寶釵、鳳姐及賈母三人，這三個女性在賈府的地位特殊，她們的生日也都與死亡有了聯結，她們的命運也與整個賈府的命運互為終始。在《紅樓夢》庚辰本第四十三回脂評批道：

> 看他寫與寶釵生日後，又偏寫與鳳姐作生日。阿鳳何人也，豈不為彼之華誕大用一回筆墨哉。只是虧他如何想來，特寫於寶釵之後，較姐妹勝而有餘；於賈母之前，較諸父母相去不遠。一部書中，若一個個只管寫過生日，復成何文哉。故起用寶釵，盛用阿鳳，終用賈母，各有妙文，各有妙景。〔註13〕

《紅樓夢》大大書寫生日者有三人：「起用寶釵」、「盛用鳳姐」和「終用賈母」，是有三個重要的意涵。

1、第一個意義是，寶釵、鳳姐及賈母三人都是賈府裡重要的女性掌權者，這三位女性代表了賈府的興衰。她們三位的生日正寫出賈府家運聲勢，所謂「起用」、「盛用」、「終用」即是賈府興衰起盛的側寫。作者拈出這三個要角的生日，並點出生日背後隱含的多重意義。

2、書寫這三位女性的第二層意義：賈府的過去、現在、未來是由賈母、鳳姐、寶釵三位執事。賈母是賈府的精神領袖，象徵著賈府的地位；鳳姐執事管理賈府是賈府裡握有實權的人；寶釵最後則成為寶二爺的媳婦，在賈母鳳姐、死去，寶玉離家之後，終究是寶釵掌理賈府。雖

〔註13〕陳慶浩，《紅樓夢脂硯齋評語輯校》，香港：香港中文大學新亞書院紅樓夢研究小組、巴黎第七大學東亞出版中心出版，1972年1月初版，頁422。

然在賈府裡曾協助鳳姐執事者還有探春，但文中並末對其生日有所描寫。

3、第三層意義則是，她們的生日除了寫出家庭命運外，又與死亡作了連結。

首先，寶釵生日在《紅樓夢》中有兩度的描寫，第一次在第二十二回，是在賈元春「晉封爲鳳藻宮尚書，加封賢德妃。」（第十六回）不久之後，賈府聲勢再上層樓元妃得以省親，寶釵的生日代表的是賈府的興盛。第二次則是在第一百零八回，此時賈家走上頹勢，元妃、黛玉都已香消玉隕，寶釵成了寶二奶奶。然而，寶釵第二次生日的描寫，對比第一次的熱鬧盛大，顯得冷清淒清。

回到寶釵在《紅樓夢》中的第一個生日上，寶釵十五歲生日，十五歲是「將笄」之年，也是成年可嫁之歲，於是賈母特別要爲寶釵過生日。這一回寫寶釵的生日是家庭內成員的團聚，「至二十一日，就賈母內院中搭了家常小巧戲臺，定了一班新出小戲，崑弋兩腔皆有。就在賈母上房排了幾席家宴酒席，並無一個外客，只有薛姨媽、史湘雲、寶釵是客，餘者皆是自己人。」（第二十二回）有意思的是，這是寶釵在賈府裡過的第一個生日，也是寶玉的姐姐妹妹當中，唯一生日被描寫出來的一位，不僅如此，文中還二度寫及寶釵的生日，暗示著寶釵的身份終究不同於其他姐妹，特別受到賈母青睞，後來終於成爲寶玉的媳婦，也是在賈母、鳳姐死後，將要掌理賈府的人物。在這個生日會上，作者把寶釵細密的心思不著痕跡地表現了出來，話說賈母爲寶釵安排戲班子，問寶釵愛聽何戲、愛吃什麼，寶釵先在心裡思索一番，才依著賈母的喜好回答，由於寶釵「深知賈母年老人，喜歡熱鬧戲文，愛吃甜爛之食，便總依賈母往日素喜說了出來。賈母更加歡悅。次日便送過衣服玩物禮去。」（第二十二回）寶釵是不著痕跡地討好好賈母，這樣的舉止大大拉拔了她在賈母心中的地位，也使她終於得到賈母欽點成爲寶二奶奶的地位。

特別要提及的是，黛玉雖也是《紅樓夢》裡的要角，但作者並沒有特別描寫黛玉生日，只在寶釵十五歲生日時，鳳姐問賈璉如何幫薛妹妹過生日，賈璉回答：「往年怎麼給林妹妹過的，如今也照依給薛妹妹過就是了。」鳳姐說道：「我原也這麼想定了。但昨兒聽見老太太說，問起大家的年紀生日來，聽見薛大妹妹今年十五歲，雖不是整生日，也算得將笄之年。老太太說要替她作生日。想來若果眞替她作，自然比往年與林妹妹的不同了。」（第二十

回）這裡提到了「往年怎麼給林妹妹過的」，一句話交代了黛玉曾經有過的生日，但在《紅樓夢》中作者並不曾描寫林黛玉的生日，並且在「自然比往年與林妹妹的不同了」一語中，暗示黛玉在賈府中的地位不及寶釵，似乎也預示了和寶玉的將是寶釵的金玉盟，而非與黛玉的木石姻緣。

《紅樓夢》裡寫對於寶釵生日寫了二次。第一次在第二十二回，彼時熱鬧盛大；第二次則在第一百零八回賈母特地為寶釵過生日，這次生日的描寫，對比第一次的熱鬧盛大，顯得寂寥冷清。原來，賈母心疼寶釵「自過了門，沒過一天安逸日子」，寶玉還是瘋瘋顛顛，況且寶釵還沒定親時「倒做過好幾次，如今他過了門，倒沒有做」（第一百零八回），於是賈母出錢為寶釵作生日，說道：「可憐寶丫頭做了一年新媳婦，家裡接二連三的有事，總沒有給他做過生日，今日我給他做個生日，請姨太太、太太們來大家說說話兒。」（第一百零八回）賈府此時榮景已不再。

關於寶釵第二次生日的描寫是在賈府被查抄之後，黛玉這時早已香消玉隕。湘雲遠嫁後回門，看到園子裡淒淒冷冷，寶玉仍是瘋瘋顛顛，湘雲於是向賈母獻計，趁著後日寶釵生日熱鬧一回。然而這回生日的氣氛卻是充滿了淒涼悲傷。在寶釵的慶生會上，迎春哭泣、湘雲心煩、鳳姐勉強說話，說道：「今兒老太太喜歡些了。你看這些人好幾時沒有聚在一起，今兒齊全」。（第一百零八回）就這句「今兒齊全」，更顯得此時的賈府是家業零敗，大家心上更是不自在無精打彩。

寶玉卻在寶釵生日會上一時憶往傷心，走進了被查封過的大觀園裡。寶玉離開園子已一年，再入園內望見的是：「花木枯萎，亭館有幾處色彩剝落」，到了瀟湘館聽聞哭聲，加上婆子們說：「又聽得人說這裡林姑娘死後常聽見有哭聲，所以人都不敢走的。」寶玉聽聞後不覺放聲大哭說道：「林妹妹，林妹妹，好好兒的是我害了你！你別怨我，只是父母作主，並不是我負心。」明明是寶釵生日，但在這回裡卻感受不到生日的歡樂氣息，人事已非，歡笑不再，黛玉死亡的陰影如影隨行盤據寶玉心靈。寶釵的生日宴會倒像是哀悼黛玉的悼念日。在生日的喜悅的同時，卻敘寫著死亡或死亡的到來，生死流轉之際，以「生日」這個時間刻度，把《紅樓夢》主題裡的真假虛幻、人事滄桑、青春美好終究會成去的抒情主題，再作一次淋漓盡緻的表現。

賈府執事者從賈母到鳳姐，最後賈府也只能倚待寶釵的操持，並由她延續賈府命脈。然則此時賈府已衰敗，黛玉死去、人事已非，在這一次望見的

是無限悲涼的人生景況，連嫁出去的迎春好不容易回了家都要哭訴：「本要趕來見見，只是他攔著不許來，說是咱們家正是晦氣時候，不要沾染在身上。我扭不過，沒有來，直哭了三天。」（按：此指迎春的父親賈赦）後來丈夫肯放她回家，是因為：「他又說咱們家二老爺又襲了職，還可以走走，不妨事的，所以才放我來。」（第一百零八回）這些話使得寶釵的生日充滿聚散分離的悲涼和無奈，也但見人情冷暖。當賈府成了皇親，正當元妃得寵時，賈母生日的造訪者是絡繹不絕，而現在元妃薨逝、賈府被抄、家運破敗，迎春的夫家甚至不許她返家，直到賈政又再襲了職才得以回家走走，因為已「不妨事了」，寶釵的生日倒寫盡了炎涼世態。

在王熙鳳當家管事時，她雖年輕輩份低，但平日頭角崢嶸，因此握有極大的權柄。《紅樓夢》裡鋪寫鳳姐生日，正是她是賈府裡真正握有實權。她的生日在《紅樓夢》中風光程度僅次於賈母。賈母因為疼愛鳳姐，主動想要替她熱鬧一番，於是找來王夫人說道：「我打發人請你來，不為別的。初二是鳳丫頭的生日，上兩年我原早想替他做生日，偏到眼前有大事，就混過去了。今年人又齊全，料著沒事，咱們大家好生樂一日。」（第四十三回）賈母發了話，於是上上下下都忙著籌劃，賈母還要學大家拿出錢來，有多少算多少，「小家子大家湊分子，多少盡著這錢去辦」，於是大家熱熱鬧鬧地辦鳳姐生日。眾丫頭婆子們見賈母高興，也都隨著高興，忙著各自分頭請人的請人、傳話的傳話，沒一頓飯的工夫，「老的，少的，上的，下的，烏壓壓擠了一屋子。」有人是忙不迭地想要巴結奉承鳳姐，因此殷勤籌備著，有的人則是因為畏懼她，只好也跟著來巴結她。

因為畏懼、奉承的種種因素，使得大家都「欣然應諾」。為使鳳姐的生日會辦得風光盛大，因此大家紛紛趕著湊錢，連丫鬟等下人都送了獻了錢來，一會兒工夫，共湊了一百五十兩有餘。「展眼已是九月初二日，園中人都打聽得尤氏辦得十分熱鬧，不但有戲，連耍百戲並說書的男女先兒全有，都打點取樂頑要。」（第四十三回）鳳姐備受賈母寵愛，因而得以有個風光的生日盛宴，鳳姐生日的風光熱鬧，在賈府中僅次於賈母，然而與賈母相同的是，她們兩人的生日也都寫盡歡樂過必得承受的悲涼，因為人生總是喜樂無常。

來到鳳姐的生日會上，這廂是鳳姐和太太小姐們喝酒，鳳姐才覺得多喝了些，欲回房歇息去，沒想到卻撞見丈夫賈璉和鮑二的老婆在房間內親密，

鮑二老婆甚至在鳳姐生日這天，扯上平兒，並咒著鳳姐：「多早晚你那閻王老婆死了就好了。」賈璉道：「她死了，再娶也是這樣，又怎麼樣呢？」鮑二媳婦道：「她死了，你倒把平兒扶了正，只怕還好些。」賈璉回說：「如今連平兒她也不叫我沾一沾了。平兒也是一肚子委曲不敢說。我命裡怎麼就該犯了『夜叉星』。」（第四十四回）這時，鳳姐生日宴會上的百戲都還沒散，她回到後廂房便瞧見賈璉和鮑二媳婦偷情，鳳姐氣得抓住鮑二的老婆撕打一番，也遷怒到平日待人寬厚，甚得人緣的平兒身上，屈打了平兒，還鬧到賈母面前，賈府上下全都知道了。

雖然隔天在賈母的調停下，鳳姐和賈璉和好了，但鮑二媳婦卻因此受辱上吊自殺。賈璉和鳳姐聽到鮑二媳婦上吊的消息都吃了一驚，然而鳳姐卻還正色喝道：「死了罷了，有什麼大驚小怪的！」她仍不願花錢了事，甚至聽到鮑二媳婦的娘家要告官還冷笑地說：「這倒好了，我正想要打官司呢！」（第四十四回）更不許有人給鮑二家錢，反倒是賈璉送了二百兩發送，才平息可能的一場官司。

鳳姐的生日在賈母的要求下成為賈府大事，賈府上下莫不費心籌措，這是賈府聲勢正隆之時，事實上，鳳姐一手整治的賈府也在她的弄權攢錢之下逐漸衰敗；鳳姐風光的生日，卻有個不堪的結束，吵鬧、撕打，甚至有人死亡。鳳姐的生日宴會和她的生命最終都是草草結束，在生日會上引出事端，把歡樂的生日指向死亡的虛涼。鳳姐風光的生日卻也將她待人的潑辣、蠻橫再度表現出來，更賠上了鮑二媳婦的生命。

同時，在鳳姐生日這天，寶玉躲開賈母為鳳姐舉行的大排筵宴，在水仙庵外為金釧含淚施禮。金釧是不久前因和寶玉調笑，被王夫人斥責逐出、最後投井死去的小丫頭，且不說賈母如何為鳳姐大力攢措生日會，平日寶玉和鳳姐二人關係極為良好，然而在鳳姐生日，貴為賈府公子的寶玉選擇避開盛宴，靜默地為死去的丫頭金釧施禮祭奠，獨自悼祭金釧，此回表面上寫賈府裡最有權勢的鳳姐的生日，事實上卻寫園裡子最無身分地位的丫頭之死，足見寶玉有情，同時突顯鳳姐的無情，這卻也使鳳姐的生日連結了死亡，有著複雜的悲喜情感，這也是《紅樓夢》一再出現的詠嘆調。

在鳳姐風光的生日裡，寶玉祭拜著金釧，丈夫卻在這日屋裡偷腥，最後逼死了鮑二媳婦，一場風光的生日宴會，暗示著賈府裡可悲可笑的兒女際遇，以及令人不堪的欲望情愛，死亡，竟是其中最大的代價。當賈府前頭正演著

《荊釵記》的夫妻團圓的大戲，〔註14〕後頭是鳳姐卻是上演著撕打、叫罵、哭鬧、尋死的家庭悲喜劇。《紅樓夢》裡的《荊釵記》，小説中上演的戲劇，二者形成反諷的敘事話語，這是一個文本與一種文化表意之間的互文關係。〔註15〕《荊釵記》戲裡是貧書生王十朋爲了求取狀元與髮妻錢玉蓮分離，髮妻不願被權貴逼迫再嫁於是選擇了自殺，而後獲救，中了狀元的貧士不忘髮妻，於是設醮追薦亡靈，卻意外地妻子團圓，這是前院裡熱鬧上演的夫妻恩愛大團圓的戲碼。後院裡卻是富貴子弟賈璉和鮑二媳婦調情，二人並且譏諷鳳姐如夜叉，鳳姐也沒能如同錢玉蓮般賢惠，反將事情鬧得沸沸揚揚，最後反倒是逼得鮑二媳婦上吊收場。

理應與家人歡度生日的鳳姐，在前頭院裡仍熱鬧上演著夫妻情深義重戲碼的同時，後頭屋裡則演出丈夫藏嬌、背叛妻子，甚至鬧得夫妻失和、情婦上吊的生死慘劇。《荊釵記》裡的節婦烈夫，在賈府裡成了奸夫與潑婦，忠孝節義的夫妻戲碼成了荒腔走板的家庭鬧劇，前院後屋、生日與死亡、愛與恨交錯成極爲荒誕的時空。但卻也指陳了人間至美至愛的情感，只能投射在虛構的戲劇中，喜悲交集的才是現實唯一的眞相。這更令讀者感受到更深的虛無及蒼涼。

賈府裡的大家長賈母，象徵著賈府過去曾有的及現在正在擁有的榮耀，但她也親見賈府走向走向衰敗，賈母的生日是《紅樓夢》中最後一次對於人

〔註14〕《荊釵記》的内容爲：貧士王十朋以荊釵爲聘禮，與錢玉蓮結爲婚姻。王中狀元後，萬俟丞相欲招爲婿，十朋拒絕，萬俟怒而將他由饒州僉判改除潮陽僉判。富豪孫汝權謀娶玉蓮，暗中將王的家書改爲休妻之書，玉蓮被迫投江自殺，爲福建安撫錢載和所救，收爲義女，複得饒州王僉判病故消息，誤以爲十朋亡故。五年後，十朋改任吉安太守，在道觀設醮追薦亡妻，適玉蓮亦至道觀拈香，兩人相逢，終以荊釵爲憑，夫妻團圓。

〔註15〕互文性，指任何文本與賦予該文本意義的知識、代碼和表意實踐之總和的關係，而這些知識、代碼和表意實踐形成了一個潛力無限的網路。陶東風主編，《文學理論基本問題》（第二版），北京：北京大學出版，2004 年 3 月初版，2005 年 5 月二版一刷，頁 277。

互文性（intertextuality）概念最早由法國符號學家、女性主義批評者朱麗婭·克里斯蒂娃提出，她說：「任何作品的文本都是像許多行文的鑲嵌品那樣構成的，任何文本都是其他文本的吸收和轉化。」朱莉婭·克裏斯蒂娃曾說，每一個文本都是對另一個文本的吸收和改造。這是廣義的互文定義。狹義的定義以熱奈特爲代表，認爲，互文性指一個文本與可以論證存在于此文本中的其他文本之間的關係。參：朱麗婭·克里斯蒂娃，《符號學：意義分析研究》，參見朱立元《現代西方美學史》，上海：上海文藝出版社，1993 年，頁 947。

物生日的盛大描寫，賈母壽宴長達八天，往來盡是達官權貴、王公貴族，然而此時的賈府其實已是「百足之蟲，死而未僵」的局面，在賈母生日之後，賈府一切急轉而下。賈母的生日也把賈府的興盛，從極盛走向衰敗前最後的繁華，作了精彩的描寫。賈母因其為元妃奶奶的「皇親」身份，她八十歲生日自是不比尋常，她的八旬生日，自七月二十八日至八月初五日止，壽宴長達八天，從皇親貴族到家宴，榮寧兩處齊開筵宴，果然是元妃娘娘的嫡親奶奶才能有的殊榮。賈母是賈府精神領袖，八十大壽的敘寫也是極盡慶賀之能事。作者寫出壽宴之盛大奢侈同時表現出賈府的聲勢：

> 因今歲八月初三日乃賈母八旬之慶，恐筵宴排設不開，便早同賈赦及賈珍賈璉等商議，議定於七月二十八日起至八月初五日止榮寧兩處齊開筵宴。（第七十一回）

> 二十八日設筵宴請皇親駙馬王公諸公主郡主王妃國君太君夫人等；二十九日便是閣下都府督鎮及誥命等；三十日便是諸官長及誥命並遠及親友及堂客。初一日是賈赦的家宴，初二是賈政，初三是賈珍賈璉，初四是賈府中合族長幼大小共湊的家宴，初五是賴大林之孝等家事人等共湊一日。（第七十一回）

自七月上旬，往來賈府致送壽禮者更是冠蓋雲集，甚至寫出皇帝及娘娘都御賜了許多禮物：

> 自七月上旬，送壽禮者便絡繹不絕。禮部奉旨：欽賜金玉如意一柄，彩緞四端，金玉環四個，帑銀五百兩。元春又命太監送出金壽星一尊，沈香拐一隻，伽南珠一串，福壽香一盒，金錠一對，銀錠四對，彩鍛十二匹，玉杯四隻。餘者自親王駙馬以及大小文武官員之家凡所來往者，莫不有禮，不能勝記。（第七十一回）

從親王駙馬到文武官員前來賀壽將賈府的聲勢推到最高。這裡寫出賈母生日排場，也顯示出賈府的盛隆，因此來往交遊的王公貴族無不親自賀壽。文中細細描述自皇帝欽賜物、元妃賜賀禮。皇家御賜，象徵賈母的地位及賈府的權力都更上層樓，因而使王公官員前來賀壽者絡繹不絕，甚至賀禮繁多到須擺設大桌置放，但賈母則懶待細看，只看了二日便煩了，叫人收起，以後悶了再看，足見這些珍貴賀壽之禮，也不過是賈母妝奩裡的一些擺飾罷了。

　　賈母生日的氣派，應該是《紅樓夢》中最為隆重的盛事，來祝賀者淨是皇親國戚及王宮貴人有郡王、駙馬、太妃、王妃、公侯誥命等人：「寧府中本

日只有北靜王、南安邵王、永昌駙馬、樂善邵王並幾個世交公侯應襲，榮府中南安王太妃、北靜王妃並幾位世交公侯誥命。賈母等皆是按品大妝迎接。大家厮，先請入大觀園內嘉蔭堂，茶畢更衣，方出至榮慶堂上拜壽入席。」因賈母生日，賈府張燈結彩，搬演戲文，笙簫鼓樂之音，通衢越巷，喧嚣了好幾天。

賈母的生日是元妃省親過後，賈府裡另一個盛事，這裡記錄了賈府的權勢興盛，同時也對比著，後來當賈府被錦衣軍抄家時的敗落淒涼與人情冷暖。賈母在《紅樓夢》中的地位並不只是作爲賈家大家長，她亦是串起《紅樓夢》重要情節的人物。《紅樓夢》的故事由寶玉身上展開，但牽動寶玉一生命運是賈母，又因賈母最爲疼愛的女兒賈敏過世，才有賈敏之女林黛玉投靠賈府的故事。黛玉與寶玉的木石姻緣也因賈母囑意寶釵宣告失敗，賈母去世後，代表賈府的家運再無回復的可能。

《紅樓夢》描寫賈母的生日此回的回目寫著：「嫌隙人有心生嫌隙，鴛鴦女無意還鴛鴦。」（第七十一回回目）回目指出賈母生日之後將引發的事端：賈母的壽宴上邢夫人和鳳姐種下嫌隙。同時，鴛鴦在園子裡因緣際會地撞見司棋和她的表哥幽會，後來又有個名喚呆大姐痴丫頭，她撿到一個充滿情色的繡香囊，引發了大觀園裡一連串的事端，最後導致司棋得以死明情志，生日和死亡又一次地作了連結。

原來，王夫人誤以爲繡香囊是鳳姐的，質問鳳姐時惹得鳳姐淚眼漣漣，接著是刑夫人的陪房管家「王善保家的」，常調唆刑夫人生事，因送香囊給王夫人發落，見王夫人說：「你去回了太太，也進園內照管照管，不比別人又強些。」這王善保家的，正因素日園裡的丫頭們並不奉承她，她心裡不自在，要尋她們的過錯又苦無機會，正好生出此事，藉此機會向王夫人進讒言，調撥寶玉丫頭晴雯的是非：「太太不知道，一個寶玉屋裡的晴雯，那丫頭仗著他生的模樣比別人標緻些，又生了一張巧嘴，天天打扮的像個西施的樣子，在人跟前能說慣道，掐尖要強。一句不投機，她就立起個騷眼晴來罵人，妖妖趫趫，大不成個體統。」這讓王夫人想起有個丫頭，長得是「水蛇腰、削肩膀、眉眼又有些像林妹妹的」（第七十四回），她便是晴雯。王夫人素來最嫌怨這樣花容月貌的女子，認爲必會勾引帶壞了寶玉，再加上王善保家的媳婦的讒言，王夫人找來晴雯，看見她果然如出水芙蓉又聰明伶俐，於是將晴雯逐出賈府，晴雯最終是含怨病逝。在此同時，王夫人讓王善保家的與鳳姐查

抄大觀園裡婢女們的箱奩，沒想到反倒查抄出王善保家自己的外孫女司棋和表哥的幽會信物，司棋因此也被逐出大觀園，司棋為愛情願付出一切，最後甚至撞牆而死，而司棋的表哥則隨之自刎而死。

賈母的生日享盡富貴榮華的排場，然而在後邊園子裡卻引發一連串全都指向死亡終局的事件，一場生日盛會，連接了後文的死亡。生日的瑣碎熱鬧鋪寫成生命裡的悲歡，並和死亡作了連結。《紅樓夢》作者將「生日」這個充滿歡慶的時間刻度裡，寫入了賈府的興衰。賈母、鳳姐及寶釵這三位在賈府中報事掌權者的生日見證了賈府的繁華，也見到了繁華落盡後的凋零悲涼。

此外，寶玉的生日也是值得注意的。賈寶玉是賈府上下用心呵護的一塊寶，照理來說，寶玉的生日應是《紅樓夢》中的重頭戲，但事實上，對比賈母生日時有著皇家御賜以及往來不絕的王孫貴族；鳳姐生日的大費周章及熱鬧喧嘩；寶玉的生日只是「聊復應景」，送禮的人除了賈府裡的人之外，只有張道士、舅舅王子騰及薛姨媽。寶玉生日這一天，不同於鳳姐生日的熱鬧喧嘩，連寶釵的生日都比寶玉的生日盛大精彩，這裡只描寫親族故舊送往迎來的尋常賀禮：

> 因王夫人不在家，也不曾像往年鬧熱。只有張道士送了四樣禮，換的寄名符兒；還有幾處僧尼廟的和尚姑子送了供尖兒，並壽星紙馬疏頭，並本命星官值年太歲周年換的鎖兒。家中常走的女先兒來上壽。王子騰那邊，仍是一套衣服，一雙鞋襪，一百壽桃，一百束上用銀絲掛麵。薛姨娘減一等。其餘家中人，尤氏仍是一雙鞋襪；鳳姐兒是一個宮製四面和合荷包，裡面裝一個金壽星，一件波斯國所製玩器。各廟中遣人去放堂捨錢。又另有寶琴之禮，不能備述。姐妹中皆隨便，或有一扇的，或有一字的，或有一畫的，或有一詩的，聊復應景而已。（第六十二回）

在此，「聊復應景」的生日描寫，自然也符合了寶玉不喜與外人交際的性格，寶玉視達官貴人、權貴之士為庸俗之人，在生日時寶玉自然是和大觀園裡的姐妹們歡樂度過，因此在他生日時只有舅舅王子騰、薛姨媽、廟裡的道士和尚尼姑等為其祝賀。這是描寫出寶玉不喜交際的性格，也表現寶玉不俗的個性，在鳳姐的生日會上，獨自去奠祭死去的丫頭金釧，便可見得。

寶玉生日的描寫，則暗示著賈府的繁華開始衰敗，只是大觀園裡的兒女尚未察覺。寶玉生日這天，眾人設席行酒令，玩得不亦樂乎。生日在大觀園

裡像是一曲一曲的青春樂章，是一個以美酒、詩歌、笑語、花草組成的快樂世界，時間似乎也暫時停止。但當寶玉向寶釵念出「敲斷玉釵紅燭冷」詩句時，夜靜而深沈，隱喻了無邊的寂寞；此時，香菱又補上了一句古詩：「寶釵無日不生塵」（第六十二回），似乎暗示著寶釵的未來，只能擁有無邊無際的孤寂。

寶玉在生日時收到妙玉的拜帖，上面寫著：「檻外人妙玉恭肅遙叩芳辰」，妙玉自封爲「檻外人」，因爲她認爲自漢、晉、唐、宋以來皆無好詩，除了「縱有千年鐵門檻，終須一個土饅頭」這兩句詩好。然而，土饅頭意指墳墓，意謂著生命的終點，即使歲月萬般繁華，生命終會走到盡頭，妙玉以檻外人自居，不也遠觀著賈府的繁華，並提醒著大觀園裡的人們，眼前的歡樂還能有幾多時，在生命終究走到盡頭時。《紅樓夢》往往在敘寫生日／歡樂的同時，總會暗指歡樂盡頭人們必須面對的聚散分離。在寶玉的生日宴飲上這又是一例，寶玉生日這天在怡紅院夜宴，和姑娘們擲骰抽籤「占花名兒」，這些花名籤詩，對著每個姑娘的性格和命運作了詩化的隱喻（第六十三回）。

然而，死亡的陰影在歡慶的同時總是如影隨形，寶玉的生日也與死亡有了聯繫。正當眾人在榆蔭堂中以酒爲名、傳花爲令、頑笑不絕時，東府來人報訊「老爺賓天」（第六十三回），原來賈敬爲了要長壽成仙，煉丹服砂，最後是服毒而歿。賈敬對於長生不老的企求，反成了命喪黃泉的引方，求生竟成了尋死。在寶玉生日宴飲歡樂無窮之時，死亡的陰影接踵而來。若說在大觀園裡寶玉的壽宴上表現出來的是青春無敵的世界，那麼東府玄眞觀裡的賈敬老爺，則是在青春消失後仍渴慕長生方術，青春不死秘方，企圖挽留太匆匆的時間和歲月。然而，青春終究沒法久留，生命終會走到盡頭。寶玉的生日接續起了生死、聚散的二端。透過寶玉的生日歡宴，把青春和死亡就這麼悄悄地寫在一起，也正說明了青春必然悵然消逝──在時間過去了之後。

（二）生日展開的存在論題

明清家庭小說中《金瓶梅》一百回中的敘事時間，最明顯的是有關生日的描寫，文中提到有關生日的回數約有三十七回，占去了全文的 1／3，小說似乎是藉著生日進行日常生活的種種細節。《金瓶梅》透過家庭人物的生日、與之往來的鄉里，或達官貴人的生日，寫的是西門慶的家庭生活、西門慶的權力關係及人際往來。西門慶藉生日送禮致賀權貴爲由，使自己的權力得以向上攀升，展現了官商之間的財富及權勢糾葛。生日敘事記錄了時間，也鋪

寫後文事端的發展，或者展現出西門家的豪奢宴飲，彰顯西門慶的應酬排場及廣闊交遊，表現西門家逐步向權貴靠攏的官商勾結文化，這裡透過「生日」寫出人情世故，也寫出權力欲望。

討論明清家庭小說中「生日」的敘事意義，生日在小說情節中有時只是作為時間的過場、或記載月日時間，或者伏寫接下來將要發生的事件。「生日」有別於日復一日的日常時間，是個人的紀念日，是圍繞著家庭人物而展開，並牽動家庭整體命運。從《金瓶梅》到《紅樓夢》「生日」所展開的話題及關注的焦點「生日」往往是伴隨著充滿食物禮品的宴飲而出現，這裡可以分二個層面來看：

首先，家庭內人物彼此的慶賀；第二，透過生日禮物的饋贈傳達對於權力的追求，或對於欲望的描寫，這個部份在明清家庭小說中都有深刻的描寫。不論是為了要逢迎當權者、為了攀附權貴，或者是為了要突破男女禮教大防，而表現出最貪婪算計的人性底層，都使得個人的生日形成一種具有文化意義的時間刻度。

綜合而言，《金瓶梅》大量寫人物的生日，同時也多著墨在男女飲食欲望，依附著《金瓶梅》的食色主題進行，並藉此得以攀附權貴得到權勢地位兩個主題上。這在吳月娘與妓女李桂姐的對話上可見出一些端倪：在這回的描述中青樓的李桂姐，不斷地用家人親戚過生日為由，眼見的都是金錢，以攢揝西門慶的錢。話說，李桂姐接過曆頭來看了說道：「這三十四日，苦惱！是俺娘的生日，我不得在家。」月娘則說道：

> 前月初十日是你姐姐生日，過了。這二十四日，可可兒又是你媽的
> 生日。原來你院中人家一日害兩樣病，作三個生日：日裡害思錢病，
> 黑夜思漢子的病；早辰是媽的生日，晌午是姐姐生日，晚夕是自己
> 生日。怎的都在一塊了？趁著姐夫有錢，撥著都生日了罷。（第五十
> 二回）

這早也生日、晚也生日，或者是媽媽的生日、姐姐的生日，過生日成了生活裡很重要的一個時間或環節，也成為妓女李桂姐攢揝西門慶禮物的好藉口。

關於「欲望」的鋪陳自然是《金瓶梅》一文的重點，同時在《金瓶梅》中，「欲望」往往連接飲食饗宴，而食物、欲望所連接的，便是權力的擁有及掌握。如何掌握更大的權力，西門慶透過官商勾結的方法，快速達成願望，然而要如何建立人脈，《金瓶梅》更進一步書寫西門慶如何利用「生日」這個

時間刻度，以鞏固自己的權勢地位。權勢是一種欲望，另一種則是男女大欲，西門慶自然是懂得利用生日包裝男女的情欲，給予彼此見面往來的好藉口。

在《金瓶梅》中，除了描寫家庭成員的生日之外，更大的部份則寫西門慶透過對於權貴人士蔡太師的生日厚禮，得到自己的權力和地位，生日成爲家庭成員向外展開人際網絡的時間點；在明清家庭小說中，生日往往可以看到人們對於權貴的逢迎諂媚。

在後來的明清家庭小說中，《醒世姻緣傳》關於生日宴飲提到的並不多，至於《林蘭香》及《紅樓夢》都幾乎無關於壽宴的描寫，生日的重點已由食色欲望轉移到家庭成員的關係，或者隱喻生死是站在時間的兩端。

《醒世姻緣傳》對於生日的敘述有十三回，其中以晁夫人爲生日的要角，貫串起情節發展的事件安排，並藉生日寫人物的身份地位，或者鋪寫人物的性格，同時對於生日的描寫往往連接了後文事端與情節發展，並表現出當權者的地位。在《金瓶梅》中寫出西門慶官商勾結的商人面貌，在《醒世姻緣傳》中，則寫宦官劉公公及東廠陳公公，一人之下萬人以上的特殊地位，而平民百姓乃至於文武百官對於當權者的表情達意，似乎是當時代不得不然的社會景況，對於社會現象極盡嘲諷之能事，重點在於善惡果報的勸懲，因此寫出宦官的面貌，必然也要寫出良善百姓得善果的故事，晁夫人即爲文中重要例證。小說中透過晁夫人兩次生日的描寫，寫其佛心善念及樂善好施，因而有僧人爲報恩而坐化圓寂，轉世投胎成爲晁老爺侍妾之子，後來侍母至孝，待晁夫人更甚於生母。這是晁夫人在人間的福報善果，在晁夫人一百零四歲生日之後坐化而逝，則成爲嶧山山神。

《林蘭香》及《紅樓夢》的生日多聚焦在家庭裡人物彼此的關係上。《林蘭香》一書對於家庭生活中的宴飲、遊戲多有著墨，卻少描寫家庭中的生日會，全書六十四回中關於生日只有二處提到，內容描寫也並不多。其中一回是藉耿朗生日寫家庭裡的事件，同時突顯妻妾之間的爭寵。《林蘭香》生日描寫的焦點，都是放在耿家人物彼此之間的關係上。事實上《林蘭香》一書不論是格局、篇幅、事件情節的安排，都聚焦在較小的論題上，較少透過《林蘭香》一文去連結並省視社會的大問題。在另一回裡，則是藉生日會歡樂的現場，描述耿朗對死去愛妾任香兒的思念，對比生日現場的歡慶與追憶死者的哀傷，生與死的連結，在《林蘭香》中已有約略輪廓，《紅樓夢》則對於「生死」作了更深刻的說明，開展出一個更大的生死話題。

　　《紅樓夢》裡看似青春無敵的小兒女們，他們不斷與時間拉扯，希望能留住永恆，然而不論大觀園所自成的樂園或賈府權貴聲勢，都不斷提醒讀者「時間的流逝」，提醒著青春是有限的，美好的事物在擁有的同時，也正在失去著，一如時間。例如，史湘雲在寶玉生日酒筵時，不勝酒力，醉臥山上後頭的石凳上，沈酣眠芍，一切看似青春美好，小說的描寫是：「四面芍藥花飛了一身，滿頭臉衣襟上皆是紅香散亂，一群蜂蝶鬧穰穰的圍著她，又用鮫帕包了一包芍藥花瓣枕。眾人看了，又是，又是笑，忙上來推喚挽扶，湘雲口內猶作睡語說酒令。」（第六十二回）這是青春慶典裡最無憂的寫照，充滿了青春的恣意與自在。然而，青春無愁的歲月還能有多久？因為青春無法久留，一如湘雲芍眠，終究得要清醒，大觀園裡的歡樂日子終究會成為過去。

　　在《紅樓夢》中，關於生日的描寫，往往連接死亡，形成歡樂與悲涼對照的話題。在此也不斷地提醒讀者，這一切盡是如夢一場，百年家庭亦是繁華一瞬。《紅樓夢》中對於生日的描寫並不太多，然而，透過生日卻更顯示人物地位、身份、受到的恩寵高低，同時也是表現出人文趣味的時間刻度，例如在生日宴飲上的所吟詠的詩詞歌賦、酒令或搬演的戲文，同時隱喻生日之歡慶與死亡之悲離，生日同時隱喻了生命的無常變化。一如楊義在《中國古典小說十二講》所言：「當生日慶典沈浸在人倫交際，古詩曲解和命運暗示中的時候，人生時間刻度就轉化為一種人文時間了。」〔註16〕

　　生日，原只是具有個人意義的家庭紀念日，在《紅樓夢》中，寫成意涵豐富的時間刻度，這種人文時間刻記對現實的反省，使讀者感受到歡樂悲涼、聚散分離、以及時間流逝的不可逆轉，以及生與死的無可奈何。在幾個《紅樓夢》重要人物的生日撰寫背後，不論是隱喻或明寫，多與「死亡」作了聯繫。這是一種對比強烈的敘事方式，將「慶生」之喜悅，牽引向「死亡」，帶出了小說敘寫死亡的意圖。生死、聚散、真假、夢幻真實，一直都是《紅樓夢》強調並敷演的主題，小說中對於生日的描寫，是不斷回應著主題的陳述，原來歡樂的生日和悲傷的死亡距離並不遙遠。

　　從《金瓶梅》、《醒世姻緣傳》、《林蘭香》到《紅樓夢》「生日」所展開的話題及關注的焦點漸次改變。從《金瓶梅》人感官本能的食色欲望、人際往來、外在權勢財富的要求；到《醒世姻緣傳》書寫掌權者的面貌，更進一步

〔註16〕楊義，《中國古典小說十二講》，頁229。

也寫了人性裡的良善，使人的存在不只是感官欲望；《林蘭香》二次簡短的生
日書寫，則探究人與人的相處及衝突，以及人內在情感的展現：到了《紅樓
夢》，關於生日的敘事意義，除了情感的展現外，已上升至對於人存在的反省，
並不斷地說明著，生與死其實是繫懸在時間的兩端，時間包含了生死。因此，
我們在當下盡情地歡樂，也在回憶的瞬間有所悵然。這四部明清家庭小說對
於生日的描寫，其實已逐步開展對於存在的反省。

第二節　群體時間刻度「節慶」的敘事意義

一、「季節」、「歲時節慶」的人文意義

在時間的計算上，編年體「以月繫時」表現出來的時、月，即爲季節、
時令。日與日的推移是個別的時日計算，然而當日與日累積而成的一個季節，
形成一個歲時，便是群體時間的表現。在日常生活中，日復一日的現實感常
常是隱沒不顯，然而，對於季節的更迭，卻往往使人物有深刻的感受。家庭
小說的中關於作物的生長、氣候變化的描寫，呈現時間的變化，這樣的時間
被稱爲「自然時間」或「物候時間」。在四季的變遷中，春去秋來的物候時間
是一種循環時間，〔註17〕年年歲歲都有相同的季節或節氣，從春分、夏至、
秋分、冬至，春去秋來的變化記錄著時間的過往，卻也在年年歲歲的歲時節
氣中，感受到時間的流轉。而四季的變化是家庭生活中最易被感知的部份，
從春寒料峭到臘月隆冬，在生活中有著明顯的痕跡。歲時節氣及季節的更迭，
成爲在家庭生小說中不斷被訴說提及的部份，這也是形成家庭小說時間敘事
的重要內容。

農業民族的春種秋收，不但反映自然物象變化的周期性，也反映了人
類生產活動的周年節律。中國漢族把年歲作爲一個明確的時間單位，隨著
穀物種植而後形成的。「歲時」是中國社會特有的時間表述。在上古時代強
調的是人對自然節律的適應，農業生產是順時而動，人們觀察自然節候的
變化，而有了歲時的概念，歲時因而是起源於民眾對日常生活的理解。

「歲」本是收穫農作物時的工具，是上古時一種斧類的砍削工具，當
時的農業是一年一熟，每年收穫一次。收穫後殺牲祭神，「歲」成爲一種祭
祀名稱。每年一穫的祭祀慶祝活動，逐漸形成將自然時間分成不同的時間

〔註17〕黃忠順，《長篇小說的詩學觀察》，湖北：華中師範，2002 年 8 月出版，頁 99。

段落，表現出周期性的祭祀活動。〔註18〕《說文》：「年，穀熟」《春秋穀梁傳·桓公三年》：「五穀皆熟有年」《爾雅·釋天》：「周日年」，郭璞注云：「取禾一熟」。〔註19〕「時」則是指季節，《說文》：「時，四時也。從日，寺聲。」「時」的變化與日有關。《周易·繫辭下》：「寒暑相推，而歲成焉」，人們對於時季的感受在於寒暑的推移。四時的概念是與四方空間裡農作的變化有關，通過空間物候的變化，感受到時間的流動，逐漸形成了歲時系統及概念。〔註20〕

　　時令意識則源自於人們對於自然現象變化的觀察及思考，「野人無曆日，鳥鳴知四時」，這是漢代詩人枚乘之作。對於物候變化的觀察，人們逐漸注意到天象與氣候物候之間的對應關係。人們認為世間的時令變化，是受制於日月星辰等天文的流轉。漢族關於四時的明確劃分，大約是西周末期。

　　曆法的出現，是人類認識和計算時間的重要標誌。首先必須長期觀測、記錄，同時必須對這種記錄分析計算，才能掌握日月天象運行的周期性的規律，也才能進一步制定曆法。從曆法的文獻的記載來看，中國由國家頒布的曆法，大概始於夏朝。〔註21〕在《史記·五帝本紀》中提到顓頊依據天文，制定曆法：「裁時以象天」。《尚書·堯典》也提到；「歷象日月星辰，敬授人時」，以及「日中星鳥，以殷仲春」、「日永星火，以正仲夏」、「宵中星虛，以殷仲秋」、「日短星昴，以正仲冬」，以四種星辰為四時時令。〔註22〕從四時（春、夏、秋、冬）到八節（立春、春分、立夏、夏至、立秋、秋分、立冬、冬至）。每個節又分為三個節氣，在漢代以後二十四個節氣成為自然的時間系統。〔註23〕

　　就節氣時間而言，每隔十五天設一個節氣，一年中的二十四個節氣，不

〔註18〕蕭放，《「歲時」傳統中國民眾的時間生活》，北京，中華書局，2002年3月初版，頁1～4。

〔註19〕劉文英，《中國古代的時空觀念》（修訂本），天津：開南大學，2000年9月初版，頁10。

〔註20〕蕭放，《「歲時」傳統中國民眾的時間生活》，頁4。

〔註21〕劉文英，《中國古代的時空觀念》（修訂本），頁15～17。

〔註22〕蕭放，《「歲時」傳統中國民眾的時間生活》，頁8～9。

〔註23〕《淮南子·天文訓》記述了三十個節氣，但漢代以後二十四個節氣，成為此後中國特有的農時概念。二十四個節氣為：「立春、雨水、驚蟄、春分、清明、谷雨、立夏、小滿、芒種、夏至、大暑、小暑、立秋、處暑、白露、秋分、寒露、霜降、立冬、小雪、大雪、冬至、小寒、大寒等。參見，《「歲時」傳統中國民眾的時間生活》，蕭放，頁12。

僅是農事活動的指南，同時也是祭祀日與民眾社會生活的時間點。〔註 24〕人們依四時的變化順天敬時，萬物的滋長如《論語・陽貨篇》所言：「天何言哉，四時行焉，萬物生焉。」「歲時節令」是人們爲了適應自然時間季節的變化，所創制形成的一種人文時間。「歲時」，在於人對於自然的適應，「節令」則在人們適應自然時序後形成的民俗生活，〔註 25〕「節慶」則是在節令中形成的慶典活動。節慶連接百姓的生活，透過不同時代重視的節慶內容，記錄著文化的變遷，及所代表的文化意蘊。中國的歲時節令起源於時令祭祝，最後形成季節標示的時間點，「時間是與祭獻一起產生的，而再次中斷的時間恰恰是祭獻活動。」〔註 26〕因此，歲時節令往往也融合著民俗宗教節慶，也在菩薩神祇低眉斂容的聖誕紀事中時間悠忽而逝。明清家庭小說描寫節慶宴飲的同時，記錄著人事的紛陳，寫盡生命的滄桑起伏。

歲時節慶的產生及發展是人類認識自然的過程，與天文、曆法都有密切關係。〔註 27〕它同時也是一種社會時間，是社會群體生活節奏的一個象徵性結構，〔註 28〕表現出社會生活及文化。歲時節慶將一年的日常時間區分成許多段落，每一個歲時、節令表示了時間的階段，年復一年，以此往復。歲時節慶是屬於傳統延續下來的節日，然而，傳統的意義是它屬於過去，卻不斷作用於現在。〔註 29〕

「歲時」或稱爲歲事、時節、月令、時令等，「節令」則是物候變化下的時令，「節慶」的形成並非專指節氣，指一年之間源自於歲時的傳統活動，或是對歷史人物的崇拜祭奠，形成一種約定俗成的集體性社會風俗活動，它是具有周期性，具有特定的主題及約定俗成的活動內容。〔註 30〕節慶還涉及了鬼神信仰，涉及人們對於歷史事件、歷史人物的追悼，是依風俗形成具有紀念意義的活動。所謂的周期性，如同生日之於個人、節令慶典之於群體，是每年固定的時日。然而，周期性發生的節慶在每一年會產生不同的實質內容，

〔註 24〕 蕭放，《「歲時」傳統中國民眾的時間生活》，頁 13。
〔註 25〕 楊義，《中國敘事學》，頁 122。
〔註 26〕 路易加迪等著，《文化與時間》，頁 66。
〔註 27〕 郭興文、韓養民著，《中國古代節日風俗》，台北：博遠出版社，1989 年 2 月，頁 5～7。
〔註 28〕 吳國盛，《時間的觀念》，北京：北京大學出版社，2006 年 11 月初版，頁 20。
〔註 29〕 傅延修，《先秦敘事研究——關於中國敘事傳統的形成》，頁 315。
〔註 30〕 直江廣治，王建朗等譯，《中國民俗文化》，上海：上海古籍出版社，1991 年 2 月，頁 59。

這又形成生日節慶的流動性。

在時間分類中，傳統歲時節日大致上被歸爲人節、鬼節、神節三類：人節有春節、端午節、中秋節；鬼節有清明節、中元節、十月一；神節有三月三、六月六、九月九。〔註31〕事實上人事活動離不開鬼神的襄助，敬鬼事神，也是爲了現世人間生活。人節，重在人倫活動；鬼節，重在追懷亡者；神節，祭祀天神，以求人世的平安。在農業社會中，人們遵從農耕時令，依時序進行農事活動，於是逐漸形成歲時節俗，並當作爲生活裡的一套重要儀式，例如從元旦敬天祭祖、元宵燈節熱鬧狂歡、清明祭祖、中秋節月圓家人團聚、重陽登高憶往，到除夕除舊佈新。

歲時節慶使時間的流轉有可依循的軌跡，然而也在這樣不斷重複的節慶軌跡中，使人們很容易地產生今昔對比，撫今追昔，並輕易地看到人事的變化及時間的流逝。因此，明清家庭小説在歲時節慶的描寫中，總是以帶有感傷的抒情筆法，連接人物當下的生命處境。個人及家庭成員在面對節日有不同的情況也有不同的情感，這些情感或者是對過往緬懷、感傷、歡樂的記憶，個人的興懷又連結了對於生命、家庭整體命運的感受，使得敘事文學有了深刻的抒情意涵。至此，作爲敘事文學的明清家庭小説，則毫不費力地把敘事與抒情聯繫起來。

先秦時期是節日風俗萌芽時期，漢代則是中國節日風俗的定型時期，漢代的統一使先秦時代的荊楚文化、巴蜀文化、齊魯文化、吳越文化、北方文化、中原文化與秦文化能進一步融合。起源於原始崇拜的神話，對於節日風俗，有了推波助瀾的作用，加上佛教、道教的興起，對於節日風俗影響頗深。例如七月十五日是佛教的盂蘭盆會，也是道教的中元節，後來成爲民間七月重大的節日。

除夕、元旦、元宵、寒食、清明、端午、七夕、重陽等節日的風俗內容，基本上在漢代多已定型。〔註32〕唐代則是節日風俗轉變時期，有些節日由原來的禁忌、嚴肅性、神秘性轉變而具有了娛樂性，並形成一種儀式，節日內容變得精彩豐富，成爲家庭聚會的良辰佳節。〔註33〕到了明清時期，或因帝

〔註31〕蕭放，《「歲時」傳統中國民眾的時間生活》，北京，中華書局，2002 年 3 月初版，頁 144。
〔註32〕郭興文、韓養民著，《中國古代節日風俗》，頁 13～17。
〔註33〕郭興文、韓養民著，《中國古代節日風俗》，頁 21，如端午節在唐以前是「惡日」，到了唐代則爲龍舟競度的大型活動。

王親頒定規制,如元宵節,〔註34〕使得娛樂性的節日不僅持續發展,更成爲宮中、民間節慶活動的準則,歲時節令趨於定型,同時也成爲明清家庭小說中重要的家庭活動。

節慶的重要儀式之一,是祭祝祖先,從歲末年終的除夕、清明到中元節。祭祀祖先往往是民眾歲時節日的中心內容,人們透過節令的祝祭與先人進行溝通,祈求先祖保佑,同時也能使家人團聚。歲時除了宗教祭祀的性質之外,原本還有政治性質。古代王室祭祝天地,最終的目的仍是爲了人事和諧,古代王官對於天時掌握,也意味著王官對於管理民政擁有的權利。〔註35〕歲時節令的祭祀活動,在後來,逐漸形成民間共同的社會生活及節俗活動,於是與政治漸漸脫節。節慶因而具備了較生日更多重也更深刻的人文意義,把家庭小說中時間的刻度從人的一生拉長至家庭、家族、社會、文化的長度。事實上,家庭裡有著個人身份的個別性,同時使有血緣或婚姻關係的成員建構成一個小的群體關係。〔註36〕由於家庭是中國社會和文化的基本結構,〔註37〕隱喻著文化的「象徵秩序」〔註38〕,家庭進一步也可以擴大爲家族、社會,並寓寄中國政治文化。

歲時節慶的活動都是家庭中日常生活的一部份,是年年歲歲都要經歷面對的歲時節令,然而每一個家庭小說要強調的主題並不相同,它們又各自展現時代裡不同的文化氛圍,透過這些節慶時間刻度,展現不同的主題意涵。在團聚的同時,進行關於家庭宴飲與娛樂活動,於是節慶成爲家庭的狂歡時刻,成爲群體狂歡的一種儀式。明清家庭小說提到的節慶有除夕、元旦、元宵節、交芒種節、清明節、端午節、中秋節、重陽節、中元節等等,〔註39〕這些節令是群體實踐禮俗文化的時間刻度。在這四部明清家庭小說中對於節俗描寫或重視的程度不一,有時僅僅只是提及節慶名稱,有時則對節俗儀式有深刻且細緻的描寫,各有不同的關注焦點,寫與不寫之

〔註34〕 周耀明,《明代・清代前朝漢族風俗史》,《漢族風俗史》第四卷,上海:學林出版社,2004 年 12 月,頁 161～162,《明會典》記載著:「永樂七年詔令元宵節自正月十一日起給百官賜假十天,以度佳節。」

〔註35〕 蕭放,《「歲時」傳統中國民眾的時間生活》,頁 19～21。

〔註36〕 李軍,《「家」的寓言——當代文藝的身份與性別》,北京:作家出版社,1996 年 9 月第一版二刷,頁 22。

〔註37〕 李軍,《「家」的寓言——當代文藝的身份與性別》,頁 91。

〔註38〕 李軍,《「家」的寓言——當代文藝的身份與性別》,頁 21。

〔註39〕 明清四部家庭小說提到的歲時節令,參見附錄二十至附錄二十三。

間正投射了不同的小說的主題意義，及所要呈現出來的家庭的、以及時代的文化意義。

在明清家庭小說中小說的敘事時間，也在節氣與四季裡，時移過往，無情往復。《金瓶梅》、《醒世姻緣傳》、《林蘭香》、《紅樓夢》〔註40〕的節慶，從元旦燈節、清明掃墓、端午、中元、中秋賞月、重陽、冬至、除夕到新年，是家人團聚、親人往來宴飲，更是送往迎來的重要時間點。人間的歲時，在描寫著四季更迭的景物中，不覺春去秋來，過了梅夏又早逢麥秋，歲月在艾葉菖蒲茱萸更替中一年又盡。家庭節慶在一年又一年的替換中，使時間不斷地向前推移。這種闔家團聚展現群體意義的時間刻度，成為家庭人文的一種時間座標。

明清家庭小說中，透過自然時間、物候時間及歲時節慶，記錄著時間。中國古代家庭依傍的不是鐘錶時間，而是季節與節令，〔註41〕同時也在節令慶典中展開了人際關係的聯繫。人們感知自然時間的變化，並透過歲時節慶的敘述，顯現物換星移後人事的滄桑感，並在日常時間中被特別呈顯出來。例如《紅樓夢》詳細描寫了除夕、元宵節、中秋節、芒種節，但未寫清明節；《金瓶梅》則著力描寫元宵節、清明節，卻未寫端午節或中秋節；《醒世姻緣傳》只提及除夕、元旦和重陽節，卻完全沒有提到清明節；《林蘭香》則利用端午節寫家庭活動，同時提到大多數的節慶名稱，即使未有深刻描寫。明清家庭小說「寫」節慶，正是透過描寫節慶內容以展示小說欲傳達的主題；然而「不寫」的部份，也透露出這樣一個節慶所代表的文化意涵，在家庭小說中「缺席」的意義。

明清四部家庭小說中關於節慶的描述：

節　慶	有所描述的小說	只提及節慶名稱無述及內容
除夕、元旦	《金瓶梅》、《醒世姻緣傳》、《紅樓夢》	《林蘭香》
元宵節	《金瓶梅》、《林蘭香》、《紅樓夢》	《醒世姻緣傳》
清明節	《金瓶梅》、《林蘭香》	《林蘭香》、《金瓶梅》

〔註40〕 參見附錄一、附錄二、附錄三、附錄四。
〔註41〕 吳國盛，《時間的觀念》，頁 34，文中說明，時日携帶著它對人事的特定意義依次登場，中國的計時工作者（包括今日所謂天文學家、歷法家、占星術士等等）所測定、所標記的時日，本來就是滲透著特定含義的時日。

芒種節	《紅樓夢》	
端午節	《林蘭香》、《紅樓夢》	《醒世姻緣傳》
中秋節	《紅樓夢》	《金瓶梅》、《醒世姻緣傳》、《林蘭香》
重陽節	《醒世姻緣傳》、《金瓶梅》	《林蘭香》
中元、下元節		《醒世姻緣傳》、《林蘭香》

　　由上表約略可看出明清家庭小說所提到的歲時節日，被四本書都「提到」的有節慶時間有：除夕、元旦、元宵燈節和中秋節。除夕和元旦，一直以來都是中國節慶中最重要的日子，它代表了一年的始終，不論是在朝廷或民間都有慶賀，以及祭天地、祭神靈、祭先祖的儀式。至於元宵燈節最是特別，它在明清時逐漸形成一種狂歡的氣息，是女性得以走入街市與人群並行，暫時不受封建體教規範的節日，這在《金瓶梅》中有精彩的書寫，是爲歲時節慶中最爲狂歡也最具大眾文化意涵的節日。

　　明清家庭小說中對於節慶的描寫：

《金瓶梅》的節慶——除夕、元旦、元宵、清明、中秋、重陽

節　　慶	有所描述的回數	只提及節慶名稱的回數
除夕、元旦	第七十八回	
元宵	第十五回、第二十四回、第四十二回	第二十五回
清明節	第四十八回、第八十九回	第二十五回
中秋節		第八十三回
重陽節	第十三回	

《醒世姻緣傳》的節慶——除夕、元旦、重陽、中秋、端午

節　　慶	有所描述的回數	只提及的回數
除夕、元旦	第二回、第三回、第七回	第二十一回
元宵燈節		第二十一回、第七十八回
端午節		第七十五回
中秋節		第二十四回
重陽節	第五十四回	第二十三回
中元節、下元節		第七十八回

《林蘭香》的節慶——除夕、元旦、元宵、端午節

節　慶	有所描述的回數	只提及的回數
除夕、元旦		第三十二回
元宵燈節	第十八回	
清明節	第十回、第十八回、第四十回	第五十一回
端午節	第二十二回、第四十一回、第五十三回	
中元節		第五十三回
中秋節		第十一回
重陽節		第三十七回

《紅樓夢》的節慶——除夕、元旦、元宵、芒種節、端午、中秋

節　慶	有所描述的回數	只提及的回數
除夕、元旦	第五十三回	
元宵節	第十六回、第十七回至十八回、第五十三回、第五十四回	第一回
芒種節	第二十七、二十八回	
端午節	第三十一回	第二十九回、第三十回
中秋節	第七十五回、第七十六回	第一回

　　在明清時為大節日的中秋節，雖四書都有提及，但也只有《紅樓夢》花上許多筆墨描寫。月圓人團圓是中國古典文學裡常用的象徵意義，在人事總難全，充滿抒情筆調、兒女情長的《紅樓夢》中，透過中秋節寫出月有陰晴圓缺人有悲歡離合的人生聚散，十分符合小說的主題命意。

　　明清家庭小說中對於歲時節慶的書寫，包含對亡者的奠祭、憶親人故友、以及在節日中家庭宴飲的描寫。其中，花朝日和芒種節只在《紅樓夢》中提及，是迎花神和送花神的日子，這當然是因為家庭小說所著重的內容各不相同，表現出不同的書寫意義。由於《紅樓夢》不斷地將女孩們以花朵為喻，女子如花的紅顏，這些紅樓女子也如同在大觀園裡恣意開放的花朵，花開花謝也如青春一場，如同黛玉葬花亦自殤。因此《紅樓夢》特別書寫迎花神送花神的節日，如此則不負《紅樓夢》另一個名稱《十二金釵》之名。

　　值得一提的是，明清家庭小說在內容多摹寫生日、節慶等時間刻度，但

在這四部明清家庭小說的回目上，仍多以人物名稱爲主，〔註42〕少以節慶爲名。下文將討論明清家庭小說中所述及的節慶，以及文中描述了那些節慶的慶典儀節，並試著找出節慶所表現出來的文化意義。在歲時節慶的狂歡空間、祭祖等儀節進行的空間中，所貯藏的是年復一年重複出現、具周期性的時間，並填滿時間記憶。

　　明清家庭小說因而是借助家庭空間，講述時間的故事。在家庭的院宅、花園、亭臺樓閣中，強調的不是四方的空間，而是它所形塑的時間敘事，寫出家庭的人情往來、喧鬧歡聚的宴飲以及對於時間不斷流逝的感傷，而歲時節令的鋪寫，則提供了最好的時空場所。

二、四部明清家庭小說節慶的表現與比較

（一）除夕——《紅樓夢》的皇家威儀

　　明清家庭小說中年復一年的節慶儀節以及節慶中的宴飲，在家庭小說的描寫中佔很重要的地位，從一年之始的元旦到歲暮的除夕，在明清家庭小說中都有所描寫。除夕是一年的最後一天，爲「月窮歲盡之日」。〔註43〕首先，

〔註42〕《金瓶梅》幾乎每一回都以人物名稱爲主，除了少數幾回以節慶名稱爲題，在《新刻繡像批評金瓶梅》回目，多以人物人名爲回目名稱，如：第一回「西門慶熱結十弟兄**武二郎**冷遇親哥嫂」、第二回：「俏**潘娘**簾下勾情老**王婆**茶坊說技」、第三回：「定挨光虔婆受賄設圈套浪子挑私」、第四回：「赴巫由**潘氏**幽歡鬧茶坊鄆哥義憤」。少數幾回以**節慶**名稱爲回目，出現在以下三個回目上。如第十五回：「佳人笑賞**翫燈樓**，狎客幫嫖麗春院」、四十二回：「逞豪華門前放烟火，賞**元宵**樓上醉花燈」、八十九回：「**清明節**寡婦上新墳，永福寺夫人逢故主」。

　　《醒世姻緣傳》的回目同樣以人名爲主，並無提及節慶名稱。《醒世姻緣傳》回目，仍以人物人名爲主，如：第一回：「**晁大舍**圍場射獵，狐仙姑被箭傷生」、第二回：「**晁大舍**傷狐致病，**楊郎中**鹵莽行醫」、第三回：「**老學究**兩番托夢，**大官人**一意投親」、第四回：「**童山人**脅肩諂笑，**施珍哥**縱慾崩胎」。

　　《林蘭香》依舊以人物爲主，提及節慶歲時的回目只有兩回。第十八回：「中和日助款良朋，**寒食節**憐傷孝女」，及五十八回：「祭**中元春**畹傷生，悲**重九**雲屏謝世」。

　　《紅樓夢》中回目名稱多半仍以人物名稱爲主，其中提及節慶名稱有三回。第十七至十八回「大觀園試才題對額，榮國府歸省慶**元宵**」、第五十三回「寧國府**除夕**祭宗祠，榮國府**元宵**開夜宴」、第七十五回「開夜宴異兆發悲音，賞**中秋**新詞得佳讖」。

〔註43〕周耀明著，徐杰舜主編，《明代·清代前朝漢族風俗史》，《漢族風俗史》第四卷，頁157，所以又叫除歲、除夜、年三十，是中國古代節日中最爲隆重的節

除夕的年夜飯是團圓飯，家族共聚，並祭拜祖先，飯後發放壓歲錢，象徵吉祥祝賀。晉朝時已有「守歲」之習，圍爐夜話，通宵不寐，等候新的一年，正月初一燃放鞭炮，迎接新歲。除夕與新年一直是中國文化中最爲重要的節日，它代表團圓、追思祖先以及對未來的期許。〔註44〕除夕是家庭成員的團聚祭祖，追懷祖先並感謝上蒼。元旦新年則是一年之始，人們也由家庭、家族，擴及親友鄉鄰、由近及遠，新年活動已成爲社會聯繫的重要節日。這四部明清家庭小說都寫及除夕的年節活動，然而描寫的深淺及細緻程度都各有不同。

《金瓶梅》描述在除夕之前及除夕日西門家的過節慶賀方式。首先，在第七十七回先描寫了西門慶和尚舉人、何千戶、劉內相公公家人、來來往往，又幫著吳月娘的哥哥吳鎧得到指揮僉事的官職，官商之間綿密的往來，到了十二月二十四日備羊酒、花紅、軸文，邀請親朋好友，擺大宴席爲吳大舅（吳鎧）慶賀，接著到二十六日，玉皇廟吳道官又領著十二個道眾，到家中爲李瓶兒念經作法事，吃齋送茶，至晚方散，

> 至廿七日，西門慶打發各家送禮，應伯爵、謝希大、常峙節、傅夥計、甘夥計、韓道國、賁第傳、崔本，每家半口豬、半腔羊、一壇酒、一包米、一兩銀子；院中李桂姐、吳銀兒、鄭愛月，每人一套衣服、三兩銀子。吳月娘又與裡薛姑子打齋，令來安兒送香油米麵銀錢去，不在言表。

> 看看到年除之日，窗梅表月，簷雪滾風，竹爆千門萬戶，家家貼春聯，處處掛桃符。西門慶燒了紙，又到李瓶兒房，靈前祭奠。祭畢，置酒於後堂，闔家大小歡樂。手下家人小廝并丫頭、媳婦都來磕頭。

> 西門慶與吳月娘，俱有手帕、汗巾、銀錢賞賜。（第七十八回）

這裡一路寫來，寫出西門慶家送往迎來以及在除夕日貼春聯、闔家團聚的景況。《金瓶梅》關於除夕「到各家送禮」，送禮的對象是西門慶平常來往結拜

日之一。在這一天有許多的風俗活動，如吃年夜飯、換門神、貼春聊、掛年畫、掛簽、謝年、守歲、貼窗花、驅疫、除舊佈新以迎接新的一年的來到。

〔註44〕蕭放，《「歲時」傳統中國民眾的時間生活》，頁112～114，宋代以前人們在門戶上釘桃木板，書寫避邪字樣或刻門神，稱爲「桃符」，宋元以後，桃符與春帖、春聯混稱。新年新歲、萬象更新，要著新裝，飲春酒、食春盤。一般而言，除夕及大年初一要祭拜天地，家人互相拜年，定尊卑長幼之序；初二與親戚鄰里拜年往來，聯絡鄉里社群的人情。明清時，年節活動擴大，一直延續到正月十五，以舞龍燈，賞燈的活動將整個社區聯繫起來。

－207－

的兄弟們、家中的夥計、青樓女子、道姑等人，雖然他們都不是達官貴人，但他們都是西門慶及吳月娘平日最常來往的小人物。《金瓶梅》清楚描寫家庭中的除夕種種，這裡寫出西門慶在除夕日的打發送節禮物的細節，對西門慶及西門家成員而言，除夕的磕頭賀歲是對家裡的成員主僕等，除夕送節等則是對著朋友、親人、鄰里等一般人物，而這些鋪陳必然是接續著除夕之後的元旦新年時間，對於高官達人的送往迎來，《金瓶梅》致力描寫了情欲、宴飲，那麼除夕、元旦這種一年中極為歡樂喧騰的節慶自是著力鋪陳。

《醒世姻緣傳》第二回寫出年節將近，晁家迎接年節的景況，家中打點蠟燭、果品，殺豬宰羊，找人摹寫對聯，買門神紙馬，請香，送年禮，榨酒，打掃家廟，豎起天燈，彩畫桃符等等。此時正是日短夜長的時候，不覺到了除夕，闔家上下忙亂到三更。除夕夜裡晁源準備了新衣並備拜帖，吩咐家人準備車馬，喫了幾盃酒，一切安頓妥當，收拾上床睡覺，等待新年的到來。《醒世姻緣傳》意在書寫因果報應，因此年節的描述是要帶出晁源在年節前狩獵射殺了狐狸精，並將毛皮作成馬上座褥，展開果報故事。就在除夕夜裡晁源夢見爺爺來警告，述說晁源與狐狸前世今生的孽緣，然而晁源並不理會爺爺的警告，元旦仍要出門拜年，卻摔昏了半天，在新年第一天有著不吉祥的開始，當然這也表示了晁源的惡果報即將展開。〔註45〕

《醒世姻緣傳》在此將除夕日民間過節習作了細緻的描寫，此即是家庭小說的重要特徵，寫人寫事都不能離開時間而敘述，而家庭時間的記載往往是連接了時序的變化及節令的推移。小說中晁源在年節前殺害了修練千年的狐狸精，又剝去了牠的皮毛，前世今生的孽緣果報都在此時展開。

《林蘭香》在除夕儀節上著墨並不多，只寫到燕夢卿疾病沈重委頓床枕，本來燕夢卿還能支撐著不說，但到了二十八日，這已是年節前，她仍然病重不能起身，然而，除夕是大節日，必須告祭祖先，燕夢卿因此擔心「恐誤了祠堂拜祭，不得已告知康夫人、林雲屏。」因此，接來的「除夕聚會，夫妻六個只少夢卿。」（第三十二回）除夕祭拜是家庭中極重要的一件事，而在除夕夜最重要的家庭團聚時，燕夢卿「竟然」缺席，這也預告著燕夢卿「來日無多」。《林蘭香》對於除夕的儀節幾乎沒有著墨，只寫是個「必須」且「應該」祭祖團圓的日子，燕夢卿卻因病缺席，藉此突顯燕夢卿的病勢沈重，同時也側寫出燕夢卿忍辱含冤仍不語的性格。

〔註45〕參《醒世姻緣傳》第二、第三回的描寫。

　　明清家庭小說中，對於除夕祭祖描述最為詳盡者便是《紅樓夢》，因為賈府是皇親國戚，賈府內對於宗祠祭奠行禮如儀，顯示貴族大家的氣派，因此描寫除夕節慶十分慎重講究。《紅樓夢》第五十三回，在臘月二十九這日，賈家兩府中都換了門神、聯對、掛牌，新油了桃符，煥然一新。接著寧國府從大門儀門、大廳、暖閣、內廳、內三門、內儀門、內塞門，一直到正堂，一路正門大開，兩邊階下置放一色朱紅大高照，就像點著兩條金龍一般耀眼。除夕這天，由賈母等有誥封者，按著官品著朝服，先坐八人大轎，帶領著眾人進宮朝賀，行禮宴畢回來，來到寧國府暖閣下轎。家中子弟若未隨著入朝者，皆在寧府門前排著等候，等著入宗祠祭祀。

　　《紅樓夢》詳細描述賈府在除夕祭祖的景象及儀節。首先在「賈氏宗祠」幾個大字是衍聖公（即孔子後裔）所書，通往祠堂的白石甬路，兩邊皆是蒼松翠柏。月臺上設著青綠古銅鼎彝等器物。抱廈前上面懸掛一面九龍金匾，寫著：「星輝輔弼」，這是先皇御筆。兩邊一副對聯，寫著：「勛業有光昭日月，功名無間及兒孫。」五間正殿前懸一鬧龍塡青匾，寫道：「愃終追遠」。旁邊有一副對聯，寫著：「已後兒孫承福德，至今黎庶念榮寧。」裡頭有的匾額、對聯皆是皇家御筆，足見賈府幾代的榮顯，〔註46〕小說透過這些細節的描寫，透過除夕祭祝的儀式，寫出賈氏先祖的榮勳、地位，儀式的描寫，這些描寫不正是一種身份的象徵。

　　在描寫除夕宗祠祭奠儀式，威儀愃重，祠堂裡邊香燭輝煌，錦幛綉幕，只見賈府人分昭穆排班立定，〔註47〕賈家依長幼定序，賈敬主祭，賈赦陪祭，賈珍獻爵，賈璉賈琮獻帛，寶玉捧香，賈菖賈菱展拜毯，守焚池。青衣樂奏，三次獻爵，拜畢，焚帛奠酒，禮畢樂止，儀式完成，退出。眾人又隨著賈母回到正堂上，接著是除夕祭奠寧榮二祖儀式。正堂上錦幔高掛，彩屏張護，香燭輝煌。正堂中間懸著寧榮二祖的遺像，皆是披蟒衣佩腰玉，兩邊還有幾軸先祖遺影。賈荇、賈芷等人從內儀門挨次站立，直到正堂的廊下。門檻外則立著賈敬賈赦等人，門檻內則是女眷。眾家人小厮皆在儀門之外。每一道菜，先傳至儀門，由賈荇賈芷接住，按次傳至階上賈敬的手中。賈蓉為長房

〔註46〕《紅樓夢》第五十三回的描寫。
〔註47〕《紅樓夢》第五十三回，台北：里仁，頁834，「昭穆」：古代宗法制度對於宗朝祭祀排列次序的規定。始祖居中，始祖的下一代為「昭」，居左，昭輩的下一代為「穆」，居右；穆的下一代又為昭，居左；以後各代，依此類推，用以區別父子、遠近、長幼、親疏等關係，見《禮記・祭統》。

長孫，只有他隨著女眷立在門檻內。每當賈敬捧菜至階前，便傳給賈蓉，賈蓉再傳給他的妻子，再傳於鳳姐尤氏諸人，一直傳至供桌前，方傳給王夫人，王夫人敬捧給賈母，賈母方恭放桌上。小說描寫祭品的傳遞，也寫出了長幼之序，特別的是，賈府祭祖是由賈母主祭，而且是女眷立於供桌前，男眷立於檻外。〔註48〕表現出賈府裡輩份位階嚴明，以及男女內外之別。

這裡將奠祭的細節都清楚描寫，更顯示出賈府乃爲一貴族，因此致禮甚詳。刑夫人在供桌之西，東向立，同賈母供放。直至將菜飯湯點酒茶傳完，賈蓉方退下階，歸入賈芹等人階位之首。在子孫輩中，凡是名字從文旁者，以賈敬爲首列位；接下來則是名字從玉旁者，以賈珍爲首；再下來則是從草頭者，以賈蓉爲首，左昭右穆，男東女西。等賈母拈香下拜，眾人一齊跪下，賈府子孫將五間大廳，三間抱廈，內外廊檐，階上階下，全塞得無一空隙之地。全場鴉雀無聲，只聽聞鏗鏘叮噹金鈴玉佩微微搖曳之音，以及起跪時，靴履颯沓之聲，這全是貴族的衣著服飾，以及他們所要表現的儀節規範。

致禮完畢，賈敬賈赦等人趕忙退出，至榮府專候著要給賈母行大禮。接著是榮國府裡女眷們向長輩奉茶的儀式。賈敬、賈赦領著子弟們進來。賈母笑著說：「一年價難爲你們，不行禮罷。」（第五十三回）一面說著，一面還是男性一起，女性一起，分別向賈母行禮。然後又按長幼次序歸坐，於左右兩旁的交椅受晚輩拜禮。兩府內男僕、媳婦、小廝、丫鬟亦按差役上中下身份行禮。接著發送壓歲錢、荷包、金銀錁等吉祥物，廳上擺了合歡宴，以男東女西之列，各自歸坐，備上了屠蘇酒、吉祥果、如意糕等。那晚各處佛堂及灶王前都焚香上供。王夫人回到正房院裡，再設天地紙馬香供，大觀園正門上也挑著大明角燈高照，各處皆有路燈點亮。賈府上上下下皆打扮得花團錦簇，一夜人聲嘈雜，只聽聞守歲時的笑語喧鬧，爆竹烟火，絡繹不絕。這裡表現的是儒家重視尊卑之禮，定長幼夫婦之別，祭祖時以大宗嫡子、嫡長孫爲先，嫡庶有序。完成除夕宗祠祭奠、祭拜祖先、拜賈母及長輩拜禮的儀式，接著闔家吃團圓飯，發壓歲錢，迎接新年的到來。

在《紅樓夢》中細緻描寫賈府除夕的祭拜儀式，這是在其前的明清家庭小說所少有的，從賈府貼門聯、桃符到開正廳的細節一一詳述，寫及賈母領眾人著大妝進宮朝賀到入宗祠祭祀，宗祠堂設、祭奠時的每一個環節都詳實描寫，到賀年行禮、合歡宴飲；從靜態到動態，從莊嚴肅穆到笑語

〔註48〕《紅樓夢》第五十三回的描寫。

喧嘩。《紅樓夢》寫出家庭在時間過往中，積累成年年歲歲相同的文化儀式，一絲不苟行禮如儀。《紅樓夢》幾段節俗描寫中，除夕家祭幾乎是最為詳細的部份，這裡當然也表示著賈府的興盛，與後文中賈府被抄家的際遇將形成極大的對比，家庭的興衰成為家庭小說一個重要的主題。更寫出富貴之家對於年復一年不斷循環重複的節俗的重視，這便是群體面對時間刻度的儀式化生活。

《紅樓夢》節慶的描寫，從祭祖到拜年奉茶，無不形容賈府是長幼有序、男女有別，知禮甚詳，行禮如儀的家族；但在賈府裡的大觀園裡，這一切似乎全然不同，寶玉愛吃姐妹們的胭脂、老僕焦大斥罵賈府裡的不堪、寫出賈母寵溺寶玉、鳳姐專權，賈赦、賈珍、賈璉好色欲，甚至不顧輩份倫理一同沈溺在女色中，在這個除夕儀節裡，反而突顯了賈府日常生活的荒誕不羈。歲時節令描寫了家庭在節慶時間中重視的儀式或禮俗，因為這是群體必須面對的時間刻度，必須遵守的家庭甚至文化的規範，因此個人在這樣一個時間刻度裡，往往必須收起個人平日的生活態度，共同完成節俗儀式，在明清家庭小說中節慶生活的描寫，展現了群體面對家庭生活中某些不得不然的規範，這是在日常生活的描寫中少有的部份。

（二）元旦新年——《金瓶梅》的人情往來

新年是一年中最大的節日。學者認為春節起源於古代的巫術儀式，新年期間的活動，如飲食、祭祀、貼聯、禁忌等都是圍繞著避邪祈福而展開。正因為人們期望得到一年的平安和幸福，於是新年的習俗漸漸失去了巫術的內涵，演變成慶祝活動。〔註 49〕年節儀式是民族文化傳統的展示，人們在享受年節的同時，也表演著所積累的文化意涵。直到近代，春節成為新年的另一個名稱，時間則包括了除夕到新春年初十五。在明代，元旦是一年的三大節

〔註49〕楊琳，《中國傳統節日文化》，北京：北京宗教文化出版社，2006 年初版，頁
　　　1，頁 5～12，元旦的名稱，在先秦時稱為「上日」、「元日」，《尚書·舜典》：
　　　「正月上日，受終於文祖。月正元日，舜格於文祖。」兩漢時元旦的名稱便
　　　豐富許多，如《漢書·孔光傳》：「歲之朝日三朝。」顏師古注：「歲之朝，月
　　　之朝，日之朝，故曰三朝。」或稱為「三始」，見於《漢書·鮑宣傳》：「今日
　　　蝕於三始，誠可畏也。」或稱為歲旦、正旦、正日。到了魏晉時期名稱更多，
　　　元辰、元正、元首、歲朝、履端、三元、元日、正朝，以及後世所用的元旦
　　　及新年等名稱。到了明清，多用元旦一詞。今日所使用的春節一詞，始於《後
　　　漢·楊震傳》：「冬無宿雪，春節未雨，百僚燋心。」但這裡的春節指的是春
　　　天這個季節，而非元旦新年之義。

之一，明代民眾在元旦時設香案祭祝天地祖先，然後出門賀祝親友。〔註 50〕清代多承繼明代節俗，百官要入朝向皇帝朝賀，平民百姓則家家走訪親族鄰里，與親友互賀新年。〔註 51〕新年在一年的節慶中應是最重要的節日，因爲它代表一年之始，一切得以萬象更新。

　　《金瓶梅》對於除夕夜的描述並不多，但對於新正月元旦的描寫則著重描寫鄰里、以及達官貴人之間的人際往來。如果相對於《紅樓夢》細寫除夕祭拜家祠的隆重儀式來看，《金瓶梅》裡西門家只是個土財主、暴發戶，沒有深層文化的家庭，在《金瓶梅》裡對於除夕並沒有太多描寫，反而是元旦的描寫較多，這是因爲元旦的應酬往來才有助於西門家人脈關係的累積，因此，有著利益往來，關係得以建立的元旦則更顯重要。

　　且說在《金瓶梅》第七十八回，重和元年新正月元旦，西門慶早起，穿上大紅衣，祭天地並燒了紙錢，備馬拜訪巡按，賀節去了。月娘與眾婦人早早起來，施朱敷粉，插花插翠，穿上錦裙繡襖、羅襪弓鞋，粧點得妖嬈美麗，打扮得喜氣洋洋，西門慶的小妾們都來到月娘房裡向月娘行禮。厮僕平安兒則專立在門首接訪客拜帖，眾夥計主管伺候見節者，不計其數，應接新春賀歲之人，都是陳敬濟一人管待。作者不忘描寫元旦的歡樂氣氛，但見玳安與王經穿著新衣裳、新靴、新帽，立在門前踢毽子、施鞭炮、閒時則磕著瓜子兒。西門慶往府縣賀節拜年回來，剛下馬，招宣府王三官兒來拜年，來到廳上以父子之禮拜了西門慶四雙八拜，然後再請見吳月娘，接著是荊都監、雲指揮、喬大戶，賓客絡繹而至。第二天，西門慶又出去賀節送禮，至晚歸來，家中已有韓姨夫、應伯爵、謝希大、常峙節、花子繇等來拜年。在這回描寫元旦時西門家與權力階級的往來，在賀年拜禮時寫出西門家的人情往來。〔註 52〕

　　西門慶家的官商勾結、攏絡權貴、或與幫閒者、娼優伶人的往來才是重點，在此前提下，《金瓶梅》關於元旦的描寫重要性必然勝過除夕。回到小說前後文來看，其實正呼應著前一回第七十七回，西門慶年節生日賀禮打點官商及人際關係，寫山東巡按監察御史宋喬年向皇帝上奏，使得吳月娘的哥哥

〔註 50〕周耀明，《明代·清代前朝漢族風俗史》，《漢族風俗史》第四卷，頁 156～157。
〔註 51〕周耀明，《明代·清代前朝漢族風俗史》，《漢族風俗史》第四卷，頁 354，這在《宛平縣志》裡有所記載：「正月元旦，五鼓時，百官入朝行慶賀禮。民間亦盛服焚香禮天地，祀祖考，拜尊長及姻友，投剌互答拜年。比戶放爆竹，徹晝夜。」
〔註 52〕參《金瓶梅》第七十八回的描寫。

得以吳鎧得以「陞指揮僉事，見任管屯」，這是因爲喬大戶奏書上所云：「以練達之才，得衛守之法。驅兵以攻中堅，靡攻不克，儲食以資糧餉，無人不飽。推心置腹，人思効命。實一方之保障，爲國家之屏藩。」（第七十七回）就因喬大戶的力薦，使得吳月娘的哥哥得以升官。事實上，吳鎧上任要打點的銀兩還是來自西門慶的贊助，再回到七十八回，元旦時西門慶家和官商往來的描寫，賓客絡繹不絕，極力描寫西門慶此時的紅頂商人地位，與他死去之後家庭冷落車馬稀的景象成爲強烈對比。

　　《醒世姻緣傳》對於元旦則無太多著墨，只提過二次。第一次寫道：「算計一發等到元旦出去拜節，就兼了謝客。」（第二回）第二次言：「晁大舍到了次年正月初二日，要進京去趕初三開印，與監裡老師合蘇錦衣、劉錦衣拜節。那時梁生、胡旦也都做了前程，在各部裡當該，俱與晁大舍似通家兄弟般相處，也要先去拜他。」（第七回）在這兩回裡也都只提到元旦拜節賀年，淡寫一筆新年時晁家的人情往來，而著重的是晁源與京城人物的關係。《醒世姻緣傳》對於家庭生活的描寫，重點在於晁源與小妾珍哥的生活，對於歲時節慶的描寫則在於表現「節慶是家庭生活的一部份」，小說並不在於表現節慶生活種種，因此都只是簡單帶過節慶生活裡的細節。

　　《林蘭香》則描寫燕夢卿在年節前，知道自己來日無多且有身孕，細細叮嚀田春畹，若能得一兒，後繼有人，因此希望春畹能保護孩子，綿延她的血脈並好好教養成人，同時叮囑春畹家裡的人事種種，及與之相處接物之道。夢卿說道：「老夫人知春娘最深，大娘、三娘待我最厚，我去後，必繼我而居於此。切記者，事大娘、三娘、當如事我，而四娘、五娘，亦不可與之較量。官人三十後血氣既定，必不至有如今日反目之事。春娘須委婉順事，不可以才爭寵，不可以色取憐。公明子通、季子章切不可令其折辱。」（第三十二回）從除夕深夜到元旦天明，燕夢卿殷殷叮嚀、田春畹垂淚受教。主僕兩人談至深夜，直到紅燭三更，春更報曉，足見主僕二人實爲知音，情誼深厚，在車馬喧聲中傳來爆竹聲，爆竹除舊歲，然而對於燕夢卿而言，新歲並沒有帶來新的希望，她孱弱的身子，在新年的歡樂中更顯得伶俜悲苦。接著描寫耿朗入朝賀拜，家裡奴僕相互拜年，在耿家歡樂的年節氣氛中，闔家的歡慶當然更是對比燕夢卿的悲傷。這裡寫出耿朗作爲朝臣的身份，也寫出燕夢卿的失意與疾候沈重，同時也伏筆了田春畹在耿家，受了夢卿重託，未來將代替燕夢卿溫婉侍夫，並且能延續燕夢卿在耿家的地位，她將不再只是一個奴婢。

　　《紅樓夢》對於元旦當日的描寫並不若除夕那麼盛大威儀。首先，描述賈母進宮朝賀：元旦當日五更天時，賈母等人又依官品著妝，先入朝進賀，再拜元妃千秋，領宴回來，又至寧府祭致祖先。接著賈母接受晚輩拜年，禮畢，便換衣歇息。賈母在年節裡對於所有來賀節的親友一概不會面，只和親人薛姨媽、李嬸二人閑話家常，或者同孫子輩寶玉、寶琴、寶釵、黛玉等眾姐妹趕圍棋抹牌作戲玩樂。〔註53〕作爲皇親奶奶，賈母似乎有這樣的權力。作者先寫賈家入朝賀年、祭祖、家人拜年，接著才是親屬互訪，朋友互拜，至於家庭對外的應酬，都是由王夫人與鳳姐處理，她們因此天天忙著請人吃飯喝年酒，並在廳上院內擺上戲臺酒宴，親友往來絡繹不絕，一連忙了七八日才完了，這裡也寫出賈府作爲皇親貴族的人際往來。在《紅樓夢》中，大觀園裡的一切才是描寫的重心，同時也寫到新年時賈母入朝賀儀，人情往來絡繹不絕，至於元旦本身的描寫，作者也只是幾筆帶過。

　　從《金瓶梅》到《紅樓夢》的元旦新年，所寫都著重在家庭的人情往來關係，不論是入朝拜賀，或是在親友之間的往來應酬，都是元旦的重點。家庭關係因而由家族、親友擴展到鄰坊鄉里、權貴達人的禮尚往來，透過元旦新年的賀節聯繫了人際網絡，也維繫了家族與社會的種種關係。《金瓶梅》與《醒世姻緣傳》描寫的部份則多設定在男主人的人際網絡上，特別是與朝臣權貴的關係，鋪陳小說人物透過節慶祝賀的方式，建構了人情關係、與權貴的往來。在《林蘭香》與《紅樓夢》中都提到入朝賀節，《紅樓夢》因爲賈元春貴爲元妃，因此朝廷儀節不能省略。《林蘭香》在新年的意義則較爲注意家庭內部成員彼此的關係；《紅樓夢》則把焦點放在家庭的生活上。在家庭小說中「元旦」此日，都格外關注家庭和外界的聯絡往來，並且注重文化所傳承下來的節俗儀式。

（三）端午節——《林蘭香》端午惡月與《紅樓夢》冷筆熱寫端午

　　端午節從古至今都是中國重要的民俗節日之一。〔註54〕

〔註53〕參見《紅樓夢》第五十三回的描寫。

〔註54〕端午節由來的幾種說法：端午節由來的說法有幾種，最廣爲人知的是爲了紀念屈原，所延伸出來的民俗活動則是食粽及龍舟競賽。依據南朝梁人吳均的《續齊諧記》卷四及宗懍的《荊楚歲時紀》所載。《荊楚歲時紀》言：「五月五日競渡，俗爲屈原投汨羅江日，傷其死，故命舟楫以極救之」。

　　　　第二種說法，是聞一多在《端午考》及《端午的歷史教育》中列舉的考證，（參見：聞一多，《聞一多全集》第一冊，上海：三聯書版，1982年）認爲端午節

　　「端午」一詞源自於「端五」。〔註55〕端午節由來的幾種說法中，最廣為人知的是為了紀念屈原，而所延伸出來的民俗活動則是食粽子及龍舟競賽。不論端午節的原始意義為何，似乎都是為了要紀念歷史人物，人們為溯其源，各自找出自己地域的文化代表人物。〔註56〕魏晉端午節的活動，除了產生自「惡日」的避邪活動，已有不少娛樂活動；到了隋唐，多演變為節日娛樂活動；〔註57〕明代時，因為端午日為「出嫁女各歸寧」之日，故又稱為女兒節；

是中國古代南方吳越民族所舉行圖騰祭的節日。（參見：張江洪編著，《詩意裡的時間生活》，湖南：岳麓書社出版，2006年9月，頁79～89）。

第三種說法則是紀念伍子胥、介之推、曹娥、陳臨等說法。紀念伍子胥之說，據《夢梁錄》所載，傳說伍子胥死後被吳王夫差用皮革包裹丟進錢塘江，化為波神；介之推之說，則見東漢末年蔡邕〈琴操〉中所載，但在《玉燭寶典·鄴中記》卷五：「俗人以介子推五月五日燒死，世人為其忌，故不舉火，非也。」在此已推翻介子推在五月五日死之說。關於曹娥，在漢末邯鄲淳所寫的《古文苑·曹娥碑》卷十九、《後漢書·列女傳》及《會稽典錄》裡言，曹娥父親在漢安帝二年五月五日迎波神時溺死，晝夜號哭不絕，遂投江而死，數日後，曹娥抱父屍浮於水波。會稽人認為曹娥孝心感動神靈，可作世人楷模，故以此日紀念，並划舟競渡，在龍舟上為曹娥塑像成為會稽風俗。至於陳臨，據《初學記·歲時部》引謝承《後漢書》記載，陳臨任蒼梧太守，推誠而理，導人以孝悌，移風易俗，頗有政績，陳臨在五月五日卸任之日，百姓送至東門，後來也在此日紀念陳臨。參：郭興文、韓養民，《中國古代節日風俗》，頁185～186。

第四種則是用來避邪之說。避邪之說，見於三國·吳，謝承《後漢書·禮儀志》載：「五月五日朱索、五色桃印為門戶飾，以止惡氣也。」（參見：《太平御覽》卷三十一）農曆五月，在古代稱為「毒月」、「惡月」，這是因氣候潮濕悶熱、蚊蠅孳生、百蟲出動的時節，因此在端午節這日人們都要飲雄黃酒，並在屋上灑雄黃水。因雄黃有解蛇毒、燥濕、殺蟲、祛痰的功效。重五之日為惡日、死亡之日，因此要用菖蒲、艾草懸於堂中，插於門楣。百姓則佩帶香囊，香囊有驅邪避疫的功效。

〔註55〕《太平御覽》卷三一引《風土記》：「仲夏端五，端，初也。」「端」字是「初」之意，端五又為初五日。端午是五月五日，為重五，或稱重午。洪邁舍人《容齋隨筆》道，因唐玄宗八月初五日生，「端五」遂改為「端午」。見於：《歲時廣記》卷二十一，頁2705。

〔註56〕楊琳，《中國傳統節日文化》，頁238。

〔註57〕嚴文儒注譯，《新譯東京夢華錄·清明節》，頁246，唐代宮廷宴群臣，端午龍舟競渡風氣尤盛。到了宋代時端午的節俗活動有了變化，《東京夢華錄》有詳細的描述：「端午節物：百索、艾花、銀樣鼓兒花、花巧畫扇、香糖果子、粽子、白團。紫蘇、菖蒲、木瓜並皆茸切，以香藥相和，用梅紅匣子盛裹。自五月一日及端午節前一日，賣桃、柳、葵花、蒲葉、佛道艾，次日家家鋪陳於門首，與粽子、五色水團，茶酒供養。又釘艾人於門上，士庶遞相宴賞。」

〔註58〕到了清代，端午節則已成爲一年中的三大節日之一。

在明清家庭小說中《醒世姻緣傳》曾提及端午節，「過了端午，那明水原是湖濱低濕的所在，最多的是蚊蟲。」（第七十五回）只作爲時間的記載，並未對此節日有更多的描寫。《林蘭香》及《紅樓夢》中則略有所描述，《林蘭香》裡三度寫及端午節，其中描寫了端午節的民俗活動，首先在這三回中都書寫了端午節慶方式：

> 卻說夢卿病好已是五月端午，滿宅內各門户，高貼云符，雙插艾葉。」
> （第二十二回）

> 這正值五月端陽，時當插艾，節及浴蘭，處處包菰，家家掛素。順哥身穿彩衣，臂繫靈符。蒲艾簪門，虎符繫臂。（第四十一回）

> 斗改巳初，日移參位。黃雀鳳來，已成梅夏。濯枝雨過，又是麥秋。
> 端午這一日，耿朗家户掛靈符，門插艾葉。（第五十三回）

這裡細寫端午習俗，貼符、插艾葉、穿彩衣、繫靈符等過節方式，也寫備時菓荼餬以度佳節：「一時親眷送來的長命索、辟兵繪、朱符赤印及新蘿蔔、新王瓜、新扁豆、新茄子，無一不備。」（第五十三回）在家庭裡則是耿朗與雲屏、愛娘、彩雲分題限韻作詩，又命耿順等兒輩們用心謄寫，是夫婦恩愛，父子融洽，兄弟和樂，寫出家庭在節日時的宴飲團聚。這些都是描寫家庭生活，以及家庭面對節慶的種種生活細節，細緻地表現家庭的日常寫實時間。小說中描寫生活裡的細瑣事件，在尋常生活裡看到的是個別人物的生活經歷及狀態。

但是節慶的描寫則不只是表現個人的或家庭的狀態，而是群體面對文化的一種態度，當「蒲艾簪門，虎符繫臂」的描寫出現時，我們的思緒連接了文化的記憶，我們感受到文化裡端午插艾浴蘭飲雄黃的習俗裡，有著對於文化的深層記憶。我們在重覆這些節慶內容時，正繼承了我們對於傳統文化的注目與精神。

在《林蘭香》關於端午節的情節描寫中，也寫及任香兒、童觀利用這個端午節吃粽子的習俗，意圖加害田春畹。且說春畹將順哥抱到愛娘房裡，愛娘在順哥鼻子擦些雄黃，以避瘟氣，接著又帶順哥到雲屏房裡，雲屏爲他掛上驅瘟紫金百寶香珠，後來由丫頭采艾抱順哥去看四娘任香兒及五娘平彩雲。任香兒順勢讓順哥兒帶回下了毒的粽子，下毒的對象並不是順哥，而是

〔註58〕周耀明，《明代・清代前期漢族風俗》，《漢族風俗史》第四卷，頁170。

田春畹，且說香兒告訴采艾：「這是冷貨，給他吃不得，由他拿去作耍罷。」
又對順哥兒說：「你拿這粽子去與你二娘看，她是個巧人看選的好不好。」（第
四十一回）誰知這粽子原是童觀安排要算計春畹的，不想被順哥拿去，因此
任香兒才又與童觀商量另尋他法，童觀後來以桃木插針的方式，欲作法傷害
田春畹。

　　回到粽子，且說采艾和采蕭二人看著粽子商議道，不如把它吃了，免得
大娘、三娘看見，說二人粗心讓順哥拿冷食。於是采艾一人吃掉了二顆粽子，
到了晚間采艾上吐下瀉，只剩奄奄一息，春畹才知采艾中了食物蠱毒。任香
兒要計算毒害春畹之事，此時方為田春畹所知，使田春畹從此有了戒心加以
防範。這裡原本寫端午節應景節物，接著順勢寫出妻妾之間的計算，似乎也
在應證端午果然是「惡日」，有心人利用蠱毒來傷生害命。《林蘭香》透過端
午節的描寫，更呈現出家庭人物彼此的算計，也表示出節慶正是家庭生活裡
的一部份，在《林蘭香》裡，未必在乎端午節深層的文化意義，而是將端午
節俗拿來作為計算他人的方式，這正好又回到端午節最為人所知的典故，屈
原，他的一片赤誠忠心耿耿不被君王知曉，因受到讒言，最後投水而死，人
們傷其死故以粽子餵食江底之魚。但在這裡卻是香兒不僅向耿朗（妻妾的君
王）進讒言（關於其他妾室），並欲以粽子加害田春畹，古、今對照，家、國
之間都有相同的存在困境。

　　《紅樓夢》第三十回，因賈府對於節令頗為重視，此時是在端午節過節
期間，凡動用的物品都是齊全上色的，不同於平日，這個端午節日表現的是
賈府的排場。此處寫端午節前賈府前往清虛觀看戲，榮國府前車輛紛紛，人
馬簇簇，賈母坐一頂八人大轎，表現出是賈貴妃祖母的尊榮地位；寶玉則騎
著馬，走在賈母座轎前；李氏、鳳姐、薛姨媽每人乘一頂四人轎；寶釵、黛
玉二人坐一輛翠蓋珠纓八寶車，迎春、探春、惜春三人共坐一輛朱輪華蓋車。
接著是賈母的丫頭四人，黛玉丫頭四人，寶釵、迎春、惜春、探春、薛姨媽
的丫頭各二人，加上香菱、香菱的丫頭，李氏及丫頭二人，鳳姐及丫頭三人，
王夫人及二個丫頭等等，一群人烏壓壓地佔了一街的車轎，賈母等人的轎子
已走遠了，這裡的人還沒上車轎，街市則是站滿了在兩邊看著的人。這裡寫
賈府的排場因端午過節出遊顯得盛大。〔註59〕

　　文章看似寫端午，實則寫賈府的排場。此即是浦安迪在《中國敘事學》

〔註59〕《紅樓夢》第二十九回。

裡提到的「熱寫」的筆法，《紅樓夢》寫端午盛大的排場，然而，賈府裡裡外外的人都還不明白賈府現在只是虛有其表，賈府的家運早已逐漸衰敗，在熱寫端午排場的同時，對應的人事的榮枯盛衰，在繁華落盡後更寫蒼涼。

到了端午節這日，原應好好過節，但在《紅樓夢》中只提及「蒲艾簪門，虎符繫臂。午間，王夫人治了酒席，請薛家母女等賞午。」（第三十一回） 寫及插蒲艾於門上的習俗，到了中午仍有家宴。然而此處節令習俗的描寫並不多，比較重要的反而是發生在節日之前的事，原來在前幾日王夫人的丫頭金釧兒和寶玉趁著王夫人假寐休息時，幾句輕浮言語，使得平日寬厚仁慈的王夫人都氣憤不過，認爲金釧勾引了寶玉，這是她平生最恨的事，因此打了金釧並罵了幾句，隨後喚來金釧兒的母親白老媳婦領了出去，金釧兒兒含羞忍辱離開了賈府，最後投井自盡。這個事件使得王夫人心裡不自在，在這個端午家宴上鳳姐何敢說笑，迎春等姐妹大家也都了無意思，又引起黛玉聚散無常之感，因此氣氛凝重，使得午宴變得靜默無趣，成了索然無味的一個節日，大家早早就散場了，端午家宴也草草收場。倒是黛玉天因性淡漠，也因爲父母早亡，使得她喜散不喜聚，因此她說道：「人有聚就有散，聚時歡喜，到散時豈不清冷？既清冷則生傷感，所以不如倒是不聚的好。比如那花開令人愛慕，謝時則增惆悵，所以倒是不開的好。」（第三十一回）

但寶玉生只喜常聚，怕筵散花謝。今日宴筵散了，黛玉不覺傷悲，倒是寶玉悶悶不樂，回到怡紅院後仍不開心，他見晴雯失手把扇子掉在地上，寶玉只歎氣以對。晴雯因此冷言冷語：「何苦來！要嫌我們就打發我們，再挑好的使。好離好散，倒不好？」寶玉一時氣憤，說道：「你不用忙，將來有散的日子！」（第三十一回）襲人勸慰大夥時又更惹得晴雯尖酸言語，最後惹得寶玉、襲人、晴雯各自因不同的原因而哭了。端午佳節從賈府盛大排場寫起、到家宴上的冷落無趣，最後是女孩們在悲傷或者無語中，在「人生總有聚散」的認知中結束。〔註60〕

在熱寫過端午節前賈府女眷出遊的排場過後，端午家宴本應笑語盈盈，但在金釧被逐的事件後，大家都氣氛凝重各懷心事靜默地坐在端午家宴上。前頭的熱寫排場，更見這裡的冷筆，然而人生不正如此，是起落無常，生活裡的悲喜也無有軌跡可循。《紅樓夢》往往通過藝術手法上冷熱、張弛、疏密、虛實的對比而使筆下的人物形象、情節結構的描寫有更複雜且深刻的表現，

〔註60〕《紅樓夢》第三十一回。

虛寫了端午節令，實則描寫王夫人對於寶玉身旁女孩們個性的好惡；淡描了端午家聚的場景，但卻使黛玉深切感受到筵席散後人生的悲涼，以及自己身世的淒涼，特別是熱寫了賈母等人出門車轎的盛大排場，冷諷了賈府虛有其表的權勢地位。

在明清家庭小說中，《金瓶梅》未曾提端午節，《醒世姻緣傳》則在第七十五回時只提到一句話，對於節慶如何度過的問題，並沒有解答。至於有描寫端午節俗的《林蘭香》，也不過只是藉端午節寫人物的算計，端午節提供了任香兒和童莫可以下毒的粽子，倒是符合了端午惡月毒月的說法。可以看到這個在明代被稱爲「女兒節」的端午節，在《林蘭香》中表現的是任香兒對於田春畹的下毒算計，到了《紅樓夢》則可看到王夫人逐了丫頭金釧兒，在端午節中，似乎強調了女兒們在大家庭裡／富貴之家的某些遭遇，有著妻妾、主僕之間的問題，同時，也看到黛玉不斷自憐的身影，這是《紅樓夢》借端午節寫人生的悲歡離合。端午節爲中國重要的民俗節日，但在明清家庭小說中的描述並不多，表現在家庭小說裡關於節慶的熱寫冷寫，因家庭小說的主題不同而有不同程度的描寫，歲時節慶提供家庭小說對於生命反省的時間刻度。

（四）清明節──《金瓶梅》寫西門家起落與《林蘭香》藉清明寫人事

清明節是歲時節氣兼節日的民俗大節，又稱爲鬼節或冥節，具愼終追遠的意義。〔註 61〕清明節與寒食節本是時間接近，但內容及意旨都不同的兩個節日。〔註 62〕到了唐代寒食節與清明往往並稱，〔註 63〕民間祭掃之日爲寒食

〔註 61〕周耀明，《明代・清前朝漢族風俗》，《漢族風俗史》第四卷，頁 165。

〔註 62〕清明節在《淮南子・天文訓》提到：「春分後十五日，北斗星指向乙位，則清明至。」時間是在冬至後一百零七天，春分後十五天，是春耕的農事時節。所謂清明，意指天地明淨，萬物滋長，清明是春耕的農事時節。見於：楊琳，《中國傳統節日文化》，頁 218。
在清明前一日或二日有另一節日爲「寒食節」，原爲禁火冷食，並爲祭祀之日。或謂寒食節是在冬至後一百零三或一百零五日。宋・陳元靚於《歲時廣記》卷一五中載曰：「清明前二日爲寒食節，前後各三日，凡假七日。而民間以冬至後一百四日始禁火，謂之私寒食，又謂大寒食。」參：宋・陳元靚，《歲時廣記》，清光緒己年（1879 年）清刻本，台北：新興書局，1977 年 8 月。

〔註 63〕在白居易〈寒食野望吟〉：「烏啼鵲噪昏喬木，清明寒食誰家哭。」；沈佺期〈嶺表寒食〉：「嶺外逢寒食，春來不見，洛中新甲子，明日是清明。」清明掃墓或稱爲「寒食掃墓」，《唐會要》卷二十三〈寒食拜掃〉：「或寒食上墓，復爲

節。〔註64〕到了宋朝，寒食祭祀節俗漸漸由清明節取代，至明清時，寒食節已消失，春季大節除了新年之外，唯有清明節。〔註65〕後因儒家學說流行，人們慎終追遠的觀念更爲濃厚，上墳祭掃在唐代不論是達官顯要，或是百姓庶民中都十分盛行，而祭掃之日則是在寒食節。〔註66〕同時，人們在三月春光明媚的清明時節紛紛出遊清明掃墓成爲春遊之日。〔註67〕

在明清家庭小說中，對於清明節的描述見於《金瓶梅》及《林蘭香》。《金瓶梅》中關於清明節的描寫有二次。這兩次清明祭掃寫出西門家的家運盛衰，寫出人生的起落。第一次是西門慶得子升官，正飛黃騰達之際。第二次是西門慶亡故了之後，此時人事全非，果真是樹倒猢猻散。**第一次清明祭掃**在第四十八回，因西門慶得子升官，正飛黃騰達之際，因此利用清明祭掃，要官哥兒也來告祭祖先。首先，西門慶蓋了山子捲棚房屋，並將祖墳重新整理過。

歡樂，坐對松檟（指墓邊樹木），曾無戚容。既玷風猷，并宜禁斷 。」都將寒食與清明節並列同敘。見於：蕭放，《「歲時」傳統中國民眾的時間生活》，頁140～143。

〔註64〕《舊唐書·玄宗本紀》記載，唐玄宗下詔「士庶之家，宜許上墓，編入五禮，永爲常式。」唐代朝廷以政令的方式，使民間掃墓之日固定在清明節前的寒食節。《東京夢華錄》裡則寫道：「清明節，尋常京師以冬至後一百五日爲大寒食，前一日謂之炊熟。……寒食第三節即清明日矣。凡新墳皆用此拜掃，都城人出郊。」（見於：新譯《東京夢華錄·清明節》，頁201）

〔註65〕蕭放，《「歲時」傳統中國民眾的時間生活》，頁143，寒食禁火，而清明要取（新）火，因寒食齋戒是爲了清明取新火，使薪火能相傳。後來掃墓祭拜的工作，便逐漸由寒食節移到清明節。掃墓祭祖的目的在於安頓今生、護佑現世。寒食和清明兩個佳節漸漸融合爲一。

〔註66〕郭興文、韓養民，《中國古代節日風俗》，頁158、161，清人屈大均在《廣東新語》記載著：「清明有事先坐，曰拜清。先期一日，曰划清。新塋以清明日祭，曰應清。」在清明祭拜時，人們在祭畢祖先後，便在墓前宴樂，享用祭品。清明節因有寒食禁火之俗，爲防止寒食冷餐傷身，因此在祭掃之時盛行打鞦韆，蹴鞠（打毬、打馬球）、拔河、踢球、等一系列體育活動。
對於祖先的祭祀在中國向來受到重視，上古時代四時祭儀中，春季祭祀宗廟的大禮，即後來爲春祀，當時尚無墓祭的禮俗，而是在宗廟裡祭尸位（祖先牌位）。

〔註67〕嚴文儒注譯，《新譯東京夢華錄·清明節》，頁202～204，所謂「四野如市，往往就芳樹之下，或園圃之間，羅列杯盤，互相勸酬。都城之歌兒舞女，遍滿園亭，抵暮而歸。」各自携帶炊餅、名花異果或遊戲賭具，玩樂嬉戲，「自此三日，皆出城上墳，」「節日坊市賣稠餳、麥䴵、乳酪、乳餅之類」，到了傍晚時分，出城掃墓踏青的人群緩緩地入城門，斜陽餘輝映照在京城街道兩旁的柳樹上，人們各自帶著醉意回到自家院落中，們在三月春光明媚的清明時節紛紛出遊清明掃墓成爲春遊之日。

又新立一座墳門，並砌了明堂神路，在墳門首栽種桃花柳樹，兩邊青翠疊成坡峰。西門慶在清明之前已預先發請束，三月初六日清明上墳當天，更換錦衣牌匾，殺豬宰羊，治筵席，搬運酒米飯菜蔬果等佳餚，並叫來樂工雜耍扮戲，西門慶家在清明祭掃也作春日郊遊，但西門家並沒有依寒食禁火之俗，而是在祖先墳前殺牲治筵，大宴賓客。

在清明祭祖這日，西門慶請來戲子，來上戲的伶優有李銘、吳惠、王柱、鄭奉。來唱的歌女是李桂姐、吳銀兒、韓金釧、董嬌兒。官客名單則有張團練、喬大戶、吳大舅、吳二舅、花大舅、沈姨夫、應伯爵、謝希大、傅夥計、韓道國、雲離守、賁第傳并女婿陳敬濟等，約二十餘人。堂客請了張團練娘子、張親家母、喬大戶娘子、朱臺官娘子、尚舉人娘子、吳大妗子、二妗子、楊姑娘、潘姥姥、花大妗子、吳大姨、孟大姨、吳舜臣媳婦鄭三姐、崔本妻段大姐，以及家中妻妾吳月娘、李嬌兒、孟玉樓、潘金蓮、李瓶兒、孫雪娥、西門大姐、春梅、迎春、玉簫、蘭香、奶媽如意兒抱著官哥兒，裡裡外外也有二十四五頂轎子。男女官客中包括了家人、親族、家中夥計及街坊朋友，男男女女加上隨著轎子前來的雜役、僕傭、媳婦，浩浩蕩蕩約有百來人，這裡的意義不只是祭祖，而是與親友宴飲，更重要的是展現西門家修築祖墳的氣派，以及西門家的財富權勢，更寫出西門慶的得子升官之後的盛大排場以驕其鄉里的氣勢。

接著寫出西門家祖墳的樣貌，遠遠可望見鬱鬱青松，翠柏森森，新蓋的墳門兩邊坡峰上去周圍環繞著石墻。墳塋的明堂、神臺、燭臺都是白玉石鑿的，顯出西門家氣派。墳門上新安的牌匾，大書「錦衣武略將軍西門氏先塋」，墳內正面土山環抱，林樹交枝。西門慶穿著大紅冠帶，擺設豬羊祭品祭奠。男官客祭畢，女堂客才祭。接著是响器鑼鼓，一齊吹打起來。清明節是家族團聚、祭祖先的節日，但在西門慶家卻是男官女客皆來祭拜，使得子孫單薄的西門家，顯得熱鬧盛大，也顯現了與西門慶交遊的對象。

祭畢，陰陽徐先生念了祭文，燒了紙錢。西門慶邀請官客在前客位，月娘邀請堂客們到後邊捲棚內，從花園進去，兩邊松牆竹徑，周圍花草一望無際，隨意兩筆，便見西門家祖墳佔地廣大。在捲棚後邊，西門慶收拾了一明兩暗的三間房，裏邊鋪陳床帳，擺放桌椅、梳籠、抿鏡、粧臺之類，預備堂客來上墳，在此梳妝歇息，房間糊得猶如雪洞般乾淨，懸掛的書畫，琴棋瀟灑，猶如在家中一般。祭祖後，接著描寫宴飲場面，席上設了戲，男官客們

由小優來服侍，女堂客則聽娟優伶人唱戲，家裡的丫鬟春梅、玉簫、蘭香、迎春四個，都在堂客上邊執壺斟酒，就立在大姐桌前，同吃湯飯點心。吃了一回，潘金蓮與玉樓、大姐、李桂姐、吳銀兒同往花園裡打鞦韆。打鞦韆是清明節特有的娛樂，也寫入《金瓶梅》中。

　　天色將晚，西門家將啓程返家，西門慶不忘分給擡轎子的人每人一碗酒、四個燒餅、一盤熟肉。堂客轎子在前，官客騎馬在後，家僕廚役擡食盒殿後，又浩浩蕩蕩返回城裡。然而，才回到家中，夏提刑已來過三回，告知山東監察御史參劾西門慶「參劾提刑院兩員問官受贓賣法」一事。前文關於清明節祭祖儀式，在西門慶炫耀鄉里的作爲之下，成了顯示自己身份地位的場合，接著描寫西門慶作爲貪官而被參劾：

> 理刑副千户西門慶，本係市井棍徒，彙緣陞職，濫冒武功，菽麥不知，一丁不識。縱妻妾嬉遊街市而帷薄爲之不清，携樂婦而酣飲市樓，官爲之有玷。至於包養韓氏之婦，恣其歡淫，而行簡不修，受曲青夜賂之金，曲爲掩飾，而贓迹顯著……。（第四十八回）

這一段話大概是全文中最直接點明西門慶荒淫貪瀆行爲的文字，使情節更見峰迴路轉。然而這段文字之後，是西門慶立即命家僕來保、夏壽六日內趕到東京城內，見了太師府內的翟管家，將夏提刑及西門副提刑兩家禮物送達，加上早在蔡太師生日時已舖陳好的關係，西門慶此回當然是安然過關，官商關係在生日及節慶等時間刻度，尤爲顯著。

　　第二次再描寫清明節，是西門慶亡故了之後，人事全非，與第一次寫清明節成強烈對比。此時再沒有官客、堂客、娼優伶人，只有吳月娘備辦香燭、金錢冥紙、三牲祭物、擡了兩大食盒，要往城外墳上給西門慶上新墳祭掃。留下孫雪娥和大姐眾丫頭看家，帶了孟玉樓和小玉，并奶子如意兒抱者孝官兒，都坐轎子往墳上去。又請了吳大舅和大妗子二人同去。和上一次極爲不同，此次，前往清明祭掃者，俱西門慶的妻妾及親人。也因爲祭祖不再是爲了炫耀自己的財富權勢時，西門慶妻妾們反而能看見春天的景緻。只見她們出了城門，見郊原野曠，景物芳菲，花紅柳綠，仕女遊人不斷。感歎春天果然是一年四季中，花朵競放、風和日暖，最美的季節。〔註68〕

　　當西門家權勢不再時，當初的那些官員堂客全不見了，只見月娘領著玉樓、小玉，奶媽如意兒抱著孝哥兒，在莊院內坐下吃茶，玳安向西門慶墳前

〔註68〕《金瓶梅》第八十九回的描寫。

祭臺上，擺設桌面，放置牲禮羹飯祭物，列下紙錢，等著吳大妗子的到來。
直到巳牌時分，吳大妗子才同吳大舅僱了兩個驢兒騎來。再沒有擡著轎子、
騎著馬匹，前呼後擁，隊伍綿延數里的聲勢和場面。只見月娘插香在香爐內，
深深一拜，說道：

> 我的哥哥，你活時為人，死後為神。今日三月清明佳節，你的孝妻
> 吳氏三姐、孟三姐和你周歲孩童孝哥兒，敬來與你墳前燒一陌錢紙。
> 你保佑他長命百歲，替你做墳前拜掃之人。我的哥哥，我和你做夫
> 妻一場，想起你那模樣兒並說的話來，是好傷感人的。（第八十九回）

拜畢，掩面痛哭。玉樓向前插上香，也深深拜下，同月娘大哭一場。此時，
情真意切的也只剩吳月娘一人，悲傷致意的也只有孟玉樓一人，以及西門慶
無緣親見的兒子孝哥兒，奶媽如意兒，寂寞零丁地佇立在西門慶墓前，與前
文寫西門家清明祭掃的風光完全不同，呈現強烈對比，更顯得無限悲楚，分
外淒涼。

　　清明祭祖，隱喻生死大事，《金瓶梅》寫清明節，同時描寫西門慶生時的
榮華及死後家事散落的淒涼，生生死死、起起落落，是人一生的際遇、是家
庭的興衰，更是文化裡必然照見的景象。

　　《林蘭香》關於清明祭掃，在小說中也提及四次，從祭拜燕夢卿之父燕
玉，到後來祭掃燕夢卿之墓，人事已非，寫出節令活動，也寫出人事情感。
第一次關於清明祭掃的描寫，在第十回述寫修墳、提食盒、備紙錢等事，男
男女女策馬驅車、清明祭掃：「這日正值清明，宿雪早消，處處現草根綠；和
風遍播，枝枝搖動柳梢黃。飯後登樓，侍機啟戶，但見提筐荷桶，挾紙錠，
捧楮錢，盡是修墳以去；策馬驅車，攜幼男，抱弱女，無非拜墓而來。」（第
十回）這裡接著寫出茅大剛因色傷生一事，並帶出平彩雲後來成為耿朗第四
小妾的緣由。

　　第二次寫清明節，是在寫元宵節時順口言及：「席間定請公明達、季狸及
拜掃燕玉墳墓日期，」擇定二月初一日請酒，三月初三日拜掃。轉眼間過了
填倉、送窮之日，又到了祀日之晨，大街小巷賣著應景食物太陽糕。接著描
寫燕夢卿及耿朗家祭燕父情形：「姑婦六人坐著六乘肩輿，僕婢十二個坐著六
輛騾車，朱襶騎馬前引，惟清、惟寅等左右圍隨，一直來到墳上。」（第十八
回）家人獻上祭物，康夫人、宣夫人、鄭夫人依序祭拜，接著是愛娘、雲屏、
香兒、彩雲、夢卿按年歲祭奠。夢卿墳前痛哭，雲屏、愛娘再三勸慰，這時

家人撤去祭物，焚燒紙錢，並在宅內設下酒飯羹湯。

第三次是第四十回寫夢卿死後的清明，這回盛寫祭拜燕夢卿時的盛況，同時描寫燕卿之爲人。全義先到夢卿新墳上，但見一行行小小的青松，孤伶伶的黃土。全義繞墳數圈，感慨萬千。接著，城內的男女大小陸續到來。耿家將祭禮設了三桌，分作三次祭奠。頭一次是眾允、需有孚爲首，領著嚴謹、金鶯、白鹿、賀平、賀吉、眾生、舒用、高廩、由頤、羽坎、康爵、吳茂、黃潤、高閎、金柅、門柝、豫防、言有序、言有物、隨有求、隨有获、方至川、江之永、于郊、于野、甘棠、馮市義等，百有餘人，一齊拜倒。扶地大哭，眞有如嬰兒之喪母，孝子之喪親。百餘人同哭齊悲，聲勢浩大，顯現夢卿平日爲人氣度寬宏，人們視其若親。接著是和氏爲首，領著鳳媽媽、索媽媽、鼎兒、海氏、姬氏、甄氏、寵氏、冼氏、越氏等，六七人，一同痛哭，淚落及地幾成泥。第三次是采蘩爲首，領著采蘋、采藻、采芣、采葑、葉兒、苗兒、和兒、順兒、蓁蓁、怡怡、芊芊、猗猗及無名小侍女等二十餘人，一齊拜倒，一同舉哀。

最後一次寫清明節是在第五十一回時，也只有幾筆描寫清明節，並提到蹴踘、秋千，等清明節的民俗活動：「暖日融天，和風扇物。綠楊樹下，開蹴踘之場；紅杏牆邊，立秋千之架。」（五十一回）。文中的清明節敘述，可以看夢卿平日待人接物得宜，加上曾爲了要營救父親而自願入宮爲奴，因此受人敬重。

僅管在清代清明節是三大節日之一，但在《醒世姻緣傳》和《紅樓夢》二部小說中並未提及清明節。作爲「家庭小說」的意義上，清明節應是極爲重要的節日，但就《醒世姻緣傳》強調前世今生的輪迴意義上，此生的生命在來世仍得以延續，那麼愼終追遠懷念祖先的意義便被大大的削弱了，更何況作爲小說主要人物的晁源等人都已轉世投胎，若要奠祭，所祭又爲何人呢？因此不寫清明節似乎更能符合書旨。《林蘭香》寫清明的節令活動，是全文中描寫歲時節慶最爲詳細的一次，然而和《金瓶梅》不同的是，《金瓶梅》寫清明以見人生的現實面，《林蘭香》則照見人性裡的美善。

清明節是站在「生」看向「死」的節令，面對死亡，人總是脆弱和無奈，然而終究必得面對死亡的到來。家庭節令中多半是歡樂的、強調闔家團圓，生命圓滿的日子，然而，清明節是以面對「死亡」提醒生者，或者以「死亡」來強調生命的內容。至於《紅樓寫》在節令的描寫上，書寫除夕、元旦、中

秋、元宵、端午及花朝節，卻未曾提及清代重要節日之一的清明節；《紅樓夢》大力描寫秦可卿、賈母之喪，寫及許多人物的死亡，卻不寫追憶前人的清明節。首先，可以理解的是《紅樓夢》本來便不是強調儒家禮教精神，而是強調《紅樓》所悟紅塵一夢，幻化成空，因此強調儒家慎終追遠意義的清明節，反而不再是最重要的，《紅樓》不寫清明節，反而特別描寫了代表花開花謝的花朝節及芒種節，這裡顯示明清家庭小說所觀照的是生命中不同情感的訴求，及對於生命有不同的詮釋意義。

（五）中元節——顯示中國思想體系中不言鬼神的文化態度

生死向來是人生大事。生命是從出生的開始即走向死亡的一個歷程，而死亡則是生命一個無可奈何、不可預測、無法替代結束。死亡也是時間對人類最大的限制，死亡切斷了人們和世界的關係。當代推理小說或許多精彩的小說作品中，死亡，往往成爲事件的開端（誰是兇手），形成懸疑效果，使得小說的開端掀起波瀾，在餘波盪漾中，找到蛛絲馬跡，引起閱讀興趣。在中國古典小說，往往把死亡敘述作爲高潮或結束，而明清家庭小說中對於人物死亡亦多有描寫，〔註 69〕死亡因此是小說中重要的書寫。祭奠亡靈是從上古時代便有的習俗，人們透過祭拜亡靈，祈求現世安穩。

上古的時代人們，依天時物候作爲時間的劃分，時間只有春、秋的概念，當時農事模式是春種秋收，對於農事常懷憂慮的百姓逐漸形成「春祈秋報」的信仰習俗。〔註 70〕在中國古代，上元節和中元節，是一年兩度春秋相對應

〔註 69〕　見附錄九——十二，《金瓶梅》、《醒世姻緣傳》、《林蘭香》、《紅樓夢》等明清家庭小說的死亡。

〔註 70〕　《禮記・月令》：「是月也，農乃登穀，天子嘗新，先薦寢廟。」所言便是天子秋祭的傳統，七月十五日是下半年第一個望日，因此七月十五演變成王家祭祝，以及民間祭祖的秋祭日。後來佛教傳入中國，在《盂蘭盆經》「目蓮救母」的故事影響下，七月十五成爲佛教節日「盂蘭盆會」，以盆盛百味五果，供養十方大德。到了在大同四年（西元 538），梁武帝駕幸同泰寺，設盂蘭盆齋，其後舉國奉行，成爲新的節俗。道教將正月十五、七月十五、十月十五三個月圓望日，定爲上元、中元、下元，分別爲天官、地官、水官的誕辰，形成了天官賜福、地官赦罪、下官解厄的三元節。參見：《「歲時」傳統中國民眾的時間生活》，蕭放，頁 179。
在宋・李元靚的《歲時廣記》引錄宋代及宋代以前對於中元節的記載，如呂原明《歲時雜記》曰：「道家以七月十五日爲中元節作齋醮之會，道經云中元日大宜崇福，與佛家解夏同日。」《唐書。王縉》寫道：「七月望日內道場造設盂蘭盆，綴飾鏐琲所費百萬，又設高祖以下七聖神位，備幡節龍傘衣冠之制，各以帝號識其幡，自禁城內外分詣諸道祠，鐃吹鼓舞奔走相屬，是日立

的大節日。〔註71〕上元節爲元宵節，中元節則是七月十五日。中元節是人們
祭祝祖先、懷念亡靈的日子，中元節又稱爲鬼節、七月半或麻谷節，中元節
的主要活動，則是放河燈。〔註72〕

　　在此四部明清家庭小說中，關於中元節也只有在《林蘭香》一書提及：「耿
朗得知，便依海氏木媽之言，與醫生商酌調理。果然見效，到中元節便大有
起色。」（第五十三回）在此只有一語述及中元節，中元節成爲一個時間記載，
但無特別描寫節令活動。其他如「明日七月十五，今夜一天月色。」（第二回）、
「原來渙渙自七月十五日到耿朗家後，無日不想耿服，無夜不夢見耿服。再
說七月十五日，耿服聞得棠夫人將渙渙送給彩雲的信息，好似一盆烈火，頓
被水澆。」（第二十六回）都只提到「七月十五日」，而不是「中元節」的節
令名稱，中元節在《林蘭香》中被當作時間記錄的節日，而未寫宗教、民俗
上的節俗內容。

　　然而不斷演繹著因果輪迴、果報思想的《醒世姻緣傳》，對於宗教節日應
該會特別加以注意，卻也未曾利用這個具有輪迴觀念的節日而多加著墨，只
在文中提到：「皇姑寺是宮裡太后娘娘的香火院，不著皇親國戚、大老爺的家
眷宅眷，尋常人是輕易進不去的。就是大老爺奶奶，也還有節令，除了正月
元旦，十五元宵，二月十九觀音菩薩聖誕，三月三王母蟠桃會，四月八浴佛，
十八碧霞元君生日，七月十五中元，十月十五下元，十一月冬至，臘月日施
粥，這幾日才是放人燒香的日子。」（第七十八回）文中一語帶過「七月十五」
這一天，卻未言及中元節內容種種。

　　　　使百官班光順門奉迎，導從歲以爲常。」參見：《歲時廣記》，卷二十九，頁
　　　　2977。
〔註71〕嚴文儒注譯，《新譯東京夢華錄‧清明節》，頁261。
〔註72〕明代陸啓浤在《北京歲華記》裡言：「中元節前，上家如清明，各寺設盂蘭盆
　　　　會，以長椿寺爲盛。晦日，謂是地藏佛誕，供香燭於地，積水潭，泡子湖各
　　　　有水燈。」在《帝京景物略》則言：「歲中元夜，盂蘭盆會，寺寺僧集，放燈
　　　　蓮花中，謂燈花，謂花燈。」此日，宮中也有河燈的活動，在《酌中志》裡
　　　　言：「十五日中元……西苑做法事、放河燈。京都寺院，咸做盂蘭盆，追薦道
　　　　場，安放河燈，於臨河去處也。」參見：周耀明，《明代‧清代前朝漢族風俗
　　　　史》，《漢族風俗史》第四卷，頁177。
　　　　到了清代，仍有相同的習俗。清代《津門紀略》裡載錄：「祀祖先於祠堂，是
　　　　夜，放荷燈，燒法船，作盂蘭會。」《清嘉錄》裡亦言：「官府亦祭邵屬壇。
　　　　游人集山塘，看無祝會。」人無貧富，皆祭其祖先。農家祀田神，寺院則設
　　　　盂蘭盆放，放「水旱燈」。（參見：周耀明，《明代‧清代前朝漢族風俗史》，《漢
　　　　族風俗史》第四卷，頁373。

　　明清家庭小說對於元宵節（又稱為**人節**）是近乎狂歡式且大篇幅的描寫，相較之下，中元節（又稱為**鬼節**）這樣一個民間信仰，在明清家庭小說中卻幾無所言，似乎明清家庭小說的作者們是以敬畏鬼神而不言鬼神的態度面對中元節，或者說是將中元節當作是宗教意義上的節日，而不是家庭生活中具有較多人文意義的民俗節日，也因此關於中元節較少有表現。

　　家庭小說描寫家庭種種，對於「人」、對於「家庭生活」描寫細膩，因此表現人的生活的上元節／人節／元宵節佔去了很大的篇幅，至於祭奠祖先，慎終追遠，緬懷家庭歷史有關生死大事的清明節也被刻意的描寫，唯有表現亡靈鬼神世界的鬼節／中元節幾乎被忽略，即便是強調因果輪迴的《金瓶梅》及《醒世姻緣傳》也未曾大力描寫，這也表現出即使受到佛道思想極深的明清家庭，只借助鬼神世界表現因果報應思想，但不描寫死後世界種種，這和中國文人向來所受的儒家思想有關。在中國的思想體系架構中，對於死亡的討論並不多，而是將重心放在現實人生的安頓，放在內在心性的探討。道家中莊子其論雖多生死，但他的態度在教導人們要「安時處順」。莊子泯除了生死對立，取消人們對於形體、富貴、年壽的執著，以超脫「有限生命」的侷限，然而莊子並沒有進一步對於死後世界的說明。面對有限生命之後的世界，人們依舊沒有概念。

　　儒家、道家思想內化成為中國知識份子的內在。相較於儒家、道家，重視在生命哲學，佛教則自東漢末年傳入中國之後，展開了中國對於死亡及死後世界的認識，然而中國的知識份子在思維上對於死後的世界仍是茫昧不明的，近人魯迅在〈祝福〉一篇小說裡有深刻的批判，一個在外地念書的青年回到家鄉，被沒有知識的婦人祥林嫂問起人死後的世界是如何，一個人死後有沒有靈魂？有沒有地獄的存在？他只能回答：「那是，……實在，我說不清……。其實，究竟有沒有靈魂的存在，我也說不清。」〔註73〕隨後吃魚翅、對於食物想望，立刻取代了這個存在問題的思考。

　　「說不清」，是中國知識份子對於死後世界的理解，對於死後世界的內容多半避談，而只述及佛道思想中的果報輪迴。然而，這樣一個觀念的存在，使得中元節此一宗教節令，在明清家庭小說《林蘭香》及《醒世姻緣傳》中都只是一語帶過，從這裡我們可以看到家庭小說面對群體時間刻度的描寫，

〔註73〕候吉諒編，《魯迅》，《中國新文學大師名作賞析》卷一，台北：海風出版社，
　　　　1995 年 2 月第 9 版，頁 122。

除了表現小說的主旨外，也表現了文化內在意涵。

（六）中秋節——《紅樓夢》對月感懷表現人事的不全

明清時，中秋節成爲民俗大節。〔註 74〕古代帝王有春日祭日、秋日祭月
的儀式，夕月，即是祭月，是古代天子秋天的重要祭典，後來形成民間拜月
習俗。〔註 75〕中秋節在漢魏民俗節日體系形成時期，中秋節尚無踪跡。到了
唐代，中秋節已成爲民間節日，事實上，在唐代時中秋節還不算是一個重要
節日，仍無法與元旦、元宵、寒食、端午節相比。〔註 76〕宋人過中秋的習俗，
已是王孫公子富賈人家，無不登樓臺賞月，備酒治席，一夜高歌歡笑。〔註 77〕
月圓人團圓成爲中秋節重要的節日象徵。〔註 78〕

《紅樓夢》寫及中秋節的有二回，**在第一回中**以中秋佳節帶出季節歲時，

〔註 74〕 蕭放，《「歲時」傳統中國民眾的時間生活》，頁 182。

〔註 75〕 《國語》言：「古者先王既有天下，又崇立於上帝、神明而敬事之，於是乎有
朝日夕月，以教民事君。」《周禮·春官》也寫道：「以朝日」，鄭玄注云：「天
子當春分朝日，秋分夕月。」《三國志·魏志·明帝紀》也提及：「秋八月，
夕月於西郊。」參見：《中國傳統節日文化》，楊琳，頁 318～326。

〔註 76〕 詩人王建（仲初）在〈十五日望月〉道：「中庭地白樹棲鴉，冷露無聲濕桂花，
今夜月明人盡望，不知秋思在誰家？」到了宋代，中秋節日氣氛才變得濃厚，
節日活動更加豐富，如賞桂、吃月餅、觀潮、泛舟夜遊、拾桂子、飾臺榭、
結彩樓、求卜筮等等。參：《歲時廣記》卷三十一，宋·陳元靚，頁 3023～3051。

〔註 77〕 嚴文儒注譯，《新譯東京夢華錄·清明節》，頁 266～267，文淵閣《四庫全書》
吳自牧《夢梁錄》卷四〈中秋〉裡，記載著宋人過中秋的習俗：「八月十五中
秋節，上日三秋恰半，故謂之中秋。此夜月色倍明於常時，又謂之月夕。此
際金風薦爽，玉露生涼，丹桂香飄，銀蟾光滿。王孫公子富家巨室，莫不登
樓臨軒玩月。或登廣榭，玳筵羅列，琴瑟鏗鏘，酌酒高歌，恣以竟夕之歡。
至於鋪席之家，亦登小小月台，安排家宴，團圓子女，以酬佳節。雖陋巷貧
窶之人，解衣市酒，勉強迎歡，不肯虛度此夜。天街買賣，直到五鼓。玩月
游人，婆娑於市，至曉不絕。」
秋風習習，夜涼如水，蘭桂飄香，至於一般家庭，則安排家宴，闔家團圓。
即使是貧窮家庭，也不願虛度這月亮分外美麗的夜晚，市集買賣，通宵達旦，
遊人賞月，徹夜不眠。此外，在《東京夢華錄》也提及中秋夜開封城的熱鬧
景象：「中秋夜，貴家結飾臺，民間爭占酒樓翫月，絲篁鼎沸。近內庭居民，
夜深遙聞笙竽之聲，宛若雲外。閭里兒童，連宵嬉戲。夜市駢闐，至於通曉。」

〔註 78〕 王世禎，《中國節令習俗》，台北：星光出版社，1981 年 7 月初版，頁 209，
至於中秋食月餅，明代田汝成《西湖遊覽志餘》卷二十〈熙朝樂事〉記載著：
「八月十五日謂之中秋，民間以月餅相遺，取團圓之。」早在宋時蘇軾〈水
調歌頭〉寫中秋兼懷其弟子由，借月抒懷，以月的陰晴圓缺比喻人事的悲歡：
「人有悲歡離合，月有陰晴圓缺，此事古難全。但願人長久，千里共嬋娟。」
望月有懷，也成爲文人在中秋節時分，抒情詠物的重要內容。

並寫望月有感的賈雨村。一日，又到中秋佳節，在葫蘆廟中寄住的賈雨村，自從那日見了甄家婢女曾回頭顧盼他兩次，自認為是個知己，便時刻放在心上。今天又值中秋，不免對月有感，賈雨村則借中秋月圓時分，感歎他與甄家婢女還不能有圓滿結局的遺憾，對月興懷是中國古典文學中常用的抒情筆法，特別在人事不能圓滿時，或者必須生別離時，中秋／月圓，往往託寄了文人對於圓滿團聚的渴望。

　　第二次則描寫中秋節前後，寫在中秋節前一晚賈珍烹煮豬羊，備了滿桌菜餚及果品，在「會芳園叢綠堂中，屏開孔雀，褥設芙蓉，帶領妻子姬妾，先飯後酒，開懷賞月作樂。」（第七十五回）直到一更時分。當晚風清月朗，明月如銀，賈珍等人猜拳划酒行令，飲了一回。待賈珍有了幾分酒意，益發高興，命人取來紫竹簫，命佩鳳吹簫，文花唱曲，喉清嗓嫩，餘音繚繞，真令人魂飛魄醉。唱罷復又行令，歡樂不已，這是中秋佳節家宴的歡樂景象。然而就在歌曲唱罷不久後，突然聽聞牆下「有人」長歎之聲。但眾人只覺陰氣森森，月色慘淡，眾人都覺得毛骨悚然。賈珍頓時酒也醒了一半，勉強撐著，心裡也十分疑懼，大家因而沒了興味，早早散會。第二天，乃是十五日，賈珍帶領子姪開祠堂行朔望之禮，細查祠內，一切仍舊安好，並無怪異之跡，賈珍認為應該是錯聞，便不再提此次事。

　　然而，這個長歎之聲，已深深進入讀者心中，究竟是賈珍酒醉誤聽？還是這是個異兆？意味著賈家宗祠神靈，對於賈府人事將逐漸走向凋零，家業衰敗的一聲長歎。〔註79〕這是賈府中秋節表現出來的第一個淒冷意象。

　　到了十五日，大觀園正門大開，裝飾著羊角大燈。堂前月臺上，焚著斗香，秉著風燭，陳獻著瓜餅及各色果品。真是月明燈彩，人氣香烟氤氳，不可名狀。地下鋪著拜錦墊褥，賈母盥手上香祭拜，大家一起都拜過。賈母提議：賞月在山上最好，於是闔家移至山上，行令飲酒玩樂一番。賈母更命人折一枝桂花，還令一媳婦在屏後擊鼓傳花行令遊戲，花傳到誰的手中，那人便要飲酒作詩或說笑話，大家笑鬧不絕，在席上賈政還說了笑話逗哄賈母開心。待賈赦、賈政、賈珍等人散去，賈母便命撤去圍屏，兩席併作一席，祖孫媳婦們團團圍繞，這時賈母注意到寶釵、寶琴不在席上，知道他們回家團圓賞月，李紈、鳳姐因病沒能出席，賈母便覺冷清許多。賈母說道，往年賈政不在家，父母夫妻子女不能團圓，但請了薛姨媽母女一起過節十分熱鬧；

〔註79〕參見《紅樓夢》第七十五回。

今年賈政在家，不便請薛姨媽、寶釵一起賞月，鳳姐竟又病了，可知世事難以兩全，賈母雖然和賈府裡子孫們共享著月餅果品，團團圍坐共賞清秋，仍不免感歎著說道：「可見天下事總難十全」（第七十六回）。

這是中秋夜裡賈母的一個感歎，點出人事的不完滿一直是生命裡的常軌。這也是賈府中秋節的第二聲歎息，表現的是賈家人事不全的冷落。《紅樓夢》細寫中秋節，把中秋節月圓及人的不能團圓作一對比，以及夜冷清秋夜連接上家運的榮枯之歎。

月至中天，賈母命人將家坊裡的女孩們傳來，命她們在遠處吹笛，興緻頗佳的賈母又帶眾人賞了一回桂花，入席暖酒，閑話家常，聽聞桂花樹下傳來悠悠揚揚的笛聲。這時明月清風，天空地淨，煩心頓解，萬慮齊除，在座皆靜默聆聽。然而沒幾多時，桂花樹下的笛音在此時竟顯得嗚嗚咽咽，裊裊悠悠，越發淒涼，笛聲悲怨，夜靜月明，大家寂然默坐。賈母是上了年紀的人，喝了些酒，不免對月有感，禁不住潸然淚下，眾人也都不禁有淒涼寂寞之感。〔註 80〕從人事不全的感歎到笛音嗚咽，月圓人團圓的美好，在夜色更深之後漸顯淒清寂寥之感，這是賈府中秋節的再一次感歎，中秋節成為賈府不斷傷時憶往的節慶時間。

接著是寶玉因掛念病勢甚重的晴雯，早早離席睡去。黛玉則因見賈府人多，已生欣羨，但賈母仍歎息賈府裡不似當年熱鬧，又見寶釵姐妹家去和母親兄長團聚賞月，黛玉不覺對景感懷自己孤伶身世，離席獨自俯欄垂淚；湘雲也感歎自己雖忝在富貴之鄉，但父母早已不在，只是旅居客寄兄嫂之人。湘雲、黛玉在笛聲花香中和詩聯韻，對月抒懷，黛玉竟說出奇詭之詩句：「冷月葬花魂」，在欄外山石後聽她們倆和詩的妙玉，忍不住現身說道：「（詩）句雖好，只是太過頹敗淒楚，此亦關人之氣數而有，所以我出來止。」（第七十六回）黛玉的「冷月葬花魂」，令人聯想到黛玉的葬花詞：「儂今葬花人笑痴，他日葬儂知是誰？試看春殘花漸落，便是紅顏老死時，一朝春盡紅顏老，花落人亡兩不知！」（第二十七回）黛玉和湘雲二人都悲歎自己身世零丁，寄人籬下，黛至甚至是離鄉千里遠，至於妙玉，青春少女卻已常伴古佛，在這個月圓人團圓的美好佳節，三個女孩更在「一朝春盡紅顏老」文句裡，道盡寂寞心情，更顯中秋節的冷落淒清。在這個清秋夜的和詩聯韻中，也暗示了黛玉一生的際遇，是無比淒涼。

〔註80〕參見《紅樓夢》第七十六回。

　　《紅樓夢》二度寫中秋節，在第二度寫中秋節竟用去兩回的篇幅，敘事的幅度大，時間跨度小，敘事的密度亦大，這裡回應中國文人望月感懷的詩歌傳統，對於月圓人不能團圓的無可奈何。中秋節裡賈府豐盛賞月家宴，家坊女孩的樂音歌聲，原是盛寫賈府的富貴景象，然而人們面對月亮等大自然得以恆久的存在，更反思生命存在的短暫，黛玉的自傷哀憐，賈母因年歲漸高而有所感傷，都使得中秋節成為撫今憶往的時刻，也突顯紅樓一夢的主題命意。

　　中秋節為民間重要的節日，但在四部明清家庭小說中，《金瓶梅》、《醒世姻緣傳》及《林蘭香》都只在文中提到中秋節，卻無描寫如何過節以及過節的內容，《林蘭香》在文中只提到一句：「時至中秋以後，菊花欲開，夢卿領著春畹在花廳邊收拾菊花枝葉。」然後寫及夢卿與愛娘對坐飲茶賞花，並看扇子上的字畫憶往，夢卿道：「天下有情人大抵如此。情得相契，則死如生；情不能伸，則生不如死。」愛娘則道：「人之相交，無情固不及有情，而交不能久，則有情反不如無情。必須尋一妙法，使此情常在方好。」（第十一回）夢卿與愛娘二人皆認為彼此是千秋難尋的知己，在中秋時分，因花憶往因字畫見深情，並許為知音。

　　從《金瓶梅》寫欲到《林蘭香》寫情，明清家庭小說抒情寫欲的脈絡在節慶時刻裡清楚可見。中秋節在欲望橫流的《金瓶梅》，及致力描寫因果關係的《醒世姻緣傳》中，是比較不被重視的節慶，卻是《紅樓夢》著力書寫的時間刻度。因為在家庭小說描寫的時間中，每個生日、每個節慶的內容，才能顯示家庭小說真實的面貌，然而，小說若此描寫，雖實錄生活裡的點滴，卻無法彰顯所要表現的主題，因此，每一部書都有著重的節慶時間。時間流逝，被記錄下來的必然是某個重要的時刻，或者隱喻作者書寫意圖、抒發感懷，表現小說的主題。

（七）重陽節——《林蘭香》佳節團聚並追憶過往

　　中國的人文精神，往往表現文人面對自然時序的變化，興起人生的感懷。〔註81〕

　　重陽處於夏冬之際，是秋寒新至，將入室隱居時，人們因而把握秋高氣爽氣候怡人時的秋遊，即為「重陽踏青」，其活動內容為登高、賞菊、放風箏。在朝廷中則設迎霜宴、賞菊花。〔註82〕

〔註81〕蕭放，《「歲時」傳統中國民眾的時間生活》，頁192。
〔註82〕周耀明，《明代‧清代前朝漢族風俗史》，《漢族風俗史》第四卷，頁179。

　　重陽的「登高野宴」也是重陽習節內容。〔註83〕明代似乎頗爲重視女兒，在本章敘及端午節時，曾提及「端午」節又名女兒節，因爲端午節是出嫁女兒歸寧日；「重陽節」也稱女兒節，爲了把嫁出去的女兒接回娘家吃花糕。可見端午節、重陽節的意義之一，都是在於家庭的團聚。食糕、飲菊花酒，是重陽節普遍的賀節方式。〔註84〕郊遊賞景、親友聚宴都是重陽的過節方式。因此，重陽又名爲九月九、重九、茱萸節、女兒節。〔註85〕早在唐代，詩人王維在重陽節時作〈九月九日憶山東兄弟〉，已感歎地說：「獨在異鄉爲異客，每逢佳節倍思親。遙知兄弟登高處，遍插茱萸少一人。」家人思念異鄉客，而遠遊在外的遊子也因而淒涼感傷，若是人事已非，故人已杳，佳節憶舊的心更加悲傷冷落。

　　《金瓶梅》中，對於重陽節幾乎沒有描述，只提到節令時間：「光陰迅速，又早到重陽。花子虛假著節下，叫了兩箇妓者，具束請西門慶過來賞菊。又邀應伯爵、謝希大、祝實念、孫天化四人相陪。傳花擊鼓，歡樂飲酒。」（第十三回）　接著描寫無關節慶，而是關於西門慶和李瓶兒的幽會。節令裡的敬老或憶友，在《金瓶梅》裡，因爲西門慶雖成爲山東提刑，也只是個暴發戶，只因官商勾結才得以致富握權，然而他的生活仍是與一群幫閒者吃喝嫖賭，色欲薰心，節令裡的文化涵養不曾內化成爲他生活的方式。

〔註83〕郭興文、韓養民，《中國古代節日風俗》，頁278，九月九日的九九，意味著陽數的極盛，然而凡事盛極必衰，登臨高遠，接近天神，也許更容易得到福佑。三國曹丕在〈與鍾繇九日送菊書〉言：「歲往月來，忽復九月九日。九爲陽數，而日月並應，俗嘉其名，以爲宜於長久，故以享宴高會。」重陽節不僅是文人雅士飲酒、賞菊、登高、賦詩的節日，也是古代婦女的休息日。每逢重陽節，父母要把嫁出去的女兒接回娘家吃花糕，到了明代甚至稱重陽節爲「女兒節」，在於家庭的團聚。

〔註84〕嚴文儒注譯，《新譯東京夢華錄·清明節》，頁246，因爲食糕意味著步步高升，飲菊花酒則使人長壽。在《西京雜記》中所載：「葛洪九月九日，佩茱萸，食蓬餌（即糕餅，食糕意味著步步高升），飲菊花酒，令人長壽。」又如《東京夢華錄》所載：「九月重陽，都下賞菊。」「都人多出郊外登高，如倉王廟、四里橋、愁臺、梁王城、硯臺、毛駝岡、獨樂岡等處宴聚。前一二日，各以粉麵蒸糕遺送，上插剪綵小旗，摻釘果實。」

〔註85〕周耀明，《明代·清代前朝漢族風俗史》，《漢族風俗史》第四卷，頁178，明代重陽節有插茱萸、飲重陽酒、吃重陽糕（又名花糕），並以花糕供祭家堂、祖先的習俗。在《帝京景物略》裡：「面餅種棗栗其面，星星然，曰『花糕』。糕肆標紙彩旗，曰『花糕旗』，父母家必迎女來食花糕。」「父母家必迎女來食花糕，或不得迎，母則詬，女則怨詫，小妹則泣，望其姐姨，亦曰女兒節。」

　　《醒世姻緣傳》裡兩度提及重陽節，但對此節令慶祝的活動並無著墨，只提及：「李言忠領了敕旨，馳驛進發。經過繡江地方，訪知這會仙山是天下的名勝，遵旨置辦了牲牷，先一日上山齋宿，次早五更致祭。這時恰值九月重陽，李言忠四更起來梳洗畢了，交了五更一點，正待行禮。」（二十三回）另外一回裡又說道：「狄員外因一向常擾童家，又因監滿在即，又因九月重陽，要叫尤聰治酒一桌，抬過童家廳上，好同童奶奶合家小坐。」（五十四回）提及九九重陽家聚及備牲禮致祭，因節日團聚是家庭小說重要的書寫之一。

　　《林蘭香》的九月九日重陽節，耿朗設家宴在百花台，和雲屏、愛娘、彩雲、春畹等妻妾共賞菊花。侍女苗兒、順兒、輕輕、采芋、采葑、采菽、蓁蓁、芊芊、怡怡、猗猗、曉烟、夕露、涵露、凝嵐、宿秀、紅雨十幾個人在旁侍候。這裡描述著百花台上各色菊花，有黃菊、白菊、紅菊等。這百花台雖不甚高，方圓有五六丈大小，四面都有欄杆，台階下面，方亭一座，足以容納二三十個賓客。因為擔心日曬雨淋，便將台亭四面的布幔撐開遮滿台。重陽節這日在百花台上設下了各色酒肴，耿朗夫妻五人，團圓而坐。雲屏要清心，吃竹葉酒；愛娘要通經，吃通草酒；彩雲要補虛，吃青蒿酒；春畹要明目，吃菊花酒；惟耿朗吃人參酒，一家和樂。（第五十五回）

　　這是重陽節時歡樂的家庭宴飲，飲酒行令，大家因講起了往事後，耿朗說道，這些往事已不復返，令人讚美的或令人感歎的事，早已化成灰燼，不如著重於眼前能掌握的一切，把握當下歡樂一番。（第五十五回）在佳節聚會時往往會憶起過往。宣愛娘因看見菊花酒和菊花糕，憶及去年此時。然而，菊花依舊，斯人已遠，因而引發無限的思念：

> 卻說燕夢卿死後，林雲屏悲傷過度，臥病在床。宣愛娘雖勉強勸解，卻更是同病相憐。悠悠忽忽，過了仲秋，又早重陽。家家飲菊花酒，處處賣花糕。想起去年與夢卿評論菊花，借花自比，今日風景不殊，知心安在？由不得不痛入肝，因對菊花作悲夢卿的詩一律。作完吟誦一番，越覺不快。散步走到夢卿住房的前面，但見鸚鵡棲鳳，聲吞小院，芭蕉凍露，淚落空階，物改人亡，傷心蔦目。（第三十七回）

重陽節，正是因為去年此時宣愛娘等人與燕夢卿評論菊花，今日風景不殊，但知心者安在哉？在此，寫燕夢卿死後的重陽節，登高望遠，見物改人亡，因此寫重陽憶故人。

在明清家庭小說中，每篇小說都有對於某個／某幾個節慶時間的細寫，同時在每一個細寫中都表現了小說的主題，或者小說透過這個時間刻度傳達作者的敘事意圖，《紅樓夢》在中秋節中細寫對月感懷，因此在接下來時間點較爲接近的《重陽節》，並未利用登高賞菊或飲酒家聚時抒發對於時間、對於生命的感受，這裡的不寫其實更突顯其前著力描寫的中秋悲音，讀者更能清楚記憶中秋時分賈府的三次長歎。

《金瓶梅》裡西門慶和他的幫閒者利用賞菊吃酒的節日，召來娼妓玩樂一番，重陽節對他們而言，就是在於吃酒玩樂的名目，沒有文化情感在其中。《金瓶梅》和《醒世姻緣傳》重陽節的意義，在於表現出家庭聚會歡宴的時刻，而不在於發思古憶友之幽情。在此只言重陽家聚，一如春節、清明、中秋等節都是家人團聚的重要節日；《醒世姻緣傳》雖然二度提到重陽節，也只是作爲家庭聚會的一個日子；至於《紅樓夢》則完全未提言重陽節。《林蘭香》寫重陽，正是因爲去年此時菊花恣意開放，令人追憶過往。小說中同時寫出了節俗內容，飲菊花酒、食花糕等重陽習俗。節日是日常生活中家人團圓之日，節日中凝聚著家庭情感，也喚起了人們對於往昔生活的追憶。

（八）芒種節及花朝日——花開花落喻寫《紅樓夢》

明清四部家庭小說中的節慶描寫，比較特別的是《紅樓夢》的花朝日及芒種節，這在其他三部家庭小說中全無描寫，可以理解的是，這是因爲在《紅樓夢》中常以花來喻女孩們，因此迎花神祭花神的節日在《紅樓夢》中便顯得重要。

《紅樓夢》以花來比喻女子，首先，黛玉就是西方靈河岸上三生石畔的一株絳珠草，在此生與寶玉圓一段木石姻緣；寶玉遊太虛幻境，看到的十二金釵正冊、副冊、又副冊裡的圖畫，多以以花、木喻指女兒們；賈府因賈元妃省親而建造的大觀園院館，也多以花草爲名：黛玉住的是瀟湘館，寶釵住蘅蕪苑，李紈住的是稻香村，寶玉住的是怡紅快綠的怡紅院；寶玉生日夜宴，家中姐妹等人在席上玩的「占花名兒」，也是以花朵喻這些女子們，〔註86〕其中黛玉占爲風露清愁的芙蓉花，這些花木同時也隱喻了女兒們的未來。有意思的是，晴雯被攆出賈府後病逝在兄嫂家裡，時值八月，園子裡芙蓉花開，

〔註86〕「占花名兒」預言部份，《紅樓夢》第六十三回，見本論文第二章第二節明清
家庭小的敘事時間，註釋94：黛玉——芙蓉、寶釵——牡丹、探春——杏花、
湘雲——海棠、李紈——梅花、襲人——桃花、香菱——並蒂花、麝月——
茶蘼花。

丫頭見景生情，忙說晴雯是專司芙蓉花之神，寶玉也因此轉悲爲喜，並作〈芙蓉誄〉掛於樹梢以祭晴雯。〔註 87〕大觀園便是一座百花園，每個女孩都是大觀園裡的一株花兒，因此送花神迎花神的芒種節及花朝日在《紅樓夢》才被特別描寫，這是四部明清家庭小說中最特別的節令描寫。

　　芒種，是農曆五月初的節氣，是因爲這時節穀物開出了芒花而得名。芒種意味著夏天將至，同時，梅雨天就要來臨。〔註 88〕在《紅樓夢》第二十七回提到四月二十六日「交芒種節」：

　　至次日乃是四月二十六日，原來這日未時交芒種節。尚古風俗：凡交芒種節的這日，都要設擺各色禮物，祭餞花神，言芒種一過，便是夏日了，眾花皆卸，花神退位，須要餞行。然閨中更興這件風俗，所以大觀園中之人都早起來了。那些女孩子們，或用花瓣柳枝編成轎馬的，或用綾錦紗羅疊成干旄旌幢的，都用彩線繫了。每一棵樹上，每一枝花上，都繫了這些物事。滿園裡繡帶飄飄，花枝招展，更兼這些人打扮得桃羞杏讓，燕妒鶯慚，一時也道不盡。（第二十七回）

交芒種節，指的是在芒種節前夕，春去夏至，因花神退位，爲百花餞行，大觀園裡的女孩們，在這個獻祭花神的日子，自然是將自己和滿園妝點得萬紫千紅，嬌艷無比，燕妒鶯慚，因爲園內的女孩們個個就如同花朵一般，這在敘寫女兒的《紅樓夢》裡當然是女孩們的重要日子。

　　有花神退位日，便該有迎花神到位之日。這是在《紅樓夢》一百零二回裡所提到的「花朝日」。一百零二回裡寫賈府至此時家道中落，大觀園裡的姐妹也早已四散：賈妃薨逝後，園子荒廢已久，後來寶玉迎娶寶釵，黛玉殞逝，史湘雲回兄嫂家，同時，李紈姐妹、探春、惜春也都挪回舊所居住，園中人漸漸減少，況天氣寒冷，更顯淒冷，直到花朝節日，眾姐妹們才相約玩耍：

　　先前眾姐們都住在大觀園中，後來賈妃薨後，也不修葺。到了寶玉娶親，林黛玉一死，史湘雲回去，寶琴在家住著，園中人少，況兼天氣寒冷，李紈姐妹、探春、惜春都挪回舊所。到了花朝月夕，依舊相約玩耍。（一百二回）

〔註87〕見《紅樓夢》第七十八回。
〔註88〕殷國登，《中國古代的花神與節氣》，台北：聯經出版社，1983 年 6 月初版，1987 年三刷，頁 159～162。

這裡提到的花朝節，簡稱花朝，又稱花神節，或稱花娘子生日，爲百花生日。花朝節期因地而異。〔註89〕唐宋時以二月十二日爲花朝，〔註90〕明代時則以二月十五日爲花朝日，〔註91〕清初時則又以二月十二日爲花朝節。〔註92〕在花朝日人們或野外踏青有探訪春天之意。〔註93〕這樣美好的花朝日，卻在《紅樓夢》的文末才提及，寫百花盛開時分，花神到位，春日繽紛，然而卻對比著女孩們四散或傷逝的命運。花開花落但見紅樓女孩各自飄散的寂寞命運。

（九）元宵節——《金瓶梅》的狂歡及《紅樓夢》的人事興衰

元宵節在中國年節的文化意義上，和其他的節日，如除夕、元旦、端午節、清明節、中秋節、中元節、重陽節等極爲不同，這些節慶多半在於團聚、緬懷祖先、或對於歷史、宗教有著崇敬的態度，因此，在這些節慶的活動中，不外乎是家庭團聚宴飲、祭祖、傳承文化等活動。然而，元宵節則不同，它是源自於對自然界的認識，而後形成民俗活動，最後則是解構官民防線，成爲商業娛樂活動的民間活動，具有大眾文化的意義。

古人對於自然的觀察中，很早便發現月亮圓缺的時間規律，因此以月亮的變化成爲記時的歷法依據，形成影響深遠的太陰曆的曆法體系。〔註94〕關

〔註89〕 完顏紹元，《中國風俗之謎》，頁 42，中原和西南地區以夏曆二月初二爲花朝；江南和東北地區以二月十五爲花朝，據說這是與八月十五中秋節相應，也就是以「花朝」對應八月十五的「夕月」。此外，還有一些地區以二月十二或十八爲花朝節。

〔註90〕 王世禎，《中國節令習俗》，頁 77～79，《秦中歲時記》言：「二月二日，曲江采采，士民遊樂極盛。」唐宋時以二月十二日爲花朝，《誠齋詩話》：「東京二月十二日曰花朝，爲撲蝶會。」百花競放，百蝶飛舞，是爲花朝，以祝仙誕。

〔註91〕 《廣州府志》言：「十五日花朝。」參見：周耀明，《明代·清代前朝漢族風俗史》，《漢族風俗史》第四卷，頁 168。

〔註92〕 《清嘉錄》言：「閨中女郎剪五色彩繒，粘花枝上，謂之堂紅。虎丘花神廟，擊牲獻樂，以祝仙誕。謂之花朝……土俗以十二日天氣清朗，則百物成熟。諺曰：有利無利，但看二月十二。」《帝京歲時紀勝》曰：「十二日傳爲花王誕日，曰花朝。幽人韻士，賦詩唱和，春早時賞牡丹。」參見：周耀明，《明代·清代前朝漢族風俗史》，《漢族風俗史》第四卷，頁 365。

〔註93〕 《夢梁錄》中認爲：「仲春十五日爲花朝節，浙閩風俗，以爲春序正中，百花爭放之時，最堪賞遊。」《廣州府志》則言：「二月花朝以往，仕女爭先出郊，謂之探春，畫舫輕舟，櫛比鱗集……每當春日桃花盛放，一望如錦，遊人多問津焉。」參見：周耀明，《明代·清代前朝漢族風俗史》，《漢族風俗史》第四卷，頁 168。

〔註94〕 蕭放，《「歲時」傳統中國民眾的時間生活》，頁 179，正月十五是元月第一個望日，元宵節因而在新歲之首。一般的文獻資料認爲，正月十五元宵節在漢

於元宵燈節的描述，在《隋書・柳彧傳》記載隋人柳彧，請求禁止正月十五侈靡之俗的奏疏中提到：

> 竊見京邑，爰及外州，每以正月望夜，充街塞陌，聚戲朋遊。鳴鼓
> 聒天，燎炬照地。人戴獸面，男爲女服，倡優雜技，詭裝異形，以
> 穢嫚爲歡娛，用鄙褻爲笑樂，內外共觀，曾不相避。高棚跨路，廣
> 幕陵雲，袨服靚粧，車馬填噎。肴醑肆陳，絲竹繁會，竭貲破產，
> 競此一時。〔註95〕

在柳彧這份奏疏裡，同時也描寫了人們歡度元宵的景況：酒肴歌舞、詭裝異形、鄙褻笑樂，打破了「常規的、十分嚴肅而緊蹙眉頭的生活，服從於嚴格的等級秩序的生活」，形成一種「對一切神聖物的褻瀆和歪曲，充滿了不敬和猥褻，充滿了對一切人一切事的隨意不拘的交往」的狂歡節生活。〔註96〕

　　在狂歡節慶中，日常生活裡的限制、規範都暫時被解除，因爲「在狂歡中，人與人間形成了一新型的相互關係，通過感性的形式、半現實半遊戲的形式表現出來。」〔註97〕這裡極爲重要的一點是，在元宵節時可以是男女共處毫不相避，可以是男爲女服的身份變異，可以是取消一切等級制度。在狂歡的廣場上，支配一切的是人與人之間不拘形迹地自由接觸的特殊形式，〔註98〕這便是元宵節的特殊氛圍，這使得元宵節的狂歡氣氛較之其他的節日更甚。在唐宋，閨中婦女一向禁止外遊，但在元宵時卻能名正言順地盛裝出遊觀花燈。〔註99〕這個可自己物色對象的狂歡市集或廣場，

代已受到重視。漢武帝正月上章夜在甘泉宮祭祀「太一」的活動，被後人視
爲正月十五祭祀天神的先聲。直到漢魏之後，元宵節乃成爲民俗節日。2元月
十五日元宵節，又稱爲上元節。道教將正月十五、七月十五、十月十五三個
月圓望日，定爲上元、中元、下元，分別爲天官、地官、水官的誕辰，形成
了天官賜福、地官赦罪、下官解厄的三元節。

〔註95〕《隋書》，卷六十二，列傳第二十七。

〔註96〕巴赫金，錢中文主編，《巴赫金全集》第五卷，河北：河北教育出版社，1998
年，頁170。

〔註97〕巴赫金，《巴赫金全集》第五卷，頁162。

〔註98〕沈華柱，《對話的妙悟──巴赫金語言哲學思想研究》，上海：三聯書局，2005
年8月初版，頁80。

〔註99〕張江洪編著，《詩意裡的時間生活》，湖南：長江出版社，2006年9月初版，
頁44，唐代文人蘇味道在〈正月十五夜〉詩序中，提及元宵節的煙花燈火如
火樹銀花：「火樹銀花合，星橋鐵鎖開。暗塵隨馬去，明月逐人來。游伎皆穠
李，行歌盡落梅。金吾不禁夜，玉漏莫相催。」遊人車馬以及濃妝豔抹的綺
麗女子，交織成市井街坊美麗的夜晚。唐代燈市有樂舞百戲表演，成千上萬

以笑謔的方式，顛覆官方嚴制的男女界線，突顯文化的生命力，並突顯日常生活的單調和反覆性。

宋元易代後，元宵依舊傳承，但聚眾娛樂的節日受到政府的限制。然而，宋代城市生活，元宵燈火更爲興盛，帝王爲了粉飾太平，更親登御樓宴飲觀燈，《東京夢華錄》記載著：

> 宣德樓上，皆垂黃緣，簾中一位，乃御座。用黃羅設一綵棚，御龍直執黃蓋、掌扇，列於簾外。兩朵樓各掛燈毬一枚，約方圓丈餘，內燃椽燭。簾內亦作樂。宮嬪嬉笑之聲，下聞於外。樓下用枋木壘成露臺一所，綵結欄檻，兩邊皆禁衛排立，錦袍，幞頭簪賜花，執骨朵子，面此樂棚。教坊、鈞容直、露臺弟子，更互雜刻。近門亦有內等子班直排立。萬姓皆在露臺下觀看，樂人時引萬姓山呼。〔註100〕

皇帝御坐在宣德樓上，簾內傳來樂音飄揚，後宮嬪妃的嬉笑聲甚至傳至城樓下，而城樓下百姓引頸觀看演出，樂人時不時便帶領百姓高呼萬歲。王公貴族和市井小民彼此跨界，宣德樓上下連成一個充滿狂笑、戲謔，吆喝的喧囂的公眾廣場，在宣德樓上下的狂歡節慶空間中，不是日常人們遊戲的場所，也不是神聖威嚴的廟堂聖殿，而是「一塊讓人在擺脫生活重累之後盡情宣泄的極樂之地，它爲激情所充溢。」〔註101〕

這個狂歡廣場上，樂人引百姓呼萬歲時君王的權威仍被宣稱，但在當宮中嬪妃笑語流洩於市，上下連成一片戲謔聲中，地位高下分別的儀節又被破壞。人們的生活暫時脫離常規，脫離官方文化的體制威儀。在元宵節的這個公眾場域「成爲城鄉之間、雅俗之間、官民之間老少咸宜、雅俗共賞的文化主導，並成爲大眾文化的主要成份。」〔註102〕狂歡節慶形成一種與日常生活形成斷裂的特殊時日。同時，在節慶中通常備有筵席盛宴，筵席不同於日常飲食，而是慶典活動的大排筵席，人們則在筵席上聯絡情感。

從其他作品中可見元宵盛況，如辛棄疾的詞〈青玉案〉的描述：「東風夜

的宮女、民間少女在燈火下載歌載舞，叫做行歌、踏歌。未婚男女借著賞花燈也可以爲自己物色對象。

〔註100〕 （宋）孟元老，《東京夢華錄》卷六，本文引自嚴文儒注譯，《新譯東京夢華錄‧元宵》，台北：三民出版社，2004 年 1 月初版，頁 177～178。

〔註101〕 王建剛，《狂歡詩學──巴赫金文學思想研究》，上海：學林出版社，2001 年，頁 80～81。

〔註102〕 劉康，《對話的喧聲──巴赫汀文化理論述評》，台北：麥田出版社，1995 年，頁 277。

放花千樹，更吹落，星如雨。寶馬雕車香滿路，鳳簫動，玉壺頻轉，一放魚龍舞。蛾兒雪柳黃金縷，笑語盈盈暗香去。眾裡尋它千百度，驀然回首，那人卻在，燈火闌珊處。」不論是「夜放花千樹」、「星如雨」所描寫燈花烟火、或者湧動的人群中，但見美麗女子的笑顏香氛、車馬喧囂，織成迷人的元宵景緻。女子們在街市流動的美麗畫面，也是元宵節的特殊場景之一。明代時元宵節的娛樂活動是正月年節活動的高潮。〔註103〕明成祖曾下詔元宵賜假七日。元宵放燈節極爲熱鬧盛大，在永樂年間長達十天。明代元宵放燈節從正月初八到十八。〔註104〕在清代，元宵節的活動有烟火、猜燈謎、表演雜戲，在元宵節前後有「燈市」的商業活動。〔註105〕元宵節被稱「鬧元宵」，「鬧」元宵的「鬧」字，便生動描寫出元宵節活躍的民俗性及狂歡氣息商業的、市井小民的、女性得以自由出入街市的元宵節，使得節慶的意義變得更爲特別。

　　元宵節自隋朝以來至明清，不僅是家庭歡慶的新春大節，同時也走出家庭與鄰里街市，甚至君民上下共同狂歡的日子。在這一個節慶裡，上下、官民、男女的身份都被跨越，彷彿世俗的時間暫停，只剩下喧鬧的、繽紛的狂歡氛圍。百姓在元宵節時如入了不夜城，以觀燈爲名，逾越了各種「禮典」和「法度」，並顛覆日常生活所預設的規律的的時空秩序——從日夜之差、城鄉之隔，男女之防到貴賤之別。對禮教規範的挑釁與嘲弄，正是元宵節的遊戲規則一突破時間、空間、性別的界域，成爲元宵歡慶典最顯眼的主角。〔註106〕

〔註103〕周耀明，《明代‧清代前朝漢族風俗史》，《漢族風俗史》第四卷，頁161，明太祖朱元璋鑒於元人耽於聲色娛樂，不事生產，因此禁止官民士庶的日常娛樂，但爲了顯示明代社會安定，歌舞昇平的太平氣象，因此提倡上元放燈，官民同樂。

〔註104〕周耀明，《明代‧清代前朝漢族風俗史》，《漢族風俗史》第四卷，頁161～162，，《明會典》記載著：「永樂七年詔令元宵節自正月十一日起給百官賜假十天，以度佳節」。明末張岱在《陶庵夢憶》，記載了燈節耍獅子、放煙火、彈唱、大街衢巷通宵以樂的情形。清代的元宵燈市雖沒有明代那麼長的時間，但熱鬧依舊。《燕京歲時記》所載「自十三至十七均謂燈節，惟十五日謂之正燈耳。」元宵節的活動更爲盛大。

〔註105〕周耀明，《明代‧清代前朝漢族風俗史》，《漢族風俗史》第四卷，頁360～361。

〔註106〕陳熙遠，〈中國夜未眠：明清時期的元宵、夜禁與狂歡〉，《中央研究院歷史研究所集刊》，第七十五本第二分，頁283，本文引自李孝悌，〈序——明清文化研究史的一些新課題〉，《中國的城市生活》，台北：聯經出版社，2005年，頁7。

　　因此表現在明清家庭小說中，必然是迥異於其他節慶時間的表現。如果說春節是由家庭向鄉里街坊逐次展開的社會大戲，那麼元宵便是春節期間最後一場壓軸節目，元宵節是從除夕以來延續下來的年節活動，元宵節是家庭中重要的活動，年節的歡慶活動到元宵節達到高潮。〔註107〕元宵節在民眾生活中的狂歡性質，表現在明清家庭小說《金瓶梅》、《林蘭香》及《紅樓夢》中都有生動的描述。

　　明清家庭小說《林蘭香》在文中帶出元宵節裡的民俗活動，從節慶的飲食到娛樂都有著墨。在這日，家家戶戶的曲院迴廊都懸設花燈，戶外是僮僕們：「打太平鼓，唱踏燈詞，點爆竹，放空鐘。」室內則是侍女們「彈口琴，抓子兒，猜燈謎」。（第十八回）大家尋歡取樂，屋內中堂設了延席，銀燭輝煌。耿家依尊卑長幼列席而坐，康夫人居中，其餘列座，命金鶯、玉燕、白鹿、青猿四人，在席上吹彈起來。又在東一所九畹軒裡大張燈火，命采萊、采菽、采葑、紅雨、諸霞等五人，淡妝雅服，妙舞清歌，是夜闔家盡興方散。

　　這裡描寫元宵節在家庭內的過節方式，僮僕懸花燈、打太平鼓、唱踏燈詞、玩爆竹、猜燈謎、吃湯圓果品，清歌妙舞，設席尋歡，主人並分給僕傭們湯圓果品，主僕同歡，也把年節氣氛推至高潮。明清時民間慶賀元宵節通常有盛大的歌舞演出。〔註108〕元宵節的歡樂氣氛也表現在聲音以及色彩的繽紛上，在色彩方面，街上遊樂的人們，難得可以出遊的良家婦女，無不打扮光鮮奪目，上元燈火節的斑斕的燈飾及炫麗的烟火，將街市妝點得燦爛輝煌。

　　《金瓶梅》對於元宵節極盡鋪寫的能事，文中有三度描寫元宵。**《金瓶梅》第一次寫元宵節**，正月十五日元宵節，同時也是李瓶兒的生日。透過李瓶兒的生日，寫在這個節日，婦女終於能上街玩樂。吳月娘率領著西門慶的一干妾室們，除了孫雪娥留下看家，其他四人都盛裝穿著錦繡衣服，連著四個僮僕來到李瓶兒家。在此，作者細緻描述了這幾位女子的穿著，色彩繽紛妍麗：

> 吳月娘穿著大紅粧花通袖襖兒，嬌綠段裙，貂鼠皮襖。李嬌兒、孟玉樓、潘金蓮都是白綾襖兒，藍段裙。李嬌兒是沈香色遍地金比甲，

〔註107〕蕭放，《「歲時」傳統中國民眾的時間生活》，頁117。

〔註108〕蕭放，《「歲時」傳統中國民眾的時間生活》，頁118，元宵節的歌舞，有舞龍、舞獅，南北各地都鄉村戲劇，北方有秧歌、南方有花鼓戲、採茶戲，東北地區有「太平歌」。這些遊戲娛樂目的在於驅儺逐疫，召喚春天並喚醒大地，作爲一年的開始。

　　孟玉樓是綠遍地金比甲，潘金蓮是大紅遍地金比甲，頭上珠翠堆盈，

　　鳳釵半卸。（第十五回）

透過精細的服裝描寫，表現豔麗無比的西門家女眷，在李瓶兒生日且是元宵燈節的這個夜晚出遊觀燈。花團錦簇般的西門妻妾，正和元宵燈火相互輝映。但見街道上到處張燈結彩，花燈搖曳，男女雜沓，車馬聲囂，聲色喧鬧的場景：「燈市中人烟湊集，十分熱鬧。當街搭數十座燈架，四下圍列諸般買賣，玩燈男女，花紅柳綠，車馬轟雷。」同時將街上的花燈種類細細寫出：「但見：山石穿雙龍戲水，雲霞映獨鶴朝天。金蓮燈、玉樓燈，見一片珠璣。荷花燈、芙蓉燈數千圍錦繡。繡毬燈……雪花燈……秀才燈揖讓……判官燈……師婆燈……劉海燈……駱駝燈……白象燈……。」（第十五回）極盡描寫的能事，美不勝收。

　　至於民俗活動就更豐富了，有社鼓演出，有蹴踘、有談詞百戲、市集可見卜卦相士、賣元宵菓品、鏡頭必然帶到難得出現在街頭的仕女小姐們，春風妖嬈，雲鬟涼釵、髮飾在陽光下閃耀明媚，連接成市坊最動人的一景：

　　村裡社鼓，隊隊喧闐，百戲貨郎，椿椿鬥巧……王孫爭看小欄下，

　　蹴踘齊眉，仕女相攜高樓上，妖嬈衒色。卦肆雲集，相幌星羅……

　　又有那站高坡打談的，詞曲楊恭，看到這搧响鈸遊腳僧，演說三藏。

　　賣元宵的高堆菓餡，粘梅花的齊插枯枝。剪春媳，鬢邊斜插鬧春風，

　　禱涼釵，頭上飛金光耀日……雖然覽不盡鰲山景，也應豐登快活年。

　　（第十五回）

回頭看西門家眷：潘金蓮和孟玉樓也是街景裡令人注目的一對人兒。吳月娘看燈一回，見樓下人亂，沒了趣味，和李嬌兒歸席吃酒說笑，只有潘金蓮和孟玉樓連同兩個唱戲女子，站在李瓶兒家樓臺上，搭伏著樓窗往下觀看。作者細寫潘金蓮伏身在樓臺的樣貌，且說潘金蓮挽著白色綾襖袖子，露出襯裡的金色袖子，又露出纖纖玉指，引人無限遐思。「那潘金蓮一逕把白綾襖袖子兒摟著，顯他那遍地金掏袖兒，露出那十指春葱來，帶著六簡金馬鐙戒指兒，」潘金蓮甚至自樓臺上探出身子，磕著瓜子，同時把瓜子皮都吐落在行人身上，笑鬧著，引逗著那樓下看燈的人也挨肩擦背，仰望上瞧，其中幾個浮浪子弟還大膽直指她們議論紛紛。街坊浮浪子弟，連同燈海燈市，與看樓上的潘金蓮、孟玉樓她們吐瓜子、探頭看、十指春葱顯露的描繪，連同屋裡的李瓶兒等人華麗炫目的服飾，連綿成一個華麗、喧鬧的色彩豔麗的空間，流動著一

個個欲言又止的情色暗示,整個城市的喧囂是欲望的流動。

在這個狂歡得近乎荒誕的節日,男女之間的分際及距離近了,空氣中瀰漫了歡騰喧鬧的節慶氣氛,還有著人們生活脫離常規的大膽快意,或者一如美國的伯高·帕特里奇所言:「狂歡是一種社會現象,它是人性中的半人半獸特性的動力呈示。」〔註109〕公眾廣場上,充著狂笑、淫浪、戲謔之聲,夾雜著小販們的叫賣吆喝,這是眾聲喧嘩的佳境,它製造了一個與官方意識背離的世界。廣場上的語言是與官方語言涇渭分明的,官方語言總是一本正經,而廣場上的語言卻是親暱的、淫猥的、粗鄙的、直率而不登大雅之堂。〔註110〕

此夜,西門慶也從燈市裡遊玩到青樓妓院中,又是一個從狂歡城市到溫柔鄉的描寫,首先寫青樓女子的李桂姐的妝扮,「家常挽著一窩絲杭州攢,金纍絲釵,翠梅花鈿花,珠子箍兒,金籠墜子,上穿白綾對襟襖兒,下著紅羅裙子,打扮的粉粧玉琢。」(第十五回)色彩鮮豔地呼應著這個城市的狂歡氣息。最後西門慶從這粉粧玉琢的桂姐身旁又轉回到愛妾李瓶兒住處。瓶兒在這個新春上元節,一面和西門慶吃酒玩牌,一面又拿出壓箱錢財,要與西門慶蓋房子,就在李瓶兒丈夫花子虛死去沒有多久,西門慶把西門家與花家打通連成一屋。瓶兒最終目的當然是成爲西門慶的妾室,達成共識後,二人顛鸞倒鳳,春宵一夜。這一回側寫瓶兒生日,極力鋪陳元宵節慶,便元宵節成爲一個喧嘩的、狂歡的、情欲流動的空間。在元宵節中充斥著盛宴和情色欲望,幾乎可言是「對生命力的原始性、赤裸裸的歌頌和對肉體的感官欲望的縱情讚美。」〔註111〕元宵節在此的描寫成是一個充滿感官欲望的節慶時間。

第二度寫元宵,重在家庭內的聚會及歡慶,話說在元宵這一日,所謂「天上元宵,人間燈夕」,西門慶在廳上張掛花燈,鋪陳筵席。只不過在這一次寫元宵節是正月十六日,合家歡樂飲酒。西門慶與吳月娘居上座,以下是李嬌兒、潘金蓮、李瓶兒、孫雪娥、西門大姐列坐在兩邊,每個人都穿著錦綉衣裳盛妝打扮著。接下來是春梅、玉簫、迎春、蘭香四人的表演,她們在旁樂箏歌板,彈唱燈詞。只在東首設一席給陳敬濟一人獨坐。這個家宴果然食烹異品,菓獻時新。小玉、元宵、小鸞、綉春幾位丫頭都在上面斟酒服侍主人。這裡描述一家子飲酒談笑,極盡歡娛的家庭團聚場面。飲酒多時,西門慶忽

〔註109〕王建剛,《狂歡詩學——巴赫金文學思想研究》,頁75。
〔註110〕劉康,《對話的喧聲——巴赫汀文化理論述評》,頁282。
〔註111〕劉康,《對話的喧聲——巴赫汀文化理論述評》,頁266。

然被應伯爵差人請去賞燈，西門慶的妻妾則在家裡看吃酒看燈花。月娘與其他姐妹酒食了一回，但見銀河清淺，珠斗爛斑，一輪團圓皎月從東而出，照得院宇猶如白晝。女子們或有人在房中更衣，或有人在月下整粧，或有人在燈前戴花，或有人在廳前看陳敬濟放烟火。女子的花容衣飾斑爛鮮豔，似乎與燈花、烟火共輝煌。

西門慶隨後到街坊鄰人應伯爵處交誼尋歡，潘金蓮哄著眾姐妹們一同街上走走，結果只有潘金蓮、李瓶兒、孟玉樓三人，擁著一簇男女廝僕向街上走去，賞燈並看烟火。這裡描寫了西門一家服飾奢華，以及街上香塵不斷、遊人如蟻歡度元宵的景象。且說這一簇男女浩浩蕩蕩湧向街市，陳敬濟還不時放烟火花炮與眾婦人們瞧。這時僕婦之一的宋蕙蓮「換了一套綠閃紅段子對衿衫兒、白挑線裙子。又用一方紅銷金汗子搭著頭，額角上貼著飛金并面花兒，金燈籠墜耳，出來跟著眾人走到百媚兒。月光之下，恍若仙娥，都是白綾襖兒，遍地金比甲。頭上珠翠堆滿，粉面朱唇。」（第二十四回）丫頭媳婦和主人妻妾競相爭豔，主僕裝束的差異在此似乎不大，果然在後來，宋蕙蓮也和西門慶欲望糾纏。陳敬濟更與來興兒兩人，左右一邊一個放著烟火，「放慢吐蓮、金絲菊、一丈蘭、賽月明。」直走到了大街上，還見「香塵不斷，遊人如蟻，花炮轟雷，燈光雜彩，歌舞遊樂，街上簫鼓聲喧，十分熱鬧。」（第二十四回）表現出宵夜裡狂歡廣場裡「聲音」及「顏色」的喧囂。

第三次描寫元宵節，則著重在節慶活動，以及由家庭向外擴展出去的社群狂歡意義。首先是官吏之間的拜訪，並且吃酒看戲，這似乎是官宦之家佳節裡必有的社交生活。雖然元宵節時在街上是男女可共處，但在家庭裡，仍是男女有別，女性們的交際仍是在後廳裡，吃茶飲酒宴飲看戲。當周守備娘子、荊都監母親荊太人與張團練娘子，均乘大轎而至，前有排軍喝道，旁有家人媳婦跟隨，浩浩蕩蕩來到西門家。月娘與眾姐妹，穿上見客衣袍出來迎接。一行人至後廳彼此敘禮，眾人相見畢，讓坐遞茶。接著是所有人等著在座官銜最大的夏提刑娘子到才擺上茶，這是官場以及官夫人的禮節。夏提刑娘子到時，聲勢場面更為盛大，不僅有家人媳婦跟隨，還有許多僕從擁護。鼓樂聲中將夏提刑娘子接進後廳，與眾堂客見畢禮數，依次序坐下。首先在捲棚內擺茶，然後大廳上坐。西門慶家眾侍女：春梅、玉簫、迎春、蘭香都是齊整妝束，在席上捧茶斟酒，飲茶看戲，這是元宵節的暖身活動，也是西門慶家妻妾和其他官夫人們的應酬往來。那日後廳裡看的戲是《西廂記》，《西

廂記》裡的勇於表現情愛的鶯鶯、後花園裡的情欲流動，似乎符應了《金瓶梅》裡欲望橫流的金瓶女性以及充滿情事的西門家後花園。

回到西門慶的女眷，月娘使棋童兒和排軍，擡來了四個點心攢盒，都是美口糖食、細巧菓品，廚子也準備了一道果餡元宵，這裡鋪陳家庭歡樂的種種細節。接著是和鄰里共享烟火，西門慶又吩咐來昭將樓下房間開下兩間，吊掛上簾子，把烟火架擡出去。看著天色已晚，西門慶吩咐樓上點燈，在樓簷前點了一邊一盞的羊角玲燈，甚是奇巧。玳安和來昭把烟火放置在街心，那兩邊圍看的，挨肩擦膀，不知其數。都說西門大官府在此放烟火，誰人不來觀看？果然紮得停當好烟火。須臾，點著，引燃元宵節的壓軸好戲。接著是細緻描寫元宵烟火的燦爛輝煌，充滿了各種顏色，聲響，以及各種動物圖騰，上天下地，有天上神靈，各式造形，交織成狂歡又鬼魅的形象：

> 一丈五高花椿，四圍下山棚熱鬧。最高處一隻仙鶴，口裡啣著一封丹書，乃是一枝起火，一道寒光，直鑽透斗牛邊。然後，正當中一箇西瓜迸開，四下裡人物皆著，脣剝剝萬箇轟雷皆燎徹。彩蓮舫，賽月明，一個趕一個，猶如金燈沖散碧天星；紫葡萄，萬架千株，好似驪珠倒掛水晶簾。霸王鞭，到處響嘵，地老鼠，串遶人衣。瓊盞玉臺，端的旋轉好看；銀蛾金彈，施逞巧妙難移。八仙捧壽，名顯中通，七聖降妖，通身是火。黃烟兒，綠烟兒，氤氳罩萬堆霞；緊吐蓮，慢吐蓮，燦爛爭開十段錦。一丈菊與烟蘭相對，火梨花共落地桃爭春。樓臺殿閣，頃刻不見巍峨之勢；村坊社鼓，彷彿難聞歡鬧之聲。貨郎担兒，上下光焰齊明；鮑老車兒，首尾迸得粉碎。五鬼鬧判，焦頭爛額見猙獰，十面埋伏，馬到人馳無勝負。總然費卻萬般心，只落得火滅烟消成煨燼。（第四十二回）

對於烟花種類、名稱、**聲響**、形貌、烟火點燃時的璀璨樣貌，作者作了十分細緻的描摹。然而，烟火最終仍是灰飛煙燼，化爲烏有，這也表示節慶到此高潮已過。但仍有尾聲，放完烟火、看罷喝酒、吃肉、吃元宵，西門慶還預約了明日正月十六日娼優伶人的到來。元宵的鑼鼓、燈火、如織遊人編織成元宵夜晚的良辰美景，交織成中國傳統節俗的獨特景觀，《金瓶梅》寫元宵節的聲色流動的節俗活動。

《醒世姻緣傳》在小說中則有**二度提到元宵節**，第一次、第二次提到時，都只是一語帶過：「瞬眼之間，過了年。忙著孩子的滿月，也沒理論甚麼燈節。」

（第二十一回）第二次提到時則是談到一年中的節日：「就是大老爺家奶奶，也還有個節令，除了正月元旦，十五元宵，二月十九觀音菩薩聖誕，三月三王母蟠桃會，四月八日浴佛節，十八碧霞元君生日，七月十五中元，十月十五下元，十一月冬至，臘八日施粥；這幾日才是放人燒香的日子。」（第七十八回），但未曾提及任何關於元宵節俗活動，從上文中看到所提及的節慶有元旦、元宵、觀音菩薩聖誕、王母蟠桃會、浴佛節、碧霞元君生日、中元、下元、冬至、臘八日，其中有一大部份是與宗教意義有關，而非單純提到節慶。

至於《林蘭香》對於元宵節的描寫，在文中提到彩雲、香兒十四日醉臥一夜，次日是元宵佳節，大家梳妝已畢，都在雲屏房內閑坐等家庭生活裡的細節，接著描寫節俗活動：

> 再說是日日落後，大門小戶，曲院回廊，無不懸設花燈。外而僕童打太平鼓，唱踏燈詞，點爆竹，放空鐘。內而侍女彈口琴，抓子兒，猜燈謎，請姑娘，各尋其樂。中堂上肆筵設席，銀燭輝煌。康夫人居中，其餘列座，命金鶯、玉燕、白鹿、青猿四人，吹彈起來。坐了更餘，康夫人回後，耿朗分賜眾僕人湯圓酒果。又在東一所九畹軒大張燈火，命采菜、采莪、采莙、紅雨、諸霞五人，淡妝雅服，妙舞清歌。是夜耿朗盡興方止。 （第十八回）

這裡提到了太平鼓、踏燈詞、燃爆竹、設花燈、猜燈謎、設筵席家宴……等活動，在此對於元宵節的寫主要在寫出家庭聚會熱鬧的景緻。

《紅樓夢》則鋪寫元宵節時的家庭宴飲，寫出賈府的奢靡及人事的興衰。《紅樓夢》在**第一回中**，寫甄士隱讓家僕霍啓抱著女兒英蓮看元宵燈火，豈知霍啓卻在此佳節裡遺失了小主人英蓮，卻又不敢回來秉報，只趁亂逃走了。甄士隱夫妻半生只得英蓮這個女兒，一旦失落，只能晝夜啼哭，幾乎想尋死。小說首回寫父母子女的生離，其傷痛一若死別。甄家的家劫難逃，失了女兒，還燒了門戶，甄士隱夫婦只得寄居岳父籬下，見人臉色過日子。有天來了個跛足道人，念著「好了歌」，有宿慧的甄士隱立即能解，瞭解「好」便是「了」，世界一切都只是人們忘不了，有所徹悟後，甄士隱終究隨著瘋跛道人飄飄而去，留下失女又失夫的可憐妻子。在這個應是歡樂的元宵佳節，然而與女兒離散的意外發生後，甄士隱感受到人事的滄桑，理解世間一切總是空，歡樂筵席也必得散場。元宵節的燈火輝煌的節慶歡樂，卻連接著人間父母子女分離的悲傷，造成情感上強烈的反差對比。元宵節是《紅樓夢》第一個出現的

節慶，卻也點明了《紅樓夢》人生如夢一場的主題。

《紅樓夢》**第二次描寫元宵**，只提即元宵這個日子，著力描寫的是元妃在此日省親的盛事。元宵節是家庭團聚的日子，賈元春此日省親，當然符合團圓的意義。為了元宵省親的到來，賈家通府上下合力忙亂了年餘，籌措興建省親別院，展現皇家貴族的氣派，表現出盛極一時的賈府的百年風華，如鮮花著錦，列火烹油，將賈府權勢財力的表現推到極盛。然而，元妃卻在見到奶奶賈母及母親王夫人時流淚含怨言：「當日既送我到那不得見人的去處，好容易今日回家娘兒們一會，不說說笑笑，反倒哭起來。一會兒我去了，又不知多早晚才來。」身在宮闈，卻失了人倫聚會時刻，連父親賈政都只能在簾外問安，元妃不免歎道：「田舍之家，雖虀鹽布帛，終能聚天倫之樂；今富貴已極，骨肉各方，然終無趣！」（第十七回至十八回）這一回寫出了賈府的極致的奢華，也寫出人生許多無可奈何無法圓滿的滄桑之感，即使尊貴為皇妃者，亦然。

特別是在元宵燈節，春節的最後一天，雖是母子團圓家人團聚，但是下一次的團圓又在何時呢，只能倚待皇恩浩蕩的賞賜。在正三刻元妃請駕回鑾時，賈元妃拉著賈母、王夫人的手說著：「不須掛念，好生自養，如今天恩浩蕩，一月許進內省視一次，見面是盡有的，何必傷慘。倘明歲天恩仍許歸省，萬不可如此奢華靡費了。」（第十七回至十八回）這裡似乎暗寫了：人生的分離，此刻才正要開始。後來，正當四十芳華的元妃早逝，而賈府的奢華靡費卻並沒有停止，因此逐漸走向家業凋零一途。

《紅樓夢》**第三次描寫元宵**，是賈府元宵過節的正式登場。在此回裡，時間彷彿停頓了，[註112]在這回裡敘述幅度小，而敘事的密度大，使得時間節奏有近乎停頓的感受，然而停頓之後所表現出來的話題，正是對於時間快速消逝的感受。賈家榮寧二府張燈結彩，準備迎接佳節的到來，到了十五日元宵節這天晚上，賈母擺了十幾桌酒席設了家宴，讓子孫姪甥媳等人全都入座，並叫了一班戲臺子，戲臺上滿掛各色佳燈。作者十分細緻描寫席上的擺設，席桌上設在擺設爐瓶，焚著御賜的百合宮香，桌上放置點綴著山水布置的小盆景，又都插著鮮花時卉，茶盤裡放著茗品舊窯茶杯，全都是紫檀透木

〔註112〕羅鋼，《敘事學導論》，頁151～153，所謂停頓，是故事時間暫時停止，使敘事描寫集中某一點，故事時間因而是靜止的，當故事重新啟動時，當中並無時間軼去，這一段描寫便屬於停頓。

雕刻，還嵌著大紅紗透繡花卉並草字詩詞的瓔珞。不僅如此，屏上繡著的花朵，是仿自唐、宋、元、明各名家的折枝花卉，配色從雅，絕不是一味濃豔匠工可比擬的，每一枝花側皆用古人題此花之舊句，或詩詞歌賦不一，皆用黑絨繡出草字來。這是當時世宦富貴之家難得擁有的「慧紋」，其價無限，賈府極榮之時也只擁有二三件，那年進貢了皇室二件，獨留這一副瓔珞，一共十六扇，賈母視爲珍寶，可見賈府鼎盛時尊榮的地位。從賈府描寫元宵佳節所帶到的屋內陳設，作者著力描寫賈府空間的華麗擺設，使讀者能看到賈府的格調品味，以及幾代流傳的財富。

作者花了極大的篇幅描寫過節前屋內綺麗高雅的擺設，色彩鮮豔卻不流於俗氣，漸次鋪陳這個元宵節的歡樂又富麗堂皇的空間。本文第二章討論到敘事時間時，提及敘事幅度關係著情節的疏密度，時間跨度小敘事幅度大敘事的密度則大，敘事疏密度形成了敘事的節奏感，這是作家表現故事時間時所使用的策略，在這回裡敘述時間的跨度小，敘事的密度大，使得時間節奏有近乎停頓的感受。敘事文學中，停頓的出現十分頻繁，在時間停頓的描寫中，因爲對背景之物深刻著墨，讀者並不會意識到故事時間的停頓，卻能因此更加掌握敘事文本對於事件描寫的細節。

至於席位坐次，上面兩席是李嬸薛姨媽的座位，賈母在東邊陳設一透雕夔龍護屏矮足短榻，靠背引枕皮褥一應俱全。榻上一頭又放置了一個極輕巧洋漆描金小茶几，茶几上備著茶吊、茶碗、漱盂、毛巾之類，還有個眼鏡盒子。接著賈母讓琥珀坐在榻上，拿著美人拳爲自己捶腿。榻下只有一張高几，卻設著瓔珞花瓶香爐等物，屋內香氛怡人，另外又擺設一個精緻小高桌，置放著酒杯匙箸等食器。賈母自己的這一桌擺在榻旁，命孫輩寶琴、湘雲、黛玉、寶玉四人坐著。席間按親疏遠近開宴，每一饌一果來，都先捧與賈母看了，賈母喜歡的就留在小桌上嚐一嚐，嚐過了就撤放在愛孫四人的坐席上，這四人是跟著賈母坐的，享有賈母極大的寵愛。

其他的桌次擺設依次是，下方是邢夫人王夫人之位，再下方是尤氏、李紈、鳳姐、賈蓉之妻。西邊一路便是寶釵、李紋、李綺、岫烟、迎春姐妹等。接著又回到屋內陳設的擺設，在兩邊大樑上，掛著一對玻璃芙蓉彩穗燈。每一席前豎著一柄倒垂荷葉擺飾，葉上有燭信插著彩燭。這荷葉是琺瑯作的，上面的活信可以扭轉，如今都將荷葉扭轉向外，將燈影逼住向外照，燈畫顯得更加眞切。窗格門戶一齊摘下，全掛著彩穗的各種宮燈。廊檐內外及兩邊

遊廊罩棚，將各色羊角、玻璃、戳紗、料絲、或繡、或畫、或堆、或摳、或絹、或紙諸燈掛滿。廊上設的幾席，就是男眷們，有賈珍、賈璉、賈琏、賈琮、賈蓉、賈芹、賈芸、賈菱、賈菖等人。透過家宴設席把所有人的地位高下，親疏關係也一併寫出。

接著描寫家族成員的出席，巧妙的是，作者也順寫一筆人事的不合，同時把賈府的奢華及人事的紛擾一併敘述。話說賈母也差人去請眾族中男女，奈何他們當中有些人或因為年邁不喜熱鬧；或有家內沒有人不方便來；或有疾病淹纏，想來也不能來的；或有一種人是妒富愧貧因此不來；甚至於有人是因為憎恨甚至畏懼鳳姐的為人，因此而賭氣不來的。在這各式各樣的沒法來、不能來、不願來的理由背後，我們也看到賈府內人事的牽扯，因此族眾雖多，女客來的只不過賈菌和母親婁氏來了，男子只有賈芹、賈芸、賈昌、賈菱四人來，而賈芹等四人會來，也是因為他們現在正是在鳳姐麾下辦事不得不來。家族聚會人雖不全，在家庭宴席中，數來也算是熱鬧的了。

接著的敘述，顯示出賈府富貴之餘的豪奢庸俗，僕婦林之孝之妻帶了六個媳婦，抬了三張炕桌，每一張都上搭著一條紅毡，毡上放著篩選過大新出局的銅錢，用大紅彩繩串著。放上桌後，將彩繩抽去，將錢都打開散堆在桌上，等著戲臺唱罷，等到《西樓‧樓會》這齣將終時，早有三個媳婦已經預備好簸籮，聽見一個「賞」字，便走到桌上的散錢堆前，每人便撮了一簸籮，走出來向戲臺說：「老祖宗、姨太太、親家太太賞文豹買果子吃的！」（第五十三回）說著，向臺上便一撒，只聽豁啷啷滿臺的錢響，這時，賈珍、賈璉已命小廝們抬了大簸籮的備著更多的錢，暗暗的預備在那裡。等到聽見賈母說「賞」時，他們趕忙命小廝們快撒錢，只聽得滿臺錢響，賈母大悅。

小廝僕婦們一簸籮一簸籮的向戲臺撒錢，只為聽得戲臺撒錢的聲響。這是以賈母為首的奢侈生活，他們並沒有記住元妃省親時所言：「萬不可如此奢華靡費了」的殷切叮囑。賈府的奢華不只在於興建大觀園，而是在於每一個足以表現賈府富貴的生活細節裡，特別是一年一度的節慶。大把大把銅錢撒向戲臺，接著描寫喝酒、聽戲、上湯、獻元宵。壓軸好戲當然是那耀眼但光彩短暫的烟火，這些華麗耀眼以及拔尖的銅錢聲，都暗示著賈府的流光歲月即將成絕響。

賈蓉忙出去帶小廝們在院內安下屏架，將烟火設吊齊備。這烟火係是各處進貢之物，雖然不甚大，卻極精巧，各色故事俱全，夾著各色花炮。說話

之間，外面一色一色的烟火放了又放，例如有許多的滿天星、九龍入雲、一聲雷、飛天十響之類的零碎小爆竹。作者特別提及烟火是「各處進貢的」，顯現賈府的皇親地位。烟火過後，院內又命小戲子打了一回「蓮花落」，散戲時撒了滿臺錢，命那孩子們搶錢取樂。只見賈府一次又次滿戲臺撒銅錢，撒錢的理由道是要上戲的孩子們「搶錢取樂」，在在表現出賈府為奢靡氣派，使錢如流水，這是賈府元宵令人歎息的一景。

最後是賈母覺夜長想吃些粥食，當然掌事的鳳姐早已命廚子準備好，好讓賈母挑選，只見賈母嫌鴨肉粥太油膩、棗子粥太甜，鳳姐忙道還有杏仁茶，當然不只有這些粥品，廚子早還準備了各色精緻小菜，讓大家「隨便隨意吃了些」，這裡隨意淡寫了幾筆賈府生活，卻蘊涵大大的學問。首先，賈母要吃的宵夜零食都是得費功夫的，因此是廚子得事先準備好的，然而賈母想吃的東西不見得日日一樣，也無從捉摸，因此鳳姐必命廚子多備些，有甜食有鹹品，有茶水小菜，待賈母任意挑選，其他的則讓大家隨意吃了。於是，讀者不禁要問，那麼賈府每天、每月、每年要準備多少食糧，被浪費掉的又有多少呢。一如劉姥姥進大觀園裡歎道，在賈府裡的一餐，足夠讓莊嫁人吃上一年，這是賈府生活的一景，在元宵夜裡不著痕跡的表現出賈府奢靡的生活。

然而，賈府的繁華富貴終將如元宵節燦爛的烟火、下了戲的戲臺，沒能留下痕跡，只落得無限噓唏。元宵是春節的壓軸大戲，元宵過後春節也已結束，賈府在元宵節上演的元妃省親及戲臺撒錢戲碼，似乎也宣告賈府的榮耀時刻業已結束，只剩下死而不僵的百足軀體，隆盛之家，只剩體面的外表，不久的將來賈府必然走向的衰敗破落的命運。

《金瓶梅》和《紅樓夢》都三度寫元宵。《金瓶梅》第一次寫元宵，就從李瓶兒的生日寫起，鋪寫西門慶以及妻妾們孟浪的形象，在元宵節呈現出狂歡、充滿情欲流動的街市。寫出元宵節的聲色狂歡，寫出潘金蓮、孟玉樓等人與街坊行人的浮浪行為。第二度的描寫，寫出西門慶家人服飾華麗，以及街市裡行人如織歡度元宵的活動，在這回裡用大量絢麗的顏色表現元宵節狂歡氣息，寫出元宵節裡廣場／街市的聲音和顏色，色彩斑斕，並鋪寫家庭聚會的場景。

第三度寫元宵，則寫西門家與街坊的互動，寫出節慶裡的社群往來，同時西門家也藉元宵節放烟火的活動，極盡聲光顏色的書寫，展示出西門慶家雄厚的財力，進一步寫出西門慶和其他達官貴人的人際往來，並將元宵節慶

裡的燈火、烟花作了詳細描寫。《金瓶梅》三度寫元宵，是《金瓶梅》一書中關於節慶最爲細膩的描寫。特別是李瓶兒的生日與元宵節同一天，瓶兒又是爲西門慶帶來財富、子嗣、官運的女子。然而，這裡也暗示著西門慶家的聲勢，如烟火攀至高潮終必隕落。可以理解這一部充滿食色欲望的家庭小說，狂歡的、情欲流動的、男女得以共處街市的元宵節，最能適切表現出小說的聲色效果。

《紅樓夢》第一次描寫元宵節，寫出父母子女的分離，寫出人世裡悲傷的情感，也寫出全書如夢一場的主題。第二次的元宵節則是透過賈元妃元宵省親，將賈府的聲勢推到極致，但在極盛時已暗示著，奢靡的賈府終要面對家事敗落的景象。《紅樓夢》第三次寫元宵節時，作者花了二回的篇幅，將賈府的品味，過節的方式細細描摹，這次寫元宵節，便寫出賈府元宵節的盛大場景，這個顯現賈府尊榮財富的元宵節，同時側寫即將接著而來的衰敗，只是在此時，人們仍沈醉在繁華的幻影中，賈府也就一步一步走向落拓終局。

第三節　結語

我們同時面對著兩種時間，自然界生物時間及社會的歷史時間。人的成長是在自然的生物時間裡展開。一旦進入人類社會群體生活，由於人們對於文化的記憶，產生了歲時節慶等特別的時間，以及個體生命中某些特別值得紀念的時間，如生日都在均速的時間中被突顯出來，〔註 113〕這些特別的時間刻度，也形成人們的對於過去及現在的記憶。

明清家庭小說是借助家庭空間，講述時間故事的小說。生日與節慶的時間刻度，使家庭生活的時間自日復一日的重覆、瑣碎中切割出來，成爲家庭小說中重要的時間刻度。至於人們面對群體節慶的時間刻度時，人們往往思考著家庭命運，對於生命整體與外界的連結，甚至興發人對於存在處境的反省，因此節慶又是人對於所處的時空的關注。空間的書寫，往往是結合時間與記憶，使得空間填滿了時間的描寫，這也是家庭小說有別於其他類型小說很重要的部份。在明清家庭小說建構的家庭空間中，則可見到以不斷循環的歲時節慶，描寫記憶過往的時間。生日與節慶，在每一年都會有不同的內容及意義，形成生日節慶的流動性，並填滿對於過往的記憶，並寫出家庭成員

〔註 113〕王建剛，《狂歡詩學——巴赫金文學思想研究·導言》，頁 5。

與社會的人情往來。節日中凝聚著家庭情感，也喚起了人們對於往昔生活的
追憶。

　　在明清家庭小說中，生日是很重要的時間刻度，它聯絡了家庭裡的成員，
表現生日者的地位或權勢，使得人情往來從家庭向外延伸，並擴大爲連結人
際關係網絡的時間地圖，同時也顯現生日者在家庭裡、在社會認知上的地位
高下。節慶，則書寫更多對於文化及生命的反省。不論生日或節慶，在這樣
一個時間刻度裡承載了許多的內涵意義，如普魯斯特（Marcel Proust）所描述：
「一個小時不只是一個小時；它是一個容器，裝滿了香味、聲響、計劃和天
候」。〔註114〕生日、節慶在家庭小說的文本中，處處顯現這樣的特質，它所表
現的不只是一個時間的符號，而是承載了人物性格、文本意義的文化符碼。

　　一年的時間流轉，結束於除夕，始於元旦，經過了元宵的燈火、烟花璀
璨了月夜，男女放開禁忌，在喧鬧的街上賞燈看如織的遊人。到了花朝迎了
百花神，春天降臨。到了清明節，祭了祖先，春遊賞花。節令來到芒種節，
餞了花神，夏至。端午節，在粽葉昌蒲艾草雄黃中度過。中元奠祭亡靈，普
度眾魂。至中秋節，冷落清秋月，離鄉遊子望月興歎。重陽登高遠，天高氣
爽，家庭親友宴聚。歲時流轉，時間來到了臘八除夕夜，一年又將過。年復
一年的節慶儀節以及節日宴飲，在家庭小說的描寫中佔很重要的地位。

　　明清家庭小說中的除夕寫的多是家庭內的團聚或祭祀先祖。從《金瓶梅》
到《紅樓夢》的元旦新年，所寫都著重在家庭的人情往來關係，不論是入朝
拜賀，或是在親友之間的往來應酬，都是元旦的重頭戲。家庭關係因而由家
庭作員彼此的關係，擴展到鄰坊鄉里、權貴達人的禮尚往來，透過元旦新年
的賀節聯繫了人際網絡，也維繫了家族與社會的種種關係，特別是以官商勾
結聞名的家庭小說《金瓶梅》在聯絡家庭成員和外界關係的元旦時，則更是
值得大力書寫。端午節是中國重要的民俗節日之一，但在明清家庭小說中則
藉此節日寫家庭事件，刻劃人事，至於節俗內容並未多言。清明節具有慎終
追遠的意義，僅管清明節是三大節日之一，在明清家庭小說中，只有《金瓶
梅》細寫了清明節二次，寫出西門慶的排場，與後文對比著西門慶死後樹倒
猢猻散的情節。

　　在《醒世姻緣傳》和《紅樓夢》二部小說中，並未提及清明節。也許可

〔註114〕普魯斯特（Marcel Proust），第一卷〈貢布雷〉，《追憶似水年華》第七部《重
　　　現的時光》，台北：聯經出版社，1992年9月初版，1998年2月3刷，頁215。

以這麼理解：在《醒世姻緣傳》強調前世今生的輪迴，此生的生命在來世仍得以延續，那麼愼終追遠懷念祖先的意義則大大削弱。至於《紅樓寫》不寫清明節，反而描寫了代表花開花謝的花朝節及芒種節，這裡顯示明清這四部家庭小說，觀照的是生命中不同情感訴求，及對於生命有不同的詮釋意義。明清家庭小說不斷以節慶時間作爲隱喻，刻劃情節及人物的背景時空。

在明清家庭小說中，對於元宵節是近乎狂歡式且大篇幅的描寫，相較之下，人節／元宵節在家庭小說中受到人們極大的注目及描寫，然而鬼節／中元節在明清家庭小說中卻幾無所言，這似乎表現了文人是以敬畏鬼神而不言鬼神的態度，然而，更重要的是元宵節表現出來的燈火、煙火、女子服飾的燦爛顏色，煙火、車馬、人聲交織而成的炫麗聲光；男女之間的跨界、在廣場上滙聚成生命力豐富的節俗，對比著日常生活的重覆瑣碎，同時也在極冷的季節裡反襯出極熱鬧喧嘩的節慶，這是冷熱交錯書寫的藝術意義。

家庭小說關於祭奠祖先，愼終追遠，緬懷家庭歷史的清明節也被刻意的描寫，唯有表現亡靈鬼神世界／鬼節／中元節幾乎被忽略，即便是強調因果輪迴的《金瓶梅》及《醒世姻緣傳》也未曾大力描寫，這也表現出即使受到佛道思想極深的明清家庭，也只借助鬼神世界表現因果報應思想，而不描寫死後世界種種，這和中國文人向來所受的儒家思想不言怪力亂神的思維有關。

中國的人文精神，往往表現在文人面對自然時序的變化，興起的人生的感懷。在《金瓶梅》及《醒世姻緣傳》中，重陽節多半是表現家庭聚會歡宴的時刻，一如其他節慶，如春節、清明節、中秋節都是家人團聚的重要節日。《林蘭香》中可見菊花酒、食花糕爲重陽節的習俗，同樣也是著重描寫家庭人物追念故人的家庭宴飲。

明清四部家庭小說中的節慶描寫，比較特別的描寫是《紅樓夢》的花朝日及芒種節，這在其他三部家庭小說中並無表現。這是因爲在《紅樓夢》中常以花草來喻指女孩們，因此迎花神祭花神的節日在《紅樓夢》中便顯得重要，在花朝迎花神，芒種節送花神。寫出女孩們的青春美好如花開花謝，瞬時間繁華飄落，這也應合了人生一夢的《紅樓夢》書旨。

元宵節在中國年節的文化意義上，它與除夕、元旦、端午節、清明節、中秋節、中元節、重陽節等節慶有著極大的不同。後者所述的這些節慶多半在於家庭團聚、緬懷組先、或對於歷史有著崇敬的態度，因此，這些節慶不外乎是家庭宴飲、祭祖、傳承文化活動的描寫。元宵節是從除夕延續下來的

年節活動，年節的歡慶活動到元宵節達到高潮，並且是以璀璨煙火及繽紛的燈市作爲結束。

《紅樓夢》和《金瓶梅》同樣是三度描寫元宵節，《金瓶梅》以元宵節寫出充滿欲望的廣場及節慶，而《紅樓夢》三度描寫元宵節則隱喻著人事的興衰際遇，二者都是三寫元宵，也都各自承載小說的主題意義，並承載了小說對於文化的建構，也是明清家庭小說中歲時節慶中最重要的書寫。

節日，是群體共同面對的時刻，與在場的親友把酒斟茶言歡，也回憶著不在場的親友。家庭的情感、人事的牽纏等等，都在這份記憶裡更加綿長，節慶成爲中國家庭團聚重要時日，也成爲社群記憶的符號。人們透過對於節日時令的遵從及年復一年的履行，傳承了文化。節慶時間，代表一種集體面對的時間刻度，具有恆久性、固定性，同時也內斂成一種文化的氛圍。群體紀念某一時刻，形成一種儀式，當此儀式的完成，也代表著一年時間的往復，使時間形成是往復循環，時間因而得以無限延伸。因爲，「隨著每一個周期性慶典的舉行，慶祝者發現自己好像處在同一個時期內：和往年的慶典或前一個世紀的慶典，或五個世紀前的慶典一樣的展示」〔註115〕歲時節慶通過周期性出現的時間及儀式，使人們一代一代延續著儀節習俗。節慶使個人、家庭、社會、文化延續，然而，透過時間的重覆與延續，在節慶過後往往使人感到孤寂落寞，及時間過往的傷逝之感，明清家庭小說中節慶的寫與不寫、淡筆與細描都有其深意。

生日及節慶生活的特殊性表現在它的時間性及空間性；生日表現在較小的空間環境裡，節日慶典則完成於較大的空間裡。在節日慶典上，時間就是主角，節日本身是有別於自然時間、生物時間及歷史時間，離開了這樣特殊定位的時日，節日就會僵化成日曆上的數字，節日慶典賦予百姓生活中的特殊時日，及與此時日相應的文化內涵，成爲一種大眾的狂歡時間。〔註116〕

節慶的空間，表現於民間廣場的歡慶意義上，節慶廣場沒有權威，這是一個人人都可介入的場所，與官方廟堂的莊重嚴肅是不同的風貌。最能展現廣場狂歡意義的節慶，在明清家庭小說中的表現，則屬元宵節。巴赫金認爲，節慶時間之所以爲人們感知，因爲它在本來是均速前行、單調循環的時間流

〔註115〕（美）保羅康納頓著，納日碧力戈譯，《社會如何記憶》，上海：上海人民出版社，2000 年，頁 76。

〔註116〕王建剛，《狂歡詩學——巴赫金文學思想研究》，上海：學林出版社，2001 年12 月初版，頁 93～95。

程中掙脫出來。節慶的廣場則是人們擺脫生活重累之後，盡情宣泄的歡樂之地，因此節慶為激情所充塞。〔註117〕

　　單調循環且均速的時間是日常生活的時間，節慶時間則是既具有周期性（年復一年）又擁有特殊性（每年有不同的節慶內容）。事實上，節慶狂歡是脫離了常軌的生活，一般而言，節慶是一種是理性化的狂歡生活，〔註118〕也就是說，在慶典中人們遵從的是在文化習俗積累下，所形成的一種近乎儀式的過節方式，儀式本身是理性的認知，但是人人參與其中的慶典是狂歡的，是脫離常軌且不同於日常生活的形式，〔註119〕它產生了一種新形態的市井言行，坦白、自由，允許人們之間毫無距離，而且脫除了平日被嚴格要求的禮儀成規。歲時不僅是依自然時間制訂的，同時具有文化與社會意義。節慶來自於民族成員的生活內涵，對於民族文化傳承性及認同感，如此可以綿延長久地「繼承民族文化傳統，增加了民族凝聚力量，同時，一些節日還有釋放人的慾望和表現個人情緒的功能，能夠起社會減壓閥的作用。」〔註120〕節日的風俗儀節表現出來的即是大眾文化的意義。

　　明清家庭小說中對於歲時節慶的描述，或者是用來註記時間的過往，將日曆上的一個符號生動地刻劃，寫出家庭生活中倍受關注的時間，時間於是和空間互為記憶。

〔註117〕王建剛，《狂歡詩學——巴赫金文學思想研究》，頁 80～81。
〔註118〕王建剛，《狂歡詩學——巴赫金文學思想研究》，頁 28。
〔註119〕劉康，《對話的喧囂——巴赫金文化理論述評》，台北：麥田出版社，1995 年，頁 267。
〔註120〕王齊、余蘭蘭、李曉輝等著，《紅樓夢與民俗文化》，黑龍江：黑龍江人民出版社，2003 年，頁 120。

第五章　明清家庭小說透過空間展現的時間性

　　人是現實地存在於時間、空間之中。時間的知覺，是生命自覺的起點、空間是人生存的所在，二者雖是人們不可逃遁的存在，但卻都只是抽象的概念，必須藉由具體的物象來呈現。〔註1〕空間像是個大房子，裡面裝著各種物質形態的東西，三度空間加上時間，被稱為四維空間，〔註2〕因此時間的問題又轉化為空間的問題。

　　在日常生活中，我們看到的每一件物品，都因為有時間與空間的連貫，我們才能感覺到它的存在。時空是先驗的原則，一切事物，都依據時空才能成立。〔註3〕空間和時間在個人經驗中共存、互成網絡、彼此界定，同時規範人的生命和生活。由於中國古典文化中歷史學特別發達，文學作品因此展現出特別深厚的時間意識。〔註4〕在中國古典文學的表現中，「時間」的表現，往往更深刻地刻劃時代的脈動以及處於歷史中的個人的位置。

　　沒有人脫離得了時間的節奏，也沒有人能夠具體客觀的描摹時間，我們必須透過實存空間中的具體物象，閱讀時間「經過」的痕跡。這些空間中的物象，就是時間的載體，引導我們知覺時間。〔註5〕空間就如同時間一樣，我

〔註1〕 李清筠，《時空情境中的自我影像——以阮籍、陸機、陶淵明詩為例》，台北：文津出版社，2000年10月初版，頁7。

〔註2〕 尚杰，〈空間與異托邦〉，《法國當代哲學論綱》，上海：同濟大學出版社，2008年9月，頁76～80。

〔註3〕 龔鵬程，《中國小說史論》，台北：學生書局，2003年8月，頁28。

〔註4〕 黃俊杰，《傳統中華文化與現代價值的激盪》，北京：社會科學文獻出版社，2002年11月初版，頁356。

〔註5〕 李清筠，《時空情境中的自我影像——以阮籍、陸機、陶淵明詩為例》，台北：

們每日在其中生活流動與呼吸，任何的群體行爲與個人思考都必須在一個具體的空間內才得以實踐。然而空間絕不是一個價值中立的存在或是人們活動的背景，它一方面滿足人類遮蔽、安全與舒適的需求，一方面更展現人們在某時某地的社會文化價值與心理認同。〔註6〕在文學研究的傳統裡，時間的重要性一向是凌駕於空間之上，歷史的價值被認爲超過於地理區域。相對的，空間被認爲是靜止的、被動的，只是人物活動的背景或舞台。〔註7〕

空間的書寫，往往結合時間與記憶，使得空間塡滿時間的描寫，這也是家庭小説有別於其他類型小説很重要的部份。空間和時間在個人經驗中共存、互成網絡、並且彼此界定。〔註8〕時間和空間的交互運作，然而，與時間比較起來，空間似乎較爲具體而易於把握。

空間是所有事物、現象存在的場所；空間在本質上是靜止的、不變的，如果抽離時間因素，空間中的一切，即完全凝固靜止。〔註9〕同時，空間又是一個由許多意象所合成的抽象名詞，不同的文化以不同的方法分割且定義人們生活的世界及空間。〔註10〕事實上空間就像時間一樣，是一個物理特質，它本身並未告訴我們任何外顯的社會關係。〔註11〕

然而，在文本中，因人物與其他人物所形成的位置，使時間、空間充滿了文化意涵及意義。提到空間，首先會使人們想到更基本的「地方」，空間（space）和地方（place）指涉的意義不同：「地方」，是移動中的停頓，〔註12〕地方可被譯作場所、地點。主體在某一地點不斷生發存有意義，轉

文津出版，頁 21。

〔註 6〕 畢恆達，〈導讀——體驗・解讀・參與空間〉，《空間就是權力》，台北：心靈工坊，2001 年 6 月初版，頁 2。

〔註 7〕 范銘如，《文學地理——台灣小説的空間閱讀》，台北：麥田出版社，2008 年 9 月初版，頁 15。

〔註 8〕 段義孚（Yi-Fu Tuan），《經驗透視中的空間與地方》，頁 123。

〔註 9〕 陳清俊，《盛唐詩時空意識研究》，《古典詩歌研究彙編》第一冊，台北：花木蘭文化出版社，2007 年 9 月初版。

〔註 10〕 段義孚（Yi-Fu Tuan），《經驗透視中的空間與地方》，潘桂成譯，台北：國立編譯館，1998 年 3 月初版，〈緒言〉，頁 2、31，就人種學家研究表示：地方，乃是生物所需感覺價值的中心在，例如有食物、水、休憩，和適宜生產的場所。

〔註 11〕 曼威・柯司特（Manuel Castells），〈都市問題（1975 年後記）〉，吳金鏞譯，引自：夏鑄久、王志弘編譯，《空間的文化形式與社會理論讀本》，台北：明文書局，1993 年 3 月再版 1 刷，2002 年 12 月增訂再版 4 刷，頁 190。

〔註 12〕 段義孚（Yi-Fu Tuan），《經驗透視中的空間與地方》，頁 130。

化成涵詠蘊具人文與生命意義的「空間」，〔註13〕這種空間感受，形成個人的地方感。換句話說，「地方感」，則是指人類對於空間形成的主觀和情感上的依附。〔註14〕如此，「地方」不再只是一個空間及名稱的聚合，而是人們對此空間形塑的「地方感」。小說使用的地點、地名，都使得我們對於作品的時空背景，有種「地方感」。

時間這個話題，多半是講述著存在的意義及可能。海德格爾言「此在」，此在，是向死的存在。然而，時間不能被看見，於是透過空間的變化展現了時間經過的樣貌，或者，在記憶裡描述時間過往的痕跡。巴赫金在〈小說的時間形式和時空體形式〉中指出，文學作品中創造出來的時間與空間，跟現實生活中的時空間一樣，有著社會交流溝通的原型。空間與時間的聯繫，提供人物和故事相互聯繫的場域。巴赫金以「定點、循環式」的敘述模式說明時間的停滯，當文本的敘述只是重覆在一些細微的事物上、只有在欲望與飲食中度過，時間便成為定點、循環式的時間，是停滯不前，不斷重複的敘述，時間失去了前進的動力，宅院的時間凝結在空間的視域裡，小說時間的進展則必須透過一個又一個空間的銜接。然而小說文本從地方的描寫，到地方感的建立，都是在空間中積累出來文化意涵，而時間則在其間流動。

明清四部家庭小說中，《金瓶梅》以「大宋徽宗皇帝政和年間山東省東平府清河縣」為小說背景；《醒世姻緣傳》則以「山東武城縣」這個地方展開故事架構；《林蘭香》在第一回敘述燕夢卿的父親燕玉的背景是「世居蘭田，進士出身」，並在「京城」任正典試官職；《紅樓夢》雖未言明地名，但故事背景設定的地方是「京城」這個地方，並且游移在神話空間的大荒山青埂峰旁。這些地方的設定，也給予讀者一些閱讀想像。

事實上，文化已內化在地理的空間建構中，給予所描述的空間特殊的意義，〔註15〕在空間中提供人群對於過去和未來的想望，〔註16〕我們所存在的空間，是由我們存在的感受以及文化結構共同支持。檢視小說文本地景的空間安排，往往不能忽略和空間共同存在的時間。明清家庭小說安排的地方或

〔註13〕潘朝陽，〈空間·地方觀與「大地具現」暨「經典訴說」的宗教性詮釋〉，《中國文哲研究通訊》103 卷三期，2000 年 9 月，頁 178。

〔註14〕Time Cresswell，徐苔玲、王志弘譯，《地方：記憶、想像與認同》，台北：群學出版社，2006 年，頁 14～15。

〔註15〕Mike Crang，王志弘、余佳玲、方淑惠譯，《文化地理學》，台北：巨流出版社，2006 年 9 月初版 4 刷，頁 40。

〔註16〕Mike Crang，王志弘、余佳玲、方淑惠譯，《文化地理學》，頁 137。

地名，呈現小說文化的某一部份背景。小說裡的空間建構，使得小說人物及情節被固定在某一個特定的時間空間之中。

　　文學敘述中時間被突顯出來，但仍透露空間如何被編派秩序，以及與空間的關係如何能夠界定社會行動。〔註17〕家庭小說中，使用的時間敘事基本上是編年體依時而述的方式，說演家庭時間的進展，除了這種以時間爲綱的思路外，史著也將歷史記事的另一要素——空間作爲記述線索。例如，《國語》表現這種「依地而述」的思路，它先記周語，然後分別記述魯、晉、鄭、楚、吳、越等列國之語。〔註18〕在文學作品中時間的進行，有時是通過一個一個空間形象來完成，也就是說這樣的「空間性單位」是「依次」投射在我們眼前，〔註19〕即所謂的**空間的時間化**，亦即透過空間的改變、藉由過去空間與現在空間的改變，表現時間的推移變化。這是經由空間的轉變，帶出時間的變化，表現時間的存在感，這就是空間的時間化。

　　另外一種時空表現關係，即所謂**時間的空間化**，是以空間表現時間的停滯，「作品讀來如同一幕靜止的畫面，時間感因而消失，而空間環境的呈現因這樣的靜止而可清楚的呈現。」〔註20〕空間亦是個人、群體所處在時空經驗中重要的一部份。我們有空間感，因爲我們能移動；我們有時間感，因爲作爲生物的我們遭受緊張和鬆弛的重覆出現階段。〔註21〕

　　巴赫金（M.M. Bakhtin）談到文學表現中的時空體，他提到空間和時間融合，並且表現在一個被我們認識的具體事物中。這樣的家庭生活，是沒有時間感的空間，生活總是日復一日的宴飲嬉戲，如同巴赫金在〈小說的時間形式和時空體形式〉所言：「這裡的時間是沒有事件的時間，因之幾乎像停滯不動一樣，這裡既不發生『相會』，也不存在『離別』。這是濃重黏滯的空間裡爬行的時間。」〔註22〕時間在這裡失去了向前的歷史進程，而只是在一些狹

〔註17〕傅柯（Michel Foucault），劉北城、楊遠嬰譯，《規訓與懲罰：監獄的誕生》，台北：桂冠出版社，1992年，導論，頁99。

〔註18〕傅延修，《先秦敘事研究——關於中國敘事傳統的形成》，頁223。

〔註19〕李清筠，《時空情境中的自我影像——以阮籍、陸機、陶淵明詩爲例》，2000年10月。

〔註20〕吳娟萍，《陸機詩歌中時間推移意識》，2001年，東海大學中國文學系，碩士論文。

〔註21〕段義孚（Yi-Fu Tuan），〈經驗空間中的時間〉，《經驗透視中的空間與地方》，頁111。

〔註22〕巴赫金（M.M. Bakhtin），《小說理論》：《巴赫金全集》第三卷，頁449：「這

窄的圈子裡轉動、在飲食日常中度過，這就是日復一日，月復一月，過了一天是老樣子，過了一年也是老樣子，日復一日地重複著相同的日常生活，即為「日常時間」。

而這個日常時間的停滯，使文本的敘述只是重覆在一些細微的事物上、只在欲望與飲食中度過，時間便成為日復一日繁瑣的敘述，時間的進程沒有太大的變化或張力，呈現一種家庭時間中最單調的一個部份，宅院的時間凝結在空間的視域裡。時間在此是緩慢沈重地推展著。這裡表現的是家庭日常時間瑣碎、乏味的部份，一如無風酷熱午后的時光，時間在空間裡黏滯了。時間似乎是展現在空間之中，而空間則通過時間被理解，這是藝術時空體的特徵。〔註23〕時空體主導的因素是時間，然而時間必須安置在空間的表現上，才能呈現時空的流動移轉。

鄭毓瑜在《六朝情境美學綜論》裡對於時間與空間的關係，她提及：「春秋代序，冬夏交迭，『節變』連帶『物化』，直接刺激人的空間感知，於是透過觀、睹、瞻、臨的親身參與，大自然的形象物色也就同時布建了置身其中的人之生存場域」，「因此由春至夏，自秋及冬，景觀上陰陽慘舒的分明立判，就引帶出對四季年月這時間格度及其流移推展的清楚認識；然而這並不代『時間』是被『空間化』而得以暫停流動，有所貞定，相反的，『空間』幾以浸沒入『時間』洪流中，與時驅馳。」〔註24〕黑格爾亦言：「空間的真理就是時間，因此空間就變成時間。」〔註25〕時間與空間是不可分離的並存狀態，同時，空間意象會帶出時間的流轉。時間和空間交構成難以分割的時空表現。空間常和時間互相對照；時間往往和歷史、文明、政治、理性形成種連繫的關係；空間則是和懷舊、靜態、複製、美學、身體參照想像，形成隱喻關係。事實上時間和空間都和過去、現在、未來交疊，或作為隱喻，或作為回憶。

在空間的研究討論上，中國古代詩詞、散文、戲曲方面的空間研究，多

様的小城，是圓周式日常生活時間的地點。這裡沒有事件，而只有反覆的「出現」。時間在這裡失去了向前的歷史進程，而只是在一些狹窄的圈子裡轉動，這就是日復一日，週復一週，月復一月，一生復一生的圓圈。過了一天是老樣子，過了一年也是老樣子，過了一生仍是老樣子。日復一日地重複著同一些日常生活的生活行動⋯⋯這是普通世俗的圓周式日常時間。」

〔註23〕巴赫金（M.M. Bakhtin），《小說理論》：《巴赫金全集》第三卷，頁 275。
〔註24〕鄭毓瑜，《六朝情境美學綜論》，台北：里仁書局，1997 年 12 月。
〔註25〕黑格爾（Georg Wilhelm Friedrich Hegel），《自然哲學》，北京，商務印書館，1980 年，頁 47。

集中於文人的空間經驗爲基礎，研究文學意境、藝術成就、作品內容，〔註26〕
或探討文學作品中的人文主義地理學（Humanistic Geography），亦即討論存在
空間的「人文地理學」。〔註27〕「人文地理學」側重於研究人類活動所創造的
人文現象的區域系統，它是研究人類社會現象的地理學，並以研究人地關係
的地域系統爲核心，研究地表人文現象的分布演變，及其空間結構的形成過
程、特點並預測發展變化規律的科學。「無論是文本裡的空間、空間裡文本的
流動及文本空間性的關係都是變化無窮。」「人文地理學」即是研究人和環境
相互關係的學問。後來興起的「文化地理學」，則在人文地理學的基礎上，更
進一步關注群體差異的形式、物質文化，以及令其結合、使其一致的觀念，
說明文化如何散佈於空間，同時也探討文化如何使空間變得有意義。〔註28〕

〔註26〕 近年來的研究成果及著作，討論文人的空間經驗，以及在此間的感知。如：
　　　　金明求，《虛實空間的移轉與流動：宋元話本小說的空間探討》，台北：大安
　　　　出版社，2004年初版。李清筠，《時空情境中的自我影像──以阮籍、陸機、
　　　　陶淵明詩爲例》，台北：文津出版社，2000年10月初版。楊雅惠，〈山水詩意
　　　　境中的空間意識──以北宋「三遠」爲例〉，《國家科學委員會研究彙刊：人
　　　　文及社會科學》，第8卷第3期，1998年7月。陳清俊，〈中國詩人的鄉愁與
　　　　空間意識〉，《牛津人文集刊》，第1期，1995年10月。張曉風，〈中國詩中時
　　　　間與空間並峙的現象──乾坤萬里眼，時序百年心〉，《古典文學》第11集，
　　　　台北：學生書局，1990年12月。劉若愚，陳淑敏譯，〈中國詩中的時間、空
　　　　間與自我〉，《書目季刊》第21卷第3期，1987年12月；黃永武，《中國詩學‧
　　　　設計篇‧詩的時空設計》，台北：巨流出版社，1982年5月。陳世驤，〈時間
　　　　和律度在中國詩中之示意作用〉，《陳世驤文存》，志文出版，1972年。上述作
　　　　品，除了金明求以宋元話本小說爲討論對象外，其餘多以詩作爲討論的對象。
〔註27〕 所謂人文地理學，所探討的是人與空間的相互關係。在周簡文，《人文地理學
　　　　概要》，台北：中華書局，1964年3月，提及，德‧賴粹爾（F. Ratzel）於1882
　　　　～1891年刊行的人文地理學（Anthropo geographie）是近代人文地理學的第一
　　　　部著作。德‧賴粹爾闡述人與空間的相互關係，奠定人文地理學的基礎。
　　　　陳慧琳主編，《人文地理學概要》，北京：科學出版社，2001年6月，〈緒論〉
　　　　頁1～2，言：人文地理學側重於研究人類活動所創造的人文現象的區域系統。
　　　　它是研究人類社會現象的地理學。人文地理學是以研究人地關係的地域系統
　　　　爲核心，研究地表人文現象的分布演變和傳及其空間結構的形成過程、特點
　　　　並預測其發展變化規律的科學。
　　　　段義孚，〈譯者序〉，《經驗透視中的空間與地方》，頁7，表明：傳統地理學研
　　　　究「地理區的客觀的地理感」，人文主義地理學者研究「地理區的客觀地理知
　　　　識的地理感」。
〔註28〕 Mike Crang著，王志弘、余佳玲、方淑惠譯，《文化地理學》，頁3，文化地
　　　　理學的開端可以溯及十六世紀的民族誌，例如拉斐多和列端所描述的新世界
　　　　民族和風俗。（頁11）文化地理學還關注了空間被使用的方式、人群在空間中
　　　　的分布。（頁15）

人文空間的討論，其實是在時間的範疇上擴大討論對象，對於空間變化的討論則必須建構在「時間」變化的命題上，以及人文地理學的研究討論與文學相互作用關係。〔註29〕

〔註29〕范銘如，《文學地理——台灣小說的空間閱讀》，台北：麥田出版社，2008 年 9 月初版，導論，頁 37～38，此書說明人文主義地理學的空間議題，並將當代的研究現況略加說明，文化研究領域對空間議題的重視與日俱增，連帶地衝擊文學批評裡對空間元素的思考。代表性的學者，至少包括傅柯（Michel Foucault）、列斐伏爾（Henri Lefebvre）、哈維（David Harvey）、索雅（Edward Soja）、色鐸（（Michel de Cerreau）、德勒茲（Gilles Deleuze）、段義孚（Yi—fu Tuan）、梅西（Doreen Massey）、紀登斯（Anthony Gittens）等人，以及在這波思潮下再度被引用的海德格爾（Martin Heidegger）、巴舍拉（Gaston Bachelard）、巴赫金（Mikhail Bakhtin）、班雅明（Walter Benjamin）。
在新空間理論的論述中，空間和歷史一樣，不是靜態的、自然的現象，而是持續或間斷的建構變動，既是社會文化的產物也是社會文化實踐過程中不可或缺的向度。（導論，頁 16～17）范銘如是書對於人文地理學者有概略的說明及介紹。
其中傅柯（Michel Foucault）將空間區分為：眞實空間、虛構空間、異質空間。**眞實空間**——即是我們在社會裡活動的場所。**虛構空間**——不存在於眞實社會的想像地點如烏托邦，但它能以完美形式呈現或倒轉社會。**異質空間（或稱為差異空間）**——介於兩極之間的異質空間，**是另一種眞實空間**，兼具有虛構地點般再現對立或扭轉現實位置的功能，如療養院、監獄、墓園、花園、妓院甚至殖民區等。任何文明都會建構出異質空間並根據其文化的共時性產生不同的運作方式，因此透過對異質空間的閱讀與分析即是研究我們生活空間裡眞相與神話的交疊歧出。（導論，頁 18）傅柯的：眞實空間、虛構空間、異質空間三重空間理論，啓發本文討論明清家庭小說對於空間的界說及概念的援引。
列斐伏爾（Henri Lefebvre）在 1974 年的《空間的生產》提出所謂的空間性，是由空間實踐、空間再現、再現空間三種面向形成的辯證性關係。（導論，頁 19）**愛德華・索雅**（Edward W. Soja）承續列斐伏爾空間三元論的說法，加入了現象學的存有論，把歷史性、社會性與空間性鼎足為人類存有的三元論。索雅認為「空間性」是指把物質、客觀形式的空間，經由社會轉譯、組織和詮釋過的產物。 （導論，頁 23）**蘇珊・弗瑞蒙**（Susan Stanford Friedman）從巴赫金時空型理論中注意到了，敘事是在特定時間與空間交會下發生的一連串事件，進而衍繹出獨特的空間閱讀法。在原本的線性（時間）閱讀之中，置入（空間）點狀閱讀，全面性地解讀出暗藏在文化地理裡的符碼。導論，頁 28～29。
文學傳統批評裡的現代批評法——探討文學裡的空間，主要是討論象徵或再現的議題。或是某個空間意象在文學作品裡的意義、作用或被描述的策略。（導論，頁 31）
范銘如則提出——空間是敘事的必要條件之一，小說人物或作家在文本內外上的空間位置更是詮釋作品歷史文化意涵的重要參照。（導論，頁 32）上述的

建築空間的生產離不開背後的權力運作，具體存在的空間又形塑了我們的社會關係。空間與人們的詮釋以及生活經驗穿透交織在一起，並展現不同的意義。〔註30〕家不只是一個居住的空間，也提供我們時間上的認同。〔註31〕時間的長度建立了我們對家的依賴和認同。明清家庭小說中人物的居所往往是人物心理、性格、權力的展現，而此居所又暗合時間流逝的興衰體驗，在時空交錯下，宅院形成家庭敘事裡充滿隱喻的符號。明清家庭小說透過空間的想像與書寫，表現空間的時間化敘述；同時，空間的轉換亦可以呈現時間的推移流轉。本文將勾勒明清家庭小說文本，呈現出來的空間及文化問題，並在其中展開對於時間虛擬幻設的討論。

第一節　家庭宅院勾勒的空間與時間敘事

「空間」的最小概念是「家」，家的最小的單位為宅院。明清時期，金鳴鼎食、詩禮簪纓的世家大族仿效皇家的園林山水，在自家的後院建起小園林。小說家從園林文化中接納創造藝術空間的意識，激化審美主體思維的空間效應，逐步形成小說形象組合的多元空間存在形態。於是，中國小說的結構美被突顯出來，小說敘事模式也由此趨於完善和定型。〔註32〕同時，人物形象也透過居所空間的設計而加以延伸，〔註33〕或者透過宅院展開對於時間、空間的敘事。

明清家庭小說時間的書寫，在家庭所形成的場域中展開。任何建築物都是都是建築者自我形象的物化。〔註34〕家庭是存在的象徵，也是社會國家文化符碼的最小單位，更是構成社群關係的聯繫中介點。我們在討論家庭小說的時間研究時，空間敘述是不可避免的話題。房屋建築和花園在明清家庭小說，作為人物活動的兩個重要環境。家庭小說中房屋建構的空間環境裡，小說的敘事步調慢了下來，由對情節的刻意追求轉移到對人物性格的細致刻

討論使得人文空間的詮釋更多的討論的視角。

〔註30〕畢恆達，〈導讀——體驗‧解讀‧參與空間〉，《空間就是權力》，頁 5～6。

〔註31〕畢恆達，《空間就是權力》，頁 174。

〔註32〕吳士余，《中國小說思維的文化機制》，花蓮：華東師範大學，1990 年 12 月，頁 126。

〔註33〕林碧慧，《大觀園隱喻世界——從方所認知角度探索小說的環境映射》，第四章〈大觀園處與人物的隱喻映照〉，東海大學中文系碩士論文，2002 年 6 月。

〔註34〕肖明翰，《大家族的沒落》，廣西：廣西師範大學，1994 年出版，頁 90。

畫，〔註35〕然而，本文並不打算討論園林建築美學，而是討論明清小說中，在家庭宅院所構築的空間中，所呈現與之相應的時間及時間敘事。從人文空間的角度來觀察空間的種種現象與特徵，呈現人物的心理、性格、命運等面貌。也可以從人物的活動過程中，得知空間和人物行為意識的關係。〔註36〕

小說作品裡建構「自我存在」的人文空間意識，呈現出「文學空間」中的情感內涵。文學空間的研究，重視作品的內在因素——也就是作家情感空間、作品的心理空間、社會文化環境。人文空間投射了人物的行為與思考。〔註37〕研究小說的「空間性」，應先認定小說作品中的空間問題。〔註38〕小說建構在一個特殊的時空裡，它構築在小說家對於現實世界的瞭解，並形成的文學創造。小說自成一個世界，而這個小說的世界與現實是相互依存、從屬、抑或是對立，這正是小說家選擇的觀察角度。〔註39〕

在日常生活中，我們看到的每一件物品，都因為有時間與空間的連貫，我們才能感覺到它的存在。時空是先驗的原則，一切事物，都依據時空才能成立。家庭小說中往往存在著真實的時空和虛幻的時空，這兩重差異的時空建構出文本的整體時空，藉著這兩層時空的對照，讓人領悟到有限時空的虛妄性，及無限時空的奧妙與人生的真實。〔註40〕

〔註35〕楚愛華，《明清至現代家族小說流變研究》，山東：齊魯書社，2008 年 10 月，頁 249～250。

〔註36〕金明求，《虛實空間的移轉與流動：宋元話本小說的空間探討》，頁 74。

〔註37〕金明求，《虛實空間的移轉與流動：宋元話本小說的空間探討 》，頁 13～138。

〔註38〕金健人，《小說結構美學》，台北：木鐸出版，1986 年 6 月。提出：將小說空間分為「大空間」與「小空間」，並強調社會因素與關係能影響作品人物的性格形成與命運變化。金明求在《虛實空間的移轉與流動：宋元話本小說的空間探討 》中，參考金健人的說法，並修正為大、小、中三個空間：「大空間」：與小說外部時間重合，地域的移動顯現作品的時代背景和一定的社會情勢。「中空間」：與小說內部時間重合，構成成品中情節展開的具體場景和特定情景。「小空間」：與小說內部時間隔開，僅只意味著作品人物行動上的場所、地域，與作品情節沒有緊密的聯繫。大、中、小空間，統攝了小說的地理空間、社會背景與作品情節的關係。同時，他認為，空間主體必須注意敘述者或作者的空間安排和設定，常常藉敘述者的口吻來轉換場面，論斷時空，與情節進行不同程度的交涉，作品中的空間設定有幾種不同的焦點。這三個空間往往決定或改變了觀看小說的視域及角度，並指出時間、空間的相互作用。這三個空間表現的即是的「時代與社會背景大的時空」、「作品呈現的現實空間與想像空間」、「人物所處的場景、地點等空間」。

〔註39〕龔鵬程，《中國小說史論》，台北：學生書局，2003 年 8 月，頁 27。

〔註40〕龔鵬程，《中國小說史論》，頁 28～37。

　　在人文主義地理學的空間觀念中，特別提到「家」，「家」同時具備了神聖與歸屬感，是人的存有與意義的中心。故鄉難離，雖在外漂泊一生，歸望山水、眷戀親友，仍希望要返回故鄉，落葉歸根。這家，是生的起點，死的歸宿。〔註41〕同時，在家中日常使用的空間裡，也訴說著我們所相信的社會關係，以及支持這些關係的日常行爲。〔註42〕因爲我們所依存的家、我們所居住的空間，把我們從自身的個體中抽出，放置在歷史、時代之中，也就是說我們並非生活在虛空中，而是存在於一組組關係之中，〔註43〕於是家庭的宅院空間便充滿了各種隱喻的關係。

　　時間的空間化、空間的時間化、回憶過往、都是空間與時間縮合的話題。特別是在回憶中重現的時間與空間。回憶爲詩性的風格之一，抒情的風格，在於回憶。〔註44〕回憶使時間停止、使過去的時間和當下的時間交疊。回憶，是瞬間的湧現，是過去景物與當前事物的結合，如同法國文學家普魯斯特，在《在斯萬家那邊》裡寫的，馬塞爾分分秒秒思念著心上人希爾貝特時，他想起初次見到希爾貝特時，家人們走在前面，他獨自落後地走過鄰家的玉米田小徑，沈醉於白山楂花的美豔，小女孩出現在眼前，他的眼光再也無法離開她黑色的眼睛，從那時起他的童年初念從此就與白山楂花的香氣結合在一起，〔註45〕他甚至對著充滿回憶的山楂花說道：「我長大之後，決不像別人那樣荒唐地過日子，即使在巴黎，遇到春天，我也不去拜客，不去聽那些無聊

〔註41〕陳清俊，〈中國詩人的鄉愁與空間意識〉，《牛津人文集刊》，第 1 期，1995 年 10 月，文中提及，漂泊的生涯懷鄉的情結是中國古代詩人生命共同的基調，濃郁的鄉愁固然是詩人生命的重荷，卻也爲文學增添感人的力量。安土重遷的民族性，加深文人對家園故土的眷戀，鄉愁於焉形成。事實上「人生無根蒂」的存在感受（即空間意識）才是鄉愁抒情的核心。

〔註42〕Mike Crang，王志弘、余佳玲、方淑惠譯，《文化地理學》，頁 37。

〔註43〕傅柯（Michel Foucault），〈不同空間的正文與上下文（脈絡）〉，陳志梧譯，引自：夏鑄久、王志弘編譯，《空間的文化形式與社會理論讀本》，頁 402。

〔註44〕（瑞士）埃米爾·施塔格爾（Shixue de Jiben Gainian）著，胡其鼎譯，《詩學的基本概念》，北京：中國社會科學出版社，1992 年 6 月初版，頁 4～7，埃米爾·施塔格爾認爲從歌德以來，詩作分爲抒情詩、敘事詩和戲劇概念是不完整的，因爲純抒情詩、純敘事詩及純戲劇式的作品是不存在的。他提出應分成抒情式、敘事式及戲劇式的作品，同時與此三類相異的概念：抒情式的風格是回憶、敘事式的風格即爲呈現、戲劇式的風格即爲緊張。

〔註45〕普魯斯特（Marcel Proust），第一卷〈貢布雷〉，《追憶似水年華》第一部《在斯萬家那邊》，台北：聯經出版社，1992 年 9 月初版，1998 年 2 月三刷，頁 155～152、187～199。

的敷衍，而是要到鄉下來探望第一批開花的山楂樹。」〔註 46〕因為那段回憶只存在於他自己的想像中。回憶美好的片段，成為追憶時如詩的畫面，而回憶所呈現的，即是過去的時間與空間。〔註 47〕

一、《金瓶梅》宅院敘寫：「空間的時間化」

　　《金瓶梅》注重對人活動空間的限制，盡可能地將活動場景集中在「家」內，因此格外重視房屋建築對人物的文化意義。這一個傳統，被以後的家族小說所繼承和發展。〔註 48〕《金瓶梅》直接以房屋建築作為故事發生、為家族小說的敘事情節提供充足的環境和空間，也為後來家庭小說，特別是《紅樓夢》敘事空間提供豐富的經驗。〔註 49〕

　　《金瓶梅》裡寫西門慶的發跡，透過娶妾攢聚了更多的財富，其中孟玉樓帶著豐厚的遺產嫁入西門家，李瓶兒更是把自家宅院，以及自花太監處得到的財富，都獻給西門慶，使得西門慶的財富及家宅隨之擴大。西門慶家的院宅以花園為中心，花園前邊是西門慶愛妾李瓶兒及潘金蓮的廂房，花園後邊是大房吳月娘以及其他妾室的居所。在西門家中，宅院及居所的安排牽引著西門家的故事發展。金聖歎在〈讀第五才子書法〉裡言：

　　　　讀《金瓶》須看其大間架處。其大間架，則分金、梅在一處，分瓶
　　　　兒在一處，又必合金、瓶、梅在前院一處。金、梅合而瓶兒孤，前
　　　　院近而金、瓶妬，月娘遠而敬濟得以下手也。〔註 50〕

這裡說明讀《金瓶梅》，必須看其大架構，這裡的大架構是從宅院的安排來看出端倪，小說中三個重要人物李瓶兒、潘金蓮與龐春梅共處前院一處，但是潘金蓮與龐春梅雖為主僕，卻情同知己，瓶兒得寵得勢，卻孤立於前院，這當然對李瓶兒的處境極為不利。三人遠居前院，離正室吳月娘遠、離女婿陳

〔註 46〕普魯斯特（Marcel Proust），第一卷〈貢布雷〉，《追憶似水年華》第一部《在斯萬家那邊》，頁 158。

〔註 47〕普魯斯特（Marcel Proust），《追憶似水年華》第二部《在少女們身旁》，頁 203：「既然對詩意感覺的回憶比對心靈痛苦的回憶壽命更長，我當初為希爾貝特所感到的憂傷如今日早已消逝。但每天我彷彿在日規上看到五月份從中午十二點一刻到一點鐘這段時間時，我仍然心情愉快，斯萬夫人站在宛如紫藤綠廊的陽傘下，站在斑駁光影中與我談話的情景又浮現在眼前。」

〔註 48〕金健人，《小說結構美學》，浙江：浙江文藝出版社，1987 年出版，頁 66。

〔註 49〕楚愛華，《明清至現代家族小說流變研究》，頁 264。

〔註 50〕金聖歎，〈讀第五才子書法〉，陳曦鍾、侯忠義、魯玉川輯校，《水滸傳會評本》，北京：北京大學出版，1998 年，頁 1493。

敬濟近，使得潘金蓮與龐春梅得以和陳敬濟有男女私情的往來。

> 凡看一書必看其立架處，如《金瓶梅》內，房屋花園以及使用人等，
> 皆其立架處也。何則？既要寫他六房妻小，不得不派他六房居住。
> 然全分開，既難使諸人連合；全合攏，又難使各人的事實入來，且
> 何以見西門豪富？看他妙在將月、樓寫在一處；嬌兒在隱現之間。
> 雪娥在後院，近廚房；特特將金、瓶、梅三人，放在前邊花園內，
> 見得三人雖爲侍妾，卻似外室，名分不正，贅居其家，反不若李嬌
> 兒以娼家娶來，猶爲名正言順。則殺夫奪妻之事，斷斷非千金買妾
> 之目。而金瓶合，又分出瓶兒爲一院。分者，理勢必然，必緊鄰一
> 牆者，爲妒寵相爭地步。而大姐往前廂，花園在儀門外，又爲敬濟
> 偷情地步。〔註51〕

這裡細寫妻妾們的宅院居所，透過妻妾們的居所，西門慶同時顯示出恩寵平
衡的狀態。花園前邊是受寵的潘金蓮、李瓶兒的居所。來自花家的李瓶兒將
財富堆放在前花園樓上，加上瓶兒入住後，潘金蓮妒嫉的情事不斷上演，才
有潘金蓮養「雪獅子」（貓）嚇死李瓶兒之子官哥兒之事件發生（第五十九回）。

花園後邊卻是正室吳月娘居所，吳月娘只能透過祈求上天、聽講佛經、
接近女尼來鞏固大房的地位；性格不嫉不妒／或者是無法與其他小妾競爭的
孟玉樓——雖然孟玉樓也爲西門慶帶來豐厚財富，但玉樓畢竟年長於西門
慶，肌膚又不若李瓶兒白皙動人，且不若潘金蓮能滿足西門慶的各種性癖好。
總之，與人爲善的孟玉樓與吳月娘在後面居所共一處，居中的李嬌兒出身娼
妓沒有地位，至於孫雪娥地位於僕婦又必須作廚娘的工作，因此她必得居處
於後院廚房旁，因此後邊裡的大房月娘、二房李嬌兒、三房孟玉樓以及四房
孫雪娥相安無事。花園前邊情事燦爛，有潘金蓮、李瓶兒還有她們各自都被
臨幸過的婢女龐春梅、奶媽如意兒，再加上西門慶女兒女婿也在前房，岳母
潘金蓮和女婿陳敬濟的情事也在前邊上演，小廝丫頭如玳安、小玉，還有西
門慶和書僮們（當然包括與西門慶有染的書僮），以及西門慶和妓女桂姐等人
物，家宅院空間的敘寫，實則描寫了人物的地位、專寵高下深淺，因此情色
欲望才有不斷有交鋒演出的機會。

西門家宅院因爲李瓶兒和西門慶的結合，構築成西門家更大的宅院。西

〔註51〕張竹坡，〈雜錄小引〉，黃霖編：《金瓶梅資料彙編》，北京：中華書局，1997
年 3 月 1 版，頁 88。

門家宅院以後花園為中心，在這裡的生活是日復一日，卻似乎是沒有時間的流動感，只有透過四季景物的變化，才能看到時間的流逝。西門慶得到李瓶兒花家宅院成為嫁妝時，西門慶先拆毀花家舊房，打開墻垣蓋起捲棚山子及亭臺花園等等，直到女婿陳敬濟父親出了事才把花園修峻的工程止住（第十六回），修峻宅院因女婿陳敬濟來投靠而停止，也因女婿帶著女兒家箱籠家私及銀兩五百兩來投奔，這些箱籠細軟都收拾到月娘上房裡，使得西門慶的家業財富又增添一筆。（第十七回）

　　直到文末西門慶死後，因陳敬濟與潘金蓮的奸情被月娘發現，春梅被賣到守備家，陳敬濟又不得見潘金蓮，急著對西門大姐吼叫道：「我在你家做女婿，不道的雌飯吃，吃傷了！你家收了我許多金銀箱籠，你是我的老婆，不顧贍我，反說我雌你家飯吃，我白吃你家飯來？」（第八十六回）至此，明白說出，西門慶其實私吞了陳敬濟帶來的財富，陳敬濟的箱籠成了西門家／月娘的箱盒。

　　回到第十九回，西門家的花園修繕約半年的光景，裝修油漆完備，於是吳月娘等人偕同遊園，當下吳月娘領著眾婦人，或攜手遊芳徑之中，或鬥草坐香茵之上。一個臨軒對景，戲將紅豆擲金鱗；一個伏檻觀花，笑把羅紈驚粉蝶。月娘於是走一個名喚卧雲亭的高亭子上，和孟玉樓、李嬌兒下棋。潘金蓮和西門大姐、孫雪娥都在玩花樓望下觀看。見樓前牡丹花畔，芍藥圃、海棠軒、薔薇架、木香棚，又有耐寒君子竹，欺雪大夫松。端的四時有不謝之花，八節有長春之景。觀之不足，看之有餘。」（第十九回）　這裡細寫花園裡四季的風光景緻：

> 正面丈五高，周圍二十板。當先一座門樄，四下幾間臺榭。假山真水，翠竹蒼松。四時賞玩，各有風光：春賞燕遊堂，桃李爭妍；夏賞臨溪館，荷蓮鬥彩；秋賞疊翠樓，黃菊舒金；冬賞藏春閣，白梅橫玉。燕遊堂前，燈光花似開不開：藏春閣後，白銀杏半放不放。湖山側才綻金錢，寶檻邊初生石筍。也有那月窗雪洞，也有那水閣風亭。木香棚與荼蘼架相連，千葉桃與三春柳作對。松牆竹徑，曲水方池，映堦蕉棕，向日葵榴。（第十九回）

這裡是繁花盛開、綠草如茵、熱鬧雜沓。在花園裡翡翠軒外的葡萄架下，西門慶和潘金蓮則作了最情色的演出，同時，在花園幽靜處還有個藏春塢雪洞，藏春塢雪洞的地理位置是「打滴翠巖小洞兒裡穿過去，到了木香棚，抹過葡

葡架,到松竹深處」(第二十三回),這是西門慶情色演出的「暖房兒」。首先出現的描寫是西門慶和家中媳婦宋蕙蓮共度香宵,同時,也是西門慶和妓女桂姐兒幽會之處。幽會時西門慶並不避諱應伯爵的闖入,甚至應伯爵當著西門慶面前「按著桂姐親了一個嘴,才走出來。」說道:「我兒(按:指西門慶),兩個儘著搗,搗吊底也不關我的事。」(第五十二回)這個便是西門慶充滿淫欲的後花園,〔註52〕空間在這裡是欲望演出的背景。

西門慶家的花園在西門慶死後零落殘敗,此時龐春梅當上了周守備夫人,再遊舊家池館,見人事已非頹圯的破落花園:「垣牆敧損,臺榭歪斜。兩邊畫壁長青苔,滿地花磚生碧草。山前怪石遭塌毀,不顯嵯峨;亭內涼床被滲漏,已無框檔。石洞口蛛絲結網,魚池內蝦蟆成群。狐狸常睡臥雲亭,黃鼠往來藏春閣。料想經年人到,也知盡日有雲來。」(第九十六回)在家庭小說中有時必須是透過空間景物的變化,才能使讀者真正感受到時間的過往。花園的傾頹,對照其前的繽紛熱鬧,有極大的反差,蕭索正是時間走過的痕跡。對照第十九回及九十六回西門家的花園變化,從當時西門妻妾下棋賞花、撲蝶遊戲,「花園」在《金瓶梅》的宅院中,是充滿情欲流動、飲食歡愛、花團錦簇的空間。到九十六回,所見盡是垣牆毀損、塌毀歪斜的景像,曾經是通往欲望的洞口,如今卻佈滿蜘蛛絲網;而曾經是欲望橫流的「藏春塢雪洞」,現在出沒的則是黃鼠與狐狸。空間裡景物變化,使我們感受到時間的經過,這是空間的時間化,不書寫時間的過往或流逝,但我們可以在回頭觀看時,看到過往相同的空間裡,在今日呈現的不同的景物與人事,顯出時間的流逝與變異。

《金瓶梅》是在一個家庭中演出西門慶無窮的情色欲望,而他的欲望透過一個又一個空間表現,在《金瓶梅》的時空敘述中,時間的變化常是在西門慶家的宅院敘述中,空間的變化帶出來的時間感,宅院變化的記錄、歲月的流轉、人物的變化,這是空間時間化的論題。因此,我們在《金瓶梅》裡看到的是,「空間」在時間變化後擁有不同的面貌。雖然《金瓶梅》並未勾勒西門家內宅院的詳細地圖,但描寫出宅院及人事變遷,及這群女性——西門慶妻妾們的愛恨情仇及聲色欲望。時間因而在西門家宅院裡透過空間景物的變幻,呈現時間的推移,亦即空間在景物變易下,呈現時間的流逝之感。

〔註52〕參見《金瓶梅》第二十七回「李瓶兒私語翡翠軒潘金蓮醉鬧葡萄架」。

二、《醒世姻緣傳》在空間中不斷流離的家：「時間的空間化」

　　《醒世姻緣傳》寫晁家雖為山東武城縣的深門大戶，但對於家庭宅院的「空間」描寫並不深刻，然而文本中晁源透過不斷流離的家宅、二世的輪迴，建構了一條時間的長河。在晁源此世，小珍哥和晁源住在宅院前邊，地位勝過明媒正娶的妻子，原配計氏反而住在後邊明間。《醒世姻緣傳》和《金瓶梅》有相似的結構，宅院前邊住著的是受寵愛的妾，正室則都被冷落在家宅後邊。後來，晁源帶著小珍哥進京任監生，這是家宅第一次的遷移，當晁源和小珍哥再度返回山東家中時，又回到受寵的家宅前邊／備受冷落的家宅後邊這樣的空間配置。後來，計氏終於因不甘於自己的清白受到珍哥侮辱及誣陷，上吊死亡，此時的計氏才能停棺到正房明間。（第十四回）作為正室的計氏此時才能占據家宅的主要空間，終於，她又擁有正室應有的地位。但是占了正房的已死亡的計氏，死亡的計氏主體性已然消失，雖靈柩佔了正房，但她對於空間的擁有實則是無權也是無能的。

　　珍哥則因此淪為階下囚，從家庭宅院淪落到牢獄中。監獄則是一種真實中的異質／差異空間，它存在於真實的空間之中，卻是扭轉現實空間成為一種特殊存在的空間位置。監獄原是剝奪自由、懲罰規訓、行刑同時也是被高度監控的地方。〔註53〕但對於珍哥而言並不然，在獄房裡，小珍哥擁有和現實世界相似的關於男歡女愛及生活方式，所不同的只是在這個空間裡她的行動自由是被決定的，對於小珍哥而言，這是個異質又真實的空間。小珍哥在真實的家庭空間流離至牢獄之中，仍然是從一個男人的懷裡，流離到另一個男人的居所裡，〔註54〕不斷流離的空間似乎才是小珍哥的居所。

　　小珍哥在獄中仍然是複製現實空間裡的生活，問了死罪，在牢房裡仍有晁住安排的家中大小兩個丫頭伺候生活，如同她仍在晁家的少奶奶生活。後來被晁夫人知道了，將兩個丫頭尋了人家打發出去。但晁夫人仍為小珍哥僱了囚婦伏事，每月支與「五十斤麥麵、一斗大米、三斗小米、十驢柴火、四百五十文買菜錢、點心吃食、冬夏與她添補衣服。」（第四十三回）甚至她在晁源死後與牢獄裡的刑房張瑞風私通，一直到一場獄中大火，珍哥才暫時從

〔註53〕傅柯（Michel Foucault），劉北成、楊遠嬰譯，《規訓與懲罰——監獄的誕生》，台北：桂冠出版社，2007年4月初版五刷，頁301。

〔註54〕《醒世姻緣傳》：小珍哥在未嫁予晁源時為一伶人，與晁家管事晁住早有首尾（第六回）。等到小珍哥入了牢房，先與晁住往來，又與刑房書手管牢房的張瑞風「明鋪夜蓋」（第四十三回）。

文本中消失。

直到後來眞相大白，原來，小珍哥和張瑞風買通了三個獄卒，設計了一場大火，燒死了僕婦，趁著救火時逃走。這回珍哥再度入牢房，被問罪六十大板，抽打得只剩一口氣，此番入監，晁家斷了供給，張瑞風又因問了斬罪，死在六十大板的責罰上，小珍哥從此只能仰給囚糧，苟延殘命，衣衫藍縷，形容枯槁，和第一次入監仍花容月貌大大不同，如今晁源花了「八百兩銀子聘娶回來的美人，狼籍得只合一般囚犯一般。」（第五十一回）

小珍哥在文中是個戲子、是個娼婦。她的家，即是男人的懷抱。從晁源的妾、入監時一開始作爲晁家管事晁住的姘婦、後來成爲獄吏張瑞風的女人，再到張瑞風家作爲二房。小珍哥在不同的男人、不同的家的空間連接成她的一生。

回到晁源身上，晁源作完父喪，帶領僕從到雍山莊上看人收麥。晁源居所從晁家、到進京任官、再到雍山莊，是一個又一個家的遷移轉變。他在雍山莊誘惑皮匠小鴉兒之妻唐氏，最後死於小鴉兒的刀下，晁源的第一世宣告完結。（第十九回）

《醒世姻緣傳》到了第二世，狄希陳爲了躲前世的債今生的妻子素姐，「帶了狄周、呂祥、小選子一同進京。尋到翰林院門口，知道童奶奶買了房子，搬到錦衣衛街背巷子居住。尋到那裡，果然一所小巧房屋，甚有裡外，大有規模，使了三百六十兩銀子。調羹母子、童奶奶、小虎哥、狄周媳媳、小珍珠都在一處居住。」（第七十六回）後來狄希陳與妾室童寄姐遷徙至成都府任官，以爲可以天長地久地離棄兇殘暴虐的妻子素姐，沒想到離家遠遊後，素姐仍遠從山東濟南府繡江縣明水村，來到了狄希陳四川任職之所，狄希陳仍無法逃離前世種下的惡姻緣，飽受妻子毒虐，最後狄希陳、童寄姐、素姐一行人又回到了京城。

狄希陳從山東到京城，再從京城到成都，最後從四川再回到京城去。這裡敘述狄希陳不斷流離的家，不斷更換的宅院，然而在不斷換置的家宅裡，卻總是上演相同的戲碼：狄希陳害怕素姐——素姐千方百計毆打凌虐狄希陳——狄希陳面對此窘境卻毫無反抗能力，受虐事件不斷重覆上演。甚至遠赴他鄉後，連愛妾童寄姐和狄希陳也有了齟齬磨擦，狄希陳一如往常只能默默承受。

在《醒世姻緣傳》裡，人物似乎重覆在「施暴」、「受虐」，「前世」、「今

生」的情節循環中，以及不斷地在一個又一個的空間中遊離。前世裡的晁源
與計姐、狐仙、小珍哥；今生裡的狄希陳與素姐、寄姐、珍珠，一切都在輪
迴中生生世世重覆上演著。前世是被射殺的狐狸，今生則成了折磨狄希陳的
正室素姐；前世是寵妾棄婦，使得元配計氏上吊身亡，今生裡計氏化身爲童
寄姐；小珍哥則成了童氏小丫頭小珍珠，然而在今生裡得要償還前世的冤業，
小珍珠最後也落得投繯自盡的下場。冤冤相報的戲碼，在一個又一個家庭的
宅院裡重覆上演。透過輪迴果報，使得不論是前世的晁源或今生裡的狄希陳，
都不斷地在遷移，游離在不同的家庭空間，千山萬水。家，是不斷遷移的宅
院居所，透過空間的換置排列，連接成一世又一世的時間長度，這是時間空
間化的表現。

　　《醒世姻緣傳》在一個又一個的空間中游移變換著時空的綿延，是時間
的空間化，並書寫了輪迴的永恆時光。並透過晁源與珍哥一個又一個家的遷
移，寫出他們橫流的欲望。《醒世姻緣傳》是在時間的長河裡，作爲「家」空
間移動的書寫，在這裡，看到「時間」是被一個又一個的空間建構組織起來。
家，只是在空間裡不斷流離的宅院，在時間裡不斷地重覆、輪迴著，時間在
這樣的果報小說裡空間化了。時間凝止，失去了開始及結束的意義，時間和
空間同時進行著，時間同時也被空間化了。

三、《林蘭香》書寫的回憶：「空間的時間化」

　　我們在時間中所感受的，不是過去和未來的事物，往往是對於事物的期
待和回憶。在回憶中，每一個瞬間似乎是被凍結的。回憶中的畫面是所有的
時刻、所有的場合都能同時出現。〔註55〕「回憶」是穿過時間的寓言，重現
過去的時光；是以倒流、跨越、重疊、破碎的方式重現往日時光的一種心理
時間。回憶更是一種尋覓，是對於失落的東西的重溫。〔註56〕同時，我們因
爲有了家庭的房舍宅院，我們的許許多多的回憶才有了住處。因此，在此空
間中，回憶，就是時空裡的一切，〔註57〕回憶使過去的時光更鮮明，回憶是
對於過去的收藏。

〔註55〕尚杰，〈時間與敘事〉，《法國當代哲學論綱》，頁69。
〔註56〕唐代興，《當代語義美學論綱——人類行爲意義研究》，四川：四川人民出版，
　　　　2001年，頁169。
〔註57〕加斯東・巴舍拉（Gaston Bachelard），龔卓軍、王靜慧譯，《空間詩學》，台北：
　　　　張老師文化事業公司，1993年8月初版，2008年5月10刷，頁70～71。

　　明清這幾部家庭小説中《林蘭香》的篇幅最少，空間的書寫也較爲簡單，《林蘭香》中的耿朗家也有一個龐大的花園，它作爲家庭遊藝場所，也作爲敘事的空間架構，很多情節在花園裡得以展開和推進。全書聚焦在耿府的宅院裡，對於耿府上下的宅院分配，都有很細緻的描繪說明。

　　傅柯（Michel Foucault）認爲，「空間乃權力、知識的論述」，「空間的歷史，它同時也是權力的歷史。」〔註58〕這在《林蘭香》妻妾宅院的配制關係中，說明耿家妾室地位的升降及權力的多寡，空間關係似乎也展現權力關係。在耿府裡，雖然田春畹身份的轉變並不是她自己特意爭取來的，但是仍可看出，在空間的轉換之下，她由小妾的身份進而取得正室般的正統地位，這似乎也暗示空間與權力的關係。然而在時間推移之後，權力關係會改變。

　　《林蘭香》裡耿府宅院中，雲屏住在正房正樓下，東一所，是夢卿居住，愛娘住在東一所後，西一所作耿朗的書齋，任香兒便居住在西一所的東廂，平彩雲則住在西一所的西廂，各廂房俱皆進出獨立：

> 西廂後有攬秀軒、穿廊、看山小樓一座，北與西一所相通。西一所內有臥游軒、目耕樓、蕉鹿庵、百花台，又與正樓的西配樓相通。東廂後有曉翠亭、午夢亭、晚香，花木繁多，中有假山洞，穿過後便是東一所。東一所內，有九畹軒、九皐亭、九迴廊諸景，西與正樓的東配樓相聯。同時，五房來往，俱不必從兩角門及正房內穿走。

（第十五回）

在廂房的配置上，《林蘭香》與《金瓶梅》、《醒世姻緣傳》二者有極大的不同：《金瓶梅》裡西門慶的兩個受寵的愛妾潘金蓮和李瓶兒，一起放置在前邊花園內；而《林蘭香》則是大房林雲屏置中，二娘燕夢卿、三娘宣愛娘居東廂房，四娘任香兒、五娘平彩雲居西廂房。左、右分別住著兩個彼此個性相合的小妾，此時的權力空間是平衡的，中間爲主位，正室雲屏居中，東廂的夢卿仍得到耿朗的信任與尊重，愛娘亦得寵信。西廂的香兒、彩雲則是備受耿朗寵受，此時妾室們相處仍爲和樂，左右兩邊維持和平且平衡的關係。

　　後來耿朗的居所漸漸以西一所爲主，權力便移至西一所，「耿朗如至，則一呼百諾，歌笑喧嘩，撲打譃浪，無所不至。又常請過彩雲來竭力誇妍，盡心爭媚。以此耿朗俱長在西一所之內，雲屏、愛娘處只照常例息宿。」（第三

〔註58〕夏鑄久、王志弘編譯，〈權力空間化——米歇·傅柯作品的討論〉，陳志梧譯，《空間的文化形式與社會理論讀本》，台北：明文書局，頁376。

十一回）宅院無別，但耿朗移至西所長住，使得家庭的氣氛開始質變，任香兒挑撥著耿朗和燕夢卿的感情，夢卿不再受信任，備受冷落，任香兒和彩雲得到耿朗的專寵。然而就在燕夢卿死後，任香兒想要將居所換至東一所。此時，棠夫人欲從耿家妾室中過繼一人，田春畹因受到任香兒的排擠，使得田春畹不得不自願從耿家過繼到棠夫人家，順此勢，香兒移至東一所。在此之前，愛娘因為知心的春畹已離開，為圖清靜，自己先行遷入西一所。

　　空間地景的轉變，使相同空間裡的不同時光，只剩記憶。使曾受耿朗尊重、受朝廷讚譽的燕夢卿，屬於她的空間記憶被任香兒取代，東一所的空間裡再沒有夢卿過往的氣息或回憶，從西一所到東一所，任香兒的權力左右了她的宅院空間及空間的擺設，更左右了耿朗的情感。然而，東一所更換主人後，物是人非事事休。原來，「夢卿在日，最愛種芭蕉，栽紫荊，吃櫻桃，看玫瑰。故抱廈前有芭蕉、紫荊，坐後有櫻桃、玫瑰。誰知自從香兒移入東一所，那些花木就像不愛活的一般，任你百樣的愛惜培植，都漸漸的乾枯了。連草坪裡的萱草，亦都枯死。有好事的家人連根刨去，種在燕夢卿的墳上。這倒又奇了，反倒發榮滋養，還如先前的茂盛。」（第四十九回）或許草木有情，思念前緣，新主子入住後，荒蕪枯萎，花木移到夢卿墓地，反而欣欣向榮，似乎欲回復過去的時空記憶。

　　田春畹事事盡心，安居第六小妾身份，只求盡心撫育主人燕夢卿的遺孤，並與正室雲屏、宣愛娘等人相扶持，在不得不過繼給棠夫人後，田春畹仍然極力孝順棠夫人，意外成了燕夢卿母親鄭氏的義女，朝廷並且降旨，令燕夢卿為耿順嫡母、田春畹則為耿順繼母。嫡母繼母，例俱受封。田春畹在空間轉移後身份、地位有了轉換，更取得合法的繼承權及家族地位，僅管任香兒擁有耿朗的專寵疼愛，然而（與田春畹相較卜）在權力關係上她卻是失勢。過去的記憶在權力失衡時總是被不斷地回憶起，這一切則讓任香兒因極為不悅因此生病。

　　雲屏去世後愛娘一人領著三個兒子過日子，耿朗、香兒、彩雲此時也已死去，愛娘接來春畹，二人朝夕相處。「此時愛娘住在康夫人的屋內，將三樓東配樓西配樓，東一所的九畹軒、九迴廊、九皋亭、葡萄園、萱花坪，西一所的目耕樓、臥游軒、如斯亭、蕉鹿庵，百花台，東廂的曉翠亭、午夢亭、晚香亭，西廂的攬秀軒、看山樓等處，重加修整。又將雲屏、夢卿、香兒、彩雲的小影，俱都掛在各人原住的屋內。」（第五十八回）時移過往，愛娘希

望將過去的時間留住,並展現在現在的空間裡。然而,時間不能恆留,這個深宅大院裡的故事,終究有時盡,只能利用遺物、詩詞字畫,複製記憶裡的片刻及某個瞬間。

時光荏苒,耿朗及妻妾們皆已過世。耿朗與夢卿的兒耿順守制在家,將御賜燕夫人的匾額移在泗國府祠堂內供奉。耿順將燕夫人所留的遺物:雙劍、二琴、詩扇、花簪,煮藥的指骨,作甲的頭髮,自畫的小像,及眾人作的詩歌,都作成本匣錦套,手卷冊頁,收藏在宅中一座小樓上。又編輯林、燕、宣、任、平五人的詩文,各自寫成一部。林夫人的詩集名爲《梧桐閣集》,燕夫人的名爲《九畹軒集》,宣夫人的名爲《看山樓集》,亦都收在樓上,樓下便作藏書之所。這個小樓,是一個充滿時間記憶的空間,也就是說耿順透過空間留置的前人物品,所欲保留的是早已消逝的時間。小樓承載的是記憶、是過去的時光,是一段又一段由時間寫下的歷史及生命。透過故人遺物的收藏,好讓人們能重溫往事,重遊舊地,重睹故人。

冬夜初長,北風忽作,大火將小樓燒成灰燼。時間、空間在此瞬間化爲烏有。小樓被燒後,林、蘭、香等女姝們遺物皆不存,唯一見識及記憶著耿家過去點滴的是女僕宿秀,她娓娓道來耿家宿昔。〔註59〕宿秀的記憶是追溯既往,凝視往事,人們透過女僕的記憶觀看無法倒流的時光,共同走入過去的時光中。記憶,似乎使我們既有了現在,又有了過去,因而也使我們有了將來。〔註60〕因此,過去不只是過去的,而且在現時中因爲記憶而存在,過去的意識既表現在歷史中,也表現在個人身上。在歷史那裡就形成了傳統、文化,而在個人身上展現的即是記憶。〔註61〕

就在宿秀訴說耿家舊事時喝多了酒,又遭小丫頭開玩笑,跌坐於地,灑了一身酒,最後是痰火攻心而死。宿秀既死,耿家舊事再無人傳說。(第六十三回)至此,記憶已然消散,時間和大火燒盡的空間同樣成爲「一夢幻」,呼應了首回所敘:「天地逆旅,光陰過客,後今視今,今之視昔,不過一梨園,

---

〔註59〕這裡敘寫五房妻妾的性格,並以房落景緻、栽種的植物,察看隱喻的性格,她述及每個夫人的性格及居所特質。以竹喻正室林雲屏的忠心耿直,以清雅紫荊樹喻燕夢卿的平淡聰慧,以活潑妍麗的萱花喻宣愛娘的開朗,以百花盛開喻喜愛熱鬧的任香兒,最後喜歡尋山問水,傍柳隨花的便是平彩雲。

〔註60〕恩斯特・波佩爾(Ernst Poppel),《意識的限度——關於時間與意識的新見解》,頁 78、80。

〔註61〕詹明信(Fredric Jameson)講座,唐小兵譯,《後現代主義與文化理論》,台北:合志文化出版社,1989 年 2 月初版,1990 年 1 月三版,頁 217。

一彈詞，一夢幻而已。林耶？蘭耶？香耶？有其人耶？無其人耶？何不幸忽而生，忽而死，等於蜉蝣？又何幸而無賢無不肖皆留字於人間耶？」（第一回）時間過去之後，只有借助記憶，我們才能擁有此時此刻以外的時間。〔註62〕

《林蘭香》對於宅院園林等空間的細節描述頗為詳盡，更書寫了宅院空間裡所帶出來的回憶的功能，在回憶過往時，往往是我們再一次檢視「家」的功能及意義的時候，時間裡的宅院，在這裡只剩老僕口中的世界，前人在記憶裡殘存的身影。回憶是中國抒情詩作中常見的，在中國古典文學裡到處都可以看到同往事的千絲萬縷的聯繫。〔註63〕這樣的寫作方法在家庭小說中成了對家族過去和現在的聯繫，使小說呈現詩性的語言，記憶的回溯，當下包含過去。回憶使往日某種令人難忘的時光、氛圍再度包圍自己，使過去的時間透過記憶重現在此刻的時空裡。

《林蘭香》中原為二房燕夢卿的婢女春畹盡心撫育主人夢卿的幼子，然而在耿家居六房的位置，直到過繼到棠夫人家後「事母無違，治家有法」，最後成為夢卿母親鄭夫人的義女。身份、空間轉換，使田春畹得到朝廷授予的繼母身份，不再只是耿朗的第六小妾，為自己取得合法的繼承權及耿順繼母的地位。在文中耿朗的愛妾四房任香兒終於在燕夢卿死後得以入住二房曾住過的宅院，攀升自己的權力，企圖使燕夢卿曾在耿家的空間記憶被塗改。過往只能在回憶裡展現，加上一場大火，空間被大火吞沒、代表時間的遺物也付之一炬，然而隨著老僕的死去，記憶消散，時間、空間同樣消失。

我們的過去，位於他方，不論是在時間或空間中，都孕育著一種非現實感。〔註64〕然而，記憶能有多久？隨著主體的消失，記憶消散，人們不斷地失落過去，又不斷地為過去的失落而悲傷，在當下時空裡追憶過往，並且盼望未知的時光，終將墜入與時間、空間拉扯的命運中。這種在回憶中與過往有了聯繫的日子，不僅表現空間的時間化，也使回憶中的歲月與眾不同，它是獨立在時間之外對於「往事的喃喃自語」，是自日復一日的月日記時中，割裂出來記憶的、審美的時空。〔註65〕回憶，是投射在虛幻時空裡的過去的現實，不復存在卻又有歷歷在目的真實感。

〔註62〕宇文所安（Stephen Owen），《追憶：中國古典文學中的往事再現》，頁40。
〔註63〕宇文所安（Stephen Owen），《中國古典文學中的往事再現——追憶》，頁1。
〔註64〕高桂惠，《追蹤躡踪：中國小說的文化闡釋》，頁38。
〔註65〕加斯東・巴舍拉（Gaston Bachelard），龔卓軍、王靜慧譯，《空間詩學》，頁128。

四、《紅樓夢》對比並列的空間

　　《紅樓夢》裡有許多的時空存在，以賈府爲敘事中心，賈府是寫實的存在時空，然而在賈府中又有一個理想國度的大觀園，和大觀園虛實映照的虛構空間太虛幻境，反射人物的鏡子，和人間相對的神話時空。形成了不斷對比、並置、互爲隱喻的二重時空：賈府／大觀園、大觀園／太虛幻境、賈府／大荒山、賈府現實的人事／鏡子照應出來的虛幻人世、大荒山的神話時空／賈府的現實家庭生活等。在這些與現實對比的空間，如鏡子、太虛幻鏡、大荒山，看似眞實存在時空，事實上，它們的存在其實是對比寫實的世界，同時，時間在這幾個空間裡是模糊且曖昧不明的、或是無時間性的存在，把現實裡的時空作扭曲、誇大、反諷、隱喻等，可說是明清家庭小說中既魔幻又寫實的時空表現。

　　《紅樓夢》裡有兩個現實存在的宅院。一個大宅院是賈府，寫著現實的空間；另一個是大宅院裡的小宅院，大觀園。大觀園是存在於現實時空裡，卻又似乎是自外於現實時空而存在，這兩個院宅勾勒出互爲參照的時空敘事。同時，還有二個抽離於現實之外的存在時空：大荒山與太虛幻境。太虛幻境的存在預告了賈府的現在及未來，這是現實世界的預言，[註66] 同時也是相對於「實境」的「夢境」、「幻境」，的虛構空間；大荒山則相對於短暫人生的無時間性、永恆的時空，是小說時空的起始點與終點。

　　在這裡我們可以看到賈府是眞實的空間，大觀園也是眞實的存在，然而在大觀園裡卻難以感受到現實時間的往復消逝，因爲這裡是理想境地，是樂園、是青春的象徵，因此大觀園可以稱爲理想的存在。《紅樓夢》中的大觀園是一種空間的藝術描寫，是一個主觀化、藝術化的空間。在這個藝術化的空間裡，時間的呈現彷彿是希望留住此刻，使當下的青春美好成爲永恆。然而，大觀園所存在的賈府的時間表現卻是直線的、不斷逝去的現實時間。存在於虛構時間的太虛幻境、以及寶玉仍爲頑石、仍爲神瑛侍者時的神話時空，是在時間之外無時間性的永恆時間。在這些時空中，《紅樓夢》意欲描寫一個充滿隱喻的人文時空，這是不斷參照對比的時空。

　　《紅樓夢》的故事主要發生在大觀園，大觀園不僅是女孩居住的地方，同時也是見證寶黛愛情悲劇，且是寶玉了悟遁出塵世的地方。在小說裡賈母曾經最寵愛女兒賈敏過世後，外孫女黛玉來投奔時，備受賈府上下的呵護，

〔註66〕余英時，《紅樓夢的兩個世界》，頁43。

林黛玉年齡較小，因母親過世及寄人籬下之感，使她對賈府充滿了膽怯，通過她的眼睛所描述的榮寧二府更顯得高大壯觀、堂皇氣派；賈政身為賈府的男主人，大觀園專為迎接他的女兒賈元妃省親而建，因此大觀園在賈政的視野中移步換景，各顯異姿。空間在人物的眼光中，因視角的不同而有不同情態的展現。

劉姥姥則是個沒有文化的鄉村老婦，作者通過她的仰視的視角逐一對大觀園內的景觀進行觀察，並不斷驚歎大觀園的壯麗如畫。〔註67〕就心理體驗而言，仰視，會使原來就高大的景觀，顯得更加高大，觀看者的心理會顯得仰慕或崇敬。俯視，使觀看者的視野拉開，產生空間的聯想，因而常會有思慕的情懷。平視，使觀賞的主體有被放大的效果，易產生一種擁有的滿足。〔註68〕因此從黛玉、賈政、劉姥姥等人看到的是不同的大觀園空間，因而表現出不同的人文意義空間。

首先，賈府裡的時間是從黛玉入府寫起（第三回），寫至賈家乃至於相關的四大家族史家、王家、薛家的興衰以及人物的生老病死，時間是無可挽回的向前奔流，是線性的發展，是剎那生滅不復返的，不可倒流時間。這是一般認知中的現實裡時間，絕對始終一如流逝者。因此，時間也就被分割為過去、現在和未來，這樣的現實時間感，使人們對於生命的衰老和死亡感到無能為力。因此，才有賈敬煉丹求長生卻吞金服砂，燒脹而歿，面對終得到走到的生命的終局，賈敬並不肯妥協；又或者，賈府中位高權重的賈老太太，只能中秋夜對月感懷，無限美好的時刻終會過往。也才會有為了延續賈家香火，就算心裡偏疼了黛玉，為了寶玉的未來，賈母還是選擇寶釵為寶二奶奶，賈母說道：「林丫頭的乖僻，雖也是她的好處，我的心裡不把林丫頭配他，也是為這點子。況且林丫頭這樣虛弱，恐不是有壽的。只有寶丫頭最妥。」（第九十回）

這裡婚配寶釵和寶玉的理由，是寶釵為人寬厚，並且擁有黛玉所沒有的氣度，更重要的其實是因為：黛玉不是有壽之人，無壽無福者，如何支撐一個家庭，又如何延續家族命脈？

時間有時而盡，生命是有限的前提之下，家族血緣的延續成為賈母思考寶玉婚姻的重要理由。就在選擇誰能榮登寶二奶奶地位時，因為黛玉的無壽

〔註67〕 楚愛華，《明清至現代家族小說流變研究》，頁272～273。
〔註68〕 李清筠，《時空情境中的自我影像——以阮籍、陸機、陶淵明詩為例》，頁264。

無福，或許不能支持一個家族命脈的延續，這樣的可能性使黛玉出局了。賈母甚至在黛玉痴心成病時，急忙讓寶玉寶釵成婚，因爲要幫失玉而失心、昏瞶瘋癲的寶玉沖喜。賈母似乎忘了黛玉是她最心愛女兒的獨生女，忘了黛玉曾經和寶玉一樣，是她的心肝寶貝。賈母說：「孩子們從小兒在一處兒頑，好些是有的。如今大了懂的人事，就該要分別些，才是做女孩兒的本分，我才心裡疼她。若是她心裡有別的想頭，成了什麼人了呢！我可是白疼了她了。」「林丫頭若不是這個病呢。我憑著花多少錢都使得。若是這個病，不但治不好，我也沒心腸了。」（第九十七回）這個病當然是指黛玉和寶玉愛情的心病，在此生短暫的時間裡裡，黛玉和寶玉不可能圓滿一段生生世世的木石前緣。

如果生命的時間可以無限延伸，人們就不必爲著眼前的現實，爲無可回返的此刻作抉擇，寶釵也不必爲她不能選擇的命運，暗自垂淚（第九十七回）。黛玉更無需爲她再也得不到的愛情，魂歸離恨天。（第九十八回）生命有時盡，賈元妃省親時，和母親王夫人、奶奶賈母，執手落淚，因爲她不知還有多少作爲人間兒女的時日，雖是榮華已極，然而深宮寂寥。賈府裡上演的人間故事，上至宮闈、下至莊稼百姓，這是人間現實的一切，賈府裡的人寫下現實人世，黛玉寶玉的愛情只能留在大觀園這個理想的國度裡，獨自歎息，連回憶都無法留存，最終愛戀的兩個人一個終將殞落，一個則忘紅塵而遠去。賈府這個空間裡，敘述著現實的、日常的家庭時間。然而，爲了元妃省親建築的「大觀園」使得現實的時間被置在大觀園外，因爲大觀園是「人間理想的仙境」或「人間的別處」〔註69〕，大觀園裡的兒女們都不計年歲、忘了時間

〔註69〕 關於《紅樓夢》中的太虛幻境、大觀園與賈府的相對應關係前人已多論及。在大觀園和賈府的關係，余英時指出，《紅樓夢》有兩個相對的空間，一是太虛幻境，這是神話的時空；另一個是大觀園，是人間理想的仙境大觀園，大觀園美好如理想國，是小說裡遺忘時間的人間淨土。余英時在〈紅樓夢的兩個世界〉中說：「大觀園是一個把女兒們和外面世界隔絕的一所園子，希望女兒們在裡面，過無憂無慮的逍遙日子，以免染上男子的齷齪氣味。最好女兒們永遠保持她們的青春，不要嫁出去。大觀園在這一意義上說來，可以說是保護女兒們的堡壘，只存在理想中，並沒有現實的依據。」 參見余英時，《紅樓夢的兩個世界》，台北：聯經出版社，1979 年 1 月，頁 43。對於寶玉和身邊的女孩兒們，大觀園才是眞實存在的，外面的世界是遙遠又虛幻。總結地說，紅樓夢這部小說主要是描寫一個理想世界的興起、發展及最後的幻滅。但這個理想世界自始就和現實世界是分不開的。或言大觀園是「人間的別處」，是情美理想的歸宿。參見《四部具有烏托邦視境的清代小說——《水滸後傳》、《希夷夢》、《紅樓夢》《鏡花緣》研究》，駱水玉，1998 年，台大中文系博士論文。

地在大觀園活著。

　　大觀園裡的宅院名稱都代表著每個人物的性格及特質。〔註 70〕大觀園裡的時間似乎是在青春歲月裡凝止了，大觀園裡的一天和一季、一年似乎沒有分別，大觀園裡這一干兒女過著與世隔絕的生活，雖然園子外的花依舊自開自落，卻與他們全是不相干的，他們年復一年過著生日、節慶、起社吟詩，然而這樣循環的時間似乎是永恆的存在，或者說這一干兒女們希望時間是永恆的，永恆的青春，並且永不分離。黛玉、寶玉、寶釵、湘雲，晴雯等人也好似常保持在十五、六歲。但誰能永遠是十五、六歲？或許這便是大觀園裡時間的停滯、忽略，以建構永遠青春的假象，直到大觀園被抄、金釧屈死、晴雯被逐、迎春誤嫁、元妃薨逝、妙玉被劫、探春遠嫁、黛玉魂歸……時間終究是驚動了大觀園，使得循環時間底下的大觀園離開了軌道，蘧然驚醒，於是頹然衰敗，青春不再，樂園成了荒漠園子，鬼影幢幢。然而，時間一旦被喚醒，彷彿以超速的方式前進，兒女們青春美好於是和大觀園一起凋零、散落及死亡。

　　賈府和大觀園因此不斷對照彼此隱喻，使得人世間的現實似乎也存在於瞬間與永恆的對比。〔註 71〕在浦安迪（Andrew H.Plaks）的《中國敘事學》裡提到：

　　　　大觀園既寓含萬物富足之義，同時也暗示人生的無常，（第四十九回
　　　　和第五十回鼎盛之狀，而第七十回至八十回則衰象已露，到了後四
　　　　十回道反而又告復興），這就是大觀園本身看到的哲理。恰似四時輪
　　　　轉之必有秋冬、生命更代之必有衰亡那樣，構築《紅樓夢》情節的
　　　　循環模式也包含了這萬象富足的內容，但這種富足已超出字面上的
　　　　意義了。換言之，我們所目睹的，不是關於名門望族的興衰榮枯或
　　　　者命運不濟的戀人們聚合離散的直線過程，而是先超越任何邏輯意

〔註70〕關華山，《「紅樓夢」中的建築研究》，台北：境與象出版社，1984 年 5 月初版，
　　　　1988 年 10 月再版，頁 7：「大觀園中的各院落都是為仙境下凡的主人們所建
　　　　的，而每一人物都得有突出的個性，所以他們居住的建築都襯托出主人個性。
　　　　這種象徵的意義並不是大觀園的特點，而是中國園林共同的特點，只是在紅
　　　　樓夢中，一想像中的園林，更容易把這種特點表現出來而已。」
　　　　林碧慧，《大觀園隱喻世界——從方所認知角度探索小說的環境映射》，東海
　　　　中文系，2002 年 6 月，碩士論文，頁 99 及第四章〈大觀園處與人物的隱喻映
　　　　照〉。
〔註71〕浦安迪（Andrew H.Plaks），《中國敘事學》，頁 163。

　　　　義的交錯、循環的變化。

賈府所寫的生老病死沒有在大觀園裡上演，但大觀園卻寫盡時間過後的緣起緣滅，人生無常，美好不能久留。賈府寫著家庭生活的瑣碎細節，以及不斷直線前行的時間；大觀園裡則寫人間最為富足繁華的生活，然而這些繁華終必消散，大觀園裡沒有永恆，大觀園只是現實時空裡的一個歧出，如夢似幻卻真實存在的一個對應著現實存在的理想空間。與大觀園相對應的太虛幻境則是預寫人間所有故事，是相對於人間的永恆時空。至於大荒山下青埂峰旁的棄石，寫下人間所有故事，這是更大的永恆時空，於是賈府百年繁華不過如夢一場，轉眼消逝，《紅樓夢》不斷地交錯著現實／理想，短暫／永恆的時空敘事。

　　《紅樓夢》中太虛幻境的存在是不斷回應賈府裡的現實人世，是以隱喻的方式出現在當下，太虛幻境實則是《紅樓夢》裡的虛構空間。是作者構思的仙界中的花園，是兼美並存的象徵，表達的是一種盡善盡美的生活形態，以和人世間賈府中的大觀園兩相比照、遙相呼應。太虛幻境其實如同鏡子的存在意義，我們在鏡子中照見自己，寶玉則在太虛幻境的照見未來。太虛幻境是虛無的，然而幻境卻使寶玉所存在的賈府更加真實，幻境裡所反映的一切，被寶玉記憶著，在未來，終能有所醒悟。並不真實的太虛幻境，使寶玉所處的世界成為絕對的真實，也使寶玉在未來能更真切的透視自己的存在，最終明白，所有的歷程在時間過往後，終將成為記憶，所有的存在，都是面向死亡的存在。

　　《紅樓夢》裡的第三個時空：太虛幻境及大荒山，則跨越了人間現實時間的限制，找到了永恆的依托，大觀園與太虛幻境是天上人間相應的處所；太虛幻境這個充滿象徵意義又抽離在現實時空之外的時空，同時敘寫了人間的此刻、過去和未來，人間的遭遇在天上已密密寫下，天上人間，當「此刻」轉瞬間的消失，也預告「永恆」的不可希冀。

五、宅院裡的私密空間

　　「家」應是人安心的居所，是情感的最終依歸。更是人存在於世界的角落，庇護白日夢，也保護著作夢者。家反映親密、孤獨、熱情的意象。我們以詩意建構家屋，家屋也靈性地結構我們。〔註72〕家是個存在我們記憶深處，

─────────────────

〔註72〕巴舍拉（Gaston Bachelard），龔卓軍、王靜慧譯《空間詩學》，台北：張老師

甚至超越記憶，走入無可記憶的世界，是遙遠的詩意想像，當然這是內化在我們心靈中對於家的最純粹的想像，實存的家是現實的存在，裡頭不乏爭吵、暴力、算計及爾虞我詐，然而，家最終還是提供人存在的安全感和幸福感，以抗拒外在更大空間／社會的現實。人渴望在家的空間中受到庇護，其氛圍形塑「夢想空間」，形成「幸福空間意象」。空間因而意象的想像中，轉變成與靈魂深刻迴盪的力量。〔註73〕巴舍拉在《空間詩學》裡指出：

> 當我們在閱讀中遭遇一個清新的意象，受其感染，禁不住興發的白
> 日想像，依恃它另眼看待現實生活，這種不能以因果關係解釋的閱
> 讀心理現象，稱之為「迴盪」。〔註74〕

而迴盪在家屋之內的氣味，是從時間生出來、是「記憶」中的氣味，是過去的生活、舊的衣服、舊的傢俱、舊書……等氣味的總合。這些記憶──有時它隱藏在家屋的私密空間裡，往往在屋子的某個角落出現，因為它充滿了記憶，或者可說是充滿了召喚記憶的能力。

在家庭空間中，除了宅院、花園的空間配置與描寫外，還有所謂的家庭的「私密空間」，這些私密空間蘊涵某種意義，因為空間是「它是社會的產物」〔註75〕。在這些物質的存在裡，隱含了文化的、個人的、家庭歷史的意義。此由宅院房舍向內、向外延伸，我們可以找到一些家庭的或個人的私密空間，例如臥室、箱奩、隔開內外的門窗、宅院的陽台、閣陽、以及花園的某些角落，而這些家屋宅院裡的私密空間，不論是關於記憶的、歷史的、當下的時間，都是在空間中建構的時間敘事。

（一）臥房

臥室是宅院中最個人、最私密，也往往充滿情感和欲望流動的空間。在明清四部家庭小說中，臥室是夫妻之間進行親密行為、甜蜜言語的場所，也是女性知己訴說心曲的地方，臥房更是妻妾進行爭寵角力的地方。

《林蘭香》中在燕夢卿過門之前，有一天夜裡，耿朗和任香兒共枕而臥，

　　文化，2003年，頁13～14，見於是書序文：〈家的想像與性別差異〉，巴舍拉（Gaston Bachelard）的《空間詩學》，從客觀的理論思考發展出一種詩意想像的現象學取徑。他認為空間並非填充物體的容器，而是人類意識的居所。

〔註73〕　巴舍拉 Gaston Bachelard 著，龔卓軍、王靜慧譯《空間詩學》，頁25～29。
〔註74〕　巴舍拉 Gaston Bachelard 著，龔卓軍、王靜慧譯《空間詩學》，頁23。
〔註75〕　（法）列斐伏爾（Henri Lefebvre），包業明主編，《空間政治學的反思》，上海：上海教育出版社，2003年。

任香兒提起燕夢卿，夢卿尙未過門，香兒已進行撩撥和編排是非：「只是知面不知心，我的嘴又快，一時間言差語錯，犯著忌諱，你若再不替我分解，教我如何存身？」（第十三回）耿朗也回應以無限的柔情溫暖，並予以承諾保證。臥室也是林蘭香與宣愛娘、林雲屏、田春畹訴心曲，交流情感的地方。燕夢卿曾在房內向神祇祝禱，並爲丈夫耿朗刮指療疾，在此充滿妻子對丈夫的愛憐和奉獻的決心。臥室，確實是家屋裡最私密也最幸福的角落。

臥室同時是充滿原始欲望的存在地。《金瓶梅》中則隨處可見西門慶和妾室、娼妓、書僮在臥房中燕好的情事，也有潘金蓮和女婿陳敬濟的不倫之戀。春梅嫁給周守備後，春梅複製主母潘金蓮的淫欲，因守備上邊關作戰，遂與男僕周義暗地私通，淫欲不已（第一百回），最後也如同西門慶般，因縱欲過度而亡，臥房就是他們荒淫無度的見證。

臥室在《醒世姻緣傳》裡同樣也是表演情感欲望的場域，不論是晁源和小珍哥、晁源和唐氏，臥房都提供了他們相處的私密空間，然而，在《醒世姻緣傳》中，臥房倒不全是溫暖安全的角落，這裡也是狄希陳妻子素姐對他不斷暴力相向的地方，然而狄希陳面對妻子的家暴，總以忍耐來面對，這種描述這在中國古典或現代小說中都不太常見。雖然妻子對丈夫的家暴，有輪迴果報作爲狄希陳受虐心理的合理解釋，但或許這也是狄希陳內心「渴望甜蜜的家的迷思」、「對傳統的家充滿了憧憬」、「認爲無能建構一個安全的家顯然是他的錯。」〔註76〕的心理表現。

《紅樓夢》在臥室裡同時暗示了人物的欲望以及寶玉和大觀園女子們的愛戀。例如寶玉曾在侄媳婦秦可卿的臥房內睡著，並在睡夢中在大虛幻境裡與警幻仙子之妹兼美，兼美又字可卿，一番雲雨，待襲人問起警幻所教男女情事，又與襲人同領雲雨之事。（第六回）在家庭宅院裡臥房收集了小說人物的情事欲望，是個人最私密，也是情感欲望表達最公開的地方。

〔註76〕 這裡引用了畢恆達爲 Gaston Bachelard 所著《空間詩學》一書所寫的序文，頁 18，畢恆達在文中提到了吳瑾嫣對女性遊民的研究發現：「經由媒體的意象以及政策的論述，渴求一個甜蜜的家的迷思在孩童時間即已出現，以致於遭受婚姻暴力而被趕出家門的女遊民，仍然對傳統的家充滿了憧憬。我們認爲在家中是安全的，這是正常規範，也是我們所期待的，以致於誤認在家中所遭受的暴力產生的時候，女人會認爲那是她們的錯，因爲無能建構一個安全的家顯然是她們失敗。」這裡雖是對家暴而婚姻失敗的女遊民的研究，但是狄希陳的狀況確也如此，只不同的是狄希陳沒有變成遊民，他身處於父權社會中，對於婚姻的不幸福尙有其他安頓自我身心的辦法，狄希陳逃離的方式，是擁有另一個能和他建立親密家庭的女性。

臥房在家庭的私密空間中是現時的、當下的時間存在，相對於臥房書寫的是「當下的時間」，箱奩收藏的則是「過去的時間」。

（二）箱奩

箱奩多半是女性私藏衣物財寶的地方，通常被收在某個不顯眼的角落，有時，箱奩如同潘朵拉的盒子，裝載的往往個人的秘密。同時，藏匿的東西最終得以揭開。〔註77〕在《金瓶梅》中，李瓶兒打開箱奩私藏，人們看到瓶兒和太監花公公——丈夫花子虛的叔叔，二人之間似乎隱藏著不尋常的關係。

且說，瓶兒有四箱櫃的蟒衣玉帶，帽頂縧環，都是花公公在世時給李瓶兒的梯己物，奇怪的是丈夫花子虛竟然一概不知（第十四回）。同時，在李瓶兒的箱奩中還有一百顆西洋珠子，是昔日瓶兒作為梁中書妾室時帶來的，又有一件金鑲鴉青帽頂子，又是花公公給的（第二十回）。而這些私密的財寶和她的情感欲望，李瓶兒全都毫不遲疑地獻給了她的最愛西門慶。

當李瓶兒打開箱奩拿出珍藏獻給西門慶及西門慶的其他妻妾家人時，讀者自然要問，為何花子虛的叔叔花公公給侄媳婦如許貴重財寶？作為侄兒的花子虛竟全然不知，這些是花公公留給花子虛的遺產嗎？但此說似乎不合理；或是作為李瓶兒的私房錢，然若如此，他們（花公公和李瓶兒）之間是否有特殊關係的存在？小說中並沒有說明，但箱奩打開時，讀者自然會窺視並臆測、猜想。同時，箱奩裡收藏的物品，也使得小說時間的進行停頓下來，回到過去。

《紅樓夢》則是在丫頭司棋的箱奩中抄出一段情事，（第七十四回）原來是王善保家的媳婦要藉著查抄大觀園裡姐姐妹妹、主子丫頭的箱奩，來整一整半日對她不大奉承的丫頭們，沒想到卻在自己孫女司棋的箱奩中搜出司棋和表哥二人幽會的證據。

箱匣裡收藏的愛戀秘密就此公諸於世，這是在只住著女孩的大觀園裡／舊時傳統社會中所不允許的。被公諸於世，意味著司棋被迫得從人間樂土／伊甸園／大觀園中被逐出。司棋被逐出賈府後，她仍捍衛著她最初也是最終的愛情，司棋必須抉擇，和過去一刀兩斷，或者延續過去的情感，而她選擇的是後者。然而，母親並不明白她是如何珍視這段青梅竹馬的情感。表哥在事情被揭發時已逃離，就在他又回到司棋面前，母親仍不許司棋與表哥在一

〔註77〕（法）菲利浦‧阿利埃斯、喬治‧杜比主編，《私人生活史——中世紀》，哈爾濱：新華書店，2007 年 7 月初版，頁 298。

起，她因此絕烈地撞牆死去，她的表兄也自刎而死（第九十二回）。〔註78〕二人的情感從過去到現在，沒有斷絕。自箱奩中被抄出的秘密，也代表著過去的時光是如何影響著現在的生活。

（三）門窗

門窗，是作爲阻隔內外之用，隔絕彼此的關係，成就每個人的私密空間。然而，門窗往往也作爲窺視他人生活的地方，門窗因此是大方窺視的屏障，以揭發更多的私密。

《金瓶梅》透過人物窺視的眼神，看到的是欲望的流動以及更多的妒嫉。例如《金瓶梅》裡潘金蓮隔著窗，看到西門慶越過屋舍翻爬到隔壁花家和李瓶兒幽會（第十三回）；西門慶和李瓶兒背著花子虛在家幽會，瓶兒的丫頭迎春，則隔著窗戶，將二人雲雨過程看得明明白白。李瓶兒成了西門慶的小妾後，潘金蓮不斷透過門、窗看著西門慶和瓶兒的情事，也因此更加妒嫉李瓶兒，形成潘金蓮害死官哥兒，瓶兒也悲傷致死的情節。

《紅樓夢》透過門窗窺視的情景寫出寶釵的性格。話說有一回寶釵正要到園裡尋別的姐妹，忽見一雙玉色蝴蝶，大如團扇，迎風翩躚，十分有趣，寶釵因此取扇撲蝶，卻在滴翠亭聽到有人說話，這亭子四面俱是遊廊曲橋，蓋在池中水上，四面雕鏤槅子糊著紙。寶釵在亭外聽見丫頭們紅玉及墜兒的對話，全因賈芸拾了紅玉的手帕而引發的一段故事。寶釵想著「怪道從古至今那些奸淫狗盜的人，心機都不錯」，擔心她們狗急跳牆生了事，然而卻又已被丫頭們發現有人在門外，寶釵便用「金蟬脫殼」法，寶釵故意放重了腳步，笑稱「顰兒，我看你往那裡藏。」（第二十七回）並反問二人將林姑娘藏到那裡去了？讓丫頭以爲偷聽話的是林黛玉，寶釵因此脫身，而這兩個丫頭則想著被林姑娘聽見對話，這可怎麼辦，因爲「林姑娘嘴裡又愛刻薄人，心裡又細，」若她走露了風聲可怎好。紙糊的門窗，當然藏不住話語聲音，在這個門裡門外都充滿了各自的心機和計算。

另一回在《紅樓夢》裡的鳳姐也隔著窗，偷聽到丈夫賈璉和鮑二的老婆私通時的對話（第四十四回），鳳姐打了平兒，又撕打了一頓鮑二家的媳婦，

〔註78〕 《紅樓夢》中的男子多半是色欲薰心如賈璉、賈蓉、賈赦之流，對情感有擔當者似乎不太多，寶玉也只在黛玉隕逝後黯然神傷；尤三姐爲著柳湘蓮自刎以死明志，柳湘蓮方才覺得尤三姐是標緻又剛烈的女子，因此將揮劍割下萬根煩惱絲，隨著道士入空門遠去。（第六十六回）司棋的表哥相較前者等人，較近似紅樓女子的節烈，在司棋撞牆死後，備了二副棺木，隨後自刎而死。

還鬧到賈母面前，成為賈府上下人盡皆知的醜事，鮑二的媳婦因此上吊。臥房應是個人／夫妻最私密的空間，但是鮑二老婆侵入了鳳姐和丈夫的私密空間，而鳳姐又在門窗外潛聽二人的對話並公諸於世，而這些溫存言語成為最不堪的奸淫證據。

這符合了門窗在空間中的作用：是阻隔也是開放。門窗裡外都是「現時」的，然而在窺視的同時，也使我們窺視人物的心理、性格、行事風格，形成中小說中的三層時空——門裡的人物所進行的情節時空、門外窺視的人物所形成的事件情節及空間、讀者閱讀理解的閱讀時空，並交錯成空間敘事裡豐富的文本意義。

（四）陽台

陽台是半開放的空間，陽台作建築空間／家宅房舍的邊緣性特徵，它作為家屋空間的一種特殊性，是它既是居室內部空間的延伸，又是外部城市空間景觀的一部份。〔註79〕在陽台的狹小空間上放眼望去的是大空間，但人們站在小陽台上遠望時仍能保有「自我空間」的安全感。

然而，陽台在其他的明清家庭小說中較無表現，或因女性不宜拋頭露面之故。只在《金瓶梅》中陽台有所描寫，陽台在此是作為與外界空間的連接，也是西門家女眷潘金蓮站在陽台上，張狂的露出金蔥十指，引起街坊浮浪子弟的無限遐思之所。（第十五回）這是在《金瓶梅》中透過元宵節節慶、瓶兒的生日，作為男女情欲跨界的演出，陽台成為人物窺探他人也被他人窺視的特殊場域。這個情欲跨度的場域，即為狂歡廣場的一部份，陽台在這個元宵節裡，是貯藏著時間性意義的特定空間。〔註80〕時間和空間融合成一個共同體，陽台不再只是一個單純的空間，借著這個空間裡的人物欲望的表現，我們看到更多時間的意義，關於元宵節的、關於狂歡時空的意義。然而陽台又是較接近家庭以外的地方，女性在陽台上拋頭露面的描寫在明清家庭小說中除了《金瓶梅》之外，其他作品則少有描寫。

（五）閣樓

在巴舍拉對於屋宇空間的構造圖裡提到，就房舍的結構來看，閣樓和地窖是垂直縱深的兩個端點，但卻表達完全相反的意象。閣樓居於明亮之所，

〔註79〕吳曉東，〈貯滿記憶的空間形式〉，《漫談經典》，北京：三聯書局，2008年7月1日版，頁181。
〔註80〕吳曉東，〈貯滿記憶的空間形式〉，《漫談經典》，頁185。

是理性的象徵，地窖則是在黑暗之處，容納了許多鬼魅傳說之所。〔註81〕中國民間的建築少有地窖，小說因此有較多對於閣樓的描寫。

　　明清家庭小說中對於閣樓的書寫，在《林蘭香》中的閣樓是感性地對過往記憶、歷史收藏的地方。耿順為紀念母親燕夢卿及繼母田春畹，興一小樓置放母親的遺物、畫像和詩作，這是一種對於家、對於親情，最幸福的回憶。閣樓在此是充滿歷史感、是後人追憶過往記錄過去時空的空間。

　　《金瓶梅》裡李瓶兒的閣樓，則是她收藏財物、衣裳的地方，這個閣樓的收藏，往往使西門慶打點權貴（如蔡太師）的生日獻禮，變得更為豐富。閣樓，同時也是陳敬濟和潘金蓮幽會處所之一，換言之，矗立在高處的閣樓成為情色的空間，也是收藏親密記憶的地方。

　　《紅樓夢》裡的閣樓——綴錦閣，則有賈家的珍貴家私寶物，裡頭有圍屏、桌椅、大小花燈、舡上划子篙槳、遮陽幔子等，這些「五彩炫耀，各有奇妙」（第四十回）的物品，放置在閣樓裡。空間場景所生成的，往往是時間性與記憶性的因素。〔註82〕閣樓，正是賈府幾代以來富貴榮華的記憶。

（六）花園的私密角落

　　花園是個半公開的場合，屬於家庭所有。後花園在中國古典文學中早已多有表現，西廂記、牡丹亭的男女情感都在後花園裡進行著。明清家庭小說裡的花園描寫自是不少，或寫美麗的紅花綠樹、假山涼亭，然而，隱藏更多情感欲望的表現。花園作為情感的私密空間——它的封閉性空間，正是追求感官愉悅的理想之地。這似乎在中西文化裡皆然。〔註83〕例如《金瓶梅》花園內的藏春塢，是西門慶的書房，也是他和潘金蓮、宋蕙蓮、李桂姐、男僕書童兒的交歡之所（第三十四回）。另外，在花園門首一間耳房裡，玉樓帶來的小廝，名喚琴童，生得眉清目秀，乖滑伶俐，後來潘金蓮趁著西門慶不在家，夜夜和琴童吃酒歡愛。（第十二回）潘金蓮和女婿陳敬濟也在花園裡的荼蘼花架下摟抱傳情，再到臥室內歡愛不已。

　　至於《紅樓夢》的花園私密角落，可就美多了，有寶玉同黛玉葬花的角落（第二十三回），而在這個沁芳閘橋邊桃花樹底下，寶玉展讀《會真記》，

〔註81〕 Gaston Bachelard 著，龔卓軍、王靜慧譯《空間詩學》，頁80。

〔註82〕 吳曉東，〈貯滿記憶的空間形式〉，《漫談經典》，頁185。

〔註83〕 （法）菲利浦‧阿利埃斯、喬治‧杜比主編，洪慶明等譯，《私人生活史Ⅱ 肖像——中世紀》，哈爾濱，北方文藝出版社，2007年7月初版，頁287～288。

正讀到書中的「落紅成陣」時，正巧一陣風吹掠過，落得寶玉滿身滿書滿地皆是，而正巧黛玉荷著花鋤，鋤上掛著花囊，手裡拿著花帚，作了個花塚葬花。在此同時，黛玉聽聞梨香院傳來笛音悠揚，歌聲婉轉，原來戲子唱的是《牡丹亭》:「原來姹紫嫣紅開遍，似這般都付斷井頹垣」、「良辰美景奈何天，賞心樂事誰家院。」黛玉將剛剛所見的落紅陣陣，以及寶玉所讀《牡丹亭》書裡的文字:「花落水流紅，閑愁萬種。」還有所聽聞的:「則爲你如花美眷，似水流年……。」湊聚在一起，成爲這個花園角落裡極美的記憶。不久後黛玉在夜裡訪寶玉，但因晴雯誤以爲是那個丫頭的敲門，因此不開門，黛玉卻疑心是寶玉／晴雯怠慢了自己，又想起自己的身世，可巧又遇上芒種節餞花神之日，勾起了傷春愁思。於是把些殘落瓣拿去掩埋，不由得感花傷己，哭了起來，念起了葬花詩。寶玉則爲了收拾落了一地的殘紅來到那日黛玉葬花的花塚，沒想到正巧遇見了黛玉。（第二十七、第二十八回）行文至此，黛玉和寶玉的愛情在桃花盛開／落花葬花的意象鋪陳下，充滿了淒美／悲劇隱喻。這個花園裡的花塚已成爲寶玉和黛玉的私密角落。

在這個花園裡還有寶玉爲死去的晴雯當作芙蓉花神，作芙蓉誄來奠祭晴雯，（第七十八回）在此角落充滿寶玉對晴雯的思念及特殊情感。另外，還有丫頭紅玉遺手帕，因此和賈芸有了情私（第二十六回），以及前文所述司棋和表哥的幽情，在司棋的箱奩被發現之前，其實司棋和表哥在花園的幽會已被撞見，二人是青梅竹馬卻深怕父母不許，因此設法買通看管花園的老婆子們，今日趁賈母生日，賈府上下忙成一片時，趁亂私會，立下山盟海誓，卻不巧給鴛鴦無意中撞見。（第七十一回）還有樂坊女兒們的同志女兒情，藕官在菂官死後每年她的忌日都不忘燒紙錢奠祭她（第五十八回）。〔註84〕

花園的私密角落，成了人們的思念或欲望的空間。在《金瓶梅》和《紅樓夢》中花園的私密角落是帶著情色／情感，這個角落似乎是在小說現實的時空中隔絕出來的一個欲望時空。

〔註84〕一日，寶玉見著藕官在花園山石旁燒紙錢，並守著紙錢灰十分悲凄，詢問了芳官，原來，藕官是小生，菂官是小旦，常作夫妻，戲文曲場講的都是眞正溫存體貼之事，故也「假戲眞作」，下了戲，尋常飲食起坐，兩個人仍是你恩我愛。菂官一死，藕官哭得死去活來，至今不忘，所以遇節便燒紙錢，後來補了蕊官，二人亦是一般溫柔，因爲藕官說如同男子喪妻，必當續弦，但不是把死去的人丟過不提，若一味因死不續，孤守一世，妨了大節也不是有理，死者反而不安（第五十八回）。

第二節　跨越時空或暗示著時間流轉的「智慧老人」

　　家庭小說的敘事裡往往會有睿智者作爲「智慧老人」〔註85〕的角色，智慧老人往往敘說著或暗示、預告讀者，關於小說裡「過去、現在、未來」的事件。智慧老人所存在的時空，似乎可以變異且自由來去，他們出現的時間都是人物有難時，站在生命極爲困惑的轉折點上。智慧老人，或可以知悉今昔，或者扮演著說明時間推移的角色，他們的存在其實是使家庭小說自現實、日常的時間中超拔出來，能包涵更多的想像摹寫，以及象徵意義，更能將永恆的、神話的時間寫入家庭小說。這些擁有特異能力，能在現實時空中自由遊走的人或爲僧佛；或存在於另一個時空裡，例如在夢境中，或者他們的出現使停頓的時間，驀然驚醒。同時，還有凡俗裡的時間老人，也許他們並不是自覺地作爲瞭悟時間意義的老人，但他們的存在往往是表現出時間的流轉。

　　智慧老人所擁有的預知未來、睿智、或呈現時間推移的歷程，這在唐代傳奇中已有所表現。然而在唐代傳奇中，這樣的智者，主要是「傳達出當時的宗教信仰和命定觀念，特別是道教的神仙思想」，智者的出現是爲了要度化主角成仙、預言未來、爲人物解困除厄、啓智。同時，這些智者的身份都是超凡者，非現實中的人物，因此他們具有超能力，以展現神仙奇術並洩露天機。〔註86〕與明清家庭小說中的智慧老人有能人異士及凡俗中人，有所不同。

〔註85〕張漢良在〈「楊林」故事系列的原型結構〉，台北：《中外文學》第三卷第 11
　　　　期，1975 年 4 月，中藉容格（C. C. Jung）集體潛意識中原型人物的觀點討論
　　　　了〈楊林〉等四篇故事中的「智慧老人」，智慧老人：「爲一操縱全局，主
　　　　宰主角命運的外在力量」，往往人物遭逢困境時以各種權威形象出現，來幫
　　　　助人物解決問題，而此一智者形象在《莊子》中〈漁父篇〉的漁父、〈屈原
　　　　列傳〉中的漁父、《史記·留侯世家》張良所遇的圯上老人皆是。
　　　　康韻梅，〈唐人小說中「智慧老人」之探析〉，台北：《中外文學》第 23 卷第 4
　　　　期，1994 年 9 月，頁 163，是文作者在此文中進一步說明：在這篇文章中分
　　　　析了唐傳奇中大量出現的「智慧老人」，這些智慧老多半具有神異的能力，
　　　　他們的身分多半是神仙、道士、菩薩、僧侶、幽冥中人、精怪和卜者，共同
　　　　顯示出神異的超現實色彩，而他們的形貌或經年不變，或呈現聖與俗的雙面
　　　　性，並具有神術或擁有奇物，同時行跡神祕來去自如。
　　　　作者依據容格（C. C. Jung）集體潛意識理論中原型人物的觀點，認爲唐傳奇
　　　　中智慧老人表現的是人們對於成仙的嚮往、表現了對人生的了悟，同時說明
　　　　了現實世界中仕宦婚姻的命定理念。展現的是主角自我追尋的理想，和對生
　　　　命際遇的了悟，這是個人生命價值的追求。
〔註86〕康韻梅，〈唐人小說中「智慧老人」之探析〉，《中外文學》，頁 163～165。

一、擁有超凡能力的智慧老人

　　《金瓶梅》中的智慧老人——普靜師父，他敘述每個人的過去，接續現在及未來的時間，並能超度人們，改變人們的未來。話說在西門慶死後，吳月娘請來吳大舅，商議著要往泰安州頂上岱岳廟進香，這是西門慶重病時許下的心願。吳月娘坐著一頂暖轎，連著玳安、來安等人來到碧霞宮進香瞻拜。廟祝道士石伯才專為當地高太守妻弟殷天錫誘騙婦女，以供姦淫。見月娘姿容非俗，載著孝冠兒，若非是官戶娘子，一定是豪家閨眷，於是設計留宿，幸得吳大舅解危，不曾被玷污，於是星夜離開，急急奔走。約四更時分，趕到一山凹處，為一石洞，裡面有一老僧，秉燭念經。原來這裡是岱岳東峰，此洞名為吳雪澗，老僧為雪洞禪師，法名普靜，已在此處修行三十年。當吳月娘一行人逃至此處，普靜法師指示「休往前去，山下狼蟲虎豹極多。明日早行，一直大道就是你清河縣。」當吳大舅擔心殷太歲等人追趕上來時，普靜師父只「把眼一觀」，說道：「無妨，那強人趕至半山，已回去了。」（第八十四回）助吳月娘等人解危。

　　次日天未曉，吳月娘拿一疋布酬謝師父收容之恩，普靜師父不受，只說：「貧僧只化你親生一子，作個徒弟，你意下如何？」可是吳月娘只有孝哥兒一子，還望他繼承家業，怎捨得，於是她說：「小兒還小，今才不到一周歲兒，如何來得？」師父道：「你只許下，我如今不問你要，過十五年才問你要。」（第八十四回）豈知十五年的歲月，在人間轉眼即過。到了這一年，太上皇帝與靖康皇帝被俘虜往北地，中原無主，四下荒亂，兵戈匝地，人民逃竄。番兵殺至山東，官吏逃亡，城門晝閉，荒煙四起。此時吳大舅已死，吳月娘偕同吳二舅、玳安、小玉、領著十五歲的孝哥兒，往濟南府投奔雲理太守。一來求避兵，二來為孝哥兒完成婚事。

　　就在城外荒郊裡，遇見一個身披架裟和尚，高聲大喊：「吳氏娘子，你到那裡去？還與我徒弟來！」並指引夜宿永福寺，月娘不捨得獨子出家。是夜，月娘夢見欲前往投靠的雲理守強要與月娘婚配，月娘不從，在夢中雲理守手刃玳安、吳二舅及孝哥兒，月娘驚醒。小玉則是一夜無眠，夜裡親眼見普靜師父超薦亡魂，月娘與小玉夜話所夢及所見的一切。最後，普靜師父以禪杖點化未來給月娘看，原來孝哥兒是造惡非善的西門慶所托生，將來不僅會蕩盡西門家產，臨死時還身首異處，這使得月娘幡然醒悟，終於撒手讓普靜師父度化孝哥離去，但月娘仍慟哭不已，而喚作「明悟」的孝哥兒，則隨著普

靜師父化作清風，幻化而去。

　　普靜師父知悉今昔，把十五年的時間點化成一瞬間，他所存在的時空不是人世的時空，而是有著可以俯看人世的高度，並能從人世間的現實時空看見未來生死輪迴的光景，以及魂魄的去處。這說明，唯有普靜師父這個智慧老人才得以知悉過去、現在、未來的時間，並有開示點化人們的力量。這是一個有超凡能力、的智慧老人。

　　這在《醒世姻緣傳》中有相似的作法。一個七八十歲的白鬚老兒，他是晁源的爺爺，但他所存在的時空是消去了時間、空間存在的另一個時空，因為他只出現在晁源的夢中，在現實時空裡是看不見他，但現實裡的人們卻能受到他的影響，晁源的爺爺更說了生命的輪迴。就在晁源圍場射殺狐狸之後，晁源才剛剛跨入家門，就被「看不見的人」劈了一掌，通身打了一個寒噤，面有病容，調理了一個月，仍是日日身子不爽快。直到除夕夜，晁源計算著元旦要出去拜節，在夜裡，只見一個「七八十歲的白鬚老兒」，即晁源的爺爺，急急告知晁源，原來他所殺害的是修煉一千多年的狐姬。這個智慧老人他只存在於夢境中，因為「晁夫人常常夢見公公扯了她痛哭。」（第十六回）　因此，晁源爺爺對於現實的掌握也就有限了，他並不能左右在當下時空的子孫，只能歎息懊惱。這白鬚老兒在夢中不斷警示晁源即將要發生的事件，並將此世的因果展現在晁源面前，預告計氏及珍哥即將對於晁家所作的事。

　　現在、過去、未來的時空都在時間老人的掌握中，但這個智慧老人只能知悉或預告已發生的、將要發生的事，卻不能左右現實人物的行為思想，更無能阻止要發生的事情。這是小說仍存有現實性的描寫，人，還是掌握了當下的生命。

　　《紅樓夢》中則清楚看到智慧老人「一僧一道」的存在及作用，他們是代表宇宙時間的進行者——接續洪荒到此刻、天上人間、過去和未來、連接神話時空與現實時空的智慧老人。一僧一道在《紅樓夢》文中頻頻出現，不斷轉化敘述者及棄石的時空環境，特別是在時間彷彿凝止的大觀園裡，僧道的出現，一次又一次指出時間的流逝，並且不斷地把時間指向寶玉／頑石所來自的大荒山下青埂峰，不斷敲響賈府的現實時間，也指出時間的虛幻性：到頭來只是荒塚一堆，說明紅塵如夢，一切真假虛實不過是我執的表象。

　　一日，甄士隱正在逗弄女兒時，來了一僧一道，「那僧癩頭跣腳，那道跛足蓬頭，瘋瘋癲癲，揮霍談笑而至」，僧人道士的形象和在青埂峰旁「骨格不

凡，丰采迥異」的形象，有雲泥之別，僧道不但在時間空間中來去自如，形象也可以變異自若，顛覆世間人們對於事物、時間、空間「固定不變」的看法。同時也指出在現實人間／凡人是瘋癲痴狂，在天上或更高度的時空／異人則是丰神隽詠。同時表現人們在有限的空間、直線前行的時間裡，如何能看得真切，在無限大的宇宙時空裡的事物本質呢？

僧人對著甄士隱，要求把有命無運、累及爹娘的女兒捨予他，士隱感到不耐煩，轉身要走，僧人便預言：元宵佳節後烟消火滅時，女兒將失蹤。僧人作為智慧老人，他預言未來的事件作為後文的伏筆，人們有機會「選擇」改變，只是人們往往無視於警告，也沒法超脫現實情感作選擇，這就是人間世。在此，僧人指出了甄英蓮（香菱）的命運：「三劫」應是指香菱小時被人劫走、服侍薛蟠時差點遭金桂施毒、最後產子時產難而死的三個劫數。三劫在此已預示香菱命運的結局，這是智慧老人站在超現實的時空高度，俯瞰人世，預告未來。

故事時間不斷前行，且說趙姨娘素日對寶玉、鳳姐懷嫉妒之心，因此令馬道婆使五鬼念咒語，弄得寶玉頭疼欲裂，並拿刀弄杖尋死尋活，鳳姐則拿著鋼刀砍雞殺狗、見人就要殺，弄得賈府上下人人心慌卻不知所措。四天過去了，正鬧得天翻地覆沒個開交，來了一個癩頭和尚和一個破足道人，說道寶玉身上玉石的妙用，只是今日被聲色貨利所迷，待僧道持頌，便可安然度過。和尚更長歎道：「青埂峰一別，展眼已過十三載矣！人世光陰，如此迅速，塵緣滿日，若似彈指！」同時也預告著「沈酣一夢終須醒，冤孽償清好散場！」（第二十五回）這令讀者頓時了悟，原來，石頭一別青埂峰已十三年！

驀然間，時間的鐘聲似乎敲響兀自花開花落，卻不見青春消逝的大觀園，餘音迴盪，十多年的時間彈指已逝，智慧老人撥算人間時日，回應著大荒山上的一段話：「那紅塵中有卻有些樂事，但不能永遠依恃；況又有『美中不足，好事多磨』八個字緊相連屬，瞬息間則又樂極悲生，人非物換，究竟是到頭一夢」，然而痴迷的頑石尚未醒悟，也只好「待劫終之日，還復本質」（第一回）。此時大觀園的時間業已被啟動，所有的人事將無法再無視於時間的存在。

緊接著是元妃薨逝、寶玉和寶釵成親、黛玉魂歸離恨天、賈母壽終歸地府、王熙鳳也死去。寶玉失心的昏憒時好時壞，後來竟不醒人事，直到來了個和尚把寶玉的失玉送回，寶玉見到玉石立刻清醒，但卻又魂魄出竅，來到太虛幻境。寶玉看見寫著「假去真來真勝假，無原有是有非無」的對聯，這

回看見鴛鴦、晴雯、尤三姐、黛玉，以及神貌融合了秦可卿與鳳姐的女子，終於理解和尚所言：「世上的情緣都是魔障」，一切如幻似眞，卻都無法久留。

太虛幻境這個虛構的時空，照映了人間的情緣一切是空，賈府的眞實在此反而顯得是空虛無常。智慧老人們終於領著寶玉看到了生命裡的眞實。寶玉病後不僅「精神日長」、「不但厭棄功名仕進，竟把那兒女情緣也看淡了好些」（第一百十五回）。和尚再度來到賈府，寶玉決計斷塵緣，甚至後來惜春要出家修行，紫鵑願意伏侍她，寶玉竟說了：「阿彌陀佛！難得，難得。不料你倒先好了！」（第一百十七回）人間福地的大觀園於是成了悟空之境。終於在寶玉高中舉人後，一日，寶玉與一僧一道來到父親賈政扶賈母靈柩，泊船驛地，向父親倒身下拜，拜了四拜，站起來打個問訊，寶玉的神色是「不言語，似喜似悲」，只見一僧一道說著：「俗緣已畢」，三人歌著：「我所居兮，青埂之峰。我所遊兮，鴻蒙太空。誰與我遊兮，吾誰與從，渺渺茫茫兮，歸彼大荒。」並不理會賈政的苦苦追尋，三人隨即飄然登岸而去。這回時間老人不只告知時間的流逝，也把寶玉人世的時間收回，將寶玉帶回到來時的大荒初始之地。

《紅樓夢》中每一次僧道的出現，都使故事時間遊移在「當下」、以及「虛幻」的石頭神話間。在虛幻的石頭神話裡，時間是靜止的、不變的，只存在於青埂峰中。故事裡時間推移，人世間的情事以及結局，是不斷向著大荒山青埂峰迫近，不斷預示寶玉終要從賈府回到青埂峰下。這裡呈現出圓形的時間歷程，時間和空間最後回歸到初始，寶玉人間一場不過是「到頭一夢，萬境歸空」（第一回）。

不論是普靜師父、白鬚老兒，以及從大荒山青埂峰來到人世的一僧一道，都是擁有超凡能力的智慧老人，都能預知未來，掌握在時間空間之外自由來去的能力。因爲他們都具有超凡的能力，能自由地在過去、現在、未來的時空裡游走，也有能力改變人們的現況及未來，他們都是家庭現實時空之外的能人，然而他們代表的不只是時間，他們撥弄的不只是人世間的時光，他們企圖影響的是人的心理，以及生命情境，使人們對於生命存在有更深刻的理解及認知。

《金瓶梅》的普靜師父具有宗教超能力，傳達命定果報的觀念，同時具有超度眾生的能力，他能看到過去、現在、未來，並能提出警告，改變人物命運，頗具有唐傳奇中智慧老人的特色。在《醒世姻緣傳》裡的白鬚老兒是

晁源的爺爺，他只存在於夢境裡，對於現實只有觀察、傳遞訊息及預告的能力，卻無力改變現實裡的一切。這樣的智慧老人使人們看到所謂的命定是無可改變的，所有的果報善惡在人們行動的那一刻便已寫下結局，人們必須為自己的行為負責，**所謂的命定不在於命運的安排，而是行為的結果。**

二、凡俗裡的智慧老人

　　凡俗裡的智慧老人，不若擁有跨越時空能力的智慧老人，在小說行文中匆匆出現，也並非對於時間的流轉有所自覺。在《林蘭香》裡曾出現過一位知悉未來的老人，就在首回燕夢卿和耿朗要成親之前，一位老者突然行至燕家門首，說道燕家的家宅方位不利，然後便步履如飛地消失不見。這位老者，知悉未來並透露人物的命運，並不同於《醒世姻緣傳》裡的白鬚老兒、《金瓶梅》的普靜師父，後二者不僅預告未來，還企圖或確能解除人物的厄運困境，在《林蘭香》裡的智慧老人，雖然同樣都知悉未來並現身預告人物，但他卻無意改變人物的未來，也只現身一次便消逝無踪。《醒世姻緣傳》裡的白鬚老兒雖無力改變人物的現狀，但他仍「企圖」改變人物的命運，他努力勸誡為使晁源悔悟；《林蘭香》裡的老人，則是驚鴻一瞥只說出耐人尋味的話語：「恐主內助失人」、「可惜正房改作廂房」作為預告，卻無意要改變人們的未來，留下話語後便飛快離去，駟馬亦難追，直到文末第六十四回，作者寫道此文歷經八朝百餘年，是「特為幾女子設一奇談」，設一奇談言奇幻人生，特別是燕夢卿及田春畹的一生。老人的出現是把這百餘年時空熔鑄在這一句話語上，這裡雖不言果報，但仍不乏命定思想。

　　《紅樓夢》裡的劉姥姥，則是賈府現實時間與大觀園理想時空／希冀永恆時間的連接者。劉姥姥她四度入賈府，在文中展現出賈府興衰的輪廓。同時，在她三度入大觀園時，每一回都提點讀者時間的推移，使大觀園裡幾近停頓時間，在劉姥姥入園的同時也被提醒著。劉姥姥並非以智者的形象出現，也不能知悉未來和過去，但她無疑地連接了賈府現實的時間，及大觀園裡理想國度的時間。同時，劉姥姥也在重要的時間點上營救了鳳姐之女巧姐兒。

　　劉姥姥第一次進入賈府時，小說的時間就此正式展開，作者說道：「按榮府中一宅人合算起來，人口雖不多，從上至下也有三四百丁；雖事不多，一天也有一二十件，竟如亂麻一般，並無個頭緒可作綱領。正尋思從那一件事自那一個人寫起方妙，恰好忽從千里之外，芥荳之微，小小一個人家，因與

榮府略有些瓜葛……」小說的故事時間，就從劉姥姥帶著小孩子狗兒入賈府寫起，並從她的眼裡看賈府的生活。小說視角原本只架在賈府裡觀看，現在則是透過劉姥姥的眼光，從賈府外望向賈府，並且走入賈府。

劉姥姥第二次入賈府，同時首度走入了宛如仙苑的大觀園，此時賈府的經濟已走下坡，卻仍保持豪奢生活，吃得講究用得細緻，連在大觀園裡都能「撑舡」划船。劉姥姥驚歎賈府光是吃的螃蟹酒錢，一頓飯就足夠莊家人過一年的生活。大觀園再一次徹底展現它的富麗精緻，從窗紗到古董玩器等小物，以大觀園裡的花木草石，使得劉姥姥忍不住驚歎首，大觀園比城裡畫兒上的景緻還強：「這園裡一瞧，竟比那畫兒還強十倍」（第四十回）。在這兩回的描寫中時間似乎是停頓了，時間停頓對事件、環境的描寫極力延長，並細緻地描摹大觀園裡的景象。劉姥姥再度入園裡看到的大觀園是與外界隔離，過著神仙生活的時空。

劉姥姥第三次入賈府是在賈府被抄、賈母壽終，鳳姐此時已是被詘失人心。在此先前敘述趙姨娘得了暴病哭嚷痛苦不已，接著敘述鳳姐神情恍惚，似乎有人要來索命，因此鳳姐悄悄地將把女兒「巧姐」託付給劉姥姥。後半回描寫妙玉被劫走後大觀園的淒涼，令寶玉想起死去的黛玉。前半回的敘事節奏相當快，一個事件接著一個事件，一個波折連著一個波折，劉姥姥第三度入大觀園所看到的無非是落敗的景像，一如四季的運行到了寂寥蕭瑟的秋天。到了劉姥姥四度入大觀園，賈府已今非昔比。在這回，劉姥姥報了昔日之情，救了巧姐兒，使巧姐兒能和鄉里富裕人家成婚，世家千金和平民秀才之子的故事，如同劉姥姥跨越莊稼身份和賈母、鳳姐、平兒結一段緣，連接了賈府內貴族生活、及賈府外莊稼平民百姓的時空。巧姐兒的故事也在走出了大觀園後，這才要開始。

劉姥姥四度進出賈府及大觀園，正好標示著賈府興盛到衰敗的時間推移，最後這一回眼見賈府人世的凋零，賈母和鳳姐相繼去世，然後再看著賈府最終獲大赦，寶玉、賈蘭中舉人，查抄的財產又歸還賈府，這是大觀園回到世俗的時空裡。劉姥姥入大觀園正是賈府時間推移的一個重要標誌，使讀者透過劉姥姥入賈府進大觀園的行動，看到停頓且與外界隔絕的大觀園，自外於時間般地存在著。然而，沒有人能自外於時間，一旦外來者將時間感帶入與世隔絕的桃花源時，時間瞬間被點醒，一旦時間被喚醒似乎以更快的速度前行，甚至凋零。在時間、空間中任意來去的「智慧老人」如一僧一道；

把時間帶回現場的「智慧老人」如劉姥姥；使得《紅樓夢》中賈府、大觀園乃至於太虛幻境的三個時空交會，時間前進，事件顯得流離感傷，交錯鋪織而成《紅樓夢》充滿抒情意味的敘事文學作品。

從《金瓶梅》有超凡能力的普靜師父、《醒世姻緣傳》晁源的爺爺白鬚老兒他企圖改變子孫的命運、《林蘭香》中偶然出現預告未的老人，以及《紅樓夢》中來去大荒與現實人生的一僧一道，他們在時空裡穿梭並預知未來。他們都具有超凡能力的智慧老人，也能預告甚至影響人物的現實生活。比較特別的是在《紅樓夢》中的劉姥姥，她是不自覺地擔任智慧老人的角色，她雖不能預知未來，但她連接賈府與外界的時間、連接大觀園裡理想國度及現實人世的時間，她代表的是把時間帶回現實、記錄賈府繁華生活興衰起落者。無疑地《紅樓夢》通過對劉姥姥的描寫，使得《紅樓夢》敘事視域的安排不僅描摹賈府內、大觀園的一切，同時能透莊稼人的眼光、生活背景，對比賈府內外當時社會的生活。

第三節　日常生活以外的時空

明清家庭小說是以現實的時間為敘事基礎，一如我們的日常生活，然而，小說的敘事時間中卻往往會安排無時間性的或永恆輪迴的時空。然而何以在日常現實的生活裡要架構出一個神話的、永恆的時間，這是人們對於短暫人世的遺憾，抑或是人們在內心裡所要尋找的終極的樂園或淨土？小說的神話母題以及輪迴的話題，都展開人們對於「永恆」的詢問。

什麼是「永恆」？那是一種「沒有消失，一切同時在場」、「所有的時間瞬間都同時在場，既沒有過去，也沒有將來」的一種時空意涵。〔註87〕「中國古典小說中幾乎絕少沒有神話情節的投入，從趣味故事到寓意深遠的長篇說部，神話情節是個不速之客，隨時可能闖入」。事實上，「所有神話情節出現在非神話小說中，都有個不得不然的深遠背景，這個背景之深遠，有時是在作者覺察控制之下；有時超過說故事者的意識，然至少也是也潛意識中的藝術服從。」〔註88〕這個深遠的背景，從神話內化到文學的創作中，意味著，人們企慕永恆、對於永恆時空有無限的懷想，因此在小說中往往會出現神話

〔註87〕尚杰，〈時間與敘事〉，《法國當代哲學論綱》，頁43。
〔註88〕樂衡軍，《古典小說散論》，台北：大安出版社出版，（1976年純文學出版），頁257。

時間及可以永恆輪迴的前世今生及來世。

明清家庭小說中《金瓶梅》、《醒世姻緣傳》寫永世的輪迴,《紅樓夢》的石頭神話從遠古的棄石到人間的玉石,再回到山腳下一塊銘記了人間傳奇的文字,永恆時空轉移了人世對於短暫的、現實的、不圓滿的生命際遇的遺憾,也使人間的不完滿能有所依托。日常時空的家庭小說,在輪迴以及永恆的神話時空的借題並發揮,使得家庭小說的日常時空,也有了永恆性。

神話傳說與史傳文學是明清小說創作的兩大素材寶庫,以神話為主雜入歷史,或以歷史為主間雜以神話,是明清小說創作的兩種基本形態。〔註89〕明末清初社會動蕩,使得作家開始關注於個人與家庭的命運。中國神話裡的時間,超越凡俗的限制,當人們陶醉於神話或仙界時,人們便感受不到時間的逝去。小說中人們偶然可以進入神仙的永恆時間,往往也只能是「偶然」的交集,人們終究必須回到人間,回到日常時間裡,卻往往驚覺,天上數日人間悠悠已過百載。

人們在日常時間裡度過生、老、病、死,因此人們企慕長壽,希冀擁有永恆圓滿。然而,人們終必回返生命有限性裡,這是人間的缺憾,也因此更突顯神時空的永恆性。神話時間提供了史傳文學寫實以外時空可能性,中國的神話時間向來是與歷史時間交疊演出,中國神怪故事的荒唐想像,往往是為了要超越人世間的平凡生活而虛構設寫。神話貫穿人世,後世的哲學也講求天人相感乃至於天人合一,中國的神話故事因此作了「荒謬」且「超越」的表現。「荒謬」是為了引領人們自現實世界走入神話的世界,使人的精神獲得崇高的釋放,並表現了極致的「超越」。〔註90〕在中國的神話故事的敘述中,人並不能超越時間,卻能對時間有超越的體驗。〔註91〕而這樣超越的體會是在空間的變異中完成。卡西勒曾言:「當哲學企圖建立一套世界觀時,它所面對的,與其說是一個直接的現象界,不如說是一個被神話所轉化的實在界。」〔註92〕在時間的現實／超越、短暫／永恆的辯證中,人們對於存在可以有更

〔註89〕黃清泉、蔣松源、譚邦和,《明清小說的藝術世界》,頁111。
〔註90〕樂蘅軍,《古典小說散論》,頁298。
〔註91〕關永中,《神話與時間》,頁287,如劉義慶《幽明錄》裡的劉晨、阮肇,他們留在山中神仙家十日,人間已過了七代的時間;又如明代王世貞的《神仙傳》裡的晉衢州人王炎,因入山伐木,貪看神仙下棋,下山回家時,所持的斧頭都爛了,原來人間已過了幾百年;又如另一篇裡的蓬球亦然,貪看仙女下棋,等到一切仙境消失,他再回到人間家中,發現人間早已過了好幾代。
〔註92〕轉引自關永中,《神話與時間》,頁17。

深刻的反省，更能安頓生命裡的一切。

一、因果輪迴的時空

　　明清家庭小說的時間描寫，並不同於當代家庭小說如實地描寫家庭生活中二十年、五十年或百年光景。明清家庭小說往往把人生看作是永恆宇宙、神話時間裡的一小片段，從神話的永恆時間對比人世間的有限性；或從輪迴時間裡看此在的短暫；或者從百年家庭時間在過往後人事不存，對比人在自然中的渺小及短暫。歷史小說、英雄傳奇小說以及神魔小說都仍處在一個善惡判斷、忠孝節義的故事中，明清家庭小說則已脫去這種大的敘事框架，而是找尋細瑣人事裡更真實也更複雜的人生及情感表現。

　　明清家庭小說發展到《紅樓夢》，並不把眼光侷限在人間，而是包含生命所有的可能性——天上、人間，小說演繹的時間裡，包含人間不斷向著死亡前行的時間，同時也包含著不斷輪迴、或無限延伸的永恆神話時間，並在其中交錯進行。

　　輪迴，是一段一段現實的、日常的時間的接續。輪迴的時間仍是在人世裡進行，是延續著現實的時間，人依舊是在紅塵裡翻滾，生命以另一種形態、另一個肉體之姿延續著，同時以輪迴時的男身女體、貧富窮達，作為此生行善作惡的「代價」或「報應」。神話，則講述一種無限的時空，在神話時空裡，沒有時間及空間的分野，時空混沌，以作為隱喻和象徵的表達。〔註 93〕神話是人類欲望的集體表現，也是民族文化、信仰的表現。《金瓶梅》寫人物的「因果」及「累世」的輪迴。李瓶兒、西門慶死時，黑書說出他們這一世的善惡果報，預知了來世的去向。李瓶兒之子官哥兒死去時，徐先生將陰陽秘書瞧了一回道：

> 哥兒前生曾在兗州蔡家作男子，曾倚力奪人財物，吃酒落魄，不敬天地六親，橫事牽連，遭氣寒之疾，久臥床蓆，穢污而亡。今生為小兒，亦患風癇之疾。十日前被六畜驚去魂魄，又犯土司太歲，先亡攝去魂死，托生往鄭州王家為男子，後作千戶，壽六十八歲而終。
> （《金瓶梅》第五十九回）

然而，李瓶兒嚥了氣時，徐先生打開陰陽秘書觀看，說道：

〔註 93〕 Joseph Campbell，李子寧譯，《神話的智慧——時空變遷中的神話》，台北：立緒出版社，1996 年 12 月初版，2006 年 4 月二版三刷，序文，頁 19。

死者上應寶瓶宮，下臨齊地。前生曾在濱州王家作男子，打死懷胎
母羊，今世爲女人，屬羊。雖招貴夫，常有疾病，比肩不和，生子
而亡，主生氣疾而死。前九日魂去，托生河南汴梁開封府袁家爲女，
艱難不能度日。後耽閣至二十歲嫁一富家，老少不對，終年享福，
壽至四十二歲，得氣而終。（第六十二回）

在此似有些矛盾：李瓶兒死後在陰陽書上早已註明她的魂魄去處，然而，至
文末第一百回，普靜師父將孝哥兒度化而去之前，因師父發慈悲心薦拔幽魂，
才使得包括李瓶兒在內的眾生得以超度，李瓶兒托生爲東京袁家女兒，〔註94〕

〔註94〕普靜老師見天下荒亂，人民遭劫，陳亡橫死者極多，發慈悲心，施廣惠力，
禮白佛言，薦白佛言，薦拔幽魂，解釋宿冤，絕去掛碍，各去超生。於是誦
念了不十遍解冤經咒。」使得「數十名焦頭爛額、蓬頭泥面者，或斷手折臂
者，或有剖腹剜心者，或有無頭跛足者，或有弔頸枷鎖者，都來悟領禪師經
咒，列於兩旁。」禪師言：「你等眾生，冤冤相報，不肯解脫，何日是了？汝
當諦聽吾言，隨方托化去罷。
聽罷禪師之言，眾魂都拜謝而去。接著李瓶兒等人，來到普靜禪師面前，感
恩離去：龐春梅之夫周秀周統制前來言：「因與番將對敵，折于陣上。今蒙師
薦拔，今往東京托生與沈鏡爲次子，名爲沈守善去也。」
西門慶女婿陳敬濟言：「因爲被張勝所殺，蒙師經功薦拔，今往東京城內，與
王家爲子去也。」
潘金蓮則是：「奴是武大妻、西門慶之妾潘氏是也，不幸被仇人武松所殺，蒙
師薦拔，往東京城內黎家爲女，托生去也。」
自稱武植的武大郎言：「因被王婆唆潘氏下藥，吃毒而死。蒙師薦拔，今往徐
州鄉民范家爲男，托生去也。」
李瓶兒言：「妾身李氏，乃花子虛之妻、西門慶之妾，因害血崩而死。蒙師薦
拔，今往東京城內袁指揮家，托生爲女去也。」
花子虛說：「不幸被妻氣死，今蒙師薦拔，今往東京鄭千戶家，托生爲男。」
宋蕙蓮言：「西門慶家人來旺妻宋氏，自縊身亡。蒙師薦拔，今往東京朱家爲
女去也。」
龐春梅言：「因色癆死，蒙師薦拔，今往東京孔家爲女，托生去也。」張勝言：
「蒙師薦拔，今往東京大興衛貧人高家爲男去也。」
孫雪娥言：「不幸自縊身死，蒙師薦拔，今往東京城外貧民姚家爲女去也。」
西門慶之女西門大姐則是：「西門慶之女、陳敬濟之妻，西門大姐是也。不幸
亦縊身亡，蒙師薦拔，今往東京城外與番役鍾貴爲女，托生去也。」
西門慶言：「不幸溺血而死，今蒙師薦拔，今往東京城內，托生富戶沈通爲次
子沈越去也。」（《金瓶梅》第一百回）
西門慶的托生輪迴也是文中交代不夠清楚的地方，在《金瓶梅》一百回裡西
門慶感謝禪師薦拔，但文末普靜禪師後對月娘道：「當初你去世夫主西門慶造
惡非善，此子轉身托化你家，本要蕩散其財本，傾覆其產業，臨死還當身首
異處。今我度脫了他去，做了徒弟。」

時間上似乎有落差。也就是說在瓶兒死去時已注定要托生爲袁家女，但到文末卻是因爲普靜師父的超度，「蒙師薦拔」，亡靈才得以托生。然而，無論如何，都是死後生命的再次輪迴與延續，也隱然對於生命的永恆有所企圖，更重要的是對今生今世的作爲，有了因果報應勸善懲惡的用意。

　　至於勸善懲惡，若就《金瓶梅》裡人物的輪迴而言，似乎有了可置喙之處，例如龐春梅因色癆死，但死後卻能托生爲男，雖是貧人高家，但至少在男尊女卑的社會裡，春梅的輪迴是進了一級由女爲男，這是因爲春梅雖淫欲，卻對主子潘金蓮忠心耿耿，然而她卻又極盡能事地將孫雪娥堆入娼妓之家。又如同西門慶在今生官商勾結，同時以淫欲死，卻能「托生富戶沈通爲次子沈越。」若如《金瓶梅》書序裡所題「爲世所誡」、「勸善懲惡」之說，或者得作如是解：這是因爲西門慶托生成的兒子孝哥兒，開悟後入佛門，這一切都在普靜師父的掌握中，於是西門慶才得以托生爲富家之子，延續今生的富貴享樂。

　　《醒世姻緣傳》的兩世姻緣明言果報思想，它所著力描寫人物前世今生的因果關係，這樣的因果關係表現人們渴望生命延續的心理。在時間的表現意義上，《醒世姻緣傳》把「前世」、「今生」或者言「今生」、「來世」，共存在一個「仍然在進行的時空中」鋪展開來，輪迴使小說的時間能一再地循環，永生永世，但似乎也失去了強調「今生今世」的現實性。透過輪迴的敘述，進一步可以瞭解明清家庭小說的時間所企慕的是一種永恆性，一種與現實時空共存的永恆時空。

　　《醒世姻緣傳》的敘事時間，並不是寫完前世說今生，而是二世姻緣共存於一個仍延續的時空中。晁源死去，到了來生償還前債時，母親晁夫人仍繼續與弟弟扶持家園，濟弱扶傾，良善而努力的維持著晁家的一切。晁夫人過了一百零四歲的生日，天神告知將接引她成爲繹山山神。小說敘述著：「正是三月三日，不暖不寒的天氣」、「晁夫人睡去，夢見月光皎潔，如同白晝一般，街門旌旗鼓吹，羽蓋旛幢，導引著一位戴金冠朝衣的一位天神，手捧黃袱包裹的敕書⋯⋯叫晁夫人設香案，換衣接詔⋯⋯天神宣

只見孝哥兒還睡在床上，師父用手中禪杖點化了一下，教月娘眾人看見，孝哥兒忽然翻轉過來，竟是西門慶，項帶沈枷，腰繫鐵索的相貌，原來孝哥兒是西門慶托生。後來孝哥兒隨普靜師父領去，起了一法名叫「明悟」。然而這裡令讀者不解的是，西門慶究竟在死後托生爲「富戶沈通爲次子沈越」，還是早就托生爲其子孝哥兒呢？

詔……福府洞天之主，必須積仁累德之人。爾鄭氏善行難名，懿修莫狀，是用特簡爾為嶧山山主。」（第九十回）小說中的人物幾乎都有著前世今生的果報關係，唯獨晁夫人擁有超越凡俗的時空，晁夫人的生命不死，成佛成道，成為嶧山山主。

二、永恆的時空

每一個人物以自己為軸心都可畫出一個小的時空，自己的時空與別人的時空有了連接和交集，所有的人的可以畫出一個包含一切的巨大時空，那就是「永恆」。永恆底下，則是所有人的共同時空，包含真實的、虛幻的、想像的時空。

《林蘭香》描寫「這一世」裡家庭興衰與人物成長的心境。人世間不過是「天地逆旅，光陰過客」，「不過一梨園、一彈詞、一夢幻而已。」（第一回）也不過是「人本無也，忽然而有，既有矣，忽然而無，論其世，不過忽然一大帳。誦其詩，讀其書，令人為之泣，令人為之歌者，亦皆忽然之事也。」（第六十四回）事實上，「貴賤修短，本自然之數」，生命的久暫早已注定了，生命的出現也是「忽然而來」，小說不言過去也不著墨於未來，但言此刻當下的存在。文中雖仍論鬼神，但極言人鬼殊途，互不相干。燕夢卿曾在夢中對母親康夫人說：「陰陽隔絕，生死殊途，如何常來？」「況且妖狐惡鬼，往往假托人形，以求人間的祭享。」「天堂地獄，陽世就有，何必陰間？」「作善降之百祥，作不善降之百殃。但看陽世循環，便知陰間報應。」（第三十九回）這裡在表面上看似駁斥鬼神論，其實仍言「陽間」和「陰司」，有了「陰間報應」及「陽世循環」之詞，不正意味著人生仍是相信今生來世，生命是永恆的輪迴，但把關注的焦點放在現世而已。

《紅樓夢》的石頭神話、絳珠草神話與神瑛侍者的神話，消解現實人生在時間及空間的侷限，「《紅樓夢》的神話寓意，因為故事本身意念的繁複，而也就譬喻不止一端，從不同的角度都有它的相應與詮釋，《紅樓夢》的主題神話，基本上是『借題發揮』式的神話構作，是一個假設的超自然現象。這借題和假設就反映了作者和作品一種的心境和意趣。」〔註95〕《紅樓夢》下凡歷劫的頑石，最後悟道離塵，同時是融合道教的夢幻觀、佛教的色空觀，使得這個敘事母題承載人生的反省，在人生如夢的感觸中，託寄作者的境遇

〔註95〕樂蘅軍，《古典小說散論》， 頁295。

及志向，〔註96〕反映了作品的主題意識，傳達作者的思想或情感。

　　棄石原是女媧創造萬物後，因天地有缺陷欲修復而煉就的石頭，縱使棄石因為多餘而無法補天，但它可以補天的性質未變，因此寶玉便帶著足以補天之情來到人間，這和女媧創生萬物一樣，都是具情於萬物。張淑香在〈頑石與美玉〉說：

> 女媧是是人類之母又是婚姻與音樂的女神，煉石補天的故事，出自
> 於《淮南子・覽冥訓》所載」，「所謂頑石者，正是女媧所啟迪的此
> 種衝破洪荒，追尋文明夢幻之頑強熱情與意志的暗喻。人類苟無有
> 若此巨大頑石之熱情意志，則屬於人類本身的文明世界將無由誕
> 生。故所有頑石，都是女媧情志的結晶，也是人性的本質。女媧被
> 為媧皇，正顯示人類對她有一種始原的認同」，「以婚姻與音樂之女
> 神為此頑石之根源，又豈是偶然，不也正是暗示著一種以追尋愛情
> 與藝術為滿足的根性。〔註97〕

女媧所以煉石補天，也就在於一個「情」字。〔註98〕女媧創造有情天地，而頑石的悲愴也在於其飄零寂寥於天地之外。因為孤伶，所以有萬古落拓之悲。寶玉來到的賈府雖然是富貴之鄉，然而裡頭有太多的缺憾，於是寶玉以至情來彌補其間的不完滿。寶玉生命的開始與回歸都在青梗峰下完成，他的生命是超脫於俗世的生命，是可循環、可流轉的，因而具有永恆性，他又是個「情極之人」，〔註99〕用情極深又極寬厚，也因此最終「懸崖撒手」遁出塵世，這才是他唯一

〔註96〕 吳光正，《中國古代小說的原型與母題》，北京：社會科學出版社，2004 年
　　　　7 月二版，頁 13。

〔註97〕 張淑香，〈頑石與美玉〉，《抒情傳統的省思與探索》，台北：大安出版社，1992
　　　　年 3 月初版，頁 230。

〔註98〕 郭玉雯，《紅樓夢淵源論——從神話到明清思想》，台北：台大出版社，2006
　　　　年 10 月初版，頁 8～16，郭玉雯在書中說明，女媧具創生萬物的能力，自然
　　　　也有修復天地的能力，不論創生或修復，都是一種悲憫之情的表現。在此書
　　　　中說明了女媧可作為神話中「大母神」的地位，據郭文解釋，大母神（the Great
　　　　Mother）又稱「大女神」或「原母神」：係指父系社會之前，人類最大神靈。
　　　　大母神的產生比我們文明社會中所熟悉的天父神要早兩萬年左右，人類學家
　　　　和宗教史學家認為，大母神是後代一切女神的終極原型，甚至可能是一切神
　　　　的終極原型。

〔註99〕 （第十九回）王府本夾批賈寶玉：天生一段癡情，所謂「情不情」也。關於
　　　　「情不情」多有學者討論，或有學者以為二人之評的首字「情」是指兒女私
　　　　情，「不情」則是情感不能完滿的意思，然而這樣的說法並未解釋黛玉的「情
　　　　情」之說，如：

的歸屬，否則娶妻生子後，也只是墮入凡塵一般世俗男女的平庸故事。

頑石化作玉石，頑石由無時間性、神話的永恆時空裡來到世俗人間，變成美玉，美玉象徵著紅塵世界的花柳繁華，這鮮明瑩潔的美玉，其實也只是石頭的幻象，終究是一場空。而石頭幻化成的富貴公子也是一個幻象，他在溫柔富貴的安樂鄉裡不禁迷失本性，於是寶玉二度失玉昏憒，上演了瘋顛戲碼。寶玉的前世今生有多重結構：棄石（石）——神瑛侍者（遊離與玉與石之外的神話時空）——富貴人家寶玉（玉）——與僧道遠去回復為一刻記傳奇之石（石）。王孝廉指出《紅樓夢》架構了神話中周而復始的循環時間，他說：

> 賈寶玉原是聖性時間（神話時間）裡青埂峰下的頑石，經過一段俗性時間（從頑石幻化成人出生到寶玉覺悟出家之前），然後再回到原來的時間裡去，《紅樓夢》所見的繁華落盡，曲終人散，最後是落得一片真乾淨的白茫茫大地，也就是說天地原是一片白茫茫的乾淨大地（宇宙原始），因為雪地上來來往往印上了許多錯綜複雜的腳而有了人間太多悲歡離合（宇宙世界的破壞），這樣由原始、歷劫、回歸所構成的古典小說，即是神話上周期循環的「原型回歸」的結構。
> 〔註100〕

汪道倫：〈情根‧大旨談情‧情不情〉，1997 年增刊：「情不情，情字是指書中的兒女私情，不情是指真情並沒有在現實中取得勝。……一部《紅樓夢》由情根入世，到大旨談情，最終歸結為情不情，可以說是不情者意志為轉移的客觀條件下的必然結果。」（P270）「寶玉從小在貴族家中生長起來，他和封建社會總有千絲萬縷的關聯，要求寶玉完全甩掉封建包袱，是不可能的，這就是說寶玉的「不情」因素也客觀存在的。」（P272）另外，今之學者駱水玉對此加以細論者，她將寶玉的「情不情」分成兩種層次說明，駱水玉認為寶玉的「情不情」，「不情」的第一層意義是泛指世間無情之物，即是將「情」推及於「不情」之物，因此寶玉曾言：「不但草木，凡天下之物皆是有情有理的，也和人一樣，得了知己，便極有靈驗的。」（第七十七回）即以至情之心體貼這個無情世界。「情不情」的第二層意義則是：「情極之毒」的立論，「不情」因此是「情極」的衍伸，即是悟空。其實不論是由「情」走向「無情」、「悟空」，或者以「情」體貼「無情」世界，二者都是寶玉性格的一個面向，都說明寶玉對待有情、無情眾生的態度。（參見駱水玉，《紅樓夢脂硯齋評語研究》，1994 年，臺灣大學中文所碩士論文，P116），對此駱文中有極細緻的說明：「『情』而至於『不情』，仍由於能勤破情天幻海，似是一種由極耽溺中完全超脫出來的悟道境界。覺今是（『不情』）而昨非（『情』），反而充滿了無可奈何、無法釋懷的憾恨傷悲。故寶玉「情不情」，是一悟道破的過程，也是一無奈落空的生命歷程。」

〔註100〕王孝廉，《神話與小說》，台北：時報出版社，1986 年，頁 105。

然而「性靈」卻又「質蠢」的石頭那裡按耐得住大荒山的寂寥荒原，於是「蒙茫茫大士，渺渺真人携入紅塵，歷盡離合悲歡炎涼世態」。（第一回）頑石／玉石成了溝通天上／神話世界、與人間／現實世界的使者。

至於在今生今世裡用眼淚來回報寶玉的林黛玉，是《紅樓夢》中重要的神話人物。〔註101〕黛玉在前世是西方靈河岸上三生石畔的一株絳珠草，寶玉則是赤瑕宮裡的神瑛侍者，侍者日日以甘露灌溉，於是草脫木質，得換人形，修煉成女體，然而她終日游於離恨天之外，飢食蜜果，飲愁海水，於是五內鬱結一段纏綿不盡之意，絳珠仙子（此時石頭已成侍者，草木已成仙子）也向警幻仙子表明「但把我一生所有的眼淚還他」。黛玉所在的「三生石畔」，日日所遊的「離恨天」外，渴飲「愁海」之水，一步一步把前世今生來生的情緣鋪設究竟。黛玉作為神話人物，是既純潔又多情的女神，賈府的女子中只有黛玉的生魂能到太虛幻境遊歷，〔註102〕而黛玉又是絕美的化身，她未嫁而亡，才能留住青春的那一刻，不必嫁作人婦，成為濁人俗婦受人糟蹋。黛玉是以情始又以情終，渾然純粹的至情生命情態，〔註103〕因此才有葬花詞的痴傻情感，對落花流水無限的憐惜。

然而得不到圓滿愛情的黛玉，終於以身殉情，當她命絕於寶玉迎娶寶釵的音樂聲中，她似乎也被神接引昇天。〔註104〕她的情獨留在大觀園裡淒楚悲

〔註101〕郭玉雯，〈《紅樓夢》與女神神話傳話——林黛玉篇〉，《紅樓夢淵源論——從神話到明清思想》，頁 47，文中指出：「曹雪芹的確費盡才力加以塑造，尤其是神話傳說中既靈慧又美麗，既純潔又多情的女神，成為塑造林黛玉之多種參考模型。追溯其淵源至少有化為草的帝女，宋玉〈高唐賦〉中的瑤姬、《楚辭・九歌》〈山鬼〉裡的巫山女神、《莊子・逍遙遊》裡的姑射山神人；更因林黛玉在書中又名『瀟湘妃子』，以至於湘水之神包括《楚辭・九歌》中的〈湘君〉〈湘夫人〉皆與之有關聯。》」

〔註102〕《紅樓夢》第五回：「姐姐（警幻仙子）曾說今日今時必有絳珠妹子的生魂前來遊玩，故我等久待。」

〔註103〕在脂評裡只見「黛玉情情」之語，未見其討論，但由寶玉的「情不情」，可以理解，黛玉是用其「情」去貼近這個「有情天地」，如黛玉葬花詞、黛玉讀西廂、牡丹，都可見對生命消逝及芳華不再的感傷。在整個大觀園中也唯有黛玉是真正能了解寶玉的心，因此黛玉必然不會如同寶釵、湘雲、襲人般勸喻寶玉學作聖賢、追求功名，所以寶玉則視黛玉為唯一知己。黛玉用癡情體貼寶玉的性分，是與之惺惺相惜的有情人。然而黛玉「情情」的外現姿態，她的刻薄與冷眼、她的易妒與猜疑，都使得她與世多忤。然而也因她對世界太多情，用心太細，於是有黛玉葬花的痴傻，也唯有從其癡情觀照、體貼萬物之心，及她以敏銳之心妥貼著這有情世界，可覷其「情情」的本來面目。

〔註104〕郭玉雯，〈《紅樓夢》與女神神話傳話——林黛玉篇〉，《紅樓夢淵源論——從

泣。人們傳說在大觀園裡聽到她的哭聲，成為一則鬼魅傳說，或者說黛玉是用她的一生演唱出一首纏綿哀艷的戀歌。〔註105〕究竟絳珠仙子回到了太虛幻境，還是回到了三生石河畔，抑或仍在荒漠園子裡孤獨遊蕩？黛玉的形象似乎也永恆化了。

故事時間是不斷進展，然而，大觀園裡的一天和一年似乎沒有分別，因為這一干兒女在大觀園中過著與世隔絕生活。或者說這一干兒女希望時間是永恆的，永恆的青春，並且永不分離。然而時間終究如逝水般推移，時間一旦被喚醒，彷彿以超速的方式前進，兒女們青春美好於是和大觀園一起凋零、散落及死亡。對於寶玉和身邊的女孩兒們，大觀園才是真實存在的，外面的世界是遙遠又虛幻，「大觀園是太虛幻境的人間投影」，因為「大觀園不在人間，而在天上；不是現實，而是理想。更準確地說，大觀園就是太虛幻境。」〔註106〕

大荒山下的棄石鐫刻著寶玉的一生，鐫刻著對紅塵的感悟。幻化的太虛幻境，以及被曲折流水隔絕的美麗園子，都沒法和故事時間相同的走著，果真是以太虛幻境預敘人間兒女的未來，那麼大觀園便是人間女兒們走向凋零的一個中站、一個淨土，一個時間暫停的樂園。大觀園終究只是賈府裡用富貴榮華堆疊出來的夢幻園地。《紅樓夢》描寫理想境地大觀園，或者神話時空裡的太虛幻境，都是以荒謬和超越作為書寫的意涵，荒謬是對於存在的現實感油然而生的，引領我們自現實世界進入幻覺世界中，使我們的精神獲得崇高的釋放，而表現了極致的超越及追求。〔註107〕

三、夢幻／夢境的時空意義

夢境是天上人間時空幻化最好的表現場域，人們得以在這個超現實的時空裡表現神話時間、輪迴時間，或者是過去的時間及未來的時間，夢境並不只有預敘的功能，它也可以作為追敘、補敘情節的敘事手法。明清家庭小說

神話到明清思想》，頁90，提到：「神樂悠揚，可見其魂魄已然昇天，如此描寫倒與湘夫人被九嶷眾神迎接而去的意味相近。『捐余袂兮江中，遺余褋兮醴浦；搴汀洲兮杜若，將以遺兮遠者。時不可驟得，聊逍遙兮容與。』」以此隱喻說明林黛玉的魂魄已如湘夫人被眾神接引而去。

〔註105〕王國維、林語堂等著，〈林黛玉的戀愛〉，《紅樓夢藝術論》，1984年，台北，里仁書局，頁187。

〔註106〕余英時，《紅樓夢的兩個世界》，頁45。

〔註107〕樂蘅軍，《古典小說散論》，頁298。

中所使用的夢境可作為預告的意義，提點後文的情節發展。

　　明清家庭小說中都大量寫夢境。夢境的作用是使日復一日的家庭時間，可以悠遊於現實時空之外，並可在過去與未來之間穿梭，消解時空的現實性，使得家庭小說日常、現實時間的描寫不只是單線地描寫。以夢境隱喻真實，是中國敘事作品關於以時間表現主題的方式，余國藩指出：「他（指《紅樓夢》的作者）把浮生若夢、富貴如浮雲的觀念轉化成一種靈巧有力的小說理論，而且常藉此混淆讀者耳目，讓他們對現實產生幻覺。」然而，何以我們對於人生會有如夢似幻的感覺，是因為欲和夢都不斷地在我們生命中迴環，不斷循環延續下去。〔註108〕作者透過夢境的安排，使真實和虛幻並列，好讓讀者有更多的體悟和反省。

　　不論是先行預告情節的話語或者是夢境的描寫，都使得明清家庭小說的敘事時間得以在過去、未來及現在中交錯演出，補充家庭寫實時間的單向性，同時寓寄了人物面對存在的困境及感受；夢境同時表現現實時空的隱喻作用，並且能召喚小說人物前世的記憶；夢境中往往無有年歲，不知曆日，超脫並解構「時間」的存在，因此表現出非現實及無時間性的存在時空，取消現實時空的框架性。

　　在人世間，人們能超脫「時間」控制的機會是夢境，或者死亡。然而，在真實人世裡，人們幾乎無法描述死亡的過程，只能透過詩人或小說家的想像，或透過夢境以解構時間。文學作品中的夢境、仙境、陰曹地府等等都是幻覺時空。夢幻、神仙、幻覺時空的插入，是具有短暫的時間流逝、無限空間跨越及虛實空間的彈性調整。也是理想空間連接現實空間的主要處理方式。並使現實世界與理想世界之間有橋樑作用。〔註109〕夢境的空間無隔，不受實際空間的設定與限制，在情節中有「入夢」、「夢境」、「覺醒」的過程，而這過程中，包含象徵或暗示意義。夢中出現的空間流動與移轉現象，呈現不確定的虛擬世界。夢境的不明與含蓄，表現出暗示、象徵的作用，夢幻時空插入現實時空，成為現實時空的「延伸」與「進展」，同時也是現實生活的補充，並轉換成抽象寓意的過程。〔註110〕

〔註108〕余國藩，《重讀石頭記——《紅樓夢》裡的情欲與虛構》，台北：麥田出版社，2004 年，頁 205～208。
〔註109〕金明求，《虛實空間的移轉與流動：宋元話本小說的空間探討》，頁 323。
〔註110〕金明求，《虛實空間的移轉與流動：宋元話本小說的空間探討》，頁 329～330。

　　明清家庭小說描寫日常瑣碎家庭生活，然而它們有一個共同的特色，即是透過「夢境」寫現實人生以外的超現實時空，在《金瓶梅》裡李瓶兒一再托夢勸喻西門慶。《醒世姻緣傳》重要的夢境是晁源爺爺說出晁源和狐仙的恩怨，以及計氏托夢向晁夫人訴說她和晁源今生來世的糾纏。然而，永世的輪迴實則是人們對於面對死亡的焦慮，是人內心「長生不死」的渴望，因而轉化爲文學作品中永恆時空的存在。《林蘭香》在夢中展現燕夢卿的巾幗形象，及對夫君的情意，並在夢境中讓兒子耿順知曉，嫡母燕夢卿和繼母田春畹都已成仙佛，並寬慰耿順「人且恨享其春秋，物又何能恆留予宇宙」（第六十四回）。不言前世今生的《林蘭香》轉而言天上人間，把人間的缺憾轉化爲天上的永恆圓滿。

　　《紅樓夢》則有秦可卿兩度托夢給鳳姐，提醒她賈府「雖歷百年，奈運終數盡，不可挽回」。同時，在太虛幻境裡／寶玉的夢境中，寶玉見了容貌豔麗風流，既似黛玉又如寶玉乳名兼美字可卿的女子警幻仙子。「可卿」是人間的秦可卿也是天上的警幻仙子：「天上的可卿」預示了女兒們的未來；「人間的可卿」則在夢中告誡著鳳姐，關於賈府的未來。不論在天上或人間，警幻／可卿都是超脫於現實時空的人物，她預示著賈府的未來、預言大觀園裡女孩們的命運，她是仙、是魂魄、是來自夢境的使者。

　　欲望是生命中的必然，而唯有夢境它能超越時空的限制、消解了時空呈現無時空的狀態，或具有小說情節的預敘或具有暗示後文發展的功能，這些暗示性的預告都滲透到全書其他的行文脈絡中，成爲小說裡若隱若現的情節伏筆。明清家庭小說描摹了家庭生活裡的人事，家庭時間也如同眞實人生，然而，這幾部家庭小說顯然不只是要如實地描寫家庭中的種種生活，它們不論是以果報勸世、來世輪迴隱喻今生、隱喻人世如樓起樓塌、如蜉蝣、如塵世裡的一瞬，不論是那種企圖，都包含更大的時間敘寫，都同時書寫過去、現在與未來的時間性。

　　人不能穿梭於前世／今生二重時空中，但在夢境中，則可輕易來去，夢境取消了現實存在的時空框架，使得綿長的歲月可以瞬間來去。明清家庭小說的時間描寫，並不同於當代家庭小說，如實地描寫家庭生活中二十年、五十年或百年光景。歷史小說、英雄傳奇小說以及神魔小說都仍處在一個善惡判斷、忠孝節義的故事中一再地講述，明清家庭小說則已脫去這種大的敘事框架，而是找尋細瑣人世裡更眞實更複雜的情感表現。明清家庭小說往往把

人生看作是永恆宇宙、神話時間裡的一小個片段，從神話的永恆時間對比人世間的有限性；或從輪迴時間裡看此在的短暫；或者從百年家庭時間在過往後人事不存，對比人在自然中的渺小及短暫。然而在家庭日常生活的進行中，夢境得以表現非現實、無時間性的時空，同時也取消了現實時空的框架。

（一）預言未來

在四部明清家庭小說中都有預言未來的夢境。《金瓶梅》裡李瓶兒二度入西門慶的夢裡，警告西門慶花子虛要取他的命，因此殷殷勸告西門慶千萬要早早還家。二度的勸告，也正說明著西門慶並沒有依李瓶兒之言，仍舊貪杯夜飲。這裡的夢境是一個預言，是對未來時空事件的描述，是善惡果報的說明，預言西門慶即將面對的命運與劫數，今世的果報，在不久的未來將會作一個了結。

《醒世姻緣傳》則同樣是在夢境中預言小說後續的情節。在前幾回晁源的爺爺不斷入夢，述說著晁源在狩獵時所殺害的狐狸，如何地伺機而動，欲取晁源性命，也預示了晁源終必死於狐精之手：

> 他（註：指狐狸）見我來，將你殺害他的原委，備細對我告訴，說你若不是動了邪心，與他留戀，他自然遠避開去。你卻哄他到跟前，殺害他的性命。**他說你明早必定出門，他要且先行報復，俟你運退時節，合夥了你著己的人，方取你去抵命。**（第三回）

到第十九回，狐狸精終於找到機會，化身為小鴉兒的妻子唐氏，佇立在門口，在夜裡領著小鴉兒前來，殺了與小鴉兒妻子唐氏交歡後相擁而眠的晁源。晁源的妻子計氏在此之前，因為晁源愛妾珍哥的調撥，受屈上吊而死，然而時日已過了十二年，計氏魂魄尚不得轉世投胎，於是托夢給晁老夫人，晁夫人持誦經文超度亡靈，於是她再次入夢。她先感謝晁夫人頌經超度了她，同時她也預告她將轉世，轉世後仍要成為晁源之妾，以報今生之仇：

> 晁夫人夜間夢見計氏還穿的是那一套衣裳，扎括得標標致致的，只項中沒有了那條紅帶，來望晁夫人磕頭，說他前世是個狐狸托生了人家的丫頭，因他不肯作賤殘茶剩飯，桌子上合地下有掉下來的飯粒、餅花子，都拾在口裡喫了，所以這輩子托生又高了一等，與人家做正經娘子。性氣不好，凌虐丈夫，轉世還該托生狐狸念了三千卷寶經超度，**仍得托生女身，在北京平子門裡，打烏銀的童七家的女兒，長至十八歲，仍配晁源為妾。**（第三十回）

夢境裡預告《醒世姻緣傳》從今生延續到下一世的惡姻緣，但在此同時也突顯小說行文的缺失。原來，在晁大舍的夢境中晁老公公說：「你媳婦計氏雖不賢惠，倒也還是個正經人，只因前世你是他的妻子，他是你丈夫，只因你不疼愛他，嘗將他欺賤，所以轉世他來報你。你前世難爲他，他卻不曾難爲你；他今生難爲你，你卻更難爲他。只怕冤冤相報，無有了期！」（第三回）在此處計氏卻說自己「前生時是狐狸托生了的丫頭」，「這輩子托生高了一等，與人家做了正經娘子。」（第三十回）在這兩回的敘述，看到關於計氏和晁源的前世似乎有所不同。

第一，晁源的爺爺說，二人在前世，**爲性別顛倒**的夫妻，在前世種下惡姻緣，今生仍舊爲夫妻，互相爲難。

第二，計氏自己說，在前世裡計氏是爲**狐狸托生的丫頭**，此生化身爲女子，因爲凌虐丈夫，所以來生還要再做了他的妻妾，才好下手報仇，叫他沒處躲逃，對於計氏前世的身份，小說行文有著前後不一的矛盾。另外在第十六回：

> 晁夫人又常常夢見他的公公扯了他痛哭；又常夢見計氏脖子裡拖了根紅帶，與晁源相打；又夢見一個穿紅袍戴金幞頭的神道坐在衙內的中廳，旁邊許多判官鬼卒，晁源跪在下邊，聽不見說的是甚麼話，只見晁源在下面磕幾個頭，那判官在簿上寫許多字，如此者數次；神道臨去，將一面小小紅旗，一個鬼卒插在晁源頭上，又把一面小黃旗插在自己的窗前。晁夫人從那日解救下來，只是惡夢顛倒，心神不寧，又兼邢皋門已去，晁源甚是乖張，晁老又絕不救正，好生難過。（第十六回）

當晁源被小鴉兒取下首級後，晁夫人夢見「晁源披了頭髮，赤了身子，一隻手掩了下面的所在，渾身是血，從外面嚎啕大哭的跑將進來，扯住晁夫人道：狐精領了小鴉兒，殺得我好苦。」晁夫人一聲大哭，旁邊睡的丫頭連忙叫醒轉來，卻是一夢。（第二十回）

關於夢境的預敘情節，另一次在第九十回中晁夫人夢見天神送來詔書：

> 晁夫人睡去，夢見月光皎潔，同同白晝一般……天神宣詔，聲音極其清亮，讀的是文章說話，晁夫人不甚省記，止記詔書說道：「福府洞天之主，必須積仁累德之人。爾鄭氏善行難名，懿修莫狀，是用特簡爾爲嶧山山主」云云。天神宣詔已畢，與晁夫人作賀行禮；請

晁夫人自定赴職之期，晁夫人信口許他三月十五日子時辭世。（第九
十回）

晁夫人得此異夢，醒來正是五更。天神送來的詔書，諭令晁夫人成爲嶧山山
主，同時也讓晁夫人「自定赴職之期」，晁夫人自己預告了辭世的時間，以及
死後的去處。

　　至於《林蘭香》則在夢境中預告人物的未來，例如彩雲母親楊安人，夢
見非比尋常的白豬，在燕夢卿臥房門口守護她：

　　　我昨夜夢見燕家姑娘的臥房門前，臥著一物，其形是豬，其色正白，
　　　滿身毛片，都作星斗之文。我想此豬恐非尋常之豬，或者是神聖因
　　　他孝節無雙，特來保護，亦不可定，將來必有靈驗。況且他上表章、
　　　卻婚嫁，是大有材智之人。（第二十二回）

楊安人勸告彩雲要善待二娘燕夢卿，因爲夢境顯示她是「大有材智的人」，而
在小說中的表現也確是如此。第三十五回則是夢卿夢見的景色：

　　　夢卿撫枕自思……恍然悟道：「是了，那樹木分明是大娘眞形，那萱
　　　草分明是三娘小照，那柔茅、浮萍，分明是四娘五娘現身，那蘭花
　　　分明是我的結果。一聲響後，萬樣皆空，可見人生世上，壽夭窮通，
　　　終歸烏有，又何必苦相爭執哉！（第三十五回）

夢卿預見自己和其它妻妾們的未來。在她的夢中只有大娘雲屏是一株樹木，
如同她作爲正室的身份，看似實在而安穩地生活著，夢境裡夢卿自己化身爲
蘭花，愛娘是萱草，香兒與彩雲分別是柔茅與浮萍。然而，霎時間，「雨隨風
至，勢若盆傾，烟迷霧障，樹林如晦。」（第三十五回）一切樹木、蘭花、萱
草、柔茅、浮萍，都在急風暴雨、天崩地裂，化爲烏有，預言著人生在世最
後終是必走向死亡，妻妾們苦苦相爭所爲何來？然而在天崩地裂的景象後，
「卻變作一塊平田，春耕之後，青畦綠畹，歷歷分明」，似乎也預告著夢卿的
婢女田春畹，將成爲家庭的支柱，她所化身的大地良田，撫育著耿家及燕夢
卿的兒子耿順。第三十九回也有相似的夢境預言。此時燕夢卿斯人已杳，但
因思念母親（指婆婆）康夫人，來到康夫人夢中。在夢裡預言耿朗正室雲屏
及三娘宣愛娘都是有福報而且長壽之人，至於香兒及彩雲兩人因行事風格，
是「彩雲易散，香氣易消」福壽不全之人：

　　　夢卿垂淚道：「大娘、三娘，持家有法，事親有道，壽命永久，可以
　　　無虞。我母正好含飴弄孫，以樂天年。四娘、五娘雖偶有不率教之

> 處，亦不過嬌小癡懶，習慣自然……他兩個聰明機兆，不比尋常，
> 到則怕他彩雲易散，香氣易消。……春碗雖係奴婢，其存心行事，
> 可在大娘、三娘之間。中秋戲語，實乃天定。且其人福祿悠遠，不
> **啻加幾十倍，我母日後自知。」**（第三十九回）

夢卿認爲田春畹雖身爲奴婢卻是個有福祿之人，在康夫人的夢裡這樣敘述
著，在耿朗的夢境中，也如是說：

> 至於春畹亦頂盔貫甲，搖旗擊鼓，大約**此人將來必有大福澤，眞不**
> **在四娘、五娘之下也。**（第三十七回）

這裡說明田春畹是有福澤、大器之人，預言田春畹在耿家未來能掌握大局。
同時，她在家庭裡的地位、受到的恩寵絕不遜於耿朗愛妾四娘、五娘，將是
家庭重要的支柱。春畹後來過繼給耿朗伯母棠夫人，繼承家業並成爲耿順的
繼母，受到朝廷側封爲夫人，不只是耿朗的第六小妾，而是福、祿、壽俱全
之人。

　　《紅樓夢》也在夢境中預言著家庭未來景況，這可見於秦可卿在臨死前
對鳳姐的託夢：

> 目今祖塋雖四時祭祀，只是無一定的錢糧，第二，家塾雖立，無一
> 定的供給水……如今盛時固不缺祭祀供給，但將來敗落之時，此二
> 項有何出處？……若目今以爲榮華不絕，不思後日，終非長策。眼
> **見不日又有一件非常喜事，眞烈火烹油、鮮花著錦之盛。要知道，**
> **也不過是瞬息的繁華，一時的歡樂，萬不可忘了那「盛筵必散」的**
> **俗語。**（第十三回）

秦可卿不僅預示著賈府的今日是「盛時」，未來也終將「敗落」；同時預告著
眼前「又有一件非常喜事」。雖然在此尚未明言「非常喜之事」，即是賈元春
入宮成爲元妃一事，這將使賈家聲勢更加興隆，在讀者期待著「將有非常可
喜之事」的到來時，又必須面對「敗落之時」的到來，在二者之間必然有許
多驚奇之事，這是作者擅於運用讀者的期待心理。同時也表出明清家庭小說
以夢境作爲現實時空的隱喻。

（二）「夢」、「幻」真事隱去的隱喻作用

　　夢境的使用在中國古典文學中是常用的手法，在夢境裡可以展現小說人
物朝思暮想的對象或事物；或預告未來；或作爲勸誡之意；更可以是神遊天
地古今與鬼域的方式。在明清家庭小說中，入夢，一如食衣住行，都是生活

裡尋常的瑣碎細節，然而在家庭小說中夢境的意義，則是使小說自現實時間、空間中，合理的抽離，人得以徘徊遊於夢境／夢中的幻境，並以此回應現實，同時以幻夢比喻眞實人生。夢境中超時空的描寫，即補足寫實時空中無法描寫的部份——人們透過夢境看到過去或未來，補足家庭小說直線前進的敘事時間之不足。

《紅樓夢》的夢境是多重隱喻。《紅樓夢》不斷地用對比的手法呈現這個世界虛虛實實，不斷地隱喻眞實世界。然而寶玉未能悟此虛實眞義，倒了悟男女情事，夢中寶玉有巫山雲雨之會，回到現實世界中更與襲人完成男女情欲之事，寶玉最終明白了生命原來是幻海浮沈，了解了浮生若夢。我們亦瞭解「夢」在《紅樓夢》中所佔的樞紐地位，「夢境」成了寶玉一生／大觀園／賈府／故事的牽引。

在《紅樓夢》中，當寶玉在大虛幻境和警幻仙子之妹兼美，柔情繾綣軟語溫存難解難分，兩人携手出去遊玩之時，突然行至一迷津，只見：

> 深有萬丈，遙亘千里，中無舟楫可通，只有一個**木筏，乃木居士掌舵**，灰待者撐篙，不受金銀之謝，**但遇有緣者渡之**……（第五回）

但話語未了，寶玉被一群夜叉海鬼拖將下去，寶玉嚇得失聲尖叫：「可卿救我」，在現實裡陪伴寶玉的是襲人等丫鬟，聽到寶玉的夢囈，襲人等眾丫鬟都趕忙上來摟住他。這迷津即是賈府裡種種世俗生活，是迷誤虛妄的境地。能渡寶玉者只有一「木筏」，只有「木居士」，但是木筏和木居士，也只能度「有緣人」。那麼，這木筏和木居士，所指爲誰呢？是否爲黛玉，或者正暗示黛玉和寶玉，他們的「木石前緣」在渡迷津時，仍然是風雨飄搖仍是無緣可續？只能在茫茫人世裡浮浮沈沈，他們終究要散落，「但遇有緣者渡之」是否已暗示著最後的結局，是所有的細節已指向一個可能臆測到的終局呢？是否，作者已若有似無地指向寶玉和黛玉愛情悲劇的結局。

這太虛夢境，延續著赤瑕宮之情，也預示著在賈府裡的寶玉、黛玉這一世是「可憐風月債難償」，這一對男女終究要浮載於「孽海情天」中。寶玉終究沒能渡河，又墜落在女兒們的溫柔鄉中，在襲人丫鬟的溫柔簇擁中浮沈，直到寶玉勘破這一切，才能了無牽掛的飄然而去，這是在太虛幻境裡一再預示的情節。以夢境喻眞實，這也是時間幻化的手段。在日常寫實的家庭生活中，夢境是既寫實又虛幻，同時也把古往今來的現實及虛幻的時間雜揉在同一個片刻。

　　《紅樓夢》另一個重要的夢境，是賈寶玉神遊太虛幻境，是「夢境」也是「幻境」，在太虛中警幻仙子帶寶玉到「薄命司」，翻閱了記錄《金陸十二金釵》的正冊、副冊、又副冊，在這些冊子裡所載錄的詩文，充滿了對於賈府女子們命運的暗示：黛玉因情含怨早逝、元春富貴不久長、探春遠嫁、晴雯被逐病逝、香菱難產而死、襲人終究得到蔣玉函的憐愛。〔註111〕賈寶玉夢遊太虛幻境，這是一個可供人們反復解讀的謎語，其間蘊藏著文化密碼和敘事脈絡。《紅樓夢》第五回提到「春夢隨雲散」、「假作真時真亦假，無為有處有還無」，「預敘的文化審美格調確定下來了，它是真假、有無錯綜，閃爍著佛教和道教的幻影。」〔註112〕這裡預敘了賈府人物及賈府的未來及終局，預示人世的真與假、夢與幻，一切都是變化無測，並敘說著對於生命的無奈感。

　　葉朗認為曹雪芹的「情」和「夢」，是承繼湯顯祖的寫夢，因為他們都肯定「情」的價值，追求「情」的解放。雪芹也是因為自己的審美理想現實中不能實現，而「因情成夢」，寫了這部《紅樓夢》，〔註113〕也如《牡丹亭》所言：「原來姹紫嫣紅開遍，似這般都付斷井頹垣」、「良辰美景奈何天，賞心樂事誰家院。」寶玉曾二度到太虛幻境，警幻所管的太虛幻境是幻境亦是夢境。「警幻」，不正是由「幻」境、夢境中，透過金陵十二金釵及副冊或又副冊，

〔註111〕《紅樓夢》第五回：

人　物	十二金釵詞	圖　畫
黛玉	可嘆停機德，堪憐詠絮才。 玉帶林中掛，金簪雪裡埋。	兩株枯木，木上懸著一圍玉帶； 一堆雪下一股金簪。
元春	二十年來辨是非，榴花開處照宮闈， 三春爭及初春景，虎兕相逢大夢歸。	一張弓，弓上掛香櫞。
探春	才自精明志自高，生於末世運偏消。 清明涕送江邊望，千里東風一夢遙。	兩人放風箏，一片大海，一隻大船，船中女子掩面泣涕。
晴雯	霽月難逢，彩雲易散。心比天高， 身為下賤，風流靈巧招人怨。 壽夭多因毀謗生，多情公子空牽念。	水墨滃染的滿紙烏雲濁霧而已。
襲人	枉自溫柔和順，空云似桂如蘭； 堪羨優伶有福，誰知公子無緣。	一簇鮮花，一床破席。
香菱	根並荷花一莖香，平生遭際實堪傷。 自從兩地生孤木，致使香魂返故鄉。	一株桂花下有一池沼，水涸泥乾，蓮枯藕敗。

〔註112〕楊義，《中國敘事學》，頁156。
〔註113〕葉朗，《中國小說美學》，1987年6月，台北，里仁書局，頁259。

提出對寶玉及其他人物的生命「警」訊。警幻仙子預告賈府命數將盡，直言：

> 今日原欲往榮府去接絳珠，適從寧府所過，偶遇寧榮二公之靈，囑
> 吾云：吾家自國朝定鼎以來，功名奕世，富貴傳統，雖歷百年，奈
> 運終數盡，不可挽回者。故遺之子孫雖多，竟無可以繼業。（第五回）

然而太虛幻境／大荒山所指涉的神話時空，不正是書寫了神話世界裡的荒謬
和超越：幻境裡的荒謬，和了悟了一切——最終又回到青埂峰（回到初始）
的超越意義。荒謬的神話情節引領我們自現實世界進入幻覺世界，表現極致
的超越與追求。〔註114〕賈府子孫眾多，竟然無可繼業者，那麼，備受賈府
上下疼愛的寶玉呢？他將會如何？這必然使讀者對於後文的情節發展充滿
好奇，這裡雖然預示後文的部份情節或結局指向，反而能使讀者有閱讀期待。

賈府的功名奕世、百年富貴，終於走到「命數將盡」之時，為什麼會氣
數將盡？是否是命運使然，那麼命運又由何而來？《紅樓夢》首回言大荒山
的頑石刻著文字，頑石所鏤刻的是過去的經驗，還是預告未來的命運呢？

「氣數將盡」在中國文化的認知裡似乎是自然發生的事，因為人世間裡
是沒有永恆的美好，這是對於生命的體認是從史書的記載而來，歷史往往告
訴我們，禍福相倚、起落相伴、朝代更替都是必然的，一如四季的更迭以及
生死命限。家庭小說在此則成為某一個大時代的縮影，更能具體而微地表現
文化思想。因此才有秦可卿對賈府富貴榮華的預言，這一切也不過是瞬息的
繁華，一時的歡樂，然而最終仍是盛筵必散，如第一回作者所言：

> 此回中凡用「夢」用「幻」等字，是提醒閱者眼目，亦是此書立意
> 本旨。」（第一回）

這裡提醒著賈府的盛衰一切如幻似夢，隱喻了現實的人世。

（三）召喚前世的記憶

《醒世姻緣傳》有一個饒富興味的夢境，原來狄希陳娶素姐為妻大喜之
日的前一晚，素姐夢見一個兇神似的人，一手提著個心，一手拿著把刀，對
素姐說：「你明日往他家去呀，用不著這好心了，還換給你這心去。」於是開
膛剖心，把素姐的心換了去。素姐嚇得大哭不已，她的母親只能安慰她：「夢
兇是吉，好夢。我兒，別害怕。」（第四十四回）從此素姐的言語行徑竟是換
個人，一個「恍若仙女臨凡」（第四十四回）變成語行潑辣、忤逆公婆、虐待
丈夫的惡媳婦。

〔註114〕《古典小說散論》，台北：大安出版社出版，2004年11月，頁298。

　　原來是素姐的心被換成為前世復仇的惡心，問題是那位「兇神似的人」是誰呢？為什麼要換了心才能把深層潛意識裡對狄希陳前世的怨給召喚出來呢？小說不斷用素姐今生是為了報前世之仇等語言，來描寫素姐對丈夫的欺凌，那麼「換心」的動作卻又使素姐的報仇成了被動／被支使的行為。是否是前世的自己（狐精）透過換心的動作召喚了前世的記憶，使得今生時刻虐待丈夫的動機被放置在深層的潛意識之中。另外一個素姐召喚前世記憶的夢則是：

> 夢見我在空野去處自家一個行走，忽然煙塵槓天，回頭看了看，只見無數的人馬，架著鷹，牽著狗，拈弓搭箭，望著我捻了來。叫我放開腿就跑，看看被他捻上，叫我趷倒地，手腳齊走。前頭可是隔著二條大江那江番天揭地的浪頭。後頭人馬又追的緊了，上頭一大些鷹嚷著。叫我極了，沒了去路，鋪騰往江裡一跳，唬得醒了，出了一身瓢澆的冷汗。（第八十五回）

這裡明白說明著她的潛意識不斷釋放她是個狐狸的訊息，也不斷喚起讀者關於晁源獵殺狐狸的印象，以及原本希望晁源能營救自己的千年狐姬，卻命喪晁源的羽箭之下。夢境將過去、現在甚至未來的時空雜揉在一起，並使人物性格的驟變能有個合理的解釋。然而，夢是虛、現實是實；素姐換心是假，現實中成了惡媳婦是真；前世的業成了今生的夢境，今生的行為又回應前世的孽緣。夢境成了召喚前世記憶的演出場域，也使前世和今生有了合理的聯結。

三、鏡子——對比現實的時空

　　《紅樓夢》中鏡子的意象極為鮮明，鏡子是現實世界的倒影，沒有時間或沒有空間的存在，然而，它卻令人感到真實無比。「這個鏡子，使我在凝視鏡中的我時，那瞬間，它使我所在之處成為絕對真實，並且和周遭所有的空間相連，同時又絕對不真實。因為，為了要感知它，就必須穿透存在那裡面的這種虛像空間。」〔註115〕鏡子，是不可掌握無法觸及的異質時空，這個不真實的空間，「卻允許我能看見自己出現在我並不存在的地方。」〔註116〕在《紅樓夢》中，鏡子幾度對比現實，照映生命的真實相。

〔註115〕米歇・傅柯（Michel Foucault），〈不同空間的正文與上下文（脈絡）〉，陳志梧譯，夏鑄久、王志弘編譯，《空間的文化形式與社會理論讀本》，頁403。
〔註116〕尚杰，〈空間與異托邦〉，《法國當代哲學論綱》，頁85。

　　《紅樓夢》的意象之一——鏡子，它是賈府裡現實人世的虛擬的表現。夢境表現生命的虛幻，而鏡子則對照現實的荒謬。元妃遊大觀園，見石牌上「天仙寶鏡」四字，此處不僅借「鏡」／「境」的諧音，暗示出這片美麗多情的世界不過是「太虛幻境」，似乎預示了元妃享盡榮華富貴卻早逝。寶玉遊太虛幻境空靈殿時，警幻仙子在太虛中也以寶鑑開示寶玉，期其了解人世的虛幻。脂評說「風月寶鑑」是「點明」、「言此書原係空虛幻設」、「與紅樓夢呼應」（第十二回，庚辰批語），「風月寶鑑」所照見的是「紅樓」之夢，是與現實世界相對的幻境，在脂評第五回更明白指出：「萬種豪華原是幻，何嘗造孽，何是風流。曲終人散有誰留，爲甚營求，只愛蠅頭。一番遭遇幾多愁，點水根由，泉湧難酬。」（第五回，回前總批有正本）這虛虛實實只爲了讓世人明白，生命的繁華富貴全是過眼煙雲。

　　另外，賈瑞迷戀著鳳姐，卻遭鳳姐設局，在日思夜夢內外夾攻之下發了病，賈瑞因而病重，但他仍無法忘情於鳳姐。就在生死存亡之際，有日來了個專治冤業之症的跛足道人，他帶來一面來自「太虛幻境空靈殿上，警幻仙子所製，專治邪思妄動之症，有濟世保生之功」的鏡子，重點是它只能給「聰明傑俊，風雅王孫」等人看照，而且「千萬不可照正面，只照它的背面。」（第十二回）這裡以鏡子／現實世界作反比：來自空靈殿警幻之手的鏡子，只給聰明之人及王孫貴族人照。然而，賈瑞果眞是聰明俊傑？果眞仍是富貴之家的王孫貴族？事實上，賈瑞父母早亡，祖父賈代養育長大，「家道淡泊」（第十二回），又被鳳姐要了幾回，著實是個被情欲薰心的傻瓜。跛足道人帶來鏡子時已讓我們認清這一點。

　　賈瑞在鏡子的兩面抉擇生死情欲時，不理會跛足道人的叮囑，放棄了能與之生的鏡子背面——因為它呈現出骷髏相，而那是太眞實的人生現實面；賈瑞注視著鏡子裡映照著鳳姐美豔身影的鏡子正面，並沈溺其中，因而耗盡生命的能量，甚至「走入了鏡子，與鳳姐雲雨一番」、「如此三四回」。鏡子正面代表著欲望與沈淪，賈瑞選擇沈淪於無邊欲海，終至走上死亡一途，然而將要被死神給帶走前，他仍不捨鏡中的美麗世界，叫道：「讓我拿了鏡子再走」，正「所謂醉生夢死」（第十二回庚辰批語）。賈代儒夫婦悲傷不已，遂命人架火燒掉妖鏡，此時只聽見風月寶鑑哭著說：「誰叫你們瞧正面了！你們自己以假爲眞，何苦來燒我？」（第十二回）是啊，痴傻的人們如何將人們無止境的欲望付之一炬呢？

鏡子所表現的不過是人心中無限沈淪的欲望罷了。看不清生命本質的賈瑞，在凝視鏡子時，只願看著鏡子正面，然而美麗身影在生命的最終，不也只是一具骷髏頭而已，不論正面／反面，欲望／死亡，鳳姐／骷髏相，眞／假，虛／實。到頭來，人們自以爲眞實存在的，只不過是一個美麗的幻影。

另外，劉姥姥二度入賈府，首次觀賞大觀園時，和賈母吃喝酒食，爲了要如廁離席，因爲「年邁之人，蹲了半天，忽一起身，只覺得眼花頭眩，辨不出路徑。」（第四十一回）走了半天，忽見一帶竹籬，順著花障，著石子甬路走著，來到了一個房門，撞上畫著女子相的牆，接著在書架與屏架間，找到了一個門，劉姥姥看著「迎面而來」的她的「親家母」，說道：「你想是見我這幾日沒家去，虧你找我來。那一個姑娘帶你進來的？」又說：「你好沒見世面，見這園裡花好，你就沒死活戴了一頭。」然而迎面的親家母沒回答，忽然劉姥姥明白了，這是富貴人家才有的穿衣鏡，她心想：「這別是我在鏡子裡頭呢。」最後，明白了：「再細一看，可不是，四面雕空紫檀皮壁將鏡子嵌在中間。」一面說著時，一面只管伸手摸，終於開了機括，進入了寶玉房裡。

這一段是劉姥姥誤闖寶玉房間，同時又描寫大觀園的細緻景觀，特別是劉姥姥見到鏡子的描寫。劉姥姥只聽說過富貴人家才有的穿衣鏡，因此沒見過鏡子的她，誤把自己當作是來尋她的「親家母」——肯定也是莊稼人家，因此才會問那一個姑娘帶她進來，又把自己被鳳姐「將一盤子花橫三竪四的插了一頭」的樣子（第四十回），誤以爲是沒見過世面的親家母，見園子裡花開得豔，才「沒死活戴了一頭」。這些誤解同時使讀者透過鏡子，看到劉姥姥的樣貌形象，最後當劉姥姥明白這就是鏡子時，她說道：「這別是我在鏡子裡頭呢。」足見劉姥姥很清楚鏡子外的現實和鏡子裡的虛構時空，即使這是劉姥姥第一回看見鏡子，但她的心卻是清明的，這倒和賈瑞有極大的不同。

莊嫁農婦的劉姥姥面對鏡子和賈瑞面對鏡子，呈現完全相反的意象及隱喻。賈瑞執迷於鏡子裡的欲望人生，劉姥姥透徹生命裡的實有與虛假，因此當劉姥姥在認清現實／鏡子的虛假後，立刻回復她要找到出口的想法，毫不留戀地打開可以開合的鏡子，回到眞實人世裡。賈瑞最終因欲望命喪於鏡子呈現的虛假世界，劉姥姥則保持著眞實及善念，她看著賈府的起落，最終還救了鳳姐的女兒巧姐兒。一面鏡子，映照出生命裡的虛實，以及人面對虛實人生的不同情態。

第四節　結語

　　日常的時空書寫現在的、當下的生命經驗；歷史的時間，則殷鑑過去隱喻未來的時空；神話時間則是去時間性、無時間性的永恆存在；當人們無法成佛成仙時，便將永恆寄託在一個不斷流轉的輪迴時空，使當下的、現實的時空得以繼續延續。因此，永恆成爲現世的安慰，輪迴則辯證了現實存在的善惡美醜，使日常的寫實時間裡所有的作爲，有所隱喻，生命因而有了更大的寬度及厚度。

　　明清家庭小說透過空間書寫豐富的時間意涵，從最小單位的「家」的宅院裡，寫出現實人事的紛擾、權力地位的爭奪及展現。並安排可以在現實時空裡來去的智慧老人，暗示人們時間的流轉一去不復返，然而智慧老人本身已消解了時空的現實性，表現了現實時空是直線的、不斷流逝的。小說所建構的輪迴時間、神話時間才是循環不已的、永恆存在的時空。

　　家庭小說中，描寫眞實家庭生活中的生老病死、悲歡離合，因此特別突顯時間這個話題。然而在現實人生裡，人終必面對失去及死亡，人們又眷戀過往曾有的、當下正擁有的一切美好，因此，「渴望永恆」成爲存在的想望。然而「永恆」在那裡？《金瓶梅》、《醒世姻緣傳》從永世的輪迴裡去找尋；《林蘭香》則將足以作爲人們典範，有美好品德的女性放置在天上，成仙成佛，使得人的生命可以超拔。即使人間一切終究如夢似幻，或付之一炬，即使連回憶都無人可再述說時，人間的美好仍可銘刻在天上。《紅樓夢》裡的神話，《金瓶梅》、《醒世姻緣傳》的輪迴，都是對於永恆存在的渴望。

　　輪迴時空不斷延續今生，與神話建構的永恆時空，都補充家庭小說中現實時空的描寫。輪迴使生命得以重覆，也使得不圓滿的此生，在來世可以重新開始。然而，輪迴最大的意義即在此生現世的安頓。與輪迴並不相同，神話時空提供了人們在現實世界中更大的想像，以想像人間達不到的永恆和美好。在神話時空裡，時間的意義被取消，使生命得以永恆。在短暫的人生中，人們如何從太多算計的現實生活裡超脫，夢境是最好的空間，夢境裡是可以自由變異，然而，人們在夢境中仍不能忘懷於現實時空，夢境仍然隱喻人生。

　　現實時間裡的寶玉一度回到了神話空間——太虛幻境，太虛幻境裡有著十二金釵的書冊，預示了女兒們的未來。小說的前五回鋪設了小說的起始與終局，五回後演繹了紅塵一世，彷彿是大圓圈內置了小圓圈，神話的廣大的時空／無限時空裡包含了人間的小時空／有限性時空。然而太虛幻境要對比

的現實的人生，以開示人們人生由來一場空。

　　《紅樓夢》裡石頭的神話，從遠古的棄石到人間的玉石，再回到山腳下一塊銘記了人間傳奇的文字。神話在中國小說的情節中，往往有其特殊的意涵。中國神話裡的時間，超越了凡俗的時間，在神仙的時間裡都是歡樂、愉快而美好的。當人們陶醉於神話世界或仙界時，人們再也感受不到時間的逝去，因為那就是美好與永恆的境界。然而人們「偶然」進入神仙的永恆時間，往往也只能是「偶然」的交集，人們終必回到人間，回到日常普遍時間裡，但此時卻往往驚覺，天上數日，人間悠悠已過百載。

　　現實時空裡的大觀園如同無時間性存在的太虛幻境，都是開示寶玉悟空的一場夢境，也同樣是去時間性的神話空間。不論是夢境、幻境或者如夢似幻的鏡子都透顯出執著於美麗世界的可笑，那是鏡中花、水中月啊！一如《紅樓夢》中所顯示的寓言：讀者啊！這一切不過是真事隱去，假語村言，如夢一場罷了！在明清家庭小說中，往往會找尋一個關於「永恆」的主題以對比現實人生的有限性。輪迴、成仙成佛、都是建構永恆可能性的方式。

　　人活在世界終究必須在時間裡度過生、老、病、死。人們希望長壽，擁有永恆圓滿時空。小說神話情節的荒誕精神使得我們跨越現實和理性的藩籬，進入超現實人生、不死亡永恆的境地。然而，但是人們終必正視生命的有限性，這是人間的缺憾，更突顯神話時空永恆的存在。同時，神話的意義在於處理人的世界所面對的問題，〔註117〕而神話所連接的是民族、信仰與文化的深層問題，而這一切都回到人自身存在的處境，以及對宇宙世界的看法。〔註118〕

　　至於鏡子和夢境，都是觸摸不到實體的存在。人們在夢境中，如同在真實人世裡，或獨自悲喜，或給予現實人物命運的警示，這是虛構時空裡對於真實世界的提醒。人們站在鏡子前面，看到相反的事物，看到了實體的存在，卻碰觸不到實體，感受不到生命的溫度，然而，鏡中的世界卻又如許真實地展現在眼前。

　　如果說大觀園是對應著賈府現實時空的理想存在；太虛幻境則是相對於大觀園的虛構空間；那麼大荒山便是相對於短暫人間的神話且永恆的存在，

〔註117〕（德）卡爾—弗瑞德里希（Carl-Friedrich Geyer）‧蓋爾，《神話的誕生》，台中：晨星出版社，2006 年，頁 33。
〔註118〕Joseph Campbell，李子寧譯，《神話的智慧——時空變遷中的神話》，序文，頁 5。

至於鏡子，則是賈府裡每一個人，每一個人生命既虛假又現實的存在。作者不斷以虛構的、理想存在的時空，對比著《紅樓夢》兒女們的現實存在，把時間、空間既魔幻又寫實的呈現出來，同時展現人間的欲望以及欲望帶來的存在困境。《紅樓夢》的作者渴望在人間找尋一個樂園、一塊淨土，然而「桃花源」終究難以回答人間淨土如何可能的問題。因此作者不斷在小說裡建構各種可能的時空，人間的賈府、桃花源似的大觀園、超拔於凡塵俗世的太虛幻境、以及消解時空回復到人類太初原始的大荒山、安置想像存在於現實人生中，卻又十分虛幻的夢境，以及人間最為謬誤的時空——鏡子。

明清家庭小說便是在這樣現實／虛構、現實／理想、現實／非現實性的世界中，不斷地作二重對比的時間與空間中，真實又虛構中開展出家庭小說的時間性論題。在家空間勾勒的圖景中，有一片關於時間的風景，不論是時間在空間裡移動，或者空間在時間的長河裡置換它的面貌，最後時間和空間交織成記憶裡的圖象，成為遊子歸鄉後對家的眷戀，形成了鄉愁，這就是來自於對家的記憶。

明清家庭小說書寫家庭敘事，家庭裡的時間和空間成為重要的文本內容，然而，我們要討論的不是家屋建築，而是較為抽象的家的空間。空間往往連接權力，在家庭宅院中，居中者多半是擁有較多的權力、能支配空間的主事者，或者為家長、男主人，或者是能影響主事者的人，例如男主人的愛妾。宅院裡有太多的建築其實都饒富意義，連山水曲廊、假山涼亭、匾額掛幅都指稱家庭的文化意義。宅院裡的某些空間，屬於家庭人物自己的私密空間，之所以私密，是因為它潛藏人物的情感和記憶，還有時間過後遺留下來的痕跡。

家是家庭成員的活動空間，家中有許多是擁有個人記憶的私密空間，如臥房、箱奩、閣樓、花園秘密的角落，以及半開放的場所——陽台，這些地方保存舊物，編寫過去的時間，然而，正因為它是屬於個人的私密空間，一旦空間消失，記憶則無法被留存。

明清家庭小說發展到了《紅樓夢》，並不把眼光侷限在人間，而是包含了生命所有的可能性——天上、人間。小說演繹的時間裡，包含著人間不斷向著死亡前行的時間，同時也包含不斷輪迴、或無限延伸的永恆神話時間，並在其中交錯進行。夢境則是天上人間時空幻化最好的表現場域，人們得以在這個超現實的時空裡隱喻現在及未來。夢境也可以作為追敘、補敘情節的敘

事手法，只是明清家庭小說中所使用的夢境多半作爲預告的意義，提點後文的情節發展義。不論是先行預告情節的話語或者是夢境的描寫，都使得明清家庭小說的敘事時間得以在過去、未來及現在中交錯演出，補充家庭寫實時間的單向性，同時表現人物面對存在的困境及感受。

第六章　明清家庭小說透過時間表現的文化意涵

第一節　人對於永恆時間的渴望

　　家庭小說的時間刻劃，是人們對於「時間」的各種理解及想像。明清家庭小說中四時、節令的書寫，不斷喚起人們對於自然時間的注目。然而，明清商業發達、城市興起，所寫家庭又多是官賈富商，家庭人物自然不能再回到日出而作日落而息的生活型態。家庭小說中更進一步關注帝王紀年及年月日的寫實時間，「家庭」時間是與「社會」生活連結，表現社群的共同存在，以及所建構的文化時間。

　　《金瓶梅》和《醒世姻緣傳》都強調今生來世的輪迴，《林蘭香》雖不強調輪迴，但也展現了天上／人間對比的神話／現實時間，《紅樓夢》強調神話時間，因此在此四部家庭小說中都有一種圓形的時間，都與人間的直線時間有所交錯。在人間不斷書寫直線時間裡與圓形時間的交互及影響，是源自於人們對於永恆時間的渴望。

　　有關於圓形時間的使用：在《紅樓夢》中大荒山無稽崖青埂峰下的棄石，原為女媧補天所用，沒想到單剩此石未用，那知棄石自經煅煉後，靈性已通，遂自怨自歎，終究得到僧道所携入了紅塵一歷榮華富貴。棄石成了人間美玉，而銜玉而生的寶玉即棄石幻化而成，待劫終之日還復本質，美玉──寶玉復歸於山腳下，成了寫滿人間傳奇的刻石，然而石頭的存在主體並未被消解。

石頭——變成美玉、銜玉而生的寶玉——最後又回到青埂峰下，回復到刻寫文字之石，如此，石頭神話首尾相接成了一個「循環的」、「去時間性的」、「可倒流的」、「具永恆時空性」的圓形時間。

《紅樓夢》的第一百二十回和第一回形成一種圓型的敘事時間，小說的敘事時間可分幾個層次來說明：寶玉來自大荒山又歸向大荒山，這是**第一層**的神話時間。**第二層**是寶玉墜入塵俗，來到賈府的十多年，是小說主要的故事時間。**第三層**則是小說的敘事時間，加入了空空道人二度所見補天棄石上鐫刻之字，甚至抄錄下來，在急流津覺迷渡口遇見賈雨村，賈雨村要空空道人將抄錄的偈文交給悼紅軒的曹雪芹。曹雪芹見此名喚《石頭記》的傳文，笑道：「果然是假語村言」。

第三層的敘事時間既是包含／同時也解構前二層的神話時間及故事時間，時間在這裡顯示出來的意義，並不在「時間」本身，而是透過表達時間的語言文字呈現出來的隱喻，「大荒」山、「覺迷」渡口、「空空」道人、「假雨村言」、「悼紅」軒（哀悼紅塵），都是人在世間（空間）的迷失，時間空間的變異，指出人們在洪荒以來從古至今，不能覺透、不能忘懷的是紅塵俗世喧嘩演出的情感。

家庭小說年月日的編年實錄時間，以及前朝皇帝年號的寫錄，加強小說敘事時間的真實性。家庭小說同時強調自然時間的書寫，寫四季的變化及節慶的進行。《金瓶梅》把時間寫成一個輪迴的時間，但這輪迴的時間是可被超凡的時間老人給決定的、是可被改變的時間。（普靜師父決定了孝哥兒幻化而去的時間，度化了西門慶等人）。《醒世姻緣傳》直書輪迴二世的時間，但再沒有一個強者／超凡的智慧老人可以決定小說人物的未來，晁源／狄希陳的前世今生其實是晁源偶然地決定自己的命運，〔註1〕在射殺狐精後才展開二世的輪迴，原本要六十年的冤家廝守，因對虔誠誦經悔過，「一切冤怨，盡行消解」，孽緣三十年便償清前世恩怨。這時輪迴的主體性是交回人的手中，行惡行善盡是自己的選擇。

輪迴的時間，其實更接近四季流轉以及鐘錶時間的概念，輪迴的時間是

〔註1〕樂衡軍，《意志與命運》，頁238～239，說明了：**偶然命運觀是成立在時間之上。時間就是運動，在運動中，才能形成命運的因素——包括事件和人物——從別的時空搬運到一聚合相遇的時空，而後命運得以生成。「命」是根本，「運」是一時的。是一個戲劇化的時間，未曾估計的人事突然輻輳在一個中心點，然後一切事物必產生巨大的變化，於是形成了的情境、新的秩序。**

生—死—生—死，如同四季的循環：春—夏—秋—冬，它是不斷循環著的，鐘錶時間觀也不斷地在 24 小時中擺盪著。人們企盼的是永恆且美好的時空。日常的時間是不斷流逝，剎那生滅；而神話時間則是不能以日歷時鐘來衡量的「非時間性」〔註2〕，是可循環的、可重覆地被實現的。神話遙指時間的永恆性，而輪迴托生的時間，把天上的永恆時間安置在人間，因為人們渴望永恆且圓滿地擁有時間的整體性。

因此可說，命運在這悲劇中有任何意義，有一半的意義是歸於人類，另一半則是寄寓在人之外的宇宙中。〔註3〕換句話說，人也須為自己的悲劇負一半的責任。如若沒有前世今生來世的作用，人的自由似乎可以任意行使，生命存在的時間，是直線時間前往，無法回頭的。然而，透過果報強調輪迴，也強調時間的可回復性，這使得人們現時的行為，對於未來生命的作用有所警惕，而以未來作為此生必得努力的交換，其實強調的，仍是人當下、生命存在的自主性。

直線時間和圓形時間，它們是彼此衝突的，因為自然時間以及歷史敘事時間都是一去不復返的時間狀態。圓形時間，使人類的時間有了回收／往復的可能，可以預知未來，也可以修改命運。圓形時間和直線時間的交互及衝撞，表現出的是人的意志及主體性，人對於自我生命的抉擇。

因為生命的短暫，所以人們企慕永恆，人們投射未知的世界更多的神話想像，好填補生命的種種缺憾。在宗教引導之下，人們用輪迴時間以安置人間時間永恆的可能。不論是輪迴時間或者神話時間的安排都是人對於永恆時間的渴望，然而，即使是被輪迴所命定的時間，人們仍有一半的能力／機會得以改變未來。例如《金瓶梅》的吳月娘讓孝哥兒出家、收養玳安為子，改變西門家的命運及自己的未來。《醒世姻緣傳》中晁夫人的善行改變家族命運，念經持誦的狄希陳也使自己和素姐六十年的孽緣，在三十年後便化解。

〔註2〕 關永中，《神話與時間》，頁 75～114，**非時間性**：指不受歷史時間的規範、無過去與將來，不能以日曆、時鐘來衡量。**超歷史的時間**：指神話的事跡，不在歷史中顯示，人物也非歷史人物。**可倒流的時間**：在宗教儀式與神話故事的頌讀中，使神話時間一再被呈現。

〔註3〕 樂蘅軍，《意志與命運》，頁 273。

第二節　四部家庭小說構成成長性的時間歷程

　　一般而言，成長小說（Bildungsroman）是指小說人物啓蒙、發展到啓悟的過程，或表達小說成長、希望、幻滅的主題，表現生命的成長歷程。在明清家庭小說中，我們看不到太多人物有這樣的成長啓悟歷程，例如西門慶、潘金蓮、晁源、珍哥、耿朗、任香兒、林黛玉等人，都沒有所謂的啓蒙到啓悟的過程，除了賈寶玉在小說最後對於生命有所了悟，他對人生、對情感、對生死是逐漸悟透，最竹後寶玉幻化遠去。至於也幻化而去的孝哥兒則不同，他並沒有自覺地成長。

　　《金瓶梅》裡孝哥兒遁出紅塵的情節，是因爲孝哥兒的母親吳月娘與普靜師父曾有約定。在《金瓶梅》中，孝哥兒幾乎是個背景人物，未曾開口言語，沒有任何戲份，我們看不到孝哥兒的內心情感掙扎或有所啓悟，讀者只看到他是西門慶的遺腹子，可能是西門慶死亡那一刻投胎轉世的靈魂，因此我們不能證明，孝哥兒是西門慶對紅塵的覺醒，事實上，《金瓶梅》裡的這些人物，特別是西門慶、潘金蓮等人都是在欲望橫陳的浮世男女。

　　人物的成長，即是在小說時間的展開中完成。巴赫金在《小說理論》中曾言：「人在歷史中成長這種成分，幾乎存在於一切偉大的現實主義小說中。」然而，若將「家庭小說」作爲一個整體，一個人物，我們可以看到這四部家庭小說表在時間敘事之下，勾勒出家庭小說的成長歷程：家庭小說的成長歷程，是從《金瓶梅》欲望橫流、青春肉體的追求；到《醒世姻緣傳》對於肉欲橫陳仍有所描寫，但更進一步寫因果報應及反省；《林蘭香》則有更多對於情感、對百年時間不過是一彈詞一夢幻的反省；到了《紅樓夢》，全書不斷敘說人生一夢、富貴如雲，終於道出「好了歌」，對於存在有所啓悟，足見「家庭小說」逐漸向靈魂層次提升。這是明清家庭小說的成長歷程，就在賈寶玉拜別父親，與一僧一道飄然遠去時，完成啓悟的過程。這四部書連綴成一個家庭小說的成長史。

一、青春及欲望

　　時間如逝水般流過，沒有回返的可能，人因而面對此在的課題，同時也面對從青春到死亡的變化，形成家庭興衰的變化。家庭小說所寫的家庭生活，描寫人事的紛擾，青春意味生命中稚嫩或充滿理想的歲月，多半刻劃生命中歡愉而美好的歲月，是對情感的想望或者欲望的追求。青春表現在小說中便

成為一種象徵符號，作為生命綻放的姿態、充滿冒險性、對未來充滿希望。然而青春並不久留，在日曆扉頁撕去的同時，青春也漸漸消逝，是無可挽留，卻又不得不放手的美好時光。人終要經歷生老病死，每一個家庭都會面臨榮枯興衰，家庭小說記錄了人的存在，以及如何面對存在的問題。青春過後是現實裡最殘酷的存在，美好只存留在記憶中，紅顏已老，英雄生華髮。對於肉體欲望的追求，也是青春的一種表現，這個部份在《金瓶梅》及《醒世姻緣傳》有較多的書寫。

《金瓶梅》裡西門慶、李瓶兒、潘金蓮、龐春梅、陳敬濟這些人，他們年輕而短暫的一生中，青春的時間所連結的是耽溺於肉體的無盡欲望。潘金蓮是其中的代表，她不滿足於丈夫武大郎，於是與王婆勾結，害死丈夫，成為西門慶的愛妾，她享受青春的肉體，最終也得承擔沈溺於無窮欲海的後果。李瓶兒亦然，丈夫花子虛不能滿足她，於是她期待能投入情郎西門慶的懷抱。但好事多磨，李瓶兒不耐空閨寂寞，先嫁蔣竹山再嫁西門慶。李瓶兒和潘金蓮都是對自己原來丈夫的不滿足，最後都投入西門慶懷中成了他的妾。李瓶兒短暫的生命葬送在自己的情感欲望上，她對西門慶動真情，但無法抵抗潘金蓮的醋意，終於賠上自己及兒子的性命。

《醒世姻緣傳》裡寫珍哥和晁源的青春欲望，晁源追求青春的小珍哥，珍哥追逐著可以滿足她欲望的男人。後來珍哥因誣陷冤枉了晁源嫡妻計氏與僧道有姦情，逼得計氏吊死，珍哥也問個絞刑。在獄中因為有晁源銀兩接應，她成為獄中少奶奶。她和家僕晁住有曖昧、在監裡養漢、和刑房書手張瑞風共枕眠，和季典史同宿共歇，最後還是喪命監院。前世裡肉欲橫流，寫下欲望的一世。晁源和小珍哥也把欲望的滿足當作存在的一種方式，只不過兩人都賠上了性命，也把「來生」的幸福在這把賭注中給押上了。《醒世姻緣傳》在此是沿續《金瓶梅》寫出人物對於欲望的追逐。

《林蘭香》裡的耿順，似乎是走出從《金瓶梅》、《醒世姻緣傳》一路下來的肉欲傾軋的沈淪，漸漸走向《紅樓夢》式青春無敵、純真的情感追求。此書對於情欲仍有描寫，但相較《金瓶梅》與《醒世姻緣傳》已極少，多是描寫夢卿、愛娘、雲屏等人相處和睦，作詩填詞的性靈生活。

《紅樓夢》由小說人物對欲望的追求轉向青春性靈的展現。《紅樓夢》書寫小說人物最青春燦爛的一頁。在大觀園裡的這些小兒小女們，在園裡享受著美好的年華，他們追求絕美的青春以及情感，同時領悟美好事物不長久，

青春終要過去，人們終得面對時間過後的改變。青春快樂的日子是大觀園裡最初最美的一段，當時間過去，所有的人得妥協於生命的際遇。早逝的秦可卿、尤二姐、自縊的尤三姐、遠嫁的探春、爲愛死去的黛玉不都如此，他們都是青春的蓓蕾，在青春正好時，面對情感以及伴隨而來的生命遭遇。又或者如同出家的惜春、對於人生幡然醒悟的賈寶玉，他們清楚生命自大荒來必歸至大荒去，功名情愛一切轉眼成空，於是超拔出情天恨海，悟空遠去。原本執著於追求青春情愛，最後成爲對生命最徹底的了悟，以及成長之後的抉擇。從《金瓶梅》到《紅樓夢》的小說人物來看，人物性格或心靈層次，是從著重於欲望的描寫，到注重性靈的成長。

二、成長及盛衰

從家庭及社會的角度來觀察，《金瓶梅》到《紅樓夢》都寫出家庭的興衰。描述家庭興盛、人物的成長歷程，似乎是家庭小說常見的敘述方式。家庭小說的成長時間，表現在人物、家庭、家族的成長興衰歷程。在敘述的過程中，我們看到小說人物不論如何發達顯貴，最後不免要走向死亡，看到家庭小說往往描寫一個家庭的發展過程，眼看它起高樓又看它樓塌了，這樣的盛衰循環是家庭小說書寫的重要特質。事實上，家庭的興盛往往是與社會互相牽動的，明清家庭小說中《金瓶梅》即爲典型的例子。《金瓶梅》裡西門家和京城大官勾結互爲謀利，以奪取更大的財富，西門家在官商勾結並作威作福之下成爲西門大官人。西門慶的家產來自豪取強奪，這個混亂無序的社會及朝廷提供西門家壯大的養分，然而在西門慶死後家產、美妾爲家僕小廝外人所覬覦，他們設計奪取，他的妾室們與酒肉朋友紛紛離去，呈現樹倒猢猻散的社會寫實情景。人們在追求自己享樂或幸福的同時，往往也將另一個人推上毀滅之途。生與死、欲望與毀滅在時間的軌道上一幕一幕上演，人物、家庭和社會環環相扣。

《醒世姻緣傳》著意寫作出道德勸戒，以諷喻的手法寫一個俗世風情，從大的敘事架構來看，表現小說裡每一個家庭及人物的興衰榮毀。同時也表現惡婚姻裡前世今生的果報輪迴。晁家因有晁夫人的善念義行，終能維持屹立不搖，由於業果善報，晁家才能興旺。至於晁源在此生裡和計氏、小珍哥、狐仙的一世愛恨情仇，到了來生狄希陳和素姐、童寄姐，這些人還要再成爲夫妻，生死輪迴，償還前世的罪孽。前世、今生和來世，從宗教的勸懲落實

到百姓的思維裡，靈魂的糾葛不只是一個人的反省，同時是整個家庭命運得共同面對。相較於《醒世姻緣傳》寫出前世今生的因果輪迴，《林蘭香》則更寫出人生繁華一夢。

《林蘭香》描寫官宦世家之子耿朗，娶了孝女燕夢卿爲偏房，燕夢卿和正室林雲萍、三娘宣愛娘成爲閨中密友，然而燕夢卿卻在任香兒及平彩雲二妾的爭寵中，過了不太幸福而短暫的一生。在這個家庭小說中，我們可以看到小說的成長人物其實是三位女主角（林雲屛、燕夢卿、任香兒）之外的一個婢女田春畹。田春畹原爲燕夢卿侍女，思想行事和主子氏十分相同，溫婉忠心，後爲耿朗妾。耿朗死去後，她與正室林雲屛和妾宣愛娘一同努力維持耿家一切，並携手哺育下一代，使耿朗與燕夢卿之子耿順便得光宗耀祖的賢德女性。燕夢卿、宣愛娘、田春畹不僅是情感和樂的妻妾／主僕，同時還是彼此的知音，以及生命願望的完成者。如燕夢卿含冤死後，是宣愛娘透過夢卿的字畫，解開耿朗多年前的猜疑及誤解；田春畹則肩負燕夢卿的遺願溫婉持家並將夢卿之子耿順扶養長人。

《林蘭香》著意描寫「這一世」裡家庭興衰與人物成長的心境。然而，人世間不過是一彈詞、一夢幻而已。事實上，貴賤修短本自然之數，生命長短乎早已注定，《林蘭香》裡不言過去，也不著墨未來，而在此刻的現實裡。在耿朗以及六位妻妾相繼辭世，耿朗之子耿順爲顯揚母德懿行蓋一屋樓，將生母燕夢卿遺物收藏其中，但在一場大火中化爲灰燼，耿家的過往繁華遂成雲煙。

生命有時休，繁華榮景又何能恆留天地，生死盛衰往往是時間過後，人們清楚看到關於生命及家庭的時間軌跡。小說描寫的因此不只是人物的成長，還有對於人生一瞬爲天地逆旅，光陰過客的感歎。我們總想要和死去的人聯繫，至少，能記往曾有過的歲月，耿順爲母建樓，不也是一種費盡心思把過去留在現在的方式。然而，當可賭物思人的存在物都消失時，我們只能通過回憶搜尋往事。然而，通過回憶我們自己也成了回憶的對象，在耿家聽年長僕婦宿秀話說從前，回憶起往事時，宿秀也在往事當中。事實上，家族的建構就是在於要保持回憶，並且延續家庭人物共同的記憶，記憶也是對家庭過往時間唯一的書寫方式。

《紅樓夢》更是家族興衰史上及人物成長史的一頁代表作。因爲元春入宮爲貴妃，使得賈家成爲皇親貴族；賈府爲了元妃省親，斥資建造大觀園，

一座傲視世人的美麗園子，園裡一切華美如仙境，在劉姥姥口中，像是鄉野人家珍藏的精緻畫作。然而隨著元妃薨逝，賈府裡逐漸走向凋零，園子裡夭折許多年輕生命，權傾一時的皇親貴族，最後落得被查封的命運，樂園傾頹，這是紅樓家庭成長史中最蕭瑟的一頁。在富貴與頹敗的對比中，家庭小說呈顯的不只是一份沒落滄涼，它意在表現人世的無常，家庭的成長興衰，一如人從年輕走向年老，也如四季春夏秋冬的運行，生死榮枯是一條必經的路，在繁華過後更見落敗時的蒼涼，《紅樓夢》中處處表現出這樣寂寞的生命之感。

人生如夢一場，《林蘭香》與《紅樓夢》皆唱歎人事再美，就算是「蘭桂齊芳」，卻終究無法抵擋繁華過後盛筵散場的悲涼。《紅樓夢》寫出寶玉從大荒中頑石執意入紅塵，在紅塵中享盡榮華富貴，卻也看盡人世起落，最後在白雪皚皚中，勘破生命裡一切都是我執，歸彼大荒。頑石最後又回到大荒山青埂峰，有日空空道人經過，見頑石「下凡一次，磨出光明，修成圓覺」，石上載錄的便是寶玉從執著到了悟的成長史。

另外，若就四部家庭小說所描寫的故事時間來看，《金瓶梅》寫西門家約四十五年間之事，到了《醒世姻緣傳》及《林蘭香》逐漸敷衍成家庭百年紀事，到了《紅樓夢》則上天下地，古往今來，包含了神話時間、永恆無窮時間。

	首　回	末回／故事時間的結束	故事時間
《金瓶梅》	大宋徽宗皇帝政和年間（1100～1125年）西門慶約二十六、七歲。吳氏年紀二十五、六。	徽宗、欽宗兩君北去、康王泥馬渡江，在建康即位，是為高宗皇帝。（1127～1129年）月娘年七十歲，善終而亡。	寫西門家二十年事。至月娘亡故，故事時間約四十五年。
《醒世姻緣傳》	晁源，漸漸長到十六、七歲，出落得唇紅齒白。	故事托於明代正統、成化年間。至晁源第二世：狄希陳活到八十七歲善終。第一世共五十四年，第二世共三十七年。〔註4〕	近百年
《林蘭香》	大明洪熙元年（1425）	耿順在嘉靖八年，九十九歲卒（1529）	約百餘年

〔註 4〕參見夏薇，《《醒世姻緣傳》研究》，頁 202。

《紅樓夢》	大荒山青埂峰，女媧煉石補天後	寶玉十九歲悟空遠去。	天上人間，永恆時間。人間約十年光景。

第三節　家庭秩序的混亂與重建

　　在家庭小說裡儘是生活細節的描寫，寫的全是柴米油塩、吃喝拉撒的種種瑣事，寫人物的種種欲望：權力的欲望、金錢的欲望、對於男女情事的欲望。這是生活的描寫，寫的全是家庭人物在「過生活的方式」，沒有英雄豪傑、沒有帝王將相、沒有氣勢磅礡的歷史大敘事，而是更為貼近女性在「過生活」的描寫，儘是一些有聊的、無聊的細節。描寫一杯茶、一頓飯，裁衣量鞋等對於生活事件的細膩描寫，全是一些不要緊的尋常生活。這就是家庭日常時間的書寫。

　　在家庭單位裡，對內是血緣純正的保證，以此確定財產繼承權；對外則是聯繫與社會、國家種種。家庭小說對於家庭內部的討論更甚於對外部的聯繫，因為家庭秩序的建構是極為重要的。然而，在四部明清家庭小說的秩序是失序的。例如《金瓶梅》裡的大家長西門慶，在家中並未掌握完全的權力，西門慶往往聽從女性之言，特別是潘金蓮，也因此使得西門家妻妾不寧、家庭不和。當家庭秩序混亂，表現在西門慶喪禮上的祭文，寫的便是諷刺這群幫閒者、酒肉朋友的面貌。《林蘭香》與《金瓶梅》相若，都是丈夫的愛妾挑撥夫妻情感，使家庭秩序。《醒世姻緣傳》亦然，素姐不僅妻奪夫權並虐待丈夫，連晁源父親晁老爺的喪禮也是荒謬可笑地完成。完全喪失儒家傳統下君臣、父子、夫婦的倫常綱紀。到了《紅樓夢》不只著墨在家庭的混亂失序上，其實所要討論的更是，秩序何以混亂？如賈母為鳳姐盛大過生日時，平日和鳳姐親密的寶玉，寶玉懷著深刻的情感，離席獨自去弔祭王夫人的丫頭金釧兒。情在《紅樓夢》中的書寫已大過於秩序的要求。

　　儒家重視家庭人倫的親／疏、遠／近，重視家庭秩序的建立，家在修身——齊家——治國——平天下的過程中，作為中介的地位。但明清家庭小說卻是不斷地衝撞家庭秩序，家庭的秩序／今生／此岸若失序時，國家／來生／彼岸要如何安置？正同蒲安迪所言，這是一種翻轉的寫法，在反面的描寫中，反而是要思考的是家庭的核心價值。《紅樓夢》裡寶玉來自大荒山青埂峰旁的一顆棄石，這棄石原是女媧要用來補天。補天，其實是要重建明清以來已失序的家庭秩序，同時，是女媧——女性來重建破裂的宇宙秩序，所要補

的天即是男性建構的綱常倫理。

　　明清家庭小說，「國」的世運牽連「家」的時運，而「家」的盛衰，又表現出「國」的興衰際遇。然而，家到底怎麼了？章亞昕曾就家庭小說的主題，說明了其各自的「家運」：其潛在主題是：《金瓶梅》隱喻「家爛了」，《紅樓夢》示「家散了」，《醒世姻緣傳》則象徵「家沒法子待了」。〔註5〕西門慶家因為荒淫無度，死後群妾四散，家是爛了。《醒世姻緣傳》裡妻奪夫權，夫婦之間的倫理綱常全失了序，家當然是沒法子待了。至於不斷走向頹勢的賈府，終得面對家業破散的命運。而他們各自表現的家運，其實反應的是他們背後的世道以及國運，明清家國互喻顯示了更深刻、更荒涼的興衰之感。《林蘭香》裡的耿家在大火燒燼，一切化為無時，家的記憶也沒了，因此，若補上《林蘭香》，則可言其隱喻「家沒有了」。這是一種末世的荒涼感及創傷感，更要說明的是人們對家的渴望，離開後才知鄉愁，失去後才想要擁有，因為家失散了、破爛了、沒法待了、甚至沒有了，才顯得家的意義。家庭是中國文化最小的也是最重要的單位，是生命裡最初也是最終的安頓。

第四節　通過時間敘事展現文學的抒情性

　　日常生活的敘寫，在大敘事——歷史傳奇、神魔、英雄俠義，甚至驚天地泣鬼神的愛情故事裡都是隱沒不見的，因為日常生活的主題，是日復一日瑣碎地進行著。日常生活的重點往往是擺在「事件」上，一個事件與其他事件環環相扣，於是日常生活裡的某一個事件被放大並被用力描寫。中國敘事傳統，都是寫出某個偉大時間的斷面，或者偉大人物所存在的某個「時間點」上，作為歷史記事。家庭小說刻劃的則是「時間面」，是一條時間的長河，包含一再重覆的時間刻度，生日、節令或者走向終點的死亡。明清家庭小說既名為「家庭小說」，敘述的必然是家庭裡的種種，包含家庭事件及人物，然而貫穿這些人物、事件的處理便是「時間」這條繩索。家庭小說的敘事性透過時間逐漸加強小說的抒情性。

　　首先，這種對於歷史敘事的顛覆出現在家庭小說的「作者」上，這四部家庭小說的作者不是以字號行之，便是至今仍未知真正的作者為誰。《金瓶梅》

〔註5〕章亞昕，〈歷史的反思與民俗的批評——論《醒世姻緣傳》的文化視角〉，頁151。

高居明清四大奇書之位,《紅樓夢》位居古典小說壓軸之作,都可謂「典範之作」或言爲「經典」,然而作者們卻都在經典的記錄裡缺席了。這四部家庭小說的作者不明,但此四部書又早已躋身在小說史的典範位置,同時這幾部書的「作者」不以名字傳世,而是以字號行,或可能是因爲他們在整理／書寫作品時,對於作品的定位——在主流之外、或因情色內容的非正統性,而使自己／作者的名字不傳。〔註6〕作者的名字「隱匿」,使得讀者的目光能更能關注在小說敘述的故事本身。

其次,對於歷史大事紀的書寫,下降爲日常瑣事的小敘事。家庭小說是通過男男女女的日常瑣碎生活的書寫,寫出大時代／皇帝年號。歷史時間也在日常生活中「次日」、「第二天」等時間語詞中,被解構成世俗而細節化的書寫,在日常生活的小人物世界裡,創造了另一種「新傳奇」。〔註7〕這些日常生活的描寫,似乎在某種程度上連接起了菁英文化與通俗文化。

家庭小說書寫日常生活中的瑣碎雜事,充滿飲食、服裝、情欲的民間文化,這是對歷史大敘事的顛覆,同時對於時間整體性的解構。並在對於過往時間的追憶中,在年復一年循環往復的節慶時間裡撫今追昔、銘記當下;並且在永恆時間裡突顯現實的短暫及無常。《金瓶梅》西門慶家的起落、《紅樓夢》賈府的興衰,都是一種時間過往後的必然,或許因此,作者感知到往日的榮華已不可重返,因爲不論是身體、家庭、朝代都是由盛而衰,這個衰頹敗落的過程,是在時間的進展的過程所帶來的。〔註8〕

〔註6〕高桂惠,〈緒論〉,《追蹤躡跡——中國小說的文化闡釋》,台北:大安出版社,2005年9月初版,頁11,此書是對於「續書作者」的討論,然而拿到明清家庭小說的作者身份來看,關於「異端思想」-詞,頗能啓發研究者。是書作者在《追蹤躡跡——中國小說的文化闡釋》此書討論的是明清小說所謂「經典之作」的續書(書中討論的有《西遊記》、《水滸傳》、《金瓶梅》、《紅樓夢》的續書)。在此書緒論裡,闡釋續書作者身份不明之因,她認爲:「續書作者的文化身份不容易考掘,大多數小說以山人、閒人、主人、居士等自稱,」「續者作者的匿名可以有多重觀察,一是他們或者是背負著多重份遊走:他們多是產生在社會解體的狀況下的言說。如亡國——遺民意識;或者是經濟方式大變革——遊民意識;主流知識轉移——異端思想、寒儒思想。又或者在盛世的想像裡處於邊緣的發聲。」

〔註7〕李歐梵之語,見《蒼涼與世故:張愛玲的啓示》,香港:Oxford University,2006年出版,頁156。

〔註8〕李歐梵,〈漫談中國現代文學中的頹廢〉,《現代性的追求,李歐梵文化評論精選集》,台北:麥田出版社,1996年9月,頁194,李歐梵在《現代性的追求》一書中提到,「賈寶玉所追求的是一種『情』境——也就是以情造成的抒情境

第三，明清家庭小說於是通過對於時間的載錄，把歷史大敘事翻轉成對於家庭瑣碎事件、生活的描寫。家庭小說對於時間描寫，書寫了日常生活裡片刻及當下，以及對於家庭人物、往事的回憶。時間的議題加強了家庭小說的抒情性，小說的敘事性因而接續了中國古典文學中悠遠綿長的抒情傳統。

主體對於過去時間之旅中，一定存在引起「抒情性動機」的東西。〔註9〕家庭小說作爲敘事文體，卻透過小說對於時間——歷史長河、過去、未來、當下、片刻的觀照，聯繫了中國古典文學的抒情傳統。高友工在《中國美典與文學研究論集》，討論中國敘述傳統中的抒情境界時說：「在敘述觀點下，客觀世界與時間變遷之經驗實爲不可或缺，甚至比抒情時刻更加實在——此乃由於抒情自我在敘述文學中必須安身立命於時間的眞實中」、「當抒情自我欲重定座標以求安身立命，最直接的威脅莫過於時間的不斷流逝。」〔註10〕中國古典文學裡有綿長的抒情傳統，這個抒情傳統對時間的傷逝一再講述。歷史的綿長，正顯示生命的有限性。

抒情詩以其語言形式捕捉「當下的」、「此刻」的意象及感受，這樣的體驗是在「瞬間懸離感」（momentary suspension）敲擊內心後化成詩人的存在感受，至於這個詩人當下情意展現的座標，即是時間和空間「加諸在詩人身上的參證格式」〔註11〕，詩人自我／他人、詩人存在的現實／歷史，以及詩人對於生命的參照對比，形成了中國古典詩作中的抒情傳統。在中國詩歌裡的永恆主題，即爲「時間」。中國詩人感時憂國有一部份是來自於時間的流逝性。

界，以對抗塵世的濁。」「如果這本小說（按：《紅樓夢》）中所表現的是一種頹廢意境，那麼其外在的表現是『廢』——一切皆已敗落，而這種敗落的過程是無法抑止的，是和歷史上的盛衰相關。其內在的表現卻是『頹』——一種頹唐的美感，並以對色情的追求（按：這裡的『色』是指輝煌的美，而這種美是需要『情』的極致而使其表現變得燦爛無比。）來反抗外在世界中時間的進展，而時間的進展過程所帶來的卻是身不由己的衰廢，不論是身體、家庭、朝代都是因盛而衰。所謂夕陽無限好，也有時間上的存在意義：夕陽西下，日薄崦嵫的過程是無法遏止的……。」至於『情』則是「對文明發展的一種世紀末的感覺而衍生。」進一步而言，情感的極致追求是由於時間的流逝，特別是作者曹雪芹面對生處於世紀末，「他只能感受到他那一個世界的結束，」「由於他知道往日的榮華已不可重返，因此才苦苦追憶出一個幻想式的鏡子的世界，故名爲《風月寶鑑》。」見氏書，頁193。

〔註 9〕史成芳，《詩學中的時間概念》，湖南：湖南教育出版社，2001年6月，頁161。

〔註10〕高友工，〈中國敘述傳統中的抒情境界〉，《中國美典與文學研究論集》，頁366。

〔註11〕高友工，〈中國敘述傳統中的抒情境界〉，《中國美典與文學研究論集》，頁355。

時間是一次性地、無可回復的，〔註12〕時間意識是中國古典詩歌的一個重要視點，而這樣一個視角表現在詩歌裡成為感時傷懷、惜春傷秋的抒情傳統。

抒情傳統強調並表現片斷的、非連續性的感受，敘事則是強調連續性事件整體；但在家庭小說中不斷顧盼當下的、此刻的生命情境。家庭小說透過敘事時間討論空間與時間的關係，時間藝術在小說中的表現，同時描寫抒情的當下、詠歎生命的存在也追憶亡者；在季節的往復中傷春悲秋，描寫詩意的時間；也在面對死亡的焦慮時，企望永恆的可能性。家庭小說因此突顯時間的意義，同時承接中國古典文學傳統的抒情性，這使得敘事文體的家庭小說，同時兼備抒情的意義。

時間本然地存在小說中，透過對於時間的闡釋，使我們得以清楚地看到明清家庭小說從《金瓶梅》、《醒世姻緣傳》、《林蘭香》到《紅樓夢》展現出人物的成長、家庭的興衰、以及時間刻度對於文化的描寫，生命歷程意味著一種特殊的時間意識。在這樣的敘事中，以個人生命歷程為中心的時間意識，疏離正統歷史敘事的意識型態，成為另一種以個人命運為中心的敘事傳統的源頭。〔註13〕這也使得小說的敘事加入更多的抒情性。

時間的研究，也使得家庭小說從世情／人情小說中被抽離，同時有更清楚的主題意義，同時表現家庭小說與歷來其他主題類型小說的不同。小說的時間研究，從小說寫作功能上的敘事技巧，到文本表現的文化意涵，更突顯生命存在的論題及意義。時間的議題也加強敘事文學的抒情，因為對於生命最直接的威脅莫過於時間不斷地流逝。當我們理解家庭小說展現的時間意義時，我們同時觀看敘事文學所表現的抒情性，並省視人們存在的課題。

明清家庭小說發展至《紅樓夢》，一如張淑香所言：《紅樓夢》「雖是生為小說之軀，其靈魂卻盡得古典抒情傳統的精神遺傳」，並且成為「古典抒情的壓軸之作」。抒情傳統在敘事文學小說中的表現，不只是小說中的詩性語言，而是從《金瓶梅》、《醒世姻緣傳》、《林蘭香》至《紅樓夢》的家庭小說中的時間議題中，它不斷指陳的現實世界與自我的衝突，不斷透過時間的話題展

〔註12〕蕭馳，〈中國古典詩歌問題研究之三：中國詩人的時間意識及其它〉，《中國詩歌美學》，北京：北京大學出版社，1986 年 11 月初版，頁 235～241，作者言：「時間是中國詩人最普遍的動機和主題。在所有具有原型意義的意象中，也許有關的意象最豐富了。」

〔註13〕高小康，《中國古敘事觀念與意識型態》，北京：北京大學出版社，2005 年 9 月初版，2006 年 1 月二刷，頁 81～82。

現的抒情意義。就此而論，中國抒情傳統，在敘事文學中被繼承並作更深刻的討論，更進一步說，家庭小說的時間性意義，使得中國古典小說展現更深刻的抒情性。

第七章　結　論

　　古典小說的發展到明清時，出現以《金瓶梅》為首，描寫家庭種種並表現社會生活的家庭小說。本文界定為家庭小說，而非家族小說，主要是因為這一類小說描述的對象多半是一個家庭的故事，以及由此家庭幅射出去的故事。時間難以定義，時間是充滿了物理時間向度、哲學向度、時間美學的概念，也在一定程度上揭示了文化的變遷。家庭小說時間描寫極為豐富，然而，在中國古典文學研究中，家庭小說以及時間的研究都是比較薄弱的一環。

　　關於明清四部家庭小說的研究步驟，首先定義家庭的內涵，確定研究對象，接著討論敘事時間在家庭小說中的寫作筆法，及家庭小說中敘事時間的功能及表現的敘事意義；時間往往和空間並列或作為對照，家庭小說必然是在家庭這個空間中展開故事，因此，進一步要討論的是透過空間所展現的時間性意義；時間在明清家庭小說中表現的文化意涵，以及透過時間的敘事所展現的抒情性。

　　家庭小說中表現的必然是日常生活裡食、衣、住、行等瑣碎的細節，不若其他主題類型的小說有清楚的情節描寫，「時間」的存在，才使得家庭小說的日常性被彰顯出來。透過對於家庭小說時間的研究，展現家庭小說和其他主題小說敘事視角的不同，是在於對時間的關照。

　　本文第二章是關於家庭小說敘事時間的討論，討論關於時間的寫作技巧。以敘事學中對於敘事時間省略、概述、停頓、延長、場景的使用，以及敘事時間在家庭小說敘事幅度的討論。同時，家庭小說使用編年時間，依時敘事的時間得以和事件一齊並進，然而，時間長河展開的事件往往不只一件，敘述時，依時而敘的事件只能為其一，因此，寫實時間的小說中會採用了追

敘、補敘、倒敘等超越寫實時間敘述的手法，以彌補編年敘事「依事繫年」之不足。追敘、補敘等敘事時間，不僅補充情節描述，亦有提醒讀者前文所言的作用，同時使單線進行的家庭日常時間，得以有回溯的可能，使得小說時間的結構能有多線並立。另外，作者對於小說時間的介入方式，如首回詩詞判文、首回預告都是作者現身於讀者前的說明。另外家庭遊戲如燈謎、占花詞、占卜算命都為人物的未來作了預告。

明清家庭小說儘管已由口語文學轉變為書面文學，作者仍沿襲宋元話本的敘事口吻，以讀者為聽眾，宣讀著自己的作品，因此大量使用「看官聽說」、「卻說」、「話說」等突出敘述者的口吻。為人物、事件作預告或概述，同時也對人物及事件作評斷，這不僅是沿襲宋元口頭文學的敘事口吻，同時也承襲史書傳記文人撰文的贊語。敘述者／作者介入敘述的文字，使日常時間的敘事能快速過場，同時有概敘、補敘以及預告情節事件的作用。作者／敘述者的現身不僅干預小說的進行，在時間節奏上是使線性時間停頓，但也同時連接小說時間的過去、現在和未來。在時間結構上來看，「看官聽說」等語是時間的停頓也是延續地使時間過場及推移，這是說書體在書面文學留存的特殊形式，使得明清家庭小說的時間在小說文本中有多重時空的表現。

家庭小說的時間是以寫實的手法，描寫一段家庭生活，因此，小說中呈現的是日常的、寫實的、且直線前行的時間。以年繫月、以月繫日、以日敘事模式，「月——日」刻記家庭小說日復一日的時間流逝。同時，在家庭小說中又多以前朝的、過去的皇帝紀年，寫一個既寫實又虛構的家庭故事，並寓寄所敘寫年代、社會的褒貶之意。既然是寫實的時間敘事，在時間的計算上，編年體「以月繫時」表現出來的「時」，即為季節、時令。歲時節令，為群體時間的表現，有著社會文化的深層意義，家庭度過節慶的方式，也呈現了家庭小說所要強調的主題意涵。

在小說中，往住會出現「次日」、「又一日」這種時間修辭，來表現時間推移的連續及斷裂性。小說中以「次日」一詞，記錄家庭內時間的進行，時間因此是「一日又一日」的前進著，在此表現時間一天一天的推移，時間計量是日與日的測度時間，暗示著家庭生活的視野，是與現實時間並行。「次日」、「又一日」等時間語詞填滿家庭日常時間敘述的空隙，然而，「次日」、「第二天」、「又一日」等語詞，同時造成時間的斷裂、停頓，更顯現時間流逝無可回復的時間感。

　　然而，在家庭皇帝紀年的歷史時間、年月日、次日表現的家庭時間之外，還有游離於寫實之外的劫難時間及死亡的描寫，劫難代表的是一種宿命的命定論？偶然的命運觀？還是在果報的同時也在說時間對於人物的作用。生與死一直是繫在生命的兩端，我們都得遇見，卻永無法得知，屆時我們會以何種態度面對。

　　時間真如鐘錶時間的刻度可測量且均速客觀的嗎？時間從來就不可能是客觀的存有，絕對時間並不存在於我們的感知中，我們對於時間的感知，因人物、事件的不同，時間成為主觀、心理且個人的感受。家庭小說的時間是平均的流速，於是日復一日如同日曆扉頁的撕去，然而，仍有時間被突顯被關注，那必然是具有紀念性質或特殊意義的日子，生日與節慶描寫的是家庭成員彼此的關係，以及家庭向外的人際關係網絡，是人與人、人與社會，甚至是人與時代的關係，這也是家庭小說的重要時間話題。

　　本文第四章說明個人的時間刻度：生日，以及群體的時間刻度：節慶明清家庭小說從《金瓶梅》、《醒世姻緣傳》、《林蘭香》到《紅樓夢》的「生日」所展開的話題，及關注的焦點。時間刻度在明清家庭小說中有細膩的描繪，表現在個人時間刻度上的是生日，而群體時間刻度的展現則是節慶時間。生日的鋪陳，往往彰顯了人物的個性描寫、身份地位或家庭的權勢；或者成為男女情色欲望的合理藉口；也成為攀附權貴者輸誠的重要時間點，在「生日」的名目之下，官商勾結交疊攏絡的黑暗面，被合理地掩蓋，透過對於權貴生日獻禮的「儀式」，寫出了官商勾結卻又不著痕跡的社會風情畫；如果把嬰兒的滿月作為出生以來的第一個「生日」，又若是這個嬰兒恰巧是權貴人家喜獲的第一個麟兒，在滿月／生日慶祝上，將更顯示出這個家庭人際關係的強度；有時也是作為後文情節的鋪展，一個人的生日，或可能牽動著另外一個人一生的際遇；有時描寫的重點不在於壽星如何過生日，而是這個生日將會引發後文的事端，一個又一個的事件，在家庭生活裡既偶然卻又具有因果關係地聯繫在一起。

　　在明清家庭小說中，生日往往與死亡作了連結，這在《紅樓夢》中有深刻的表現。在描寫生日的當時，或生日過後，插入有關死亡的敘述，作為死亡的預告或伏筆。《紅樓夢》作者將生日這個充滿歡慶的時間刻度，寫入了賈府的興衰。同時又以賈母、鳳姐及寶釵的生日見證賈府的繁華，及繁華落盡後的凋零悲涼。《金瓶梅》的生日描寫中，往往聯繫了飲食和欲望。這是家庭

小說中的時間敘事，不斷追問著時間關於存在的問題。使我們看到家庭小說不同於其他主題小說的表現。接著討論歲時節慶在家庭小說中所呈現的人文意義。節慶是集體面對的文化時刻，節慶在年年週期性的重覆下，形成文化風俗，更形成一種共同的民族儀式、社群記憶的符號。節慶是重要的家庭團聚時日，連接人事的情感。在明清家庭小說中提到的歲時節慶，有元旦、除夕、元宵、清明、芒種、端午、中秋、重陽、中元、下元節。然而在作品中則強調某一節慶的描寫，例如《金瓶梅》的元宵節、《林蘭香》的端午節、《紅樓夢》的中秋節及芒種節；或只是提及節慶名稱但不書寫內容的節慶。明清小說中的節慶書寫，往往會表現出個別作品的主題命意、深層的文化底蘊的節慶氛圍。同時，在這四部家庭小說中，各自所著重的節慶時間似又有其獨特的意涵。

　　明清家庭小說對於節慶的寫與不寫，意味著小說本身所隱含的主題意識，例如元宵燈節，它在明清時逐漸形成一種狂歡的氣息，女性得以走入街市與人群並行，暫時不受封建禮教規範的節日，在《金瓶梅》三度寫元宵，更寫出情欲、聲色流動的節俗活動；《紅樓夢》也三度寫元宵，卻著重在賈府家運的榮枯盛衰。《紅樓夢》中還有特別的節日：芒種節及花朝日，則再次喻指紅樓女子如花開花落的生命。

　　生日及節慶的特殊性，表現在它的時間性及空間性，生日表現在較小的空間環境裡，節日慶典則完成於較大的空間裡。在節日慶典上，時間就是主角，節日本身是有別於自然時間、生物時間及歷史時間，離開了這樣特殊定位的時日，節日就會僵化成爲日曆上的數字。節日慶典賦予百姓生活特殊時間，及與此時日相應的文化內涵，成爲一種大眾、群體共同面對文化的時間。家庭小說從日常時間的敘述、春夏秋冬四季的往復、歲時、節氣的變化、節慶的描寫，不僅記錄了家庭時間的進展變化，也表現了屬於家庭小說特有的家庭生活的氛圍、展現人情往來人際關係的重要時刻，這都是家庭小說迥然不同於其他類型小說的時間敘述。歲時節慶記錄了時間流轉的軌跡，然而也在這樣不斷重複的節慶中，使人們產生了今昔對比，並看到人事的變化在時間的流逝之後。因此，明清家庭小說在歲時節慶的描寫，總是帶有感傷的抒情筆法，連接人物當下的生命處境，作爲敘事文學的明清家庭小說，在此則毫不費力地把敘事與抒情聯繫起來

　　第五章則討論明清家庭小說透過空間展開的時間意義。人是現實的存在

於時間、空間之中，人物的居所往往是人物心理、性格、權力的展現，而此居所又暗合興衰的意喻。於是可以從明清家庭小說中具體的院宅，勾勒出抽象的時間敘述，討論時間空間化，以及空間時間化的摹寫。同時在明清家庭小說在空間的書寫中，所展開對於時間虛擬幻設的討論。

在《金瓶梅》的宅院描寫著空間的時間化；《醒世姻緣傳》在空間中不斷流離的家，敘寫時間的空間化；《林蘭香》則是呈現了在宅院空間中的回憶。已過往的時間，往往透過回憶才能重現，才能睹物思人，才能重溫舊夢。回憶是中國抒情詩作中常見的寫作方法，使小說呈現一種詩性的語言。記憶的回溯，使當下的時間包含了過去的時間，使過去的時間透過記憶重現在現在的時空裡。

在《紅樓夢》中則對比並列的二重時空——太虛幻境／大觀園、大觀園／賈府、大荒山／賈府、現實的／夢境的、現實的／鏡中世界。中國古典文學裡有綿長的抒情傳統，這個抒情傳統對時間的傷逝一再講述，然而歷史的綿長，正顯示出生命的有限性。家庭小說裡的輪迴或神話時間的表現，即是展現人們對於時間的焦慮感。

家庭宅院中，除了房舍座落所代表的權力結構外，還有屬於家庭的或家庭人物的私密空間，臥房、箱奩、門窗、陽台、閣樓以及花園的私密角落，而這些私密空間，記錄關於記憶的、歷史的、當下的時間及空間，是在空間中建構的時間敘事。沒有人能脫離時間的節奏，也沒有人能夠具體客觀的描摹時間，因此，我們必須透過實存空間中的具體物象，閱讀時間「經過」的痕跡。這些空間中的物象，就是時間的載體，引導我們知覺時間。

明清家庭小說中，往往會有一位或多位睿智的「時間老人」的角色，他們多半可以知悉今昔、暗示時間流轉，或者開啟時間的敘述，有時則是標示時間的推移。他們使家庭小說的時間自現實、日常的時光中脫拔出來，使日復一復的家庭時間有更多的想像。明清家庭小說中，人們將永恆時空寄託在神話或輪迴的敘述中，好讓生命可以跨越死亡的藩籬，攀升至圓滿無憾的存在意義上。除了具有超凡、睿智能力的時間老人之外，還有凡俗裡的時間老人，如《林蘭香》裡的老者，他或者能知悉未來，或不能改變人物命運；或如《紅樓夢》中的劉姥姥，或者她並不知悉未來，也沒有改變命運的能力，她甚至是不自覺地扮演時間老人的角色，然而她的出現代表著時間的推移。

明清家庭小說找尋關於永恆的主題，以彌補現實時空的有限性，同時也

是人們對於生命的有時盡的時間焦慮。輪迴、成仙成佛，或者幻化而去，都是人們建構永恆的可能性。輪迴時空使時間成了不斷循環的延續，神話建構的永恆時空，成爲現世的安慰，二者補充家庭小說中現實時空單線時間描寫。至於如何在過去未來時間中自由來去，並且在現實時空中想像死亡與永恆，夢境是最好的方法，夢境與幻境都是折射了現實人生的不完滿。至於鏡子則是人們安置在現實中，不斷映照人們的生活，然而人們卻只能透過鏡子，看到相反的存在，碰觸不到實體，感受不到生命的溫度。如果說大觀園是對應著賈府的理想存在；太虛幻境則是相對於大觀園的虛構空間；大荒山則是相對於現實人間的永恆的存在；至於鏡子，則是對照反省每一個人生命既虛假又現實的存在。

　　時間是敘事文學的要素之一，然而在中國古典小說其他類型的小說中，例如神魔小說、英雄傳奇小說中，時間是虛擬幻設，可以從三皇五帝到今日，時空可以自由變異；歷史小說則限制在一段眞實的歷史時間中，虛構了一段故事。所謂的家庭小說中，便是記家庭數十年、百年時間裡的故事，家庭時間與日月推移，因此，在小說中，可以看到其他類型小說較少關注的時間話題及時間刻度，這正是家庭小說所要關注的焦點。

　　這些家庭人物的生死欲望、家道的興衰起落，似乎是明清家庭小說共同展現的一種小說成長的時間，一般而言，成長時間是就小說人物的成長，小說人物的啓蒙、啓悟，或歷劫歸來後的醒悟。然而把四部明清家庭小說攤開來看，從《金瓶梅》情欲傾軋的描述，這是青春欲望的追求；到《醒世姻緣傳》雖然是沿續《金瓶梅》寫出人物對於欲望的追逐，但在小說中不斷以前世今生的輪迴勸喻世間男女；到了《林蘭香》似乎是走出從《金瓶梅》、《醒世姻緣傳》一路下來的肉欲沈淪，漸漸走向《紅樓夢》式青春、純眞的情感追求，同時不斷提醒讀者人生如寄，百年一夢，家族記事到最後人亡屋毀，連記憶都難以留存。

　　《紅樓夢》在小說中不斷強調人生如夢，對於人生裡眞假、虛實、生死作辯證，最後方能自情天恨海中脫度而去，將生命安頓在永恆的神話時空裡。這樣一個明清家庭小說的發展過程，似乎可說是明清家庭小說的成長史。時間存在於小說中，明清家庭小說中透過對於時間的闡釋，使我們得以更清楚地看到從《金瓶梅》、《醒世姻緣傳》、《林蘭香》到《紅樓夢》，在時間課題上展現出人物的成長、家庭的興衰，以及時間刻度對於文化的描寫。

　　小說的時間研究，從小說寫作功能上的敘事技巧，到文本表現的文化意涵，同時也在時間的流逝中，突顯生命存在的論題及意義。在中國古典小說的發展過程中，對於明清小說的作者、時代環境乃至於情節主題研究，都已有相當的成績。但是關於明清的「家庭小說」，特別是明清家庭小說中的「時間性研究」，仍有很大可被討論的空間。家庭小說不斷指出時間的存在，並透過時間的變化指出家庭人物的關係，同時使我們難以忽略每一個時間刻度的存在。從年月日，到皇帝年號，到歲時節慶；從家庭人物的生日、死亡到飛黃騰達或落魄形容，所有情感的書寫，都令人無法忽視時間的存在。時間敘事，使家庭小說得以自成一類，走出人情小說／世情小說。同時，在家庭小說的時間敘事中，似乎又可以使我們看到作為敘事文學的小說，在時間的表現意義來看，家庭小說的表現，似乎不完全在它的敘事性上，而是在於它接受了中國源流深遠的抒情傳統。

　　小說為敘事文學，敘事文學裡在敘述事件時，時間是一個重要的環節，至於家庭小說和歷史小說、俠義小說、神魔小說等其他主題類型小說極大不同之處，即是在家庭小說中，有很清楚時間流逝的軌跡：季節的變化、歲時節令的推移、生日、死亡、標示了月日或者皇帝年號。時間因而是詳細而瑣碎地被表現出來，也就是說在家庭小說中的時間。綜合言之，《金瓶梅》、《醒世姻緣傳》、《林蘭香》、《紅樓夢》四部家庭小說的敘事時間包含了：

1、「歷史時間」——編年體例的月日記時及皇帝年號的使用，以展現這個被設定的時代所隱喻的意義。

2、「自然時間」——日升暮落與大自然並行的時間、四季的更迭，人在其中度過生老病死的時間。

3、「文化時間」——節氣、歲時、節令等時間。歲時節慶表現出年復一年循環往復的時間，也透過不同年歲裡相同的節慶時間，看到家庭的興衰起落及人物的際遇，也展示出深沈的文化意義。

4、「心理時間」——對於過往的記憶，而心理時間因為追憶的都是已不存在的過去，因此心理時間是充滿回憶的，是抒情當下所展現的時間意識。

5、「空間」展現的時間性——家庭小說必然是在家庭宅院中敘述種種情事，家庭所存在的空間即是書寫時間的場域，不論是在空間的變化後使我們看到時間的流逝，或者在時間的長河裡，投射出一個又一個家

的空間，空間使時間的描寫更為立體。同時，也將家庭記事或得以睹物思人的種種物件，都收羅在家庭的私密空間之中。

若就家庭小說中時間「進行的方式」，則可分為：

1、直線前進的日常、寫實的家庭時間：這是日復一日家庭生活的表現，在家庭小說中使用「月——日」近乎實錄家庭生活，同時又大量使用「次日」、「第二日」、「過了幾日」等語詞，以填滿家庭小說的時間敘事，但是這些被中斷、停頓的時間敘述，同時又使時間呈現滿格的狀態，時間因此綿延不絕地前行。

2、循環的時間：現在的計時方式多半是 12 小時或 24 小時的循環。把時間拉開來看，12 小時、24 小時都只是鐘錶來回的擺盪，同時也是無終止的無限循環。透過鐘錶時間的反覆循環，可以理解人們企慕永恆，希冀「此生」能繼續延續，而有的輪迴的時間觀，這是如拋物線般前進的時間，這在《醒世姻緣傳》中可以看到今生來世，二世是有交會的。輪迴的時間是延續著現實的時間，生命以另一個肉體之姿延續著，同時以輪迴時的男身女體、貧富窮達，作為此生行善作惡的「代價」或「報應」。

3、去時間、空間，永恆的神話時間與虛幻空間。神話是人類欲望的集體表現，也是民族文化、信仰的表現。永恆向來是人們對於現世紛擾的安慰，輪迴則辯證了現實存在的善惡美醜。神話的世界展現的則是無時間性、永恆的時空。至於夢境及鏡子的存在，表現了人的另一度空間，這些虛擬幻設的時空便是對著比現實時空的存在。

至於家庭小說中敘事時間的表現手法，則有：

1、日常的、均速的、寫實的家庭時間，書寫時間長河裡的家庭生活，這個部份可與當代文學中的大河小說作比觀。大河小說書寫個人生命、家族、社會集團的發展史，表現群體的命運及與時代的關係。明清家庭小說敘述的焦點則是以家庭人物及家庭事件為核心，書寫時間長度相較於大河小說而言是較短的。家庭小說寫一家庭興衰，而大河小說則寫一民族、族群的發展史。

2、加入了補敘、插敘、追述等時間錯置的手法，以補充在直線進行的寫實時間中，無法詳細敘述的事件。這些時間錯置的手法，使得家庭小說的時間不只是線性的進行。

3、敘事時間的預敘手法，在家庭小說中有很豐富的表現，例如，以夢境、占卜、首回預告、詩詞判文、家庭遊戲如「猜燈謎」、吟詩賦詞的遊戲等，有時則讓小說裡的「智慧老人」出場，他們的睿智可以對人物的未來提出警告或作出預言，但同時有另一種凡俗的時間老人，他的出現並不是作為警告或預言，而是提醒讀者時間的流轉。

4、承襲宋元話本小說中說書人／敘述者介入敘述的手法，以概說人物或情節的背景資料；同時也是承襲自史傳裡「贊曰」等人物品評的史家傳統。作者／敘述者介入了小說的敘述中，則錯綜成小說文本的二重時空。

5、《金瓶梅》和《紅樓夢》在人物年歲錯置及時間錯亂，應是「有意地」混亂小說時間的敘述，或者因為索隱史實而須掩人耳目，或是作者故為參差的小說筆法，形成寫實小說中帶有魔幻寫實性質的時間敘述，構設出對於家庭及人物更深沈存在意義的反省。

6、透過時間刻度，生日及節慶，表現家庭人物之間的互動，以及家庭人物的社群關係。生日、節慶的描寫，是家庭小說有別於其他主題類型小說的重要書寫。生日表現家庭人物彼此關係，以及家庭擴展人際網絡合理的時間點。祝壽，顯示了祝福者與被祝福者的關係深淺，也決定二者日後關係的發展，官場裡官商的利益交換，合理地掩蓋在「生日」這個名目之下，表現出中國古代官場的一景。生日和節慶都是週期性的日子，年年都有不同的內容，生日和節慶的歡樂，往往顯示出歡樂後的悲涼，甚至連結了死亡的意象，使家庭小說的時間性表現出社會文化以及存在意義的層面。

7、生日是個人的時間刻度，節慶則是群體的時間刻度。節慶是族群面對文化的記憶及態度，四季的變化、節令時間的往復，形成了家庭小說的時間刻度，也迥異於其他主題小說的書寫。家庭人物乃至於家庭小說所描寫的社會，以及面對歲時節令的節俗活動，每部家庭小說所著意描寫的節慶（或者不描寫）都顯示著家庭小說本身所要表達的主題意涵。

8、家庭小說裡的輪迴或神話時間的表現，即是展現人們對於時間的焦慮感。明清家庭小說自《金瓶梅》以來書寫的家庭時間，對於現實的食色慾望作細節描寫的時間，但已逐漸轉變為關於人成長時間的描寫。

寫人物的因果輪迴，除了勸善懲惡的用意，也隱然對於永恆有所企圖，使得生命不只在此一世便了結，還能無止境的延續下去。《金瓶梅》寫果報，但未寫托生後的種種，果報只是一種含有懲戒訓示意義的命題，更大的目的在寫「色即是空」的意義；然而《金瓶梅》對永恆的企圖，在往後的《醒世姻緣傳》裡所寫的前世今生、二世輪迴的書寫中，有了回應。到了《林蘭香》及《紅樓夢》則進一步反省，所謂「永恆」時間的可能，表現了現實時間的短暫與必然。《紅樓夢》進一步對於各種時間的討論，有圓型的永恆時間、直線進展的現實時間，以及小說人物——寶玉的成長歷程。

　　四部家庭小說形成的成長性時間歷程，是本文對於明清四部家庭小說在小說史脈絡上的觀察，以此作為餘論，因為這個想法仍有很多必須再思考再討論之處。

　　另外，在上一章時間「明清家庭小說表現的文化意涵」中，「通過時間敘事展現敘事文學的抒情性」一節，其實還有許多可以談、可以討論、目前沒有討論到的部份。在敘事文體小說的書寫中，明清之際文人面對時代的變動，面對自身的情感，如何把當下的瞬間的情感交疊在時空變異或延展的場景中——這使得場景、情節呈現視覺化的效果。當我們在閱讀小說時，隨著故事／情節的推移，許多細節及過程都在閱讀的過程中被遺忘，能被記憶的（如同電影的畫面），必然是敘事和情感的跌宕交織而成的影像，透過我們（想像）的凝視，使得我們對於敘述文本的解釋也有了不同。從時間入手，也許只是解釋的一種可能。「解釋本身就是一個曲曲折折的過程」〔註1〕，在這個曲曲折折的過程中，我投注了很多的時間，以觀察家庭小說的時間性議題，然而，距離討論的終點，似乎，還得走上很長的一段時間呢。

〔註 1〕 李歐梵，《中國現代文學與現代性十講》，上海：復旦大學出版社，2002 年 10
月初版，頁 26。

附　錄

第二章：

附錄一：《金瓶梅》的節慶——除夕、元旦、元宵、清明、中秋、重陽

節　慶	有所描述的回數	只提及的回數
除夕、元旦	第七十八回	
元宵	第十五回、第二十四回、第四十二回	第二十五回
清明節	第四十八回、第八十九回	第二十五回
中秋節		第八十三回
重陽節	第十三回	

附錄二：《醒世姻緣傳》的節慶——除夕、元旦、重陽、中秋、端午

節　慶	有所描述的回數	只提及的回數
除夕、元旦	第二回、第三回、第七回	第二十一回
元宵燈節		第二十一回、第七十八回
端午節		第七十五回
中秋節		第二十四回
重陽節	第二十三回、第五十四	
中元節、下元節		第七十八回

附錄三：《林蘭香》的節慶——除夕、元旦、元宵、端午節

節　慶	有所描述的回數	只提及的回數
除夕、元旦		第三十二回
元宵燈節	第十八回	
清明節	第十回、第十八回、第四十回	第五十一回
端午節	第二十二回、第四十一回、第五十三回	
中秋節		第十一回
重陽節	第五十五回	第三十七回

附錄四：《紅樓夢》的節慶——除夕、元旦、元宵、芒種節、端午、中秋

節　慶	有所描述的回數	只提及的回數
除夕、元旦	第五十三回	
元宵節	第十六回、第十七回至十八回 第五十三回、第五十四回	第一回
交芒種節	第二十七、二十八回	
端午節	第三十一回	第二十九回、第三十回
中秋節	第七十五回	第一回

附錄五：吳神仙算命

二十九回	西門慶：一生盛旺，快樂安然，發福遷官，主生貴子。為人一生耿直，幹事無二，喜則和氣春風，怒則迅雷烈火。一生多得妻財，不少紗帽戴。臨子有二子送老……（面相）頭圓項短，定為享福……不出六六之年，主有嘔血流膿之災，骨瘦形衰之病。
	吳月娘：面如滿月，家道興隆，唇若紅蓮，衣食豐足，必得貴而生子，聲響神清，必益夫發福……（面相）淚堂黑痣，若無宿疾，必刑夫，眼下縐紋，亦主六親若冰炭……無肩定作貴人妻。
	李嬌兒：額尖鼻小，非側室，必三嫁其夫，肉重身肥，廣有衣食而榮華安享，肩聳聲泣，不賤則孤，鼻梁若低，非貪則夭……假饒不是娼門女，也是屏風後立人。
	孟玉樓：三停平等，一生衣祿無虧六府豐隆，晚歲榮華定取。平生少疾，因月孛光輝，到老無災，大抵年官潤秀…威命兼全財祿有，終主刑夫兩有餘。

潘金蓮：	髮濃重，光斜視以多淫，臉媚眉彎，身不搖而自顫。面上黑痣，必主刑夫，唇中短促，終須壽夭……雖居大廈少安心。
李瓶兒：	皮膚香細，富室之女娘，容貌端正，乃素門之德婦，只是多了眼光如醉，主桑中之約……觀臥蠶明潤而紫色，必產貴兒，體白肩圓，必受夫之寵愛……山根青黑，三九前後定見哭聲法令細纏，雞犬之年焉可過？慎之慎之！
孫雪娥：	體矮聲高，額尖鼻小，雖然出谷遷喬，但一生冷笑無情，作事機深內重，只是吃了這四反的虧，後來必主凶亡…當時斜倚門兒立，不為婢妾必風塵。
西門大姐：	鼻梁低露，破祖刑家，聲若破鑼，家私消散。面皮太急，雖溝洫長而壽亦夭，行如雀躍，處家室而衣食缺乏，不過三九，當受折磨……狀貌有拘難顯達，不遭惡死也艱辛。
龐春梅：	五官端正，骨格清奇。髮細眉濃，稟性要強，神急眼圓，為人急躁。山根不斷，必得貴夫而，兩額朝拱，主早年必戴珠冠。行步若飛仙，聲響神清，必益夫而祿，三九定然封贈。但吃了這左眼大，早年尅父，右眼小，周歲尅娘。左口角下這一點黑痣，主常沾啾唧之災，右腮一點黑痣，一生受夫愛敬。

附錄六：《金瓶梅》──看官聽說

第一回	**看官聽說**：但凡世上婦女，若自己有些顏色，所稟伶俐，配箇好男子便罷了，若是武大這般，雖好殺也未免有幾分憎嫌。
第二回	**看官聽說**：這人你道是誰？卻原來正是嘲風弄月的班頭，拾翠尋香的元帥，開生藥鋪覆姓西門單諱一箇字的西門大官人便是。只因他第三房妾卓二姐死了，發送了當，心中不樂，出來街上閑走。要尋應伯爵到那裡去散心耍子。
第五回	**看官聽說**：原來但凡世上婦哭有三樣：有淚有聲謂之哭，有淚無聲謂之泣，無聲無淚謂之號。
第十回	**看官聽說**：原來花子虛渾家姓李，因正月十五所生，那日人家送了一對魚瓶兒來，就小字呌做瓶姐。先與大名府梁中書為妾。梁中書乃東京蔡太師女婿，夫人性甚嫉妒，婢妾打死者多埋在後花園中。這李氏只在外邊書房內住，有養娘伏侍。只因政和三年正月上元之夜，梁中書同夫人在翠雲樓上，李逵殺了全家老小，梁中書與夫人各自逃生。這李氏帶了一百顆西洋大珠，二兩重一對鴉青寶石，與養娘走上東京投親。那時花太監由 御前班直陞廣南鎮守，因姪男花子虛沒妻室，就使媒婆說親，娶為正室。太監到廣南去，也帶他到廣南，住了半年有餘。不幸花太監有病，告老在家，因是清河縣人，在本縣住了。如今花太監死了，一分錢多在子虛手裡。
第十一回	**看官聽說**：不爭今日打了孫雪娥，管教潘金蓮從前作過事，沒興一齊來。

第十二回	看官聽説：但凡大小人家，師尼僧道，乳母牙婆，切記休招惹他，背地什麼事不幹出來。古人有四句格言說得好：堂前切莫走三婆，後門常鎖莫通和、院內有井防小口，便是禍少福星多。
第十三回	看官聽説：巫蠱魘昧之物，自古有之。金蓮自從叫劉瞎子回背之後，不上幾時，使西門慶變嗔怒而爲寵愛，化憂辱而爲歡娛，再不敢制他。正是：饒妳奸似鬼，也吃洗腳水。有詞爲證：記得書齋戶會時，雲踪雨跡少人知。曉來鸞鳳棲雙枕，剔盡銀燈半吐輝，思往事，夢魂迷，今宵喜得效于飛。顛鸞倒鳳無窮樂，從此雙雙永不離。
第十四回	看官聽説：大凡婦人更變，不與男子一心，隨你咬折鐵釘般剛毅之夫，也難測其暗地之事。自古男治外而女治內，往往男子之名都都被婦人壞了者爲何？皆緣御之不得其道。要之在乎容德相忘，緣分相投，夫唱婦隨，庶可保其無咎。若似花子虛落魄飄風，謾無犯律，而欲其內人不生他意，豈可得乎？正是，自意得其塾，無風可動搖。
二十二回	看官聽説：凡家主，切不可與奴僕并家人之婦苟且私狎，久後必紊亂上下，竊弄奸欺，敗壞風俗，殆不可制。
第三十回	看官聽説：那時徽宗，天下失政，奸臣當道，讒佞盈朝，高、楊、童、蔡四箇奸黨，在朝中賣鬻獄，賄賂公行，懸秤陞，指方補償。
第三十四	看官聽説：潘金蓮這幾句話，分明譏諷李瓶兒，說他先和書童兒吃酒，然後又陪西門慶，豈不是雙席兒，那西門慶怎曉得就理。正是：情知語是針和絲，就地引起是非來。
第三十六	看官聽説：當初安忱取中頭甲，被言官論他是先朝宰相安惇之弟，係黨人子孫，不可以魁多士。徽宗不得已，把蔡蘊擢爲第一，做了狀元。
第四十一	看官聽説：今日潘金蓮在酒席上，見月娘與喬大戶家做了親，李瓶兒都披紅簪花遞酒，心中甚是氣不憤，來家又被西門慶罵了這兩句，越發急了，走到月娘這邊屋裡哭去了。
五十九回	看官聽説：潘金蓮見李瓶兒有了官哥兒，西門慶百依百隨，要一奉十，故行此陰謀之事，馴養此貓，必欲唬死其子，使李瓶兒衰寵，教西門慶親於己。就如昔日屠岸賈養神獒害趙盾丞相一般。正是：花枝葉底猶藏刺，我心怎保不懷毒。
七十四回	看官聽説：古婦人懷孕，不側坐，不偃臥，不聽淫聲，不視邪色，常玩詩書金玉，故生子女端正聰慧，此胎教之法也。今月娘懷孕，不宜令僧尼宣卷，聽其死生輪迴之說。<u>後來</u>感得一尊古佛出世投胎奪舍，幻化而去，不得承受家緣。
七十八回	看官聽説：自古上梁不止下梁歪，原來賁四老婆先與玳安有姦，這玳安剛打發西門慶進去了，因傅夥計又沒在鋪子裡上宿，他與平安兒打了兩大壺酒，就在老婆屋裡吃到二更時分，平安在鋪子裡歇了，他就和老婆在屋裡睡了一宿。有這等事！正是：滿眼風流滿眼迷，殘花何事濫如泥。拾琴暫息商陵操，惹得山禽遶樹啼。

七十八回	**看官聽說**：明月不常圓，彩雲容易散，樂極悲生，否極泰來，自然之理。西門慶但知爭名奪利，縱意奢淫，殊不知天道惡盈，鬼錄來追，死限臨頭。
七十九回	**看官聽說**：一己精神有限，天下色慾無窮。又曰：嗜慾深者，其生機淺。西門慶只知貪淫樂色，要不知油枯燈滅，髓竭人亡。正是起頭所說：二八佳人體似酥，腰間仗劍斬愚夫。雖然不見人頭落，暗裡教加骨髓枯。
第八十回	**看官聽說**：但凡世上幫閒子弟，極是勢利小人。當初西門慶待應伯爵如膠似漆，賽過同胞弟兄，那一日不吃他的、穿他的、受用他的？身死未幾，骨肉尚熱，便做出許多不義之事。正是：畫虎畫皮難畫骨，知人知面不知心。有詩為證：昔年意氣似金蘭，百計趨承不等閑。今日西門身死後，紛紛謀妾伴人眠。
八十三回	**看官聽說**：雖是月娘不信秋菊說話，只恐金蓮少女嫩婦沒了漢子，日久一時心邪，著了道兒，恐傳出去被外人唇和。又以愛女之故，不教大姐遠出門，把李嬌兒廂房挪與大姐住，教他兩口兒搬進後邊儀門裡來。
八十七回	**看官聽說**：大段金蓮生有地而死有處，不爭被周忠說這兩句話，有分交，這婦人從前作過事，今朝沒興一齊來。有詩為證：人生雖未有前知，禍福因繇更問誰。善惡到頭終有報，只爭來早與來遲。
九十二回	**看官聽說**：正是，佳人有意，那怕那分墻高萬丈；紅粉無情，總然共坐隔千山。當時孟玉樓若嫁得個痴蠢之人，不如敬濟，敬濟下得這個鍬鑱著。如今嫁得這李衙內，有前程，又且人物風流，青春年少，恩情美滿，他又勾你作甚？休說平日又無連手。
九十六回	**看官聽說**：當時春梅為甚教妓女唱此詞？一向心中牽掛著陳敬濟在外，不得相會，情種心曲，故有所感，發於吟咏。
九十七回	**看官聽說**：若論周守備與西門慶相交，也該認得陳敬濟。原來守備為人老成正氣，舊時雖來往，並不留心管他家閒事。
九十八回	**看官聽說**：當時只因這陸秉義說出這庄事，有分教，數個人死於非命。陳敬濟一種死，死之太苦，一種死，死之太屈。正是：非於前定數，半點不由人。

附錄七：《醒世姻緣傳》——看官試想、看官聽說、依我想將起來、卻說……

第八回	**看官試想**，他那做戲子妝旦的時節，不抱甚麼人，搉他的毛，搞他的孤拐，揣他的眼，懇他的鼻子……。
第十回	**看官聽說**，甚麼叫是大紙？是那花紅紅毛邊紙的名色。
第十五回	話說太監王振雖然作了些彌天的大惡，誤國欺君，辱官禍世，難道說是不該食他的肉，寢他的皮嗎？依我想將起來，王振只是一個王振。就把他的三魂六魄都做了當真的人，連王振也只得十個沒卵袋的公公。 **依了我的村見識，何消得這樣的奉承！** 後來王振狠命的攛掇正統爺御駕親征，蒙了土本之難。正統爺的龍眼親

	看他被先殺得稀爛，兩個親隨的掌家——劉錦衣、蘇都督——同時剁成兩段。依我論將起來，這也就是天理顯報了。他的弟姪兒男，瘢官封爵的，都一個個追奪了，也殺了個罄盡。又依我論將起來，這也算是國法有靈了。 那蘇都督、劉錦衣恃了王振的掌家，果然也薰天的富貴了幾年。依達人看將起來，不過還似他當初的時節，扮了一《邯鄲夢》、《南柯夢》的一般。後來落了個身首異處，抄沒了家私，連累了妻子。
第十七回	你道卻是為何？若是真有甚閒神野鬼，他見了真經，自然是要退避的；那護法的諸神自然是不放他進去。晁源見的這許多鬼怪，這是他自己虧心生出來的原不是當真有什麼鬼去打他……這還他自己心神不安，乘著虛火作祟，所以那真經當得甚事？
第二十回	看官！你道這夥婆娘都是怎生模樣？
二十六回	看官試想：一個神聖，原是塑在那裡儆惕那些頑梗的兇民，說是你就逃了官法，斷乎逃不過那神靈。 此事只好看官自悟罷了，怎好說得出口，捉了筆寫在紙上？還有那大綱節目的所在，都不照管，都是叫人不忍說的，怎不叫那天地不怒，神鬼包容？只恐不止壞民風，還要激成天變！
三十二回	看官聽！但凡人做好事的，就如那苦行修行的一般。那修行的人，修到那將次得道的時候，千狀百態，不知有多少魔頭出來瑣碎……
三十四回	看官聽說，你道我說許多話頭作甚？如今要單表狄員外掘藏還金的事情。
三十五回	看官自想，我這話不是過激的言語。北邊每一鄉科，每省也中七八十個舉人，每一會場，一省也成二三十人中進了…
四十六回	卻說是晁夫人從晁梁七歲的時候就請武城學的一個名士尹克任教他開蒙讀書，直教到十六歲。
五十一回	看官聽說！你想這劉恭兩個虺雄大蟲，豈是叫人數人，受人罵「老忘八羔子」的人？
五十三回	看官聽說！若當日眾人要去打搶的時候，這晁近仁能拿出一段天理人心的議論，止住了眾人的邪謀，這是第一等好人了；約料說他不聽，任憑他們去做，你靜坐在家，看他們相螃蟹一般的橫跑，這是第二等好人了；再其次，你看他們鷸蚌相爭，爭得來時，怕沒了你的一份麼？這雖不是甚麼好人，也還強如眾人毒……
六十七回	看官聽說，那回回婆毒似金剛，狠如羅剎，是受老公這樣罵的？
七十九回	卻說童家寄姐從小與狄希陳在一處，原為情意相投，後才結了夫婦，你恩我愛，也可以稱得和好。寄姐在北京婦人之中，性格也還不甚悍戾。不知怎生原故，只一見了丫頭珍珠，就是合他有世仇一樣，幸得還不十分打罵。
九十二回	看官試想，一個老婆婆，有衣有物的時節還要打罵凌辱，如今弄得精打光的，豈還有好氣相待不成。

附錄八：《紅樓夢》──看官聽說

第一回	列位看官，你道此書從何而來？說起根由雖近荒唐，細按則深有趣味。待在下將此來歷注明，方使閱者了然不惑。

附錄九：《金瓶梅》──「話休饒舌」、「光陰迅速」、「有話即長，無話即短」

第一回	話休饒舌。撚（燃）指過了四五日，卻是十月初一日。西門慶早起，剛在月娘房裡坐的……
第二回	有話即長，無話即短，不覺過了一月有餘，看看十一月天氣，連日朔風緊起，只見四下彤雲密布，又早紛紛揚揚飛下一天瑞雪來。 說這武松自從搬離哥家，燃指不覺雪晴，過了十數日光景。 白駒過隙，日月如梭，才見梅開臘底，又見天氣回陽。
第八回	光陰迅速。單表武松自領知縣書禮駄担，離了清河縣，道到東京朱太尉處，交割了箱。等了幾日，討得回書，領一行人取路回山東而來。去時三四月天氣，回來卻淡暑新秋。路上雨水連綿，遲了日限。 光陰似箭，日月如梭，又早到八月初六日。西門慶拿了數兩碎銀錢，來婦人家，教王婆報恩寺請了六箇僧，在家做水陸，超度武大，晚夕除靈。
第十三回	光陰迅速，又早九月重陽。
第十四回	話休饒舌。後來子虛只攢湊了二百五十兩銀子，買了獅子街一所房屋居住。得了這口重氣，剛搬到那裡，又不幸害了一場傷寒，從十一月初句，睡倒在床上，就不曾起來。初時還請太醫來看，後來怕使錢，只挨著。一日兩，兩日三，挨到二十頭，嗚呼哀哉，斷氣身亡，亡年二十四歲。
第十六回	光陰迅速，西門慶家已蓋了兩月房屋。
三十三回	光陰迅速，日月如梭，不覺八月十五日，月娘生辰來到，請堂客擺酒。

附錄十：《醒世姻緣傳》──光陰迅速

二十九回	光陰易過，轉眼到了那年六月盡邊。
三十六回	光陰似箭，日月如梭。春鶯年長三十歲。晁夫人七十四歲。小和尚長了十四歲。
四十四回	時光易過，轉眼就是明年。
四十八回	光陰似箭，日月如梭，不覺就是兩月。
四十九回	光陰迅速，不覺又是次年四月十五日辰時，去昨年畢姻的日子整整一年，生了一個白胖旺跳的娃娃
七十九回	但只是時光易過，寄姐這活病不久就好來。
九十二回	光陰迅速，不覺將到三年。胡無翳一為晁夫人三年周忌。

附錄十一：《林蘭香》——光陰迅速

第十八回	光陰過客，轉眼又過了填倉、送窮諸日。
第三十回	光陰迅速，已是初冬，家家拜墓，燒送寒衣。
三十三回	光陰如箭，早已二月初旬，孟征又聚眾議事。
三十八回	卻說耿朗自驚夢之後，著實思念夢卿。雖日日計議軍機，卻時時放心不下。光陰迅速，已是臘月。
四十六回	光陰迅速，又是正統二年正月。
五十七回	光陰似箭，日月如梭。棠夫人自景泰五年七月病故後，至天順元年七月，已滿三年。

附錄十二：《紅樓夢》——光陰迅速

第一回	眞是閑處光陰易逝，倏忽又是元宵佳節矣。
二十五回	青埂峰一別，展眼已過十三載矣！人世光陰，如此迅速，塵緣滿日，若似彈指！

附錄十三：《林蘭香》——按下這邊說話

第五回	按下這邊說話。

附錄十四：《金瓶梅》：一宿晚景題過

二十八回	（西門慶和潘金蓮）二人淫樂爲之無度。 一宿晚景題過。到次日，西門慶往外邊去了。
四十六回	一宿晚景題過。到次日，西門慶往衙門中去了。
第七十回	一宿晚景題過。到次日，早到何千戶家。
七十七回	一宿晚景題過。到次日，卻是初八，打聽何千戶行李都搬過夏家房子內去了。
七十八回	西門慶到孫雪娥房中，交他打腿捏身上，捏了半夜。 一夜晚景題過。到次日早晨，只見應伯爵走來。
七十八回	一夜晚景題過。次日潘金蓮生日，
七十九回	西門慶將要油枯燈滅，髓竭人亡。 一宿晚景題過。到次日清早辰，西門慶起來梳頭，忽然一陣昏暈，望前一頭搶將去。早被春梅雙手扶住，不曾跌著磕傷了頭臉。
八十一回	（陳與潘）兩個雲雨畢，婦人拿出五兩碎銀子來，（因隔日西門出殯）遞與敬濟，（要他替她發送潘姥姥）。說畢，恐大姐進房，老早歸廂房中去了。一宿晚景休題。 到次日，到飯時就來家。

| 八十六回 | 敬濟倒在炕上睡，一宿晚景題過。 |
| 第一百回 | 一夜晚景題過，到次日天明，眾夫子都去了，韓二交納了婆婆房錢，領愛姐作辭出門，望前途所進。 |

附錄十五：《林蘭香》──一宿提過

| 第五回 | 卻說愛娘、雲屏一宿提過，至次日梳洗已畢。 |

第三章：

附錄十六：《金瓶梅》──人物的生日：

第八回	西門慶	七月將盡，西門慶先娶了楊玉樓一月不曾往潘金蓮處，壽誕隔日，「兩人儘力盤桓，淫欲無度」。
第十二回	西門慶	西門慶梳籠李桂姐。西門慶從院來家上壽。 潘金蓮盼他不回，叫小廝玳安來請，引發桂姐醋意，又引出潘與琴童行樂，金蓮惹鞭受打。
第十四回	潘金蓮	（按：金蓮生日，瓶兒祝壽，打點妥貼，連不受寵的孫雪娥及丫頭春梅都一一送禮。金蓮壽宴上說：大娘生日是八月十五，二娘好歹來走走）
第十五回	李嬌兒	正月十五日。西門慶先一日差玳安送了四盤羹菜、一罈酒、一盤壽桃、一盤壽麵，一套織金重絹衣，寫吳月娘名字，送與李嬌兒做生日。
第十六回	應伯爵	西門慶那日封了三錢銀子人情，與應伯爵做生日。早辰拿了五兩銀子與玳安，教他買辦置酒，晚夕與李瓶兒除（孝）服。
第十七回	周守備	話說五月二十日，帥府周守備生日。西門慶往他家拜壽，仍趕到瓶兒家，說好二十四日行禮。但當日晚夕，女婿女兒來投奔。
第十九回	夏提刑	一日，八月初旬、與夏提刑做生日，在新買庄上擺酒。（按：生日本身沒意義，只說出西門慶不在家的理由，但卻在生日會後吃酒回家的途中遇見了魯華張勝，兩個雞竊狗盜之途。） 8月15日是吳月娘生日，西門慶卻逕自往李娃姐家。
第二十回	李桂姐的五姨媽	虔婆道：「桂姐連日在家伺候姐夫，不見姐夫來。今日是他五姨媽生日，拿轎子接了與他五姨媽做生日去了。（按：這是虔婆藉口，原來桂姐接了杭州販絲商人為恩客。正好西門慶往後邊更衣，親眼撞見。）
二十一回	孟玉樓	應伯爵、謝希大受了李家燒鵝瓶酒，恐怕西門慶擺他家，敬來邀請西門慶進裡邊陪禮。月娘欲阻止西門，只道：「你和休吃了，別要信著又勾引的往那去了。今日孟三姐晚夕上壽哩。」

二十二回	孟玉樓	話次日，有吳大妗子、楊姑娘、潘姥姥眾堂客，因來與孟玉樓做生日，其中惹出一件事來。（按：賣棺材宋仁的女兒，名喚金蓮，金蓮原嫁蔣聰，來旺刮上金蓮，蔣聰酒醉被廚役打死後再嫁來旺，金後改名蕙蓮，又刮上了西門慶。） 過了玉樓生日。月娘往對門大戶家吃酒去。西門慶與蕙蓮在藏春塢山子洞裡私通，叫金蓮撞見。埋下金蓮教唆西門慶將來旺遞解徐州、蕙蓮自殺的命運。
二十三回	潘金蓮	寫金蓮生日，也是因妻妾們想吃蕙蓮燒的豬頭。因而妻妾們輪流擺宴治酒，初五是月娘，李嬌了初六，玉樓初七，金蓮初八，而初九又是金蓮生日，李瓶兒初十治酒。
二十六回	李嬌兒	四月十八日，李嬌兒生日，院中李媽媽並李桂姐，都來與他做生日。因潘金蓮挑撥離間，蕙蓮和孫雪娥大吵並打了起來，最後蕙蓮氣不過含羞自縊。
二十七回	蔡太師	西門慶打點三百兩金銀，交顧銀率領許多銀匠，在家中捲棚內打造蔡太師上壽的四陽捧壽的銀人，每一座高尺有餘。又打了兩把金壽字壺。尋了兩副玉桃盃、兩套杭州織造的大紅五彩羅段紵絲蟒衣，只少兩疋玄色焦布和大紅紗蟒，一地裡拿銀子也尋不出來。李瓶兒道：「我那邊樓上還有幾件沒裁的蟒，等我瞧去。」西門慶隨即與他同往樓上去尋，揀出四件來：兩件大紅紗，兩件玄色焦布，俱是織金邊五彩蟒衣，比織來的花樣身份更強幾倍。
三十回	蔡太師	但見：黃烘烘金壺玉盞，白晃晃減仙人，錦繡蟒衣，五彩奪目，南京紵段，金碧交輝。湯羊美酒，盡貼封皮，異菓時新，高堆盤盒。 而這生日種種賀禮，讓西門慶從一個「鄉民」成了「山東提刑所的理刑副千戶」
三十一回	官哥兒	李瓶兒坐褥一月將滿。吳妗子、二妗子、楊姑娘、潘姥姥、吳大姨、喬大戶娘子，許多親鄰堂客女眷，都送禮來，與官哥兒做月。院中李桂姐、吳銀兒見西門慶做了提刑所千戶，家中又生了子，亦送大禮，坐轎子來慶賀。
三十三回	吳月娘	八月十五日，月娘生辰來到，請堂客擺酒
三十九回	潘金蓮	潘金蓮生日，有吳大妗子、潘姥姥、楊姑娘、郁大姐，都在月娘上房坐的。見廟裡送了齋來。（道士給李瓶兒的兒子官哥兒取名吳應元，潘金蓮怪道，如何給孩子改了姓。又紅紙上只在西門慶同室人吳氏，傍邊只李氏，再沒有別人，心中有幾分不忿）
四十一回	李瓶兒	（按：潘金蓮指桑罵槐，西門慶回家，瓶兒並不告狀，只告訴西門慶「心中不自在」），西門慶告說：「喬親家那裡，送你的生日禮來了。」

四十二回	李瓶兒	十五日請喬老親家母、喬五太太并尚舉人娘子、朱序班娘子、崔親家母、段大姐、鄭三姐來赴席，與李瓶兒做生日，并吃燈酒。 且說那日院中吳銀兒先送了四盒禮來，又是兩方銷金汗巾，一雙女鞋，送與李瓶兒上壽，就拜乾女兒。
四十九回	王六兒 李嬌兒	那日四月十七日，不想是王六兒生日，家中又是李嬌兒上壽，有堂客吃酒。
五十回	王六兒	王六兒出來與西門慶磕了頭，在傍邊陪坐，說道：「無事，請爹過來散心坐坐。又多謝爹送酒來。」 西門慶道：「我忘了你生日。今日往門外送行去，纔來家。」因向袖中取出一根簪兒，遞與他道：「今日與你上壽。」婦人接過來觀看，卻是一對金壽字簪兒，說道：「到好樣兒」。
五十二回	李桂姐的娘	李桂姐接過曆頭來看了，說道：「這三十四日，苦惱！是俺娘的生日，我不得在家。」月娘道：「前月初十日是你姐姐生日，過了。這二十四日，可可兒又是你媽的生日。原來你院中人家一日害兩樣病，作三個生日：日裡害思錢病，黑夜思漢子的病；早辰是媽的生日，晌午是姐姐生日，晚夕是自己生日。怎的都在一塊了？趁著姐夫有錢，掇著都生日了罷。
五十五回	蔡太師	候忽過了數日，看看與蔡太師壽誕將近，只得擇了吉日，分付琴童、玳安、書童、畫童四個小廝跟隨。 須臾，二十扛禮物擺列在地下。揭開了涼箱蓋，呈上一個禮目：大紅蟒袍一套、官祿龍袍一套、漢錦二十疋、蜀錦二十疋、火浣布二十疋、西洋布二十疋，其餘花素尺頭共四十疋、獅蠻玉帶一圍、金鑲奇南香帶一圍、玉杯犀杯各十對、赤金攢花爵杯八隻、明珠十顆，又另外黃金二百兩，送上蔡太師做贄見禮。蔡太師看了禮目，又瞧見檯上二十來扛，心下十分懽喜。
五十八回	西門慶	到次日廿八，乃西門慶正生日。剛燒畢紙，只見韓道國後生胡秀到了門咱，下頭口。左右稟知西門慶，就叫胡秀到廳上，磕頭見了。 正吃間，忽聞前邊鼓樂響動，荊都監眾人都到齊了，遞酒上座。 先是雜耍百戲，吹打彈唱，隊舞纔罷，做了個笑樂院本。 任醫官令左右，氈包內取出一方壽帕、二星白金來，與西門慶拜壽
五十九回	吳月娘	看看到八月十五日將近，月娘因他（官哥兒）不好，連自家生日都回了不做，親戚內眷，就送禮來也不請。
六十七回	喬親家長姐	月娘便說：「這出月初一日，是喬親家長姐生日，咱也還買分禮兒送了去。常言先親後不改，莫非咱家孩兒沒了，就斷禮不送了？」

六十八回	喬親家長姐	到十一月初一日，西門慶往衙門中回來，又往李知縣衙內吃酒去，月娘獨自一人，素粧打扮，坐轎子往喬大戶家與長姐做生日，都不在家。
	張西村家	西門慶看了帖兒，笑道：「我初七日不得閒，張西村家吃生日酒。倒是明日空閒。」
		到次日，西門慶早往衙門中去了。且說王姑子打聽得知，大清早辰走來，說薛姑子攬了經去，要經錢。月娘怪他也道：「你怎的昨日不來？他說你往王皇親家做生日去了。」
六十九回	林太太	（西門慶與林太太）眉目顧盼留情……文嫂在傍插口說道：「老爹且不消遞太太酒。這十一月十五日是（林）太太生日，那日送禮來與太太祝壽就是了。」西門慶道：「啊呀！早時你說，今日是初九，差六日。我在下已定來與太太登堂拜壽。」林氏笑道：「豈敢動勞大人！」須臾，大盤大碗，是十六碗美味佳餚，傍邊絳燭高燒，下邊金爐添火，交杯一盞，行令猜枚，笑兩嘲雲。
		酒為色膽。…兩個芳情已動。文嫂已過一邊，連次呼酒不至。西門慶見左右無人，漸漸促席而坐，言頗涉邪，把手捏腕之際，挨肩擦膀之間。初時戲摟粉項，婦人則笑而不言，次後欸啟朱唇，……不覺蝶浪蜂狂。
七十二回	夏娘子	西門慶又說：「夏大人臨來，再三央我早晚看顧看顧他家裡，容日你買分禮兒走走去。」月娘道：「他娘子出月初二日生日（指十二月），就一事兒去罷。」
	孟玉樓	西門慶…差玳安送去，與（林）太太補個生日之禮。
		那日又是孟玉樓上壽，院中叫小優兒晚夕彈唱。
七十三回	孟玉樓	約後晌時分，月娘放桌兒炕屋裡，請眾堂客並三個姑子坐的，又在明間內放八仙桌兒，鋪著火盆擺下案酒與孟玉樓上壽。……西門慶坐在上面，不覺想起去年玉樓上壽還有李大姐，今日妻妾五個，只少了他，繇不得心中痛酸，眼中落淚。
七十四回	孟玉樓	那日韓道國娘子王六兒沒來，打發申二姐買了二盒禮物坐轎子，他家進財兒跟著，也來與玉樓做生日。
		（按：李桂姐利用孟玉樓作壽，來向西門慶陪罪）
七十八回	潘金蓮	玳安道：「如今家中，除了俺大娘和五娘不言語，別的不打緊。俺大娘倒也罷了，只是五娘快出尖兒。你依我，節間買些甚麼兒，進去孝順俺大娘。別的不希罕……這初九是俺五娘生日，送些禮去，梯己再送一盒瓜子與俺五娘，管情就掩住許多口嘴。」
七十九回	花大哥	伯爵向西門慶說道：「明日花大哥生日，你送了禮去不曾？」
八十一回	玉枝兒	又值玉枝兒鴇子生日，這韓道國又邀請眾人，擺酒與鴇子王一媽做生日。

八十六回	孟玉樓	十一月念七日，孟玉樓生日。玉樓安排了幾碟酒菜點心，好意教春鴻拿出前邊舖子教敬濟陪傅夥計吃。
九十五回	吳月娘	一日，八月十五日，月娘生日。有吳大妗、二妗子並三個姑子，都來與月娘做生日，在後邊堂屋裡吃酒。晚夕，都在孟玉樓住的廂房內聽宣卷。到二更時分，中秋兒便在後邊竈上看茶，絮著月娘叫，都不應。月娘親自走到上房裡，只見玳安兒正按著小玉，在炕上幹得好…月娘…只推沒看見。這讓平安兒很不平。平安兒起了財心偷走家私被吳典恩巡簡拿住。吳典恩認爲一定是玳安兒與月娘有奸情，才把丫頭配給他，逼著平安兒作假口供。（春梅幫著解決了這個問題，吳月娘叫來薛嫂，致謝了春梅）
九十六回	孝哥兒	春梅和周守備說了，備了一張祭卓、四樣羹果、一罈南酒，差家人周仁送與吳月娘。一者是西門慶三周年，二者是孝哥兒日。 月娘道：姐姐，你是幾時好日子？ 我只到那日買禮看姐姐去罷。」春梅道：「奴賤是四月廿五日。」
九十七回	龐春梅	（按：春梅教陳敬濟假是自己的姑表兄弟，春梅說：）「等住回他若問你，只說是姑表兄弟，我大你一歲，二十五歲了，四月廿五日午時生的。」

附錄十七：《醒世姻緣傳》生日

第五回	晁夫人	十月初一日，晁夫人生日。這班人挑了箱，喚到衙內，扮戲上壽。
	王振	到了十三日，王振的生日，蘇、劉二錦衣各備了幾件希奇古怪的物件，約齊了同去上壽。只見門上人海人山的擁擠不透，都是三閣下、六部五府、大小九卿、內府二十四監官員，伺候拜壽。
第十四回	珍哥	四月初七日是珍哥的生日，晁大舍外面抬了兩罈酒，蒸了兩石麥的饅饅，做了許多暖飯，運到監中，要大犒那合監的囚犯，兼請那些禁子喫酒……
第十九回	小鴉兒的姐姐	直到六月十三……那日是他姐姐的生日，小鴉兒買了四個鱉魚，兩大枝藕，一瓶燒酒，起了個黎明，去與他姐姐做生日，說過當日不得回來，趕在第二日早涼回家，方才挑擔出去。 小鴉兒那日與姐姐做了生日，到了日落的時候，要辭他姐姐起身，姐夫與外甥女再三留他不住。拿了一根悶棍，放開腳一直回來，看到大門緊緊的關著，站住了腳…小鴉兒把唐氏與晁源都殺了。）
二十一回	晁夫人	到了初一日，二人早到廳上，送了幾樣禮，要與晁夫人拜壽。晁夫人又出去見了，晁夫人因有重孝，都不曾收親眷們的

		禮，這人單擺了一桌素筵款待片雲、無翳。
		又說這十月初一日是晁夫人的六十壽旦，所以特來與奶奶拜壽，也看看老爺，不料得老爺與大官人俱棄世去了。
		到了初一日，二人早到廳上，送了幾樣禮，要與晁夫人拜壽。（梁片雲決定托生與晁老妾生作兒子，報晁夫人的恩。）過了年，忙著孩子的滿月。
二十二回	晁夫人	（晁梁爲片雲托生）胡無翳住了一個多月…小和尚將近三個月了，那小和尚（晁梁）看見胡無翳，把手往前撲兩撲，張著口大笑…無翳道：「小相公無災無難，易長易大的侍奉奶奶，我到十月初一日來與奶奶慶壽，再來望你。」
四十三回	晁夫人	晁夫人生日。小珍哥替晁夫人做了一雙壽鞋，叫人送了出來。晁夫人看了，倒也恓惶了一會。
第七十回	陳公公的母親	九月十六日是陳公公的母親的壽日，陳公公新管了東廠，好不聲勢來與陳太太做生日的如山似海。
七十六回	素姐	二月十六日是素姐的生日，這夥狐群狗黨的老婆都要來與素姐上壽。
七十九回	相棟宇	一日三月十六，相棟宇的生日，狄希陳慶壽赴席。（按寄姐裝扮成珍珠的模樣，狄希陳錯以爲是小珍珠，教寄姐打鬧了一番）
第九十回	晁夫人	那日正是十月初一，晁夫人的壽辰，縣官具了彩亭門扁。這武城縣各里的里老收頭，排年什季，感激晁夫人母子的恩德，攢了分資，成群打夥散在各廟裡，請了僧尼道士，都與晁夫人做壽生道場，保護他務活一百二十年紀。胡無翳每年凡遇晁夫人的生日，都來慶壽。卻說晁夫人一百零四歲的壽辰，興旺人家，那個不來趨奉？
九十二回	陳師娘	六月初二日是陳師娘生日，姜氏同春鶯進城與他拜壽。
九十三回	晁夫人	每年三月十五日是晁夫人昇仙的誕日，那燒香的儀註，大約與泰山進香不甚相遠。

附錄十八：《林蘭香》生日

第三十回	耿朗	耿朗生辰，雲屏五人稱賀已畢。男自眾允以下，都在儀門下，女自和氏以下，都在儀門內，依次叩拜。次是枝兒等五個行禮耿朗就筵間各賞些莕酒花糕。
五十一回	雲屏	一連數日，忽忽不樂。才過八日，又是上元。已過送窮，又逢迎富，乃雲屏生辰，早間供過太陽糕，親眷都送壽禮來。鬧鬧熱熱，至晚方息。耿朗獨不見有香兒娘家的人，對景思人，不免在暗地落淚。到得三月清明，家家拜掃，上過了祖先的正祭，獨自一人，又出城來。

	彩雲	眾無悔、需吉雖不明攔，卻支支吾吾的耽延到三月十六日，乃彩雲生辰，春畹來拜壽，想著香兒與彩雲最好，彩雲若要阻止，耿朗必不疑心。乃將上項事告訴彩雲。

附錄十九：《紅樓夢》人物的生日

十一回	賈敬	話說是日賈敬的壽辰，賈珍先將上等可吃的東西、稀奇的果品，裝了十六大捧盒，著賈蓉帶領家下人等與賈敬送去…這裡漸漸的就有人來了。
二十二回	寶釵	誰想賈母自見寶釵來了，喜她穩重和平，正值她才過第一個生辰，便自己蠲資二十兩，喚了鳳姐來，交與她置酒戲。 至二十一日，就賈母內院中搭了家常小巧戲臺，定了一班新出小戲，崑弋兩腔皆有。就在賈母上房排了幾席家宴酒席，並無一個外客，只有薛姨媽、史湘雲、寶釵是客，餘者皆是自己人。
二十九回	薛蟠	至初三日，乃是薛蟠生日，家裡擺酒唱戲，來請賈府諸人。
四十二回	巧哥兒	可巧是七月初七日。就叫他巧哥兒。
四十三回	鳳姐	賈母向王夫人笑道：我打發人請你來，不為別的。初二是鳳丫頭的生日，上兩年我原早想替他做生日，偏到跟前有大事，就混過去了。今年人又齊全，料著又沒事，咱們大家好生樂一日。
五十七回	薛姨媽	今是薛姨媽的生日，自賈母起諸人皆有祝賀之禮。
六十二回	寶玉、寶琴、平兒、岫烟	當下又值寶玉生日已到，原來寶琴也是這日，二人相同。因王夫人不在家，也不曾像往年鬧熱。 原來今兒也是姐姐的芳誕（指平兒） 湘雲拉寶琴岫烟說：「你們四個人對拜壽，直拜一天才是。」探春笑道：「一年十二個月，月月有幾個生日。人多了，便這等巧，也有二個一日、兩個一日的。大年初一日也不白過，大姐姐占了去。怨不得他福大，生日比別人就占先。又是太祖太爺的生日。過了燈節，就是老太太和寶姐姐，他們娘兒兩遇的巧。三月初一日是太太，初九日是璉二哥。二月沒人。」襲人道：「二月十二是林姑娘，怎麼沒人？就只不是咱家的人。」寶玉笑指襲人道：「他和林妹妹是一日，所以他記得。」
第七十回	探春	次日乃是探春的壽日，元春早打發了兩個小太監送了幾件頑器。合家皆有壽儀，自不必說。
七十一回	賈母	因今歲八月初三日乃賈母八旬之慶。議定於七月二十八日起至八月初五日止榮寧兩處齊開筵宴。 二十八日請皇親駙王公諸公主郡主王妃國居太君夫人。二十九日便是閣下都府督鎮及誥命等。三十日便是諸官長及誥命

		並遠近親友及堂客。初一日是賈赦的家宴，初二日是賈政，初三日是賈璉賈珍，初四日是賈府中合族長幼大小共湊的家宴。初五日是賴大林之孝等家下管事人等共湊一日。自七月上旬，送壽禮者便絡繹不絕。
八十五回	北靜王	「今日是北靜王生日，請老爺的示下。」
一百八回	寶釵	賈母合他母親（薛姨媽）道：「可憐寶丫頭做了一年新媳婦，家裡接二連三的有事，總沒有給他做過生日，今日我給他做個生日，請姨太太、太太們來大家說說話兒。」
百十八回	賈母冥壽	到了八月初三日，這一日是**賈母**的冥壽。

附錄二十：《金瓶梅》的節令

第十三回	光陰迅速，又早九月**重陽**。
二十三回	話說一日臘盡春回，**新正佳節**，西門慶賀節不在家，吳月娘往吳大妗子家去。
二十四回	話說一日，天上元宵人間燈夕……正月十六，合家歡樂飲酒。
二十五回	話說燈節已過，又早清明將至。
四十七回	一日，也是合當有事。**年除歲末**，漁翁忽帶著安童正出河口賣魚，正撞見陳三、翁八在船上飲酒，穿著他主人衣服，上岸買魚。
四十八回	西門慶因墳上新蓋了山子捲棚房屋，自從生了官哥，井做了千戶，還沒往墳上祭祖……三月初六日清明，預先發束。
七十八回	看看到**年除**之日，窗梅表月，簷雪滾風，竹爆千門萬戶，家家貼春聯，處處掛桃符。西門慶燒了紙，又到李瓶兒房，靈前祭奠。祭畢，置酒於後堂，闔家大小歡樂。手下家人小廝并丫頭、媳婦都來磕頭。西門慶與吳月娘，俱有手帕、汗巾、銀錢賞賜。 到次日，重和元年新**正月元旦**，西門慶早起冠冕，穿大紅，天地上燒了紙，吃了點心，備馬就拜巡按賀節去了。月娘與眾婦人早起來，施朱敷粉，插花插翠，錦裙繡襖、羅襪弓鞋，粧點妖嬈，打扮可喜，都來月娘房裡行禮。
八十三回	話說潘金蓮見陳敬濟天明越牆過去了，心中又後悔。次日卻是七月十五日，吳月娘坐轎子往地藏庵薛姑子那裡，替西門慶燒**盂蘭會**箱庫去。 一日，八月**中秋**時分，金蓮夜間暗約敬濟賞月飲酒，和春梅同下鱉棋兒。
八十九回	且說一日，三月**清明**佳節，吳月娘備辦香燭、金錢冥紙、三牲祭物，攢了兩大食盒，要往城外墳上與西門慶上新墳祭掃。
九十七回	一日，守備領人馬出巡。正值五月**端午**佳節，春梅在西書院花亭上置了一桌酒席，和孫二娘、陳敬濟吃雄黃酒，解粽歡娛。

附錄二十一：《醒世姻緣傳》的節令

第二回	算計一發等到元旦出去拜節，就兼了謝客。正是日短夜長的時候，不覺的到了除夕，忙亂到了三更天氣。
第三回	到了除夕，打疊出幾套新衣，叫書辦預備拜帖…… 過了元旦，初二早辰，只得又去請楊古月來看病。
二十一回	瞬眼之間，過了年。忙著孩子的滿月，也沒理論甚麼燈節。
二十三回	這時恰值九月重陽。
二十四回	從三月起，八月中秋止，這幾個月，日間的時節……
五十四回	又因九月重陽，要叫尤聰治酒一桌抬過童家廳上，好同童奶奶合家小坐：
七十五回	過了端午，那明水原是湖濱低濕的所在，最多的是蚊蟲。
七十八回	就是大老爺家奶奶，也還有個節令，除了正月元旦，十五元宵，二月十九觀音菩薩聖誕，三月三王母蟠桃會，四月八浴佛，十八碧霞元君生日，七月十五中元，十月十五下元，十一月冬至，臘月日施粥，這幾日才是放人燒香的日子。

附錄二十二：《林蘭香》節令

第二回	明日七月十五（按：七月十五為中元節），今夜一天月色。
第十回	這日正值清明，宿雪早消，處處現來草根綠。
第十一回	時至中秋已後，菊花欲開，夢卿領著春畹在花廳邊收拾菊花枝葉。
第十八回	卻說彩雲、香兒十四日醉臥一夜，次日乃元宵佳節，梳妝已畢，都在雲屏房內閒坐。
第十八回	作過元宵，耿朗便約定公明達、季狸並諭知眾允，傳令邱頤、甘臨，用心預備。
二十二回	卻說夢卿病好已是五月端午，滿宅內各門各戶，高貼雲符，雙插艾葉。 耿朗道：「記得五年前，每逢端午日，必住各處遊賞……」
二十六回	原來渙渙自七月十五日（按，七月十五為中元節）到耿朗家後，無日不想耿服，無夜不夢耿服。再說七月十五日，耿服聞得棠夫人將渙渙送給彩雲的信息，好似一盆烈火，頓被水澆。
三十二回	時已臘月二十五日，與除夕不遠。 除夕聚會，夫妻六個只少夢卿。 朝天車馬，傳來爆竹聲中；獻瑞星雲，動向桃符光裡。群僕稱賀，耿朗入朝。時宣德六年正月元旦也。
第四十回	卻說自順哥出痘之後，又早黃鳥呼春，青鳥送風。雨開柳眼，露發桃腮，已是三月清明時候。
四十一回	這日正值五月端陽，時當插艾節及浴蘭，處處包菰，家家掛索。順哥身穿彩衣，臂係靈符。

五十一回	一連數日，忽忽不樂。才過八日，又是**上元**。 到得三月**清明**，家家拜掃，上過了祖先的正祭，獨自一人，又出城來。
五十三回	黃雀風來，已成梅夏。濯枝雨過，又是麥秋。**端午**這一日，耿朗家戶掛靈符，門插艾葉。 伏日之後，又染了些濕潮。 耿朗得知，便依海氏木媽之言，與醫生商酌調理。果然見效，到**中元節**便大有起色。
五十八回	本月十五，節又**中元**。

附錄二十三：《紅樓夢》的節令

第一回	一日，早又**中秋佳節**。士隱家宴已畢，乃又另具一席於書房，卻自己步月至廟中來雨村。原來雨村自那日見了甄家之婢曾回顧他兩次，自為是個知己，便時刻放在心上。今天又值中秋，不免對月有懷。 真是閑處光陰易逝，倏忽又是**元宵佳節**矣。
二十七回	至次日乃是四月二十六日，原來這日未時**交芒種節**。尚古風俗：凡交芒種節的這日，都要設擺各色禮物，祭餞花神，言芒種一過，便是夏日了，眾花皆卸，花神退位，須要餞行。
二十九回	單表到了初一這一日，榮國府門前車輛紛紛，人馬簇簇。那底下凡執事人等，聞得是貴妃作好事，賈母親去拈香，正是初一日乃月之首日，況是**端陽節**間，因此凡動用的什物，一色都是齊全的。
第三十回	原來明日是**端陽節**，那文官等十二個女子都放了學，進園來各處頑要。
三十一回	這日正是**端陽節**，蒲艾簪門，虎符繫臂。午間，王夫人治了酒席，請薛家母女等賞午。
五十三回	已到**臘月二十九日**，各色齊備，兩府中都換了門神、聯對、掛牌，新油了桃符，煥然一新。 次日五更，賈母等又按品大妝，擺全副執事進宮朝賀，兼祝元春千秋。領宴回來，又至寧府祭過列祖，方回來受禮畢，便換衣歇息。……親友絡繹不絕，一連忙了七八日才完了。早又**元宵**將近，寧榮二府皆張燈結彩。
五十五回	且說**元宵**已過，只因當今以孝治天下，目下宮中有一太妃欠安，故各嬪妃皆為之減膳謝妝，不獨不能省親，亦且將宴樂俱免。故榮府今歲**元宵**亦無燈謎之集。
七十五回	果然賈珍者煮了一口豬，燒了一腔羊，餘者桌菜及果品之類，不可勝記，就在會芳園叢綠堂中，屏開孔雀，褥設芙蓉，帶領妻子姬妾，先飯後酒，開懷**賞月**作樂。 真是月明燈彩，人氣香烟，晶豔氤氳，不可形狀。地下鋪著拜錦褥。 賈母便說：「賞月在山上最好」……於是行令飲酒玩樂一番。

九十六回	且說賈政那日拜客回來，眾人因為燈節底下，恐怕賈政生氣，已過去的事了，便也都不肯回。
一百二回	先前眾姐們都住在大觀園中，後來賈妃薨後，也不修葺。到了寶玉娶親，林黛玉一死，史湘雲回去，寶琴在家住著，園中人少，況兼天氣寒冷，李紈姐妹、探春、惜春都挪回舊所。到了花朝月夕，依舊相約玩耍。

參考書目

一、四部明清家庭小說原典

1. 蘭陵笑笑生,《新劇繡像批評金瓶梅會校本》,台北:曉園出版社,2001年9月。
2. 蘭陵笑笑生原著,梅節校訂,《夢梅館校本金瓶梅詞話》,台北:里仁出版社,2007年11月初版,2009年2月修訂一版。
3. 西周生輯著,袁世碩、鄒宗良校注,《醒世姻緣傳》,台北:三民書局,2000年2月。
4. 隨緣下士,《林蘭香》,北京:中華書局,2004年6月。
5. 曹雪芹、高鶚原著,其庸等校注,《紅樓夢校注》,台北里仁書局,1984年4月。

二、古籍

1. 宋・陳元靚,《歲時廣記》,清光緒己年(1879年)清刻本,台北:新興書局,1977年8月。
2. 左丘明著,王守謙、金秀珍、王鳳春譯著《春秋左傳》,台北:臺灣古籍出版社,1996年。
3. 《太平御覽》卷三一引《風土記》,台北:臺灣商務出版社,1997年。
4. 晉・杜預編著,《春秋經集解》序,台北:台灣中華出版社,1996年。
5. 清・丁耀亢,《續金瓶梅》,濟南:齊魯書社,2006年。

三、家庭小說研究

1. 王建科,《元明家庭家族敘事文學研究》,北京:中國社會科學院出版社,2003年11月。
2. 肖明翰,《大家族的沒落》,廣西:廣西師範大學,1994年。

3. 段江麗，《禮法與人情——明清家庭小的家庭主題研究》，北京，中華書局，2006 年 5 月。

4. 曹書文，《家族文化與中國現代文學》，北京：新華書店，2002 年 12 月。

5. 梁曉萍，《明清家族小說的文化與敘事》，天津：南開大學出版社，2008 年 2 月。

6. 楚愛華，《明清至現代家族小說流變研究》，山東：齊魯書社，2008 年 10 月。

7. 薩孟武，《紅樓夢與中國舊家庭》，台北：三民書局，1993 年。

四、關於四部明清家庭小說

1. 王佩琴，《《紅樓夢》夢幻世界解析》，台北：文津出版社，1997 年 3 月。

2. 王國維、林語堂等著，《紅樓夢藝術論》，台北：里仁書局，1984 年。

3. 朱淡文，《紅樓夢論源》，江蘇：江蘇古籍出版社，1992 年 6 月。

4. 朱嘉雯編著，《紅樓夢導讀》，宜蘭：佛光人文社會學院，2003 年 7 月。

5. 江佩珍，《閱讀賈寶玉——從語言溝通的角度探討小說人物塑造》台北：文津出版社，2004 年 3 月。

6. 何良昊，《世情兒女——《金瓶梅》與民俗文化》，哈爾濱：黑龍江人民出版社，2003 年 5 月。

7. 余英時，《《紅樓夢》的兩個世界》，台北：聯經，1978 年初版，2002 年 7 月。

8. 余國藩著、李奭學譯，《重讀石頭記——《紅樓夢》裡的情欲與虛構》，台北：麥田出版社，2004 年。

9. 李洪政，《金瓶梅解隱——作者·人物·情節》，台北：臺灣商務出版社，2000 年 8 月。

10. 周中明，《紅樓夢中的語言藝術》，台北：里仁出版社，1997 年 12 月初版，2001 年 1 月二刷。

11. 周汝昌、周倫玲編，《紅樓鞭影》，北京：北京師範學院出版，2003 年 3 月。

12. 金聖歎，〈讀第五才子書法〉，陳曦鍾、侯忠義、魯玉川輯校，《水滸傳會評本》，北京：北京大學出版，1998 年。

13. 俞平伯，《俞平伯論紅樓夢》上、下，上海古籍出版社，1988 年 3 月。

14. 俞平伯，《紅樓夢研究》，上海：復旦大學出版，2004 年 7 月。

15. 俞平伯，《脂硯齋紅樓夢輯評》，上海：文藝聯合出版社，1954 年。

16. 段江麗，《《醒世姻緣傳》研究》，湖南：岳麓書社，2003 年。

17. 胡文彬，《紅樓夢與中國文化論稿》，北京：中國書局，2005 年 1 月。

18. 胡衍南,《飲食情色金瓶梅》,台北:里仁書局,2004 年 4 月。

19. 胡適〈《醒世姻緣傳》考證〉,《醒世姻緣傳》,收入《胡適作品集》第十七集,台北:遠流出版公司,1986 年。

20. 夏薇,《《醒世姻緣傳》研究》,北京:中華書局,2007 年 2 月。

21. 孫遜,《紅樓夢探究》,台北:大安出版社,1991 年 11 月。

22. 康來新,《紅樓長短夢》,台北:台北駱駝出版社,1996 年 11 月。

23. 張竹坡,《金瓶梅會評會校本》,北京:中華書局,1998 年 3 月。

24. 張竹坡,《張竹坡評點第一奇書金瓶梅》,濟南:齊魯書社,1991 年二版。

25. 郭玉雯,《紅樓夢淵源論──從神話到明清思想》,台北:台大出版社,2006 年 10 月。

26. 郭玉雯,《紅樓夢學》,台北:里仁書局,2004 年 8 月。

27. 郭豫適編,《紅樓夢研究文選》,上海:華東師範大學出版社,1988 年 4 月。

28. 陳東有,《金瓶梅文化研究》,台北:貫雅文化出版社,1992 年 11 月。

29. 陳慶浩,《紅樓夢脂硯齋評語輯校》,香港:香港中文大學新亞書院、紅樓夢研究小組、巴黎第七大學東亞出版中心出版,香港:人文印務公司,1972 年 1 月。

30. 黃霖編,《金瓶梅資料彙編》,北京:中華書局,1987 年 3 月。

31. 詹丹,《紅樓情榜》,台北:時報出版社,2004 年 7 月。

32. 劉云春等編著,《百年紅學:從王國維到劉心武》,四川:四川人民出版社,2008 年 7 月。

33. 歐麗娟,《詩論紅樓夢》,台北:里仁書局,2001 年 1 月。

34. 蔡國梁,《金瓶梅社會風俗》,天津:百花文藝,2002 年 6 月。

35. 墨人,《紅樓夢寫作技巧》,台北:昭明出版社,2002 年 1 月。

36. 薛海燕,《一個詩性的文本──紅樓夢》,北京:中國社會科學院出版社,
37. 2003 年 11 月。

38. 薛海燕,《金瓶梅到紅樓夢──明清長篇世情小說研究》,台北:里仁書局,2009 年 2 月。

39. 魏子雲,《明代金瓶梅史料詮譯》,台北:貫雅文化,1992 年 6 月。

40. 魏子雲,《金瓶梅的問世與演變》,台北:時報出版,1981 年 8 月。

41. 魏子雲,《金瓶梅研究二十年》,台北:商務出版社,1993 年 10 月。

42. 譚倫傑,《俗世風情──話說《金瓶梅》》,台北:萬卷樓圖書出版,2001 年 1 月。

43. 關華山,《「紅樓夢」中的建築研究》,台北:境與象出版社,1984 年 5 月

初版，1988 年 10 月再版。

44. 龔鵬程，《紅樓夢夢》，台北：學生書局，2005 年 1 月。

五、小說研究

1. （美）艾梅蘭（Maram Epstein）著，羅琳譯，《競爭的話語---明清小說中的正統性、本真性及所生成之意義》，江蘇：江蘇人民出版社，2005 年 1 月。

2. 方正耀，《明清人情小說研究》，上海：華東師範大學，1986 年。

3. 王孝廉，《神話與小說》，台北：時報出版社，1986 年。

4. 王昕，《話本小說的歷史與敘事》，北京，中華書局，2002 年 12 月。

5. 王炎，《小說的時間性與現代性——歐洲成長教育小說敘事的時間性研究》，北京：外語教學與研究出版社，2007 年 5 月。

6. 石昌渝，《中國小說源流論》，北京：新華書局，1994 年 2 月初版，1994 年 10 月。

7. 向楷，《世情小說史》，浙江：浙江古籍出版社，1998 年 12 月。

8. 吳士余，《中國小說思維的文化機制》，上海：華東師範大學，1990 年 12 月。

9. 吳光正，《中國古代小說的原型與母題》，北京：社會科學出版社，2004 年 7 月二版二刷。

10. 吳秀玉，《李綠園與其《歧路燈》研究》，台北：師大書苑，1996 年 4 月。

11. 李修生、越義山主編，《中國分體文學史·小說卷》，上海：上海古籍出版社，2001 年。

12. 周建渝，《才子佳人小說研究》，台北：文史哲出版社，1998 年 10 月。

13. 金明求，《虛實空間的移轉與流動：宋元話本小說的空間探討》，台北：大安出版社，2004 年。

14. 金健人，《小說結構美學》，台北：木鐸出版，1986 年 6 月。

15. 胡益民、李漢秋著，《清代小說》，安徽：安徽教育出版社，1997 年 10 月第二版。

16. 胡萬川，《話本與才子佳人小說之研究》，台北：大安出版社，1994 年。

17. 夏志清，胡益民等譯，《中國古典小說史論》，2001 年 9 月初版，2003 年 3 月二刷。

18. 孫遜、孫菊園編，《中國古典小說美學資料滙粹》，台北：大安出版社，1991 年 1 月。

19. 高桂惠，《追蹤躡跡——中國小說的文化闡釋》，台北：大安出版社，2005 年 9 月。

20. 康來新，《晚清小說理論研究》，台北：大安出版社，1986 年 6 月出版，

1999 年 11 月第二版二刷。

21. 許麗芳，《章回小說的歷史書寫與想像──以三國演義與水滸傳的敘事為例》，台北：秀威資訊出版，2007 年 1 月。

22. 陳文新，《傳統小說與小說傳統》，武漢：武漢大學出版，2005 年。

23. 陳文新、魯小俊、王同舟，《明清章回小說流派研究》，武漢：武漢大學出版社，2003 年 7 月。

24. 陳平原，《小說史：理論與實踐》，北京：北京大學出版社，1993 年 3 月。

25. 陳平原，《陳平原小說史論集》上、下，石家莊：河北人民出版社，1997。

26. 陳惠英，《感性、自我、心象──中國現代抒情小說研究》，香港：商務印書館，1996 年 12 月。

27. 陳節，《中國人情小說通史》，南京：江蘇教育出版社，1998 年。

28. 程毅中，《明代小說叢稿》，北京：人民出版社，2006 年 12 月。

29. 黃清泉、蔣松源、譚邦和著，《明清小說的藝術世界》，台北：洪葉出版社，1995 年 5 月。

30. 黃霖等著，《中國小說研究史》，浙江：浙江古籍出版社，2002 年 7 月。

31. 楊昌年，《古典小說名著析評》，台北：五南圖書出版公司，1994 年 5 月初版，2005 年 3 月二版一刷。

32. 楊義，《楊義文存》第一卷，北京：人民出版社，1997 年 12 月。

33. 葉朗，《中國小說美學》，台北：里仁書局，1987 年 6 月。

34. 葉桂桐，《中國古代小說概論》，台北：文津出版社，1998 年。

35. 董乃斌，《中國古典小說的文體獨立》，北京，中國社會科學出版社，1994 年 2 月。

36. 董乃斌、薛天緯、石昌渝，《中國古典文學學術史研究》，新疆，新疆人民出版社，1997 年 11 月。

37. 趙毅衡，《苦惱的敘述者──中國小說的敘述形式與中國文化》，北京:中國人民大學出版社，1998 年。

38. 齊裕焜，《中國古代小說演變史》，蘭州：敦煌文藝出版社，1999 年 2 月二版。

39. 齊裕焜，《中國古典小說十二講》，香港：三聯書局，2006 年 6 月。

40. 樂蘅軍，《意志與命運──中國古典小說世界觀綜論》，台北：大安出版社，1992 年 4 月。

41. 樂蘅軍，《古典小說散論》，台北：大安出版社出版，2004 年 11 月，1976 年（又見於，台北：純文學出版）。

42. 歐宗智，《台灣大河小說家作品論》，台北：前衛出版社，2007 年 6 月。

43. 魯迅,《中國小説史略》,上海:上海古籍出版社,1998 年 1 月一版,2003 年 7 月一版七刷。

44. 魯德才,《古代白話小説形態發展史論》,天津:南開大學出版社,2002 年 12 月。

45. 蕭向愷,《世情小説史話》,瀋陽:遼寧教育出版社,1992 年。

46. 蕭向愷,《世情小説簡史》,山西:山西人民出版社,2005 年 6 月。

47. 龔鵬程,《中國小説史論》,台北:學生書局,2003 年。

六、與時間有關的著作

1. 史成芳,《詩學中的時間概念》,湖南:湖南教育出版,2001 年 6 月。

2. 吳國盛,《時間的觀念》,北京:中國社會科學出版社,1996 年 11 月。

3. 馬大康、葉世祥、孫鵬程,《文學時間研究》,北京:中國社會科學出版社,2008 年 12 月。

4. 陳榮華,《海德格存有與時間闡釋》,台北:臺大出版中心,2006 年。

5. 楊匡漢,《時空的共享》,河北:河北教育出版社,1998 年 7 月。

6. 楊河,《時間概念史研究》,北京:北京大學出版社,1998 年 2 月。

7. 劉文英,《中國古代的時空觀念》(修訂本),天津:開南大學出版,2000 年 9 月。

8. 關永中,《神話與時間》,台北:學生書局,2007 年 9 月。

9. (法) 路易・加迪 (Louis Gardet) 等著,鄭樂平、胡建平等譯,《文化與時間》,台北:淑馨出版社,1992 年 1 月初版,1995 年 8 月二版。

10. (美) 羅伯特・列文 (Robert Levine),范東生、許俊農等譯,《時間地圖──不同時代與民族對時間的不同解釋》,合肥:安徽文藝出版社,2000 年。

11. (英) K.里德伯斯 (K. Ridderbos) 編,章邵增譯,《時間》,北京:華夏出版社,2006 年 1 月。

12. (德) 恩斯特・波佩爾 (Ernst Poppel) 著,《意識的限度---關於時間與意識的新見解》,李百涵・韓力譯,台北:淑馨出版社,1997 年 2 月。

七、敘事學

1. 王昕,《話本小説的歷史與敘事》,北京:中國人民出版社,2002 年 12 月。

2. 王彬,《紅樓夢敘事》,北京:中國工人出版社,1998 年 5 月。

3. 申丹,《敘述學與小説文體學研究》,北京:北京大學出版社,1998 年 7 月。

4. 吳培顯,《當代小説敘事話語範式初探》,湖南:湖南師範大學出版社,2003 年 5 月。

5. 周裕鍇，《中國古代闡釋學研究》，上海：上海人民出版社，2003 年 11 月。

6. 林鎮山，《台灣小說與敘事學》，台北：前衛出版社，2002 年 9 月。

7. 胡亞敏，《敘事學》，武漢：華中師範大學出版社，2004 年 12 月二版。

8. 徐岱，《小說敘事學》，徐岱，北京：中國社會科學出版社，1992 年 9 月。

9. 格非，《小說敘事研究》，格非，北京：清華大學出版社，2002 年 9 月。

10. 高辛勇，《形名學與敘事理論——結構主義的小說分析法》，台北：聯經出版社，1987 年。

11. 康韻梅，《唐代小說承衍的敘事研究》，台北：里仁出版社，2005 年 3 月。

12. 陳平原，《中國小說敘事模式的轉變》，台北：久大出版社，1990 年。

13. 陳新，《西方歷史敘事學》，北京：社會科學文獻出版社，2005 年 7 月。

14. 傅延修，《先秦敘事研究——關於中國敘事傳統的形成》，北京：東方出版社，1999 年 12 月。

15. 楊義，《中國敘事學》：《楊義文存》第一卷，河北：人民出版社，1997 年。

16. 董小英，《敘述學》，北京：社會科學文獻出版社，2001 年 6 月。

17. 羅小東，《話本小說敘事研究》，河北：學苑出版社，2002 年 4 月。

18. 羅鋼，《敘事學導論》，雲南：雲南人民出版社，1994 年 5 月。

19. 譚君強，《敘述理論與審美文化》，北京：中國社會科學出版社，2002 年 9 月。

20. （法）尤瑟夫・庫爾泰（J. Courtes），懷宇譯，《敘述話語符號學》，天津：天津社會科學院出版社，2001 年 7 月。

21. （法）保羅・利科（Paul Ricoeur）著，王文融譯，《虛構敘事中的時間塑形——時間與敘事卷二》，北京：三聯書店，2003 年 4 月。

22. （法）熱奈爾・熱奈特（Gerard Genette），王文融譯，《敘事話語新敘事話語》，北京：中國社會科學出版社，1990 年。

23. （美）J.希利斯・米勒（J.Hillis Miller）著，申丹譯，《解讀敘事》，北京：北京大學出版社，2002 年 5 月。

24. （美）浦安迪（Andrew Plaks）講演，《中國敘事學》，北京：北京大學出版社，1996 年。

25. （美）海登・懷特（Hayden White）著，董立河譯，《形式的內容：敘事話語與歷史再現》，北京：文津出版社，2005 年 5 月。

26. （美）華萊士・馬丁（Wallace Martin），伍曉明譯，《當代敘事學》，北京：北京大學出版社，2005 年 3 月二版。

27. （荷蘭）米克・巴爾（Mieke Bal），《敘述學：敘理論導論》，北京：中國社會科學出版社，1995 年初版，2003 年二版。

八、空間敘事

1. 李孝悌編，《中國的城市生活》，台北：聯經出版社，2005 年。

2. 李豐楙、劉苑如主編，《空間、地域與文化——中國文化空間的書寫與闡釋》上冊、下冊，台北：中央研究院中國文哲研究所，2002 年。

3. 周簡文，《人文地理學概要》，台北：中華書局，1964 年 3 月。

4. 孟彤，《中國傳統建築中的時間觀念研究》，北京：中國建築工業出版社，2008 年 9 月。

5. 段義孚，《經驗透視中的空間與地方》，潘桂成譯，台北：國立編譯館，1998 年 3 月。

6. 范銘如，《文化地理——台灣小說的空間閱讀》，台北：麥田出版社，2008 年 9 月。

7. 夏鑄久、王志弘編譯，《空間的文化形式與社會理論讀本》，台北：明文書局，1993 年 3 月再版一刷，2002 年 12 月增訂再版四刷。

8. 畢恆達，《空間就是權力》，台北：心靈工坊，2001 年 6 月。

9. 陳慧琳主編，《人文地理學概要》，北京：科學出版社，2001 年 6 月。

10. 關華山，《「紅樓夢」中的建築研究》，台北：境與象出版社，1984 年 5 月初版，1988 年 10 月再版。

11. （法）加斯東·巴舍拉（Gaston Bachelard），龔卓軍、王靜慧譯，《空間詩學》，台北：張老師文化事業公司，1993 年 8 月初版，2008 年 5 月十刷。

12. （法）列斐伏爾（Henri Lefebvre），包業明主編，《空間政治學的反思》，上海：上海教育出版社，2003 年。

13. （法）傅柯（Michel Foucault）著，劉北城、楊遠嬰譯《規訓與懲罰：監獄的誕生》，台北：桂冠出版社，1992 年 12 月初版，2007 年 4 月。

14. （美）Mike Crang 著，王志弘、余佳玲、方淑惠譯，《文化地理學》，台北：巨流出版社，2006 年 9 月初版四刷。

15. Time Cresswell，徐苔玲、王志弘譯，《地方：記憶、想像與認同》，台北：群學出版社，2006 年。

九、社會風俗

1. 王世禎，《中國節令習俗》，台北：星光出版社，1981 年 7 月。

2. 完顏紹元編，《中國風俗之謎》，上海：上海辭書出版社，2002 年 6 月初版，2002 年 10 月二刷。

3. 周耀明，《明代·清代前朝漢族風俗史》，《漢族風俗史》第四卷，上海：學林出版社，2004 年 12 月。

4. 直江廣治著，王建朗等譯，《中國民俗文化》，上海：古籍出版社，1991

年 2 月。

5. 殷登國，《中國的花神與節氣》，台北：聯經出版社，1983 年 6 月初版，1987 年 8 月三刷。

6. 張江洪編著，《詩意裡的時間生活》，湖南：岳麓書社出版，2006 年 9 月。

7. 郭興文、韓養民，《中國古代節日風俗》，台北：博遠出版社，1989 年 2 月。

8. 楊琳，《中國傳統節日文化》，北京：宗教文化出版社，2000 年 6 月。

9. 蕭放，《「歲時」傳統中國民眾的時間生活》，北京：中華書局，2002 年 3 月。

十、抒情傳統

1. 李清筠，《時空情境中的自我影像──以阮籍、陸機、陶淵明詩爲例》，台北：文津出版社，2000 年 10 月。

2. 孫康宜之作，《抒情與描寫──六朝詩歌概論》，台北：允晨叢刊，2001 年 9 月。

3. 高友工，《中國美典與文學研究論集》，台北：臺灣大學出版中心，2004 年 3 月。

4. 張淑香，《抒情傳統的省思與探索》，台北：大安出版社，1992 年。

5. 陳世驤，《陳世驤文存》，志文出版社，1972 年。

6. 黃永武，《中國詩學‧設計篇‧詩的時空設計》，台北：巨流出版社，1982 年 5 月。

7. 蔡英俊，《比興物色與情景交融》，台北：大安出版社，1986 年 5 月。

8. 蔡英俊，《抒情的境界》，台北：聯經出版社，1996 年 6 月初版第七刷。

9. 蔡瑜，《中國抒情詩的世界》，台北：學生書局，2006 年 1 月。

10. 鄭毓瑜，《六朝情境美學綜論》，台北：里仁書局，1997 年 12 月。

11. 蕭馳，《中國抒情傳統》，台北：允晨文化出版社，1999 年 1 月。

12. 蕭馳，《中國詩歌美學》，北京：北京大學出版社，1986 年 11 月。

13. 蕭馳，《抒情傳統與中國思想──王夫之詩學發微》，上海：上海古籍出版社，2003 年 6 月。

十一、其他當代作品

1. 王建剛，《狂歡詩學──巴赫金文學思想研究》，上海：學林出版社，2001 年 12 月。

2. 朱立元《現代西方美學史》，上海：上海文藝出版社，1993 年。

3. 朱立元編，《當代西文學理論》，南京：華東大學出版社，1997 年 6 月第

一版，2003 年 9 月第 8 次印刷。

4. 余英時，《中國文化與現代變遷》，台北：三民出版社，1995 年 8 月 1 日。

5. 余英時，《紅樓夢的兩個世界》，台北：聯經出版社，1979 年 1 月，

6. 吳曉東，〈貯滿記憶的空間形式〉，《漫談經典》，北京：三聯書局，2008 年 7 月。

7. 李大釗，《李大釗文集》，北京：人民出版社，1984 年。

8. 李軍，《「家」的寓言——當代文藝的身份與性別》，北京：作家出版社，1996 年 9 月第一版第二刷。

9. 李清筠，《時空情境中的自我影像——以阮籍、陸機、陶淵明詩爲例》，台北：文津出版社，2000 年 10 月。

10. 李歐梵，《中西文學的徊想》，南京：江蘇教育出版社，2005 年。

11. 李歐梵，《中國現代文學與現代性十講》，上海：復旦大學出版社，2002 年 10 月。

12. 李歐梵，《現代性的追求，李歐梵文化評論精選集》，台北：麥田出版社，1996 年 9 月。

13. 李歐梵，《蒼涼與世故：張愛玲的啓示》，香港：Oxford University，2006 年。

14. 李歐梵口述，陳建華訪錄，《徘徊在現代和現代之間》，台北：正中書局，1996 年。

15. 沈華柱，《對話的妙悟——巴赫金語言哲學思想研究》，上海：三聯書局，2005 年 8 月。

16. 尚杰，《法國當代哲學論綱》，上海：同濟大學出版社，2008 年 9 月初版。

17. 金聖歎，〈讀第五才子書法〉，陳曦鍾、候忠義、魯玉川輯校，《水滸傳會評本》，北京：北京大學出版社，1998 年。

18. 侯吉諒編，《魯迅》，《中國新文學大師名作賞析》卷一，台北：海風出版社，1995 年 2 月。

19. 南帆，《文學的維度》，上海：三聯出版社，1998 年 8 月。

20. 唐代興，《當代語義美學論綱——人類行爲意義研究》，四川：四川人民出版社，2001 年 4 月。

21. 孫康宜，《文學的聲音》，台北：三民書局，2001 年 10 月。

22. 徐揚雄，《中國家族制度史》，北京，人民出版社，1992 年 5 月。

23. 馬大康，《詩性語言研究》，北京：中國社會科學出版社，2005 年 3 月。

24. 高小康，《中國古敘事觀念與意識型態》，北京：北京大學出版社，2005 年 9 月初版，2006 年 1 月二刷。

25. 張貞，《「日常生活」與中國大眾文化研究》，武漢：華中師範大學出版社，

2008 年 4 月。

26. 張寅德,《普魯斯特及其小說——意識流小說的前驅》,台北:遠流出版社,1992 年。

27. 陳平原主編,《晚明文學思潮研究》,武漢:湖北教育出版社,2002 年 10 月。

28. 陶東風主編,《文學理論基本問題》(第二版),北京:北京大學出版,2004 年 3 月初版,2005 年 5 月二版一刷。

29. 黃俊杰,《傳統中華文化與現代價值的激盪》,北京:社會科學文獻出版社,2002 年 11 月。

30. 葉石濤,《台灣鄉土作家論集》,台北:達景出版社,1979 年 3 月。

31. 葉嘉瑩,《王國維及其文學批評》,台北:桂冠圖書,1992 年 4 月。

32. 董小英,《再登巴比倫塔——巴赫金與對話理論》,北京:北京三聯書店,1994 年。

33. 詹明信,唐小兵譯,《後現代主義與文化理論》,台北:合志文化出版,1989 年 2 月初版,1990 年三版。

34. 廖星橋,〈意識流小說〉,《外國現代派文學導論》,北京:北京出版,1988 年。

35. 廖炳惠編著,《關鍵詞 200》,台北:麥田出版社,2003 年 9 月。

36. 聞一多,《聞一多全集》第一冊,上海:三聯書版,1982 年。

37. 劉康,《對話的喧聲——巴赫汀文化理論述評》,台北:麥田出版社,1995 年。

38. 歐宗智,《台灣大河小說家作品論》,台北:前衛出版社,2007 年 6 月。

39. 魯迅,《中國小說的歷史變遷》,《魯迅全集》第八卷,北京:人民出版,1981 年。

40. 錢穆,《中國文化史導論》,上海:三聯書局,1988 年。

41. 鍾宗憲,《民間文學與民間文化采風》,台北:里仁書局,2006 年 2 月。

42. 鍾宗憲,《先秦兩漢文化的側面研究》,台北:知書房出版社,2005 年 9 月。

43. 嚴文儒注譯,《新譯東京夢華錄》,台北:三民書局,2004 年 1 月。

44. 龔鵬程,《文化符號學》,台北:學生書局,1992 年 8 月初版,2001 年 2 月再版。

45. 龔鵬程,《文學散步》,台北:學生出版社,1985 年初版,2003 年再版。

十二、其他翻譯著作

1. (日)松浦友久,孫武昌、鄭天剛譯,《中國詩歌原理論》,遼寧:遼寧教

育出版社，1990 年。

2. （加拿大）瑪格莉特‧愛特伍（Margaret Atwood），《與死者協商——談寫作》，台北：麥田出版社，2004 年。

3. （古希臘）亞里斯多德，《物理學》，北京，商務書局，1982 年。

4. （法）皮埃爾‧布爾迪厄（Pierre Bourdieu）、華康德（Loïc J. D. Wacquant）著，《實踐與反思——反思社會學導引》，李猛、李康譯，北京：中央編譯出版社，1998 年。

5. （法）托多羅夫（Tzvetan Todorov），蔣子華、張萍等譯，《巴赫金、對話理論及其他》，天津：百花文藝出版社，2001 年 1 月。

6. （法）傅柯（Michel Foucault），劉北成、楊遠嬰譯，《規訓與懲罰——監獄的誕生》，台北：桂冠出版社，1992 年 12 月初版，2007 年 4 月初版五刷。

7. （法）普魯斯特（Marcel Proust），《追憶似水年華》共七卷，台北：聯經出版社，1992 年 9 月初版，1998 年 2 月三刷。

8. （法）菲利浦‧阿利埃斯（Aries, Philippe）、喬治‧杜比（Duby, Georges）主編，洪慶明等譯，《私人生活史 II 肖像——中世紀》，哈爾濱，北方文藝出版社，2007 年 7 月。

9. （阿根廷）波赫士（Jorge Luis Borges），〈時間〉，《波赫士全集 IV》，林一安譯，台北：台灣商務出版社，2002 年出版。

10. （俄）米‧巴赫金著（Mikhail Mikhailovich Bakhtin），佟景韓譯，《巴赫金文論選》，北京：中國社會科學出版社，1996 年 4 月。

11. （俄）米‧巴赫金著，《巴赫金全集》，河北：河北教育出版社，1998 年。

12. （俄）普里戈金（Ilya Prigogine），《從存在到演化》，曾慶宏等譯，上海：上海科技出版社，1986 年。

13. （美）Joseph Campbell，李子寧譯，《神話的智慧——時空變遷中的神話》，台北：立緒出版社，1996 年 12 月初版，2006 年 4 月二版三刷。

14. （美）伊哈布‧哈山（Ihab Hassan），劉象愚譯，《後現代的轉向——後現代理論與文化理論文集》，台北：時報文化出版社，1993 年 1 月。

15. （美）宇文所安（Stephen Owen），《追憶：中國古典文學中的往事再現》，台北，聯經出版社，2006 年 11 月。

16. （美）艾梅蘭（Epstein, Maram），羅琳譯，《競爭的話語：明清小說中的正統性、本真性及所生成之意義》，江蘇：江蘇人民出版社，2005 年 1 月。

17. （美）帕瑪（Richard E.Palmer）著，嚴平譯，《詮釋學》，台北：桂冠出版社，1992 年。

18. （美）保羅康納頓著（Paul Connerton），納日碧力戈譯，《社會如何記憶》，上海：上海人民出版社，2000 年。

19. （美）詹明信（F. Jameson）講座，唐小兵譯，《後現代主義與文化理論》，台北：合志文化出版社，1989 年 2 月初版，1990 年 1 月三版。

20. （美）羅伯‧索科羅斯基（Robert Sokolowski），李維倫譯，《現象學十四講》，台北：心靈工坊，2004 年 3 月。

21. （美）蘇珊‧朗格（Susanne K.Langer）著，劉大基等譯，《情感與形式》，商鼎出版社，1991 年 10 月。

22. （英）伊格頓（Terry Eagleton），《二十世紀文學理論》，北京：北京大學出版社，2007 年 1 月。

23. （英）伊格頓（Terry Eagleton），吳新發譯：《文學理論導讀》，台北：書林出版社，1998 年 4 月四刷。

24. （英）艾略特（Elliot.F.R）著，何世念等人譯，《家庭：變革還是繼續》，北京，中國人民大學出版社，1992 年。

25. （英）約翰‧史都瑞（John Storey），張君玫譯，《文化消費與日常生活》，台北：巨流出版社，2002 年 5 月。

26. （英）特雷‧伊格爾頓（Terry Eagleton）著，伍曉明譯：《二十世紀西方文學理論》，北京：北京大學出版，2007 年 1 月。

27. （英）福斯特（E. M. Forster），《小說面面觀》，台北：新潮文庫，1973 年 9 月初版，2000 年 6 月三刷。

28. （捷克）米蘭‧崑德拉（Milan Kundera），《不朽》，台北：時報文化出版，1991 年 4 月。

29. （瑞士）埃米爾‧施塔格爾（Eckhard Emmel,1908-1987）著，胡其鼎譯，《詩學的基本概念》，北京：中國社會科學出版社，1992 年 6 月。

30. （德）Michael Ende，《默默》，台北：城邦集團遊目族出版社，2003 年。

31. （德）卡西勒（Ernst Cassirer），《人文科學的邏輯》，關子尹譯，台北：聯經出版，1986 年 8 月。

32. （德）卡爾－弗瑞德里希‧蓋爾（Carl-Friedrich Geyer），《神話的誕生》，台中：晨星出版社，2006 年。

33. （德）沃爾夫岡‧伊瑟爾（Wolfgang Iser），陳定家、汪正龍等譯，《虛構與想像——文學人類學疆界》長春：吉林出版社，2003 年 2 月。

34. （德）恩格斯（Friedrich Von Engels），《馬克斯恩格斯選集》，第 3 卷，頁 91，北京：北京人民出版社，1972 年。

35. （德）恩斯特‧波佩爾（Ernst Poppel）著，李百涵‧韓力譯，《意識的限度——關於時間與意識的新見解》，台北：淑馨出版社，1997 年 2 月。

36. （德）理萊‧葛肯（Marei Gerken）著，黃添盛譯，《追憶一回——普魯斯特》，台北：商周出版社，2006 年 6 月。

37. （德）黑格爾（Georg Wilhelm Friedrich Hegel），《自然哲學》，北京，商務印書館，1980 年。

38. 奧古斯汀（Saint Augustine），《懺悔錄》，周士良譯，北京：商務印書館，1997 年。

十三、論文集

1. 于植元，〈《林蘭香》論——《林蘭香》校後記〉，《明清小說論叢》，瀋陽：春風文藝出版社，1985 年。

2. 仇小屏，《古典詩歌研究彙編》第一冊：《古典詩詞時空設計之研究》，台北：花木蘭文化出版社，2007 年 9 月。

3. 王璦玲主編，《明清文學與思想中之主體意識與社會---文學篇》，台北：中央研究院中國文哲研究所，2004 年 12 月。

4. 王璦玲主編，《晚明清初戲曲之審美構思與其藝術呈現》，台北：中央研究院中國文哲研究所，2005 年 12 月。

5. 吳存存，〈道學思想與燕夢卿悲劇——讀《林蘭香》隨筆〉，《明清小說研究》，北京：中華書局，1988 年。

6. 張俊，〈論《林蘭香》與《紅樓夢》——兼談聯結《金瓶梅》與《紅樓夢》的「鏈環」〉，《明清小說論叢》，1987 年。

7. 盛志梅，〈淺說《林蘭香》之「夢」〉，《明清小說研究》，北京：中華書局，1997 年。

8. 陳洪，〈《林蘭香》創作年代小考〉，《明清小說研究》，北京：中華書局，1988 年。

9. 陳清俊，《盛唐詩時空意識研究》，《古典詩歌研究彙編》第一冊，台北：花木蘭文化出版社，2007 年 9 月。

10. 陸大偉，〈《金瓶梅》與《林蘭香》〉，《明清小說論叢》，瀋陽：春風文藝出版社，1987 年。

11. 黃霖、王國安編譯，《日本研究《金瓶梅》論文集》，山東：齊魯書社，1989 年 10 月。

12. 廖棟樑、周志煌篇編，《人文風景的鐫刻者——葉維廉作品評論集》，台北：文史哲出版社，1997 年。

13. （捷克）普實克（Jaroslav Průšek），《普實克中國現代文學論文集》，湖南：新華書局，1987 年 8 月。

14. 波赫士（Jorge Luis Borg），〈時間〉，《波赫士全集 IV》，林一安譯，台北：台灣商務出版社，2002 年。

十四、期刊論文

1. 王德威,〈明清小說的現代視角〉,《「新知與舊學」——明清敘事理論與敘事文學專輯》,《中國文哲研究通訊》第十七卷第三期,台北:中研院中國文哲研究所,2007 年 9 月。

2. 王瓊玲,〈導言:有關「明清敘事理論與敘事文學」研究之開展——從近年敘事研究之新趨談起〉,《「新知與舊學」——明清敘事理論與敘事文學專輯》,《中國文哲研究通訊》第十七卷第三期,台北:中研院中國文哲研究所,2007 年 9 月。

3. 朱萍,〈悲涼之霧遍被華林——明清家庭興衰題材章回小說文化意義〉,《學術研究》第八期,2008 年。

4. 吳敢,〈20 世紀《金瓶梅》研究的回顧與思考〉,《徐州師範大學學報》,第 27 卷第 2 期,2001 年 6 月。

5. 杜貴晨,〈《金瓶梅》爲「家庭小說」簡論——一個關於明清小說分類的個案分析〉,《河北大學學報哲學社會科學版》,河北:河北大學,2001 年。

6. 汪道倫,〈中國傳統文化中的情學與《紅樓夢》〉,大陸《紅樓夢學刊》第一輯,1990 年。

7. 汪道倫,〈情根·大旨談情·情不情〉,大陸《紅樓夢學刊》,1997 年。

8. 胡衍南,〈論《林蘭香》在明清世情小說史的地位〉,台北:《淡江人文社會學刊》第十九期,2004 年 6 月。

9. 康韻梅,〈唐人小說中「智慧老人」之探析〉,台北:《中外文學》第 23 卷第 4 期,1994 年 9 月。

10. 陳清俊,〈中國詩人的鄉愁與空間意識〉,《牛津人文集刊》,第 1 期,1995 年 10 月。

11. 廖棟樑,〈論屈原「發憤以抒情」說及其歷史發展〉,台北:《輔仁大學學報》,2007 年 6 月。

12. 劉若愚,陳淑敏譯,〈中國詩中的時間、空間與自我〉,《書目季刊》,第二十一卷第三期,1987 年 12 月。

13. 燕筠,〈《紅樓夢》的先行者——《林蘭香》論〉,《山西大學學報》,山西:社會科學出版社,1997 年。

14. 轟春豔,〈性別角色轉換與文本深層內涵——解讀《林蘭香》〉,天津:《南開學報哲學社會科學版》,1998 年。

十五、學位論文

1. 王佩琴,《說園——從《金瓶梅》到《紅樓夢》》,2004 年,清華大學中文所,博士論文。

2 王碩慧,《從性別政治論《金瓶梅》淫婦的生存》,2005 年,高雄師範大學,

國文教學碩士班，碩士論文。

3. 全恩淑，《《金瓶梅》中婦女內心世界研究：欲望與現實之間的掙扎》，2001年，清華大學中文所，碩士論文。

4. 吳娟萍，《陸機詩歌中時間推移意識》，2001 年，東海大學中文，碩士論文。

5. 呂素端，《《西遊記》敘事研究》，2001 年，臺灣大學中文所，博士論文。

6. 李光步，《《紅樓夢》所反映的清代社會與家庭》，1982 年，政治大學中文所，碩士論文。

7. 李慧，《《醒世姻緣傳》民俗取材之研究》，2005 年，花蓮教育大學，民間文學研究所，碩士論文。

8. 李曉萍，《《金瓶梅》鞋腳情色與文化研究》，2002 年，靜宜大學中文所，碩士論文。

9. 周忠泉，《《紅樓夢》中家庭形態的研究》，1993 年，中正大學歷史所，碩士論文。

10. 林芳如，《《醒世姻緣傳》的敘事美學研究》，2006 年，中興大學中文所，碩士論文。

11. 林淑慧，《從「性別文化」看《金瓶梅》中的「情」與「義」》，2005 年，臺北市立教育大學，應用語言研究所，碩士論文。

12. 林碧慧，《大觀園隱喻世界——從方所認知角度探索小說的環境映射》，東海大學中文系，2002 年，碩士論文。

13. 林鶯如，《《金瓶梅》的敘事研究》，2006 年，彰化師範大學國文所，碩士論文。

14. 洪慈彗，《《金瓶梅》死亡主題研究》，2005 年，彰化師範大學國文所，碩士論文。

15. 胡衍南，《食、色交歡的文本——《金瓶梅》飲食文化與性愛文化研究》，2000 年，清華大學中文所，博士論文。

16. 袁浥珊，《《金瓶梅》之喪俗研究》，2005 年，中興大學中文所，碩士論文。

17. 馬琇芬，《從婚姻、嫉妒、性慾看《金瓶梅》中的女性》，1996 年，中山大學中文所，碩士論文。

18. 康韻梅，《中國古代死亡觀之探究》，1993 年，臺灣大學中文所，博士論文。

19. 張佳琪，《唐代小說之敘事時間研究》，2005 年，彰化師範大學國文系，碩士論文。

20. 張金蘭，《金瓶梅女性服飾文化研究》，1999 年，政治大學中文所，碩士論文。

21. 張曼娟，《明清小說評點之研究》，1990 年，東吳大學中文所，博士論文。

22. 梁欣芸，《《金瓶梅》「男女偷情」主題研究》，2004 年，中興大學中文所，碩士論文。

23. 莫秀蓮，《世情小說中的母親形象研究——以《金瓶梅》、《醒世姻緣傳》、《林蘭香》、《歧路燈》、《紅樓夢》爲考察對象》，2005 年，雲林科技大學，漢學資料整理研究所，碩士論文。

24. 郭柳妙，《金瓶梅的巫與巫術研究》，2003 年，中山大學中文所，碩士論文。

25. 郭美玲，《《金瓶梅》女性研究——以婚姻和性慾考察》，2005 年，中山大學中文所，碩士論文。

26. 陳克嫻，《明清長篇世情小說中的笑話研究——以《金瓶梅》、《姑妄言》、《紅樓夢》爲中心之考察》，2002 年，花蓮教育大學，民間文學研究所，碩士論文。

27. 陳秋良，《《醒世姻緣傳》的創作觀》，2004 年，臺灣師範大學中文所，碩士論文。

28. 陳淑敏，《《醒世姻緣傳》因果報思想與文學技巧探析》，2004 年，中山大學中文所，碩士論文。

29. 陳翠英，《世情小說之價值觀探論：以婚姻爲定位的考察》，1994 年，臺灣大學中文所，博士論文。

30. 廖彩眞，《《明清婦女的社會生活——以《醒世姻緣傳》爲中心》，2006 年，中興大學歷史所，碩士論文。

31. 潘玉薇，《人物、情、花園：從「才子佳人」到《紅樓夢》》，2004 年，臺灣大學中文所，碩士論文。

32. 蔡文賓，《劉鶚《老殘遊記》的敘事研究》，2005 年，政治大學中文所，碩士論文。

33. 鄭媛元，《《金瓶梅》敘事藝術》，2006 年，政治大學中文所，碩士論文。

34. 鄭靜芸，《《紅樓夢》人物死亡研究》，2005 年，彰化師範大學國文所，碩士論文。

35. 鄧淑華，《論湯顯祖《玉茗堂四夢》之時間意識及其文本設計》，2003 年，臺灣大學戲劇所，碩士論文。

36. 黎滔泉，《元雜劇死亡題材》，2000 年，逢甲大學中文，碩士論文。

37. 黎慕嫻，《敘事性的時間研究》，2003 年，南華大學文學研究所，碩士論文。

38. 賴索玫，《唐代夢故事研究》，2006 年，高雄師範大學國文系，博士論文。

39. 駱水玉，紅樓夢脂硯齋評語研究，1994 年，臺灣大學中文所，碩士論文。

40. 駱水玉，四部具有烏托邦視境的清代小說——《水滸後傳》、《希夷夢》、《紅樓夢》、《鏡花緣》研究，1998 年，臺灣大學中文所，博士論文。

41. 戴華萱，《臺灣五〇年代小說家的成長書寫（1950～1969）》，2006 年，輔仁大學中文所，博士論文。

42. 薛寗今，《《醒世姻緣傳》的主題思想及其表現方式》，1995 年，中山大學中文所，碩士論文。

43. 魏采如，《《洛陽伽藍記》之時空敘事與記憶認同》，2005 年，臺灣大學中文所論，碩士論文。